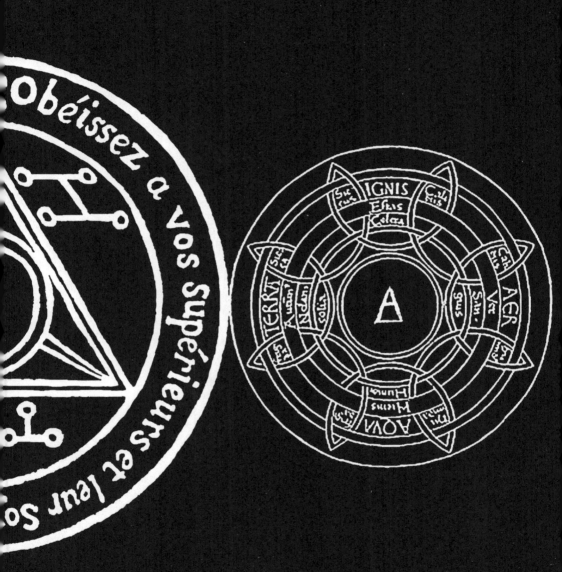

Copyright © 2020 by Alexis Henderson
Todos os direitos reservados, incluindo os direitos de reprodução
de parte ou de todo o conteúdo em qualquer forma.

Copyright © Imagem de capa por Larry Rostant

Tradução para a língua portuguesa
© Dandara Palankof, 2021

Diretor Editorial
Christiano Menezes

Diretor Comercial
Chico de Assis

Gerente Comercial
Giselle Leitão

Gerente de Marketing Digital
Mike Ribera

Gerentes Editoriais
Bruno Dorigatti
Marcia Heloisa

Editora
Nilsen Silva

Adaptação de capa e Projeto Gráfico
Retina 78

Coordenador de Arte
Arthur Moraes

Coordenador de Diagramação
Sergio Chaves

Designer Assistente
Aline Martins / Sem Serifa

Finalização
Sandro Tagliamento

Revisão
Flávia Yacubian
Carolina Vaz
Monique D'Orazio
Retina Conteúdo

Impressão e acabamento
Gráfica Geográfica

DADOS INTERNACIONAIS DE CATALOGAÇÃO NA PUBLICAÇÃO (CIP)
Jéssica de Oliveira Molinari - CRB-8/9852

Henderson, Alexis
   O ano das bruxas / Alexis Henderson ; tradução de Dandara Palankof.
— Rio de Janeiro : DarkSide Books, 2021.
368 p.

   ISBN: 978-65-5598-137-7
   Título original: The year of the witching

   1. Ficção americana 2. Contos de terror
   I. Título II. Palankof, Dandara

21-2973   CDD 813.6

Índices para catálogo sistemático:
1. Ficção americana

[2021]
Todos os direitos desta edição reservados à
DarkSide® *Entretenimento LTDA.*
Rua General Roca, 935/504 — Tijuca
20521-071 — Rio de Janeiro — RJ — Brasil
www.darksidebooks.com

ALEXIS HENDERSON

O ANO *das* BRUXAS

Tradução
DANDARA PALANKOF

Para minha mãe,
a quem devo tudo.

꩜ O ANO *das* BRUXAS ꩜

A Besta

Ela nasceu sentada, na calada da noite. A parteira, Martha, teve que agarrá-la pelos tornozelos e puxá-la para fora do útero. Depois, ela escorregou facilmente, caiu mole nos braços de Martha, imóvel feito pedra.

A filha da parteira soltou um gemido baixo, que saiu borbulhando de sua barriga. Ela agarrou as dobras da camisola, a bainha enegrecida de sangue, mas não pegou a bebê no colo. Em vez disso, virou a cabeça, a face pressionada contra o tampo da mesa, e olhou fixamente para o outro extremo da cozinha, pela janela sobre a pia, mirando a mata.

"O nome dela", exigiu a parteira, o olhar nítido sob o luar. "Me diga o nome dela."

Ela pegou a bebê, cortou o cordão umbilical e envolveu-a em um farrapo de aniagem. Sentia a criança fria contra o peito e, se não fosse pelo nome que chocalhou no fundo de sua garganta, seu sabor amargo feito bile e, ainda assim, doce feito o vinho, a teria dado por morta. O sabor do nome que o Pai havia escolhido. Mas não queria dizê-lo — não em voz alta.

Com a força que sobrava, a garota se contorceu para encará-la.

"O nome. Quero saber o nome dela."

"Immanuelle", enfim o proferiu como uma maldição. "Ela se chamará Immanuelle."

Com aquilo, a garota na mesa sorriu, os lábios azulados se retesando. Então deu uma risada, um som feio e gorgolejante que ecoou pela cozinha e se derramou para a sala, onde o resto da família aguardava, atenta.

"Uma maldição", sussurrou ela, ainda sorrindo consigo mesma. "Uma pequena maldição, bem como ela disse. Bem como ela me falou."

A parteira apertou mais a criança contra si, entrelaçando os dedos para conter o tremor. Ela baixou o olhar para a filha, deitada lânguida na mesa, com uma poça escura de sangue entre as coxas.

"Como quem lhe falou?"

"A mulher na mata", sussurrou a garota moribunda, ofegante. "A bruxa. A Besta."

PARTE I

SANGUE

▽

)--O ANO *das* BRUXAS--(

1

Da luz, veio o Pai. Das trevas, veio a Mãe.
Isto é tanto o início quanto o fim.

— AS ESCRITURAS SAGRADAS —

Immanuelle Moore se ajoelhou aos pés do altar, as palmas apertadas uma na outra em oração, a boca aberta. Em paramentos de veludo preto, o Profeta a espreitava, a cabeça raspada cerdosa, as mãos ensanguentadas estendidas.

Ela ergueu o olhar para ele — acompanhando a longa cicatriz irregular que descia entalhando seu pescoço — e pensou em sua mãe.

Em um movimento fluido, o Profeta se virou, os paramentos farfalhando enquanto ele encarava o altar, no qual jazia um cordeiro eviscerado. Quando se voltou novamente para Immanuelle, o sangue pingou por seu pulso e desapareceu pelas mangas da veste escura, umas poucas gotas caindo no piso manchado. Ele a pintou com o sangue, seus dedos quentes e firmes no traçado da cova de seu lábio superior até o queixo. Ele se demorou por um instante, como se para recuperar o fôlego, e quando falou, sua voz era ríspida.

"Sangue do rebanho."

Immanuelle lambeu-o todo, sentindo o gosto de salmoura e ferro enquanto se punha de pé.

"Pela glória do Pai."

No caminho de volta ao banco, ela tomou o cuidado de não olhar para o cordeiro. Oferenda do rebanho de seu avô, ela o havia levado como tributo na noite anterior, quando a catedral estava vazia e escura. Não havia testemunhado o sacrifício; tinha pedido para se retirar e se refugiou do lado de fora bem antes de os apóstolos erguerem seus punhais. Mas tinha ouvido tudo, as orações e os murmúrios afogados pelos balidos do cordeiro, como o choro de um bebê recém-nascido.

Immanuelle observou o resto de sua família avançar pela procissão, cada um esperando a sua vez de receber o sangue. Sua irmã Glory foi a primeira, mergulhando de joelhos e brindando o Profeta com um sorriso. Anna, a mãe de Glory, a mais jovem das duas esposas Moore, recebeu a bênção apressadamente e conduziu a outra filha, Honor, que lambeu o sangue dos lábios como se fosse mel. Por último, Martha, a primeira esposa e a avó de Immanuelle, aceitou a bênção do Profeta de braços erguidos, dedos trêmulos, o corpo tomado pelo poder da luz do Pai.

Immanuelle desejou poder se sentir como a avó, mas sentada ali no banco, tudo que sentiu foi o calor residual do sangue do cordeiro nos lábios e o incessante zumbido das batidas de seu coração. Nenhum anjo se empoleirou em seus ombros. Nenhum espírito ou deus se avivou nela.

Quando o último da congregação se sentou, o Profeta ergueu os braços para os caibros e começou a orar.

"Ó Pai, nós vimos a Ti como servos e seguidores ávidos para fazer a Tua obra."

Immanuelle rapidamente inclinou a cabeça e fechou bem os olhos.

"Entre nós, pode haver aqueles que estejam distantes da fé de nossos ancestrais, insensíveis ao Teu toque e surdos à Tua voz. Em nome deles, eu oro por Tua misericórdia. Peço que encontrem consolo não nas trevas da Mãe, mas na luz do Pai."

Com isso, Immanuelle entreabriu um dos olhos e, por um momento, pareceu que o Profeta a encarava. Os olhos dele estavam arregalados no auge de sua oração, observando-a pelas frestas entre as cabeças curvadas e os ombros trêmulos. Seus olhares se encontraram, e o dele desviou-se, ligeiro.

"Que o reino d'O Pai impere."

O rebanho do Profeta disse em uníssono:

"Agora e para todo o sempre."

. . .

Immanuelle estava deitada à margem do rio com a amiga Leah, lado a lado, ambas embriagadas com o calor do sol do meio-dia. A metros dali, o resto da congregação se reunia em comunhão. Para a maioria, a sombra do sacrifício do Sabá já havia se desvanecido em uma lembrança distante. Tudo estava em paz e a congregação estava contente por viver assim.

Ao lado de Immanuelle, Leah havia se posto de costas, perscrutando a espessa massa de nuvens que pairava sobre as cabeças delas. Estava linda usando um vestido de chiffon azul-celeste, a saia ondulando suavemente com a brisa.

"O dia está bonito", disse ela, sorrindo quando o vento apanhou seus cabelos.

Nas Escrituras e nas histórias, nos vitrais das janelas da catedral ou nas pinturas penduradas nas paredes de pedra, os anjos sempre se pareciam com Leah: cabelos dourados e olhos azuis, vestidos com belas sedas e cetins, as faces robustas e a pele tão pálida quanto as pérolas do rio.

Já quanto a garotas como Immanuelle — aquelas das Cercanias, com a pele escura e cachos preto-azulados, as maçãs do rosto tão afiadas quanto pedra de cantaria —, bem, as Escrituras nunca as mencionaram. Não havia estátuas ou pinturas retratadas à sua semelhança, nenhum poema ou história escrita em sua honra. Permaneciam sem ser mencionadas e sem ser vistas.

Immanuelle tentou afastar esses pensamentos. Não queria ter inveja da amiga. Se havia alguém nesse mundo que merecia ser amada e admirada, era Leah. Leah, com sua paciência e sua virtude. Leah, que quando todas as outras crianças da escola haviam desdenhado de Immanuelle como filha do pecado, atravessara o pátio marchando, a tomado firmemente pela mão e lhe enxugado as lágrimas em sua manga.

Leah, sua amiga. Sua única amiga.

E Leah tinha razão: *fazia* um dia bonito. Teria sido um dia quase perfeito, não fosse o fato de ser um dos últimos Sabás que passariam juntas.

Durante anos, em todo Sabá, as duas tinham se encontrado após o fim da cerimônia. Nos meses de inverno, elas se aninhavam uma na outra em um banco vazio nos fundos da catedral e fofocavam para passar o tempo. Mas, nas estações quentes, Leah trazia uma grande cesta de piquenique, recheada de guloseimas da padaria de sua família na vila. Nos dias bons, havia uma variedade de bolachas e pães doces, broas e biscoitos, e, nos dias ainda melhores, um pedacinho de favo de mel ou de geleia para acompanhar. Encontravam um lugar do lado do ribeirão e comiam juntas, conversavam e riam até que suas famílias as chamassem para ir para casa. Era um hábito delas, como se, naquelas longas tardes no prado, o mundo começasse e terminasse ali, nas margens do rio. Mas como a maioria das coisas boas que Immanuelle conhecia, esse costume não estava fadado a durar. Em duas semanas, Leah se casaria com o Profeta. Naquele dia, quando ela recebesse seu corte, não seria mais a companheira de Immanuelle, mas a dele.

"Vou sentir falta de dias assim", disse Leah, rompendo o silêncio. "Vou ter saudades dos doces, do Sabá e de ficar aqui com você."

Immanuelle deu de ombros, arrancando folhinhas da grama. Seu olhar seguiu o caminho do rio que descia pelo declive das planícies e atravessava os juncos, até se derramar na distante floresta e desaparecer, devorado pelas sombras. Havia algo no modo como a água gotejava por entre as árvores que a fazia querer se levantar e segui-la.

"As coisas boas sempre acabam."

"Não tem nada acabando", Leah a corrigiu. "Está só começando. Nós estamos crescendo."

"Crescendo?", caçoou Immanuelle. "Eu ainda nem sangrei."

Era verdade. Tinha quase 17 anos e sua lua não havia descido. Todas as outras garotas de sua idade já haviam sangrado anos antes, mas não Immanuelle. Nunca Immanuelle. Martha a havia praticamente declarado infértil. Ela não sangraria, nem seria esposa ou geraria filhos. Permaneceria como era agora e todo o resto cresceria e a deixaria para trás, como Leah dali a algumas poucas semanas. Era só uma questão de tempo.

"Você vai sangrar um dia", afirmou Leah, como se pudesse fazer com que assim fosse. "Dê tempo ao tempo. A doença vai passar."

"Não é uma doença", retrucou Immanuelle, sentindo o travo do sangue do cordeiro em seus lábios. "É pecado."

Qual o pecado, especificamente, Immanuelle não tinha certeza. Vagara desgarrada por vezes demais — lendo em segredo, em transgressão ao Protocolo Sagrado, ou se esquecendo de fazer as preces à noite e caindo no sono desbenzida. Talvez tivesse passado manhãs demais sonhando acordada nos pastos quando deveria estar arrebanhando as ovelhas. Ou talvez não tivesse demonstrado espírito de gratidão quando lhe serviam a tigela do mingau frio no jantar. De uma coisa, Immanuelle sabia: seus pecados eram tantos que nem conseguia contar. Não admirava que não tivesse recebido a bênção do sangue do Pai.

Se Leah estava a par das muitas transgressões de Immanuelle, nada falou. Em vez disso, as afastou com um gesto displicente.

"Pecados podem ser perdoados. Quando o Bom Pai achar conveniente, você vai sangrar. E, depois que sangrar, um homem vai escolhê-la, então você será dele e ele será seu, e tudo será como deve ser."

Immanuelle não respondeu. Ela apertou os olhos contra o sol e fitou o outro lado do campo, onde o Profeta estava em meio a suas esposas, oferecendo bênçãos e aconselhamentos aos fiéis reunidos. Todas as suas esposas usavam vestidos amarelos opacos idênticos, da cor das pétalas do narciso, e ostentavam o selo sagrado, uma estrela de oito pontas talhada entre as sobrancelhas. Todas as mulheres de Betel eram marcadas com ela no dia do casamento.

"Prefiro cuidar das ovelhas", disse Immanuelle.

"E como vai ser quando ficar velha?", inquiriu Leah. "E então?"

"Vou ser uma pastora velha", declarou Immanuelle. "Vou ser a velha coroca das ovelhas."

Leah riu, um som belo e alto que atraiu olhares. Tinha uma tendência a fazê-lo.

"E se um homem pedir você em casamento?"

Immanuelle deu uma risada maliciosa.

"Nenhum bom homem com o mínimo de bom senso iria querer qualquer coisa comigo."

"Bobagem."

O olhar de Immanuelle se voltou para um grupo de homens e mulheres de idade próxima à sua, talvez um pouco mais velhos. Ela os observava enquanto eles riam e flertavam, fazendo uma grande algazarra. Os rapazes inflavam o peito, e as moças brincavam nos baixios do córrego, erguendo as saias até acima dos joelhos na corrente que fluía, tomando cuidado para não se afastarem demais, por medo dos demônios à espreita nas profundezas da água.

"Você sabe que ainda virei visitá-la", disse Leah, como se pressentisse os medos de Immanuelle. "Você me verá no Sabá e, após meu confinamento, irei encontrá-la no pasto, toda semana, se eu puder."

Immanuelle olhou para a comida. Pegou um naco de pão da cesta de piquenique e o besuntou de manteiga recém-batida e uma nódoa vermelho-sangue de geleia de framboesa. Deu uma grande mordida, a fala espessa atravessando sua boca cheia.

"As Terras Sagradas ficam bem distantes das Clareiras."

"Darei um jeito."

"Não vai ser a mesma coisa", disse Immanuelle, com uma veemência petulante na voz que a fez odiar a si mesma.

Leah baixou a cabeça, parecendo magoada. Ela rodou o anel na mão direita com o polegar, um tique nervoso que havia adotado nos dias posteriores ao noivado. Era belo, uma faixa dourada adornada com uma pequena pérola do rio, provavelmente alguma relíquia de família passada entre as esposas de profetas passados.

"Será o suficiente", retrucou Leah. Então, mais firme, como se estivesse tentando convencer a si mesma: "Terá que ser suficiente. Mesmo que eu seja forçada a cavalgar pelas estradas no cavalo do próprio Profeta, eu vou dar um jeito de vê-la. Não deixarei que as coisas mudem. Prometo".

Immanuelle queria acreditar na amiga, mas era boa demais em identificar mentiras e conseguiu sentir uma falsidade na voz de Leah. Porém, nada disse. Não faria diferença. Leah estava destinada ao Profeta e assim era desde o dia em que ele pusera os olhos nela pela primeira vez, dois verões atrás. O anel que ela usava era meramente um sinal de reserva, uma promessa forjada em ouro. Em seu devido tempo, a promessa tomaria forma na semente que ele haveria de plantar nela. Leah daria à luz uma criança e o Profeta plantaria sua semente de novo e de novo, como tinha feito com todas as esposas enquanto ainda eram jovens o suficiente para produzir seus frutos.

"Leah!"

Immanuelle ergueu o olhar e viu que o grupo que antes brincava nos baixios do rio agora se aproximava. Havia quatro deles. Duas garotas, uma bela loira que Immanuelle só conhecia de vista das aulas na escola e Judith Chambers, a noiva mais recente do Profeta. E havia os rapazes. Peter, um lavrador parrudo, com ombros largos como os de um touro, e quase tão burro quanto um, filho do primeiro apóstolo. Junto dele, de olhos apertados contra o sol, estava Ezra, o filho do Profeta e seu sucessor.

Ezra era alto, tinha cabelos escuros e olhos negros feito nanquim. Ele também era belo, quase que maliciosamente, atraindo os olhares até das mais devotas esposas e filhas. Embora tivesse pouco mais de 19 anos, usava uma das dozes adagas douradas dos apóstolos em uma corrente ao redor do pescoço, uma honraria que a maioria dos homens de Betel, apesar dos grandes esforços, passava a vida toda sem conquistar.

A garota loira, Hope, que havia chamado Leah, foi quem puxou assunto primeiro.

"Vocês duas parecem estar aproveitando bastante o dia."

Leah ergueu uma das mãos até o cenho para proteger os olhos do sol, sorrindo ao erguer o rosto para eles.

"Querem se juntar a nós?"

Immanuelle praguejou em silêncio quando os quatro se sentaram na grama, ao lado delas. O garoto-touro, Peter, começou a revirar o conteúdo da cesta de piquenique e se serviu de uma farta porção de pão com geleia. Hope se enfiou entre Immanuelle e Leah e imediatamente começou a tagarelar sobre o mexerico mais recente na cidade, boa parte centrado em alguma pobre moça que havia sido mandada para o tronco do mercado por ter feito um fazendeiro local cair na tentação do adultério. Ezra tomou o lugar em frente à Immanuelle e Judith se pôs ao seu lado, sentando-se tão próxima a ele que seus ombros se tocavam.

Conforme a conversa prosseguia, Immanuelle se esforçou para parecer pequena e modesta, mentalizando sua invisibilidade. Diferente de Leah, ela não tinha estômago para socializar. Comparada ao charme de Hope, Leah e Judith, Immanuelle suspeitava que fosse tão sem graça quanto uma das bonecas de palha de milho de sua irmã.

Do outro lado da cesta de piquenique, Ezra também se sentava em silêncio, sua adaga cerimonial reluzindo sob o sol. Ele parecia distraído, quase entediado, nem mesmo se dando ao trabalho de fingir que estava prestando atenção à conversa, enquanto seu olhar perscrutava as planícies distantes, de leste a oeste. Ele observava o horizonte como se procurasse alguma coisa, e Immanuelle se perguntava o que seria. Ezra ainda não havia tido sua Primeira Visão e não a teria até que a vida de seu pai estivesse chegando ao fim. Assim era o caminho da sucessão — a ascensão de um jovem profeta ao poder sempre significava o falecimento de seu veterano.

Ao lado de Ezra, Judith lambeu um pouco de manteiga da ponta dos dedos, semicerrando os olhos para Immanuelle através dos cílios grossos. Ela usava um vestido amarelo como o resto das esposas do Profeta, mas o caimento era um pouco justo demais para ser recatado. A saia se emaranhava sobre as pernas, e o corpete estava bem cingido, premendo a cintura e acentuando o vasto declive de seus quadris sob as dobras das anáguas. O selo entre suas sobrancelhas ainda estava rosado e levemente inchado, mas cicatrizava bem.

Immanuelle se lembrou do dia em que o sangue de Judith chegara pela primeira vez. Todas as três, Leah, Immanuelle e Judith, estavam juntas no pátio da escola, colhendo cogumelos de uma trilha das fadas,[1] quando Judith começou a chorar. Ela ergueu a saia bem acima dos joelhos, revelando um único fio de sangue que corria por sua perna direita e desaparecia pelas sombras da bota. A professora foi rápida em chispar com ela dali, mas não antes de Immanuelle ouvi-la sussurrar no ouvido de Judith:

"Você é uma mulher. Você agora é uma mulher."

E era mesmo.

Judith havia sido rápida em abandonar sua infância. Soltara as tranças e juntara o cabelo em um coque no topo da cabeça; trocara as batas e os aventais por espartilhos e corpetes, e adotara toda a elegância e o refinamento da feminilidade de um modo que dava a impressão de que havia nascido para tal.

Judith lambeu o restinho de manteiga e se inclinou para perto de Immanuelle, tão perto que ela sentiu o cheiro doce de erva-cidreira de seu perfume.

"É verdade o que dizem sobre você?"

A pergunta pegou Immanuelle de surpresa, embora não devesse. Era a mesma que havia ouvido dos lábios de cada mexeriqueiro linguarudo em Betel. Eles vinham todos dizendo a mesma coisa desde a noite em que a mãe dela tinha voltado o punhal do Profeta contra ele, quase cortando sua garganta antes de fugir para a Mata Sombria. Eles retinham o nome dela em suas línguas como algo sórdido que, mesmo assim, era saboreado.

"Depende", disse Immanuelle, fingindo ignorância. "O que é que dizem?"

Judith deu de ombros e sorriu, maliciosa.

"Bem, suponho que se ainda não sabe, não deve ser verdade."

"Acho que não", rosnou ela por entre os dentes trincados.

Judith inclinou a cabeça para o lado.

"Então você não tem um Dom?"

Immanuelle balançou a cabeça.

---

1 Como são chamados no folclore anglo-saxão os locais onde os fungos crescem em linha reta; quando em círculo, chamam-se "círculo das fadas". (Nota da tradutora.)

Houve um tempo em que Dons não eram uma raridade. Muito antes, na Era da Luz, o Pai havia abençoado multidões com o poder de realizar maravilhas e operar milagres. Mas desde a Guerra Santa e das eras sombrias que se seguiram, os Dons haviam se tornado escassos. A cada ano que passava, havia menos, à medida que os santos dos tempos antigos seguiam para seus túmulos e levavam seus poderes consigo. Agora, Martha era uma das poucas parteiras em Betel com o Dom do Batismo, e só os profetas possuíam o Dom da Visão. Até os apóstolos estavam limitados a uns poucos seletos com o poder do Discernimento — um Dom que permitia a alguém diferenciar a verdade da falsidade — ou o Toque da Cura. Na geração de Immanuelle, os Dons haviam sido concedidos a apenas um punhado dos mais favorecidos do Pai — e tendo nascido bastarda, ela era qualquer coisa, menos isso.

"Que pena", disse Judith, firmando o olhar. "Eu estava torcendo para que houvesse *alguma coisa* notável em você. Sabe, apesar de tudo."

Immanuelle se retesou.

"Apesar de tudo o quê?"

Judith arqueou uma sobrancelha perfeita e deu um sorriso cruel.

"Bem, da sua mãe, é claro."

Immanuelle sabia que ouviria alguma menção à sua mãe. Sempre acontecia. Mas o jeito como Judith tinha falado piorara o insulto, causando uma fisgada maior que a de costume.

Por um longo momento, fez-se um silêncio, exceto pelo murmúrio do rio e o zumbido das vespas à espreita das flores silvestres. Até a conversa distante dos outros fiéis pareceu se aquietar, perdida na rajada de vento que cortava o bosque. Então...

"Sabe", disse Immanuelle. "Agora que parei para pensar... eu *tenho* uma queda por dançar nua na mata. Com as feras e os demônios, é claro. É difícil ter tempo, tendo que pastorear todas aquelas ovelhas, mas quando chega a lua cheia eu faço o que posso." Ela sorriu vivamente para Judith. "Tal mãe, tal filha, creio eu."

Houve uma pausa. Alguém inspirou ruidosamente. Leah se encolheu enquanto o grupo ficava uma vez mais em silêncio.

Pela primeira vez desde que havia se sentado, Ezra, o filho do Profeta, parou de encarar o horizonte. Seus olhos se fixaram em Immanuelle.

Ela soube ali que havia cometido um erro. Um erro tolo e pecaminoso, cometido no calor da raiva. Um erro pelo qual sem dúvida pagaria com um pito ou um açoitamento, ou talvez até um dia nos troncos do mercado.

Mas então, para sua surpresa, os lábios de Ezra se enviesaram em um sorriso torto e ele começou a rir. Não era uma risada maldosa, mas do tipo ruidoso que vinha do fundo do estômago. Seus ombros se sacudiram e seu cabelo preto caiu sobre os olhos. Depois de um instante, Peter se uniu a ele, com um balido ladrante que se propagou pelo adro e atraiu os olhares dos patrícios à sombra da catedral. Isso, por sua vez, fez Ezra rir com ainda mais vontade. Em questão de segundos, Leah e Hope se juntaram a eles, e então, por fim, até Immanuelle deixou escapar um leve sorriso. Antes que se desse conta, todos estavam gargalhando juntos como um bando de velhos amigos.

Todos exceto Judith, que fez pouco mais que tossir, escandalizada e engasgada, ao se levantar. Ela rebocou Ezra consigo, puxando seu braço, mas quando ele se pôs de pé, deu a Immanuelle aquele mesmo sorriso torto outra vez.

"Até o próximo Sabá", gritou ele por sobre o ombro enquanto Judith o conduzia de volta à catedral, de volta ao seu pai, o Profeta, e para longe de Immanuelle. Mas conforme adentrava a grama alta ondulante, ele se deteve, virando-se e olhando para ela. Algo tremeluziu em seus olhos e, naquele momento, pareceu que ele tinha enxergado sua verdade.

☾ ‑‑ O ANO *das* BRUXAS ‑‑ ☾

2

Pois o Pai é bom e Sua bondade é perene.
Seu sorriso desce dos céus para conceder bênçãos
ao Seu rebanho, que ele possa encontrar
o contentamento à Sua luz.

— AS ESCRITURAS SAGRADAS —

Naquela noite, os Moore se reuniram para o costumeiro jantar do Sabá. Martha cuidava de um caldeirão borbulhante de guisado de galinha, pendurado em um gancho de ferro sobre o fogo crepitante, e limpava o suor do cenho com as costas da mão. Enquanto ela se curvava sobre a lareira, Anna misturava com as mãos a massa para o pão, acrescentando punhados de linhaça e nozes esmigalhadas, cantando hinos enquanto trabalhava. Immanuelle estava agachada entre as duas, assumindo diferentes tarefas e fazendo o possível para ajudar. Ela era desajeitada na cozinha, mas sempre tentava ajudá-las.

Anna, sempre animada, foi a primeira a quebrar o silêncio.

"Foi boa a cerimônia de hoje de manhã, não foi?"

Immanuelle pôs um prato de peltre na cabeceira da mesa, diante da cadeira vazia do avô.

"Foi mesmo."

Martha ficou em silêncio.

Anna mergulhou os punhos na massa do pão novamente.

"Quando o Profeta falou, senti como se o ar tivesse sido sugado de mim. Ele é mesmo um homem do Pai, aquele ali. Mais que outros profetas, até. É muita sorte o termos aqui."

Immanuelle colocou uma colher ao lado do prato de Martha e outra ao lado da tigela de Honor, uma coisinha de madeira que ela mesma havia entalhado e polido cerca de três verões antes, quando a criança ainda não era maior que um vairão no ventre de Anna. Para a mais velha de Anna, Glory, ela reservou a colher cor de cobre de que mais gostava, uma relíquia que Martha havia comprado de um mascate no mercado havia muitos anos.

Glory, como sua mãe, gostava do que era belo: fitas, rendas, doces e outros deleites que os Moore não tinham como bancar. Mas, quando podia, Immanuelle tentava presentear a garota com pequenas lembranças. Poucas coisas belas sobraram na casa. A maioria dos tesouros e enfeites tinha sido vendida durante o auge do inverno, em uma tentativa de compensar a colheita ruim e todo o rebanho que haviam perdido para a doença no verão anterior. Mas se dependesse de Immanuelle, Glory teria sua colher, uma pequena lembrança para contrabalançar seu mundo de privação.

Quando a refeição ficou pronta, Martha carregou o caldeirão de guisado até a mesa e baixou-o com um baque alto que se propagou pela casa. Com aquele som, Honor e Glory correram para a sala de jantar, ávidas para ocuparem seus lugares e comerem. As esposas se sentaram em seguida, a avó de Immanuelle, Martha, reivindicando seu lugar na ponta oposta da mesa, como era o costume, e Anna, a segunda esposa do avô de Immanuelle, se acomodando no lugar ao lado da cadeira vazia do marido.

Após longos instantes, ouviu-se o rangido das dobradiças, o som de uma porta se abrindo, e então o doloroso e farfalhante estrépito de Abram descendo a escada. Seu avô estava tendo um dia ruim; Immanuelle sabia pelo som dos passos, o modo como seu pé retesado se arrastava pelas tábuas rangentes do assoalho enquanto ele seguia em direção à mesa. Ele havia faltado à igreja outra vez naquela manhã, fazendo daquele o terceiro Sabá que perdia em um mês.

Certa vez, há muito tempo, Abram havia sido um apóstolo — e um dos poderosos. Ele fora o braço direito de Simon Chambers, o profeta que servira antes de o atual profeta, Grant Chambers, ser escolhido e ordenado. Como tal, Abram um dia tinha sido dono de uma das sete propriedades nas santas Terras Sagradas e havia exercido o Dom do Discernimento do Pai. Aos 19 anos, se casara com Martha. Os dois estavam sob igual jugo, tanto em idade quanto em condição; apesar disso, o Pai não os abençoou com filhos por um bom tempo. Na verdade, após anos de tentativas, Abram e Martha conseguiram conceber apenas Miriam, e ao seu nascimento se sucedeu uma série de natimortos, todos meninos. Muitos depois afirmaram que o nascimento de Miriam havia amaldiçoado as crianças nascidas depois, disseram que sua própria existência era uma praga para a reputação dos Moore.

Devido aos crimes de Miriam, Abram fora destituído de seu título de apóstolo e de todas as terras que vinham com ele. As terras dos Moore, um campo ondeado que um dia havia sido tão grande a ponto de rivalizar com as do Profeta, foram divididas entre os outros apóstolos e os fazendeiros das proximidades, que a dilaceraram metodicamente feito abutres em uma carcaça. A Abram havia sido deixado um pequeno fragmento da terra que ele um dia possuíra, sombreada pela mesma floresta labiríntica para a qual perdera sua filha. Era a vida que ele agora levava, no ridículo e na imundície, sobrevivendo a contar os tostões do parco lucro dos pastos e dos milharais mirrados, que eram seu único direito.

Havia sido um verdadeiro milagre que Anna tivesse concordado em seguir Abram até o altar, dezoito anos antes, a despeito da vergonha provocada pela desgraça de Miriam. Immanuelle suspeitava de que sua lealdade se originava no fato de Abram ter usado seu Toque da Cura para salvá-la quando ela estava morrendo da febre, ainda menina. Era como se tivesse algum tipo de dívida vitalícia para com ele e estava resoluta em sua determinação de pagá-la. Talvez fosse por isso que seu amor por Abram se assemelhava mais ao modo como os apóstolos reverenciavam o Pai Sagrado do que os afetos costumeiros entre marido e mulher.

Quando Abram adentrou a sala de jantar, Anna abriu um sorriso enorme, como sempre. Mas Abram não lhe deu atenção ao atravessar mancando o limiar. Ele se deteve para recuperar o fôlego, escorando as mãos nas costas de uma cadeira quebrada. O lado direito de seu corpo estava crispado, os dedos retorcidos em ângulos próximos a lhe quebrarem os ossos, seu braço encurvado e junto ao peito, como se preso a alguma tipoia invisível. Ele mancou com a perna esquerda jogada para o lado e teve que se segurar na parede para não cair enquanto se arrastava pela sala de jantar até seu lugar à ponta da mesa.

Ele se acomodou bruscamente e começou a oração, lutando para pronunciar as palavras. Quando terminou, ergueu o garfo com a mão boa e se concentrou na comida. Os outros seguiram seu exemplo, as crianças dando colheradas ávidas no guisado, como se estivessem preocupadas que ele fosse desaparecer antes de terem a chance de terminá-lo. A triste verdade é que aquilo era menos um guisado de galinha e mais um caldo ralo de ossos com um pouco de pastinaca, umas poucas folhas perdidas de repolho e os nacos medonhos da galinha. Mesmo assim, Immanuelle comeu vagarosamente, saboreando cada bocado.

Anna tentou uma vez mais iniciar uma conversa, mas todas as tentativas foram inúteis. Martha manteve os olhos no cozido e as garotas foram espertas o suficiente para permanecer em silêncio, temendo a ira do pai.

Abram, por sua vez, não falou muito. Ele raramente o fazia em dias ruins. Immanuelle sabia que lhe doía ter um dia sido a voz do Profeta e agora, nos anos posteriores à morte de sua mãe, ter sido reduzido ao pária da vila, amaldiçoado pelo Pai por sua leniência. Ou assim diziam os rumores.

Na realidade, Immanuelle pouco sabia sobre o que tinha acontecido a Abram após a morte de sua mãe. Tudo que sabia eram migalhas escassas que Martha oferecia, os fragmentos de uma história vil demais para ser contada por inteiro.

Dezessete anos antes, sua mãe, Miriam, então noiva do Profeta, entabulara relações ilícitas com um jovem lavrador das Cercanias. Meses depois, após o caso ser desvelado, esse mesmo lavrador morrera na pira como punição por seus crimes contra o Profeta e a Igreja.

Mas Miriam fora poupada, recebendo a misericórdia do Profeta em razão de seu noivado.

Então, na noite anterior ao casamento, Miriam — ensandecida pelo luto e desesperada para vingar a morte de seu amante — foi pé ante pé ao quarto do Profeta enquanto ele dormia e tentou lhe cortar a garganta com sua própria adaga sagrada. Mas o Profeta despertou e defendeu-se dela, frustrando seu ataque.

Antes que a Guarda do Profeta tivesse a chance de detê-la, Miriam fugiu para a proibida Mata Sombria — o lar de Lilith e seu conciliábulo de bruxas —, onde desapareceu sem deixar rastros. Miriam afirmou que havia passado aqueles meses de inverno brutal sozinha em uma cabana no coração da floresta. Porém, dada a violência daquele inverno e o fato de que a cabana nunca foi encontrada, ninguém em Betel acreditara.

Meses se passaram sem nenhum sinal de Miriam. Então, certa noite, no meio de uma nevasca feroz, ela emergiu grávida da Mata Sombria, carregando na barriga o pecaminoso rebento de seu amante, que morrera na pira. Poucos dias após seu retorno, Miriam deu à luz Immanuelle.

Enquanto sua filha gritava em pleno parto, Abram sofreu um derrame tão violento que retorceu seus membros, vergou seus ossos e músculos, destituindo-o de sua força e sua estatura, bem como do poder de seus Dons Sagrados. E conforme Miriam lutava, paria e resvalava para o além-vida, ele quase se foi também. Foi só por um milagre do Pai, que o arrastou de volta do limiar da morte, que ele foi salvo.

Mas Abram havia sofrido pelos pecados de Miriam e continuaria a sofrer por eles até o dia em que morresse. Talvez sofresse menos se tivesse tido forças para rejeitar Immanuelle pelos pecados da mãe. Ou se simplesmente tivesse rejeitado Miriam após ela retornar grávida da mata, talvez voltasse uma vez mais às boas graças do Profeta.

Mas não o fez. E por isso, Immanuelle era grata.

"Você vai... ao mercado... de manhã", disse Abram do outro lado da mesa, macerando as palavras por entre os dentes enquanto falava, cada sílaba uma luta. "Venda o borrego preto."

"Farei o possível", disse Immanuelle, assentindo.

Se ele estava decidido a vender o borrego, deviam estar em extrema necessidade. Havia sido um mês ruim, um mês ruim ao fim de uma cadeia de meses ruins. Eles precisavam desesperadamente do dinheiro. A doença de Abram havia piorado no inverno após uma febre, e o gasto abrupto com remédios havia levado a família à beira da ruína. Era vital que Immanuelle fizesse sua parte para aliviar o fardo, como todos ali.

Cada um na casa dos Moore tinha algum serviço ou negócio. Martha era uma parteira abençoada com a Língua do Pai e, através dela, tinha o poder de invocar Nomes dos céus. Anna era uma costureira de mão tão suave e olhos tão afiados que poderia cerzir até a mais fina renda. Abram, que havia sido carpinteiro, nos anos após o derrame passara a entalhar pequeninas figuras rudimentares que eles às vezes mascateavam no mercado. Até Glory, uma talentosa artista, apesar de ter apenas 12 anos, pintava pequenos retratos em xilogravura que então vendia aos amigos na escola. Honor, que era nova demais para adotar um ofício, ajudava como podia pela fazenda.

E então havia Immanuelle, a pastora, que tangia um rebanho de ovelhas com a ajuda de um campeiro. Toda manhã, exceto pelo Sabá ou nas raras ocasiões em que Martha a levava junto para um parto particularmente difícil, Immanuelle fazia a vigília das ovelhas. De cajado na mão, ela as levava até os campos do oeste, onde o rebanho passava o dia pastando à sombra da Mata Sombria.

Immanuelle sempre havia sentido uma estranha afinidade pela Mata Sombria, uma espécie de agitação quando se aproximava dela. Era quase como se a mata proibida entoasse uma canção que apenas ela podia ouvir, como se a estivesse desafiando a chegar mais perto.

Apesar da tentação, Immanuelle nunca o fizera.

Nos dias de mercado, Immanuelle levava uma seleção de mercadorias — lã, carne ou carneiro — até a cidade para mascateá-las. Lá, passava o dia na praça, regateando e vendendo seus artigos. Se tivesse sorte, voltava para casa após o pôr do sol com cobres o bastante para cobrir os dízimos semanais. Se não, a família passaria fome e seus dízimos e as dívidas aos curandeiros de Abram continuariam em aberto.

Abram forçou goela abaixo outro bocado de guisado, engolindo com certo esforço.

"Venda ele... por um bom preço. Não venda por menos do que ele vale."

Immanuelle assentiu.

"Vou logo cedo. Se eu tomar o caminho que cruza a Mata Sombria, chegarei ao mercado antes dos outros vendedores."

A conversa morreu no retinir dos garfos e das facas que se chocavam contra os pratos. Mesmo Honor, jovem como era, sabia que devia ficar calada. Fez-se silêncio, exceto pelo ritmado *ping, ping, ping* da goteira no canto da cozinha.

As faces de Martha praticamente se esvaíram de toda a cor e seus lábios estavam exangues.

"Nunca entre naquelas matas, está ouvindo? O mal habita nelas."

Immanuelle franziu o cenho. Do seu ponto de vista, o pecado não era uma praga que poderia contrair caso se aventurasse a chegar perto demais. E ela não tinha certeza de que acreditava em todas as lendas sobre os males no ventre da Mata Sombria. Na verdade, Immanuelle não tinha certeza do quanto acreditava, mas imaginava que um breve atalho pela floresta não seria nada de mais.

Porém, discutir não faria diferença, e ela sabia que, em uma guerra de vontades, não venceria. Martha tinha um coração de ferro e o tipo de fé inabalável capaz de fazer as pedras tremerem. Era inútil provocá-la.

E assim, Immanuelle ficou calada, curvou a cabeça e resignou-se a obedecer.

• • •

Naquela noite, Immanuelle sonhou com feras: uma garota de boca escancarada e dentes amarelados de coiote; uma mulher com asas de mariposa que uivava para a lua crescente. Ela acordou no início da manhã com o eco daquele grito, o som colidindo em idas e vindas contra as paredes de seu crânio.

Sonolenta e embriagada pela exaustão, Immanuelle vestiu-se desajeitada, tentando afastar de sua mente as imagens degeneradas das assombrações do bosque enquanto abotoava atabalhoadamente seu vestido e se aprontava para o dia no mercado.

Saindo em silêncio da casa adormecida, Immanuelle seguiu a passos largos rumo aos pastos mais distantes. Ela começava quase toda manhã assim, cuidando das ovelhas sob a luz da aurora. Nas raras ocasiões em que não podia fazê-lo — como na semana em que pegou tosse convulsa, poucos verões antes —, um campeiro que atendia pelo nome de Josiah Clark intervinha e assumia seu lugar.

Immanuelle encontrou o rebanho agrupado nos pastos do leste, logo além da sombra do bosque. Os corvos se empoleiravam nos galhos dos carvalhos e das bétulas na floresta ali perto, embora não entoassem canção alguma. O silêncio era quase tão denso quanto a neblina da manhã e só era quebrado pelo som do acalanto de Immanuelle, que ecoava pelos sopés e campos distantes feito uma elegia.

Não era um acalanto normal, como as canções folclóricas ou de ninar que as mães cantam para os filhos, mas uma versão de um antigo hino fúnebre que ela escutara em um enterro. A canção se propagava pelos pastos e, com o som, o rebanho se deslocou para o leste, se alastrando feito uma onda pelas colinas ondeadas. Em instantes, as ovelhas estavam junto dela, balindo e trotando alegremente, se apertando contra sua saia. Mas o borrego, Judas, se deixou ficar para trás dos outros, seus cascos firmemente plantados e a cabeça pendendo para baixo. Apesar da pouca idade, era grande e feroz, com uma pelagem preta felpuda e dois pares de chifres: o primeiro se projetando feito uma adaga do topo de sua cabeça, o segundo se curvando por trás de suas orelhas e despontando ao longo do feitio definido do focinho.

"Judas", chamou Immanuelle por sobre o sibilo do vento na grama alta. "Venha aqui, está na hora de irmos ao mercado."

O carneiro pisoteou a terra, os olhos semicerrados. Quando avançou, as ovelhas se alvoroçaram e se separaram, os pequenos cordeiros tropeçando para abrir caminho. Parou a apenas alguns metros de Immanuelle, a cabeça virada levemente para o lado para que ele pudesse encará-la pela curva retorcida do chifre.

"Nós vamos ao mercado." Ela ergueu o cabresto para que ele o visse, a corda se balançando acima do chão. "Vou precisar prender você."

O carneiro não se moveu.

Inclinando-se sobre um dos joelhos, Immanuelle pôs suavemente o laço do nó sobre os chifres dele, retesando a corda aos puxões para apertá-lo. O carneiro resistiu, coiceando, pinoteando e sacudindo a cabeça, açoitando a terra com os cascos. Mas ela o conteve, firmando as pernas e segurando com força, a corda esfolando as palmas de suas mãos enquanto Judas se empinava e lutava.

"Calma", disse ela, nunca erguendo a voz para mais que um murmúrio. "Pronto, está tudo bem."

O carneiro sacudiu a cabeça uma última vez e bufou com força, uma nuvem de vapor ondeando de suas narinas, densa feito a fumaça de um cachimbo no ar frio da manhã.

"Vem, seu velho resmungão." Ela o instou a acompanhá-la com outro puxão no cabresto. "Vamos levar você para o mercado."

A caminhada pelas Clareiras foi longa e, apesar da friagem do início da manhã, o sol estava quente. Suor escorria pelas costas de Immanuelle enquanto ela seguia penosamente pela trilha sinuosa para a cidade. Tivesse ela tomado o atalho pelo bosque — em vez do caminho mais longo que contornava a floresta — já estaria na cidade. Mas havia dito a Martha que ficaria longe da mata e estava determinada a cumprir a promessa.

Immanuelle seguiu se arrastando, a mochila pesando nos ombros conforme avançava. Seus pés doíam dentro das botas, que eram um número e meio menores e beliscavam seus calcanhares até criarem bolhas. Com frequência, tudo que possuía parecia ser grande demais ou pequeno demais, como se ela não coubesse no mundo em que nascera.

Na metade do caminho para o mercado, Immanuelle parou para o desjejum. Achou um lugar fresco à sombra de uma bétula e revirou o conteúdo da mochila em busca da fatia de queijo e do pão integral, duro feito tijolo, que Anna havia assado na noite anterior. Ela comeu rapidamente, jogou os farelos de pão para Judas, que os abocanhou e pinoteou a cabeça, dando puxões tão fortes no cabresto que ela teve que agarrá-lo pelos chifres para impedir que ele saísse em disparada.

A distância, a Mata Sombria se agitava. Quase parecia chamá-la, com o vento soprando por entre os galhos, como uma língua secreta e sibilante.

De acordo com as lendas e as Escrituras Sagradas, a Mata Sombria, como todas as coisas amaldiçoadas e vis desse mundo, havia sido gerada pela Mãe das Trevas, a deusa dos infernos. Enquanto o Bom Pai tinha forjado o mundo com luz e chamas, soprando a vida no pó, a Mãe invocara Seus males das sombras, parindo legiões de feras e demônios, criaturas deformadas e seres rastejantes à espreita no supurado meio-mundo entre o mundo dos vivos e o dos mortos.

E tinha sido desse meio-mundo, dos corredores da amaldiçoada floresta, que as primeiras bruxas — Lilith, Delilah e as duas Amantes, Jael e Mercy — haviam emergido. As Quatro Profanas (como foram chamadas posteriormente) se infiltraram entre os primeiros colonos de Betel, que as aceitaram como refugiadas e lhes ofereceram santuário. As mulheres desposaram maridos e deram à luz filhos, e viveram em meio ao rebanho do Pai como aliadas e amigas. Mas embora as quatro bruxas usassem a pele de mulheres humanas, suas almas eram feitas à imagem da Mãe e, assim como Ela, queriam destruir as criações do Bom Pai, sufocando a luz d'Ele com escuridão e sombra.

As quatro bruxas plantaram sementes de discórdia nos corações dos bons homens betelanos, tentando-os e levando suas almas à perdição. As raízes de sua falsidade eram profundas, e não demorou muito até que o jugo da terra passasse para elas. Foi só pela graça do Pai que um jovem de nome David Ford — o primeiro profeta — reuniu um corajoso exército de cruzados sagrados para derrubar as quatro rainhas bruxas com fogo e purgação em uma sangrenta rebelião, banindo suas almas para a mata amaldiçoada de onde haviam saído.

O poder das bruxas e da Deusa sombria a quem serviam perdurou até muito depois do término da Guerra Santa. Mesmo agora, seus fantasmas ainda assombravam a Mata Sombria, famintos pelas almas daqueles que ousavam adentrar seu reino.

Era o que diziam as histórias.

Quando terminou o café da manhã, Immanuelle se levantou para continuar a jornada através das Clareiras. A estrada principal agora serpenteava próxima à Mata Sombria, e ela podia ver as lápides pontilhando as margens da vegetação. Havia guirlandas de flores silvestres, lembranças e tributos, e até um pequenino par de sapatos de criança pendurado pelos cadarços em um mourão — como se alguém acreditasse que a criança um dia fosse emergir das árvores para reivindicá-los. Essas relíquias eram tudo que restava daqueles que haviam sido perdidos para a Mata Sombria. Pois o que a floresta tomava, ela raramente entregava de volta.

Immanuelle e sua mãe eram exceções — milagres, alguns diziam. Mas, em momentos de fraqueza, quando o vento remexia as agulhas dos pinheiros e os corvos cantavam suas canções, Immanuelle sentia como se a Mata Sombria ainda tivesse poder sobre ela, como se a estivesse chamando para casa outra vez.

Estremecendo, a garota seguiu caminhando, passando pelas choupanas e cabanas, e pelos milharais que oscilavam com o vento. Avançou ao longo da margem da floresta, seguindo a trilha do ribeirão. Acima de sua cabeça, o sol se deslocava e o ar ia ficando denso e pesado. Os extensos pastos das Clareiras deram lugar às ruas calçadas de pedra de Amas, o vilarejo no coração de Betel. Ali, celeiros e casas de fazenda eram substituídos por um aglomerado de chalés de pedras de cantaria e casas urbanas com teto de ardósia, edifícios de pedra com janelas de vitrais que reluziam sob a luz do meio-dia. A distância, assomando-se sobre os telhados, estava uma das estruturas mais altas de Betel, ultrapassada apenas pelo campanário da catedral. Chamada Portão Sacrossanto, era uma maravilha de ferro forjado construída pelo primeiro profeta, David Ford.

Para além do portão, havia uma ampla estrada de paralelepípedos ladeada por lampiões perenemente acesos, a Via do Peregrino. Se Betel era uma ilha no vasto oceano da floresta, aquela estrada era uma ponte para os territórios estrangeiros muito além das fronteiras. Mas até onde Immanuelle sabia, apenas a Guarda do Profeta, os apóstolos e alguns estimados evangelistas tinham permissão para deixar Betel, e só em raras ocasiões. E nunca — em todos os 16 anos de Immanuelle — um único forasteiro havia atravessado o portão.

Às vezes, Immanuelle se perguntava se as cidades além dos territórios betelanos eram apenas mitos. Ou talvez o bosque em seu eterno avanço as tivesse devorado, como teria feito com Betel se a luz do Pai não tivesse forçado a escuridão a recuar. Mas Immanuelle sabia que essas ponderações estavam muito além de sua alçada. As complexidades do mundo além do Portão Sacrossanto eram responsabilidade dos apóstolos e do Profeta, que tinham o conhecimento e o discernimento para refletir sobre elas.

Agarrando com mais força o cabresto de Judas, Immanuelle abriu caminho se acotovelando pela multidão em constante adensamento do mercado. Como sempre, a praça estava apinhada de barracas. Havia bancas de velas e um açougue com carnes enxameadas de moscas em placas de gelo semiderretidas. Ao lado do açougue, uma grande banca vendia rolos de tecidos, exibindo um arranjo de brocados e veludos, sarjas e sedas macias. Quando Immanuelle passou pela tenda do perfumista, sentiu o aroma do óleo requintado, preparado com flores e almíscar de mirra.

O relojoeiro tinha uma banca bem em frente ao seu chalé. Em uma longa mesa de carvalho, ele vendia relógios e contadores para os homens refinados que se vestiam como quem podia pagar por eles. A poucos passos dali, uma sapataria oferecia botas de couro com fivelas que eram mais finas do que qualquer coisa que Immanuelle algum dia já havia possuído. Mais belas do que qualquer coisa que provavelmente ela algum dia *poderia* ter.

Mas ela não remoeu esse pensamento. Fez questão de manter a cabeça bem erguida, sem nunca sair da estrada principal ou retardar o passo para examinar as mercadorias. Judas trotava ao seu lado, seus cascos pretos deslizando pelos paralelepípedos. As orelhas se curvavam para um lado e para o outro, e as narinas se alargavam enquanto o animal assimilava as vistas e os sons do mercado. Às vezes ele se desviava, mas Immanuelle mantinha a rédea curta para que ele nunca se afastasse mais do que um passo de seu quadril.

Ao longo da estrada, acocorados com tigelas e canecas de moedas nas esquinas pavimentadas, ficavam os pedintes das Cercanias. Muitos andavam descalços, levantando-se para recolher moedas dos passantes gentis o bastante para ofertá-las. Mas a maioria dos frequentadores do mercado ignorava os pedintes. Os cercanenses eram exilados, considerados filhos inferiores e menos favorecidos do Pai. Alguns poucos membros mais radicais do rebanho sugeriam que a própria aparência deles era uma punição, afirmando que a pele escura, cor de ébano, era um sinal exterior da afiliação interna à Mãe das Trevas, com os quais ela se assemelhava.

Havia muitas histórias sobre como os cercanenses chegaram a Betel, mas a maioria acreditava que se tratava dos descendentes de refugiados que para lá tinham escapado em dias ancestrais. Eram muitos os rumores sobre a razão de sua fuga. Alguns diziam que uma seca transformara a terra em cinzas. Outros contavam histórias de um céu que chorava fogo e enxofre. Outros clamavam que um mar faminto havia inundado suas terras natais, a maré formando ondas tão altas que afogaram as montanhas e os forçaram a fugir para as matas.

Um santo chamado Abdiah governava a Igreja naquele tempo. Ele dizia que o Pai havia punido esses refugiados por sua afiliação à Mãe. Afirmava que as pragas que os afugentaram de suas casas eram uma forma de retaliação divina. Determinou que era a vontade do Pai levar até Betel aqueles nas Cercanias, para que pudessem continuar o processo de santificação através do serviço à Igreja. E assim, por mando de Abdiah, pela primeira vez em sua história de séculos, Betel abriu seus portões para forasteiros.

Para impedir o que Abdiah chamava de "proliferação das falácias", os cercanenses foram designados a um assentamento no limiar sul de Betel. Lá, foram ministrados por servos da Igreja, que espalharam a palavra do Pai, transformando bárbaros em fiéis no que mais tarde foi chamado de o Grande Evangelismo. Com o passar das décadas, aqueles nas Cercanias assimilaram os costumes de Betel. Adotaram sua fé e sua língua comum, continuaram seu processo de contrição através do serviço à Igreja. Gradualmente, conforme as gerações passavam, aqueles nas Cercanias viraram as costas para a própria história e se tornaram betelanos. Mas estava claro para Immanuelle que não eram tratados como tal. *Ela* não era tratada como tal.

Pouco importava que a maioria dos cercanenses modernos carregava o sangue de colonos betelanos ou que tivessem lutado contra os exércitos de Lilith na Guerra Santa. Partilhado ou derramado, parecia que o sangue não importava tanto quanto a aparência. Não importava quantos séculos houvessem se passado, não importava o que haviam cedido a serviço da melhoria de Betel, parecia que os cercanenses sempre viveriam às margens.

Naquele dia, havia por volta de uma dúzia de pedintes na estrada principal. Conforme Immanuelle se aproximava, eles se voltaram para ela, como sempre acontecia, mas ninguém estendeu uma tigela ou caneca, ou mesmo a saudou com um olhar menos gélido. Em vez disso, pareciam estudá-la com expressões que ela descreveria como uma mistura de curiosidade e desdém.

Ela não os culpava.

Embora por fora tivessem traços em comum — a pele escura, o nariz resoluto, os grandes olhos pretos —, ela não era uma *deles*, não realmente. Nunca havia conhecido a pobreza de uma vida para além das Clareiras ou trilhado as estradas que atravessavam as Cercanias, nem encontrado os aparentados que provavelmente tinha por lá. Até onde Immanuelle sabia, aqueles que espreitavam as estradas podiam muito bem ter seu sangue — parentes de seu pai, tios ou primos, talvez —, mas não os via como tal, e eles, por sua vez, também não a enxergavam de tal modo.

Immanuelle caminhou um pouco mais rápido, encarando os próprios sapatos, tentando não se importar com os olhares prolongados dos cercanenses enquanto avançava até o setor dos rebanhos. Estava quase lá quando avistou a melhor loja de todas: a banca de livros.

Em comparação com outras lojas, com suas placas pintadas e vitrines elaboradas, não era grande coisa. A tenda era pequena, apenas um tecido de aniagem esticado sobre três estacas de madeira. Debaixo, cinco fileiras de prateleiras, todas mais altas que Immanuelle e apinhadas de livros — livros de verdade, não como os tomos decorativos e hinários que repousavam sobre o consolo da lareira na casa dos Moore, intocados e nunca lidos. Aqueles eram livros sobre botânica e medicina, de poesia e folclore, atlas e histórias de Betel e dos assentamentos distantes, e até pequenos panfletos que ensinavam coisas como gramática e aritmética. Era assombroso que tivessem recebido aprovação da Guarda do Profeta.

Após amarrar Judas em um lampião ali perto, Immanuelle se aproximou devagar da banca. Apesar de saber que deveria ir direto para o setor dos rebanhos, ela se demorou entre as prateleiras, abrindo os livros para sentir o almíscar das encadernações e correr os dedos ao longo das páginas. Embora tivesse abandonado a educação formal aos 12 anos, como faziam todas as moças em Betel para obedecer ao Protocolo Sagrado do Profeta, Immanuelle era uma leitora voraz. Para falar a verdade, ler era uma das poucas coisas em que ela sentia que era realmente boa, uma das poucas coisas que faziam com que sentisse orgulho de si mesma. Às vezes pensava que se tivesse qualquer Dom, seria isso. Os livros eram para ela o que a fé era para Martha; nunca se sentia tão próxima do Pai quanto naqueles momentos sob a sombra da barraca dos livros, lendo as histórias de um completo desconhecido.

O primeiro livro que escolheu era grosso e encadernado em um tecido cinza pálido. Não havia título, apenas a palavra *Elegia* gravada em tinta dourada ao longo da lombada. Immanuelle abriu-o e leu as primeiras linhas de um poema sobre uma tempestade que varria o oceano. Ela nunca tinha visto o oceano, nem conhecia qualquer um que o tivesse, mas conforme lia os versos em voz alta, podia ouvir o bramido das ondas, provar a salmoura e sentir o vento arrebatando seus cachos.

"Ah, então você voltou." Immanuelle ergueu o olhar para ver que o vendedor, Tobis, a observava. Ao lado dele, para sua surpresa, estava Ezra, o filho do Profeta, que havia se sentado com ela e Leah às margens do rio no dia anterior.

Ele vestia roupas simples, assim como os fazendeiros que vinham direto dos campos, com exceção da adaga sagrada de apóstolo, que ainda estava pendurada na corrente ao redor do pescoço dele. Ezra segurava dois livros em uma das mãos. O primeiro era um exemplar grosso das Escrituras Sagradas, encadernado em couro marrom; o segundo, um livro delgado, encadernado em pano e sem título. Ele sorriu para ela em saudação, e Immanuelle inclinou a cabeça em resposta, pondo o livro discretamente de volta na prateleira. Afinal, não podia mesmo comprá-lo. Os Moore mal tinham cobres o suficiente para botar comida na mesa e pagar os dízimos ao Profeta e sua Igreja; não era possível gastar em coisas frívolas como histórias, papel e poesia. Tais privilégios eram reservados aos apóstolos e aos homens que tinham dinheiro de sobra. Homens como Ezra.

"Leve o tempo que quiser", disse Tobis, aproximando-se devagar, o aroma condimentado da fumaça de seu cachimbo flutuando por entre as prateleiras. "Não se incomode conosco."

"Não me incomodam nem um pouco", murmurou Immanuelle, indo em direção à rua. Ela gesticulou na direção de Judas, que atacava os paralelepípedos com seus cascos. "Eu já estava de saída. Não estou aqui para comprar, só mascatear."

"Bobagem", disse o vendedor através do cabo do cachimbo. "Existe um livro para cada pessoa. Deve haver algo que desperte o seu interesse."

Immanuelle tornou a observar Ezra: seu refinado casaco de lã e suas botas polidas, os livros encadernados em couro enfiados sob o braço, tão bem-feitos que ela imaginou que o preço de um seria suficiente para cobrir os gastos com os remédios de Abram por semanas a fio. Ela ruborizou.

"Não tenho dinheiro."

O vendedor sorriu, seus dentes saturados de aço e cobre.

"Então que tal uma barganha? Dou um livro a você em troca do carneiro."

Por um instante, Immanuelle hesitou.

Alguma parte tola dela estava disposta a fazê-lo, disposta a vender Judas em troca de umas poucas páginas de poesia. Mas então pensou em Honor, que tinha chumaços de pano enfiados nos sapatos para preencher os buracos e impedir que a umidade se infiltrasse; em Glory e em seu vestido de segunda mão, tão largo que ficava pendurado nos ombros feito um velho saco de grãos. Pensou em Abram e em sua tosse ladrada, pensou em todos os remédios necessários para curá-la. Ela engoliu em seco e balançou a cabeça.

"Não posso."

"E que tal isso daí?" O vendedor indicou com o polegar o colar de sua mãe: uma pedra do rio polida pendurada em um cordão de couro. Era uma lembrança rudimentar, nada parecido com as pérolas e joias que algumas das moças betelanas usavam, mas era uma das únicas coisas que Immanuelle havia herdado dela e o estimava mais do que tudo. "Essa pedra fica bem bonita no seu peito."

Immanuelle ergueu a mão até o colar por impulso.

"Eu..."

"Ela já disse que não", interrompeu Ezra bruscamente, surpreendendo-a. "Ela não quer o livro. Deixe-a em paz."

O vendedor teve o bom senso de obedecê-lo. Balançou a cabeça feito uma galinha enquanto recuava.

"Como quiser, senhor, como quiser."

Ezra observou o mascate voltar aos livros, a boca comprimida, os olhos apertados. Algo no olhar dele lembrava Immanuelle do modo como ele havia olhado para ela no Sabá, do modo como titubeara, como se tivesse visto nela algo que não tivera a intenção de observar. Agora, Ezra se voltava para ela.

"Você lê?"

Immanuelle corou, orgulhosa por ele ter notado. Várias de suas colegas — Leah, Judith e as outras — liam muito pouco e só sabiam os próprios nomes e alguns dos versículos mais importantes das Escrituras. Se Abram não tivesse insistido para que Immanuelle aprendesse a ler e gerenciasse a fazenda dos Moore em seu lugar, poderia ter acabado como a maioria das outras garotas que conhecia, que mal eram capazes de assinar o próprio nome e não sabiam diferenciar um livro de histórias de uma coletânea de poesia.

"Leio bem o bastante."

Ezra ergueu uma sobrancelha.

"E está aqui sozinha? Não tem um acompanhante?"

"Não preciso de acompanhantes", disse ela, sabendo que, na melhor das hipóteses, isso era uma flexibilização do Protocolo, e, na pior, uma violação, mas não via Ezra como um dedo-duro. Ela soltou Judas do lampião e levou-o para a rua. "Conheço as estradas bem o suficiente para fazer a viagem por conta própria."

Para a surpresa dela, Ezra a acompanhou, a multidão se afastando conforme ele avançava.

"É um caminho longo para fazer sozinha. A terra dos Moore fica a o quê? Quinze quilômetros de distância?"

"Dezesseis." Immanuelle ficou surpresa por ele sequer conhecer sua terra. A maioria não conhecia. "E não é problema algum. Eu levanto antes do nascer do sol e chego aqui antes do meio-dia."

"E não se incomoda?", perguntou ele.

Immanuelle balançou a cabeça, agarrando o cabresto com mais força enquanto atravessavam o setor dos rebanhos. Mesmo que se incomodasse, não faria diferença. Reclamações e aborrecimentos não colocariam comida em sua barriga, não pagariam os dízimos, não cobririam seu telhado de colmo e nem saldariam as dívidas que seriam cobradas no outono. Apenas os abastados tinham o luxo de se importar com as coisas; o resto simplesmente baixava a cabeça, mantinha a boca fechada e fazia o que precisava ser feito. Ezra obviamente se encaixava na primeira categoria, e ela, na última.

Na verdade, havia ficado surpresa ao encontrá-lo no mercado. Como sucessor do Profeta, Immanuelle imaginava que ele teria responsabilidades mais importantes do que compras e permutas. Tarefas como essas eram um tanto indignas. Ainda assim, lá estava ele, caminhando com ela como se estivesse dando um passeio no Sabá, carregando livros como se o Profeta o tivesse enviado em uma demanda de serviçal.

Ezra percebeu que ela os encarava e lhe estendeu um deles, o maior dos três, com as palavras *As Escrituras Sagradas* em relevo dourado ao longo da capa.

"Tome. Dê uma olhada."

Immanuelle balançou a cabeça, puxando Judas para longe de um galinheiro.

"Temos nossa própria cópia das Escrituras em casa."

Ezra abriu um meio sorriso e lançou um olhar por sobre o ombro, tirando gentilmente o cabresto de Judas da mão dela.

"Não são escrituras."

Immanuelle pegou o livro cautelosamente. Por fora, era igual às Escrituras, mas, quando o abriu e folheou, não havia versículos ou salmos, mas sim figuras, rascunhos e reproduções em tinta impressa de estranhos animais, árvores, montanhas, pássaros e insetos que ela nunca tinha visto antes. Umas poucas páginas estavam estampadas com desenhos de grandes reinos e templos, cidades pagãs em reinos bem além dos portões de Betel.

Nesse instante, uma vaia sobrepujou-se aos ruídos do mercado. Immanuelle ergueu os olhos para uma brecha na multidão e teve um vislumbre do alvo do escárnio. Lá, amarrada, amordaçada e cambaleando, estava uma jovem loira, a mesma sobre quem Judith e sua amiga mexericavam no Sabá — a pobre moça que havia feito um fazendeiro local cair em pecado por meio de sedução e meretrício.

Ante a visão, Immanuelle fechou o livro de Ezra tão rápido e com tanta força que quase o derrubou na lama. Ela o empurrou contra o peito dele.

"Pegue de volta. Por favor."

Ezra revirou os olhos, entregando a ela o cabresto de Judas.

"E eu achando que uma garota com a audácia de dançar com os demônios não teria medo de coisas assim."

"Não estou com medo", mentiu ela, os gritos da multidão ressoando em seus ouvidos. "Mas esse livro, ele é..."

"Uma enciclopédia", disse Ezra. "Um livro de conhecimento."

Immanuelle sabia muito bem que só havia um livro de conhecimento e ele não tinha figuras.

"É proibido. Um pecado."

Ezra estudou-a em silêncio por um momento; então seu olhar percorreu o mercado até a garota no tronco, que chorava e lutava contra as correntes.

"Não é estranho que ler um livro seja pecado, mas acorrentar uma garota em um tronco e deixá-la para os cães é normal de acordo com a obra do Bom Pai?"

Immanuelle o encarou, perplexa.

"Quê?" Ela nunca pensaria que o próprio filho do Profeta — e herdeiro da Igreja, ainda por cima — diria tal coisa, mesmo que fosse verdade.

Ezra exibiu aquele sorriso torto, só que dessa vez o sorriso não alcançou os olhos.

"Vejo você no Sabá", disse ele, e então, com um aceno de cabeça, foi-se embora.

O ANO das BRUXAS

3

Os mortos caminham entre os vivos. Esta é
a primeira e a mais importante verdade.

— AS ESCRITURAS SAGRADAS —

Immanuelle não vendeu o borrego naquele dia. Ela barganhou, ela regateou, ela chamou o povo da cidade que passava e fez tudo que podia para se ver livre do carneiro, mas ninguém o queria. Não haveria novo vestido para Glory, nem sapatos para Honor ou dízimos a pagar ao Profeta.

Tinha falhado.

A estrada principal estava quase vazia quando Immanuelle abandonou seu posto no mercado e começou a longa jornada de volta. Conforme caminhava, seus pensamentos se voltaram à rameira no tronco. A lembrança da garota — acorrentada, irresoluta e tão jovem, balbuciando apelos por entre a mordaça — a assombrava, mesmo que tentasse afastá-la de sua mente e se concentrar apenas na jornada para casa.

Ela continuou. O sol já se afundava no horizonte e uma tempestade negra varria as planícies. A chuva caía cortante das nuvens e o vento uivava ao redor dela como se fosse um ser vivo.

Immanuelle apertou o passo, puxando a alça da mochila mais para cima e puxando Judas. Ele resistia a cada passo, os cascos pretos tropeçando pelos paralelepípedos, os olhos se revirando. Ela tentava falar por cima dos trovões para aquietá-lo, mas o animal não lhe dava ouvidos.

Quando chegaram à encruzilhada entre a estrada principal e a trilha de terra que seguia para as Clareiras, um relâmpago fendeu as nuvens. Judas se empinou com tamanha força que Immanuelle perdeu o equilíbrio e escorregou nos paralelepípedos resvaladiços pela chuva. Um lampejo de dor rebentou entre suas costelas e expulsou o ar de seus pulmões. Ela arfou, se agachando na lama enquanto Judas chacoalhava a cabeça de um lado para o outro com selvageria.

"Calma", sussurrou ela, lutando para se pôr de pé outra vez. "Pronto, calma."

O carneiro se empinou de novo, os cascos se enfiando no solo quando ele pousou do outro lado da estrada. Ele se virou para encarar Immanuelle; então baixou a cabeça e arremeteu contra ela.

Immanuelle saltou para a direita. Judas guinou para a esquerda, e a ponta de seu chifre cortou-lhe o canto da boca, fazendo o lábio inferior verter sangue. Ela caiu no chão outra vez de joelhos, que ficaram esfolados.

O carneiro enfurecido deu mais um poderoso puxão, e o cabresto se rompeu. Liberto, Judas pinoteou mais uma vez e disparou para a floresta, desaparecendo em meio às árvores.

Immanuelle inspirou debilmente e gritou:

"Judas!"

Ela ficou de pé e cambaleou até o meio-fio, onde metade da estrada divergia em direção ao bosque afastado. O caminho através da Mata Sombria era bem mais curto do que o que contornava a floresta e, se Immanuelle o tomasse, com certeza chegaria em casa mais cedo.

Porém, o alerta de Martha ressoava em sua mente: *O mal habita aquelas matas.*

Mas então ela pensou nos dízimos por vir, na goteira e nos buracos nos sapatos de Glory. Pensou nas colheitas ruins, nas ceias de mingau e nas minguantes reservas de inverno. Pensou em tudo que eles precisavam e em tudo que lhes faltava e deu um passo na direção das árvores. E então, mais um.

Nas margens da floresta, havia maior quietude, o vento esmorecia. Immanuelle chamou Judas mais uma vez, as mãos em concha ao redor da boca, encarando as sombras entre as árvores. Mas não havia nada, apenas o sussurro do vento ziguezagueando pelos pinheiros e se agitando pela grama alta. *Venha cá, venha cá,* ele parecia dizer.

Immanuelle sentiu algo se agitar no fundo do estômago. Ela sentiu o coração acelerar, batendo tão rápido quanto as asas de um beija-flor. Olhou de relance para trás, para a estrada, para a cidade. O sol ainda estava parcialmente obscurecido pelas nuvens de tempestade, mas, pela posição dele no céu, ela sabia que tinha pelo menos uma hora antes de ele se pôr. Uma hora para procurar Judas. Uma hora para corrigir seus erros.

Ela conseguiria, só precisava se apressar. Sabia que ainda podia resolver a situação sem que ninguém, nem mesmo Martha, ficasse sabendo.

Immanuelle deu um passo hesitante rumo às árvores, depois outro, suas pernas subitamente pesadas feito chumbo, seus pés adormecidos nas botas.

O vento fluía pelos galhos das árvores, acenando para que ela avançasse: *Venha cá. Venha cá.*

De repente, ele corria, irrompendo por entre os olmos e os carvalhos. O ar tinha cheiro de chuva e seiva, argila e a putrefação doce da floresta. Os trovões ressoavam, o vento recomeçou. Silveiras se engachavam em seu vestido e se agarravam às alças de sua mochila enquanto ela disparava pelo bosque.

"*Judas!*", guinchou ela, atravessando penosamente o matagal, tropeçando nas raízes das árvores e nos nós de silveiras emaranhadas. Cada vez mais adiante ela seguia, correndo pela floresta tão rápido quanto suas pernas podiam carregá-la.

Mas o carneiro havia sumido.

E o sol estava se pondo.

E Immanuelle logo se deu conta de que estava perdida.

De olhos semicerrados por causa da chuva, ela se virou, tentando refazer seus passos. Mas a Mata Sombria parecia se deslocar conforme ela se movia, e a garota não conseguiu reencontrar o caminho. Estava sozinha, com frio e com fome. Seus joelhos estavam bambos e sua mochila parecia pesada, como se estivesse lotada de pedras. Com pesar, ela se deu conta de que Martha estava certa ao alertá-la sobre a mata. Tinha sido tola em lhe desobedecer.

Erguendo o olhar para as copas das árvores, Immanuelle viu que as últimas nuvens de tempestade estavam se dispersando. O vento ainda chacoalhava os galhos, mas a chuva inclemente havia minguado em uma garoa, e o brilho baço do sol poente era filtrado por entre os pinheiros. Ela seguiu a luz, partindo para o oeste, correndo o mais rápido que seus pés adormecidos permitiam. Mas as sombras eram ainda mais rápidas, e a noite caiu de supetão ao seu redor.

Quando os últimos raios feneceram na escuridão, os joelhos de Immanuelle cederam. Ela cambaleou, desabando em um recanto enlameado entre as raízes de um carvalho. Ali, curvando-se na lama, levou os joelhos ao peito e tentou recuperar o fôlego. Com o vento uivando por entre as árvores, ela agarrou o pingente da mãe para atrair boa sorte.

Mas não orou. Não tinha coragem.

Lá no alto, a tempestade desfaleceu, deixando apenas um esparrame de estrelas e uma lua crescente que pairava, bem baixa, no céu noturno. Enquanto Immanuelle perscrutava o céu distante, uma calma se assentou sobre ela como as dobras suaves de um cobertor, de modo que ela começou a se sentir menos sozinha, menos amedrontada. Havia certa gentileza no modo como a luz da lua lambia as folhas e o vento se movia pelas copas das árvores. Era como se a Mata Sombria entoasse um acalanto, um que ela já tinha ouvido antes: *Venha cá, Immanuelle. Venha cá.*

Com a voz do vento se infiltrando pelas árvores, as sombras viraram borrões diante de seus olhos, e o luar e a escuridão se espargiram juntos feito tinta. Immanuelle foi tomada por uma espécie de cautela e sentiu o gosto de metal, o gosto de sangue, no fundo da garganta. Mas, de algum modo, não sentiu medo. Ele havia sido removido dela, como se ela tivesse se tornado um pouco menos do que um todo, uma garota pela metade existindo entre o que é e o que não é.

Ela agora não era só Immanuelle. Ela era mais. E ela era menos.

Estava na Mata Sombria. E a Mata Sombria estava nela também.

Apoiando uma das mãos no tronco de um carvalho, ela se ergueu, os joelhos ainda fracos, os pés dormentes. O sussurro no vento ficou ainda mais alto, e ela o seguiu cambaleando às cegas pela escuridão, torcendo para que ele a levasse para a beira da floresta.

Gradualmente, as árvores escassearam. Por um instante, Immanuelle pensou ter encontrado a saída. Mas sua esperança desvaneceu quando ela adentrou uma pequena clareira: um círculo aberto, iluminado pelo luar, no meio da floresta. Ao redor dele, crescia um largo círculo de fadas feito de cogumelos morel, os maiores que Immanuelle já tinha visto.

Bem no centro, duas mulheres estavam enlaçadas e despidas, suas pernas nuas entrelaçadas, seus lábios entreabertos. A maior das duas, uma mulher de cabelos pretos com uma compleição de aranha, estava deitada por cima da outra, as costas arqueadas, os ombros tão tensionados que Immanuelle podia ver os espasmos dos músculos sob a pele, tão fina e cinzenta quando a de um cadáver. A outra mulher se contorcia sob sua amante, deslizando a boca pelo ombro dela.

A mochila de Immanuelle escorregou até o chão.

As mulheres pararam, surpreendidas, e se desenredaram uma da outra, erguendo-se do chão. Uma delas remexeu nas sombras da grama alta atrás de algo, um objeto escuro que Immanuelle, de onde estava, não conseguia ver. Elas se viraram para encará-la ao mesmo tempo.

Com as costas eretas, as mulheres eram trinta centímetros mais altas do que ela. Ambas tinham a mesma expressão: boquiabertas, com lábios vermelhos e oleosos, como as abas de uma ferida aberta. Entalhado entre as sobrancelhas das duas havia o que parecia ser um selo de noivado, só que a estrela no meio era um pouco diferente, menos elaborada, talvez. Embora as mulheres permanecessem imóveis, seus ossos pareciam se deslocar e se mover, como se os esqueletos lutassem para se libertar. Os olhos eram brancos, da cor de ossos clareados pelo sol. Não tinham pupilas e nem íris. E, mesmo assim, de algum modo, estavam cravados em Immanuelle.

☽ -- O ANO *das* BRUXAS -- ☾

4

É um amor ímpar entre o Pai e a Mãe, entre a luz e as trevas. Um não pode existir sem o outro. E, ainda assim, eles nunca podem ser unos.

— AS ESCRITURAS SAGRADAS —

A mulher loira deu um passo adiante primeiro, desentrelaçando a mão da de sua amante. Ela cruzou a clareira em poucas e longas passadas e parou a apenas alguns metros de onde Immanuelle estava. De perto, viu que as feições da mulher eram mutiladas: seu nariz gravemente quebrado, o osso projetando-se da pele em uma junta afiada. Seus lábios eram carnudos, embora um pouco inchados, e Immanuelle viu que o inferior estava fendido ao meio. Seus seios pendiam pesados e nus, e a cabeça se inclinava para o lado, como se faltasse ao pescoço a força para manter o crânio ereto.

A mulher de cabelos pretos a seguiu cautelosamente depois, avançando pela grama e pelas samambaias. Era mais alta e mais bela, e caminhava com a graciosidade titubeante de uma corça. Parou logo atrás da amante e deslizou uma das mãos pela cintura dela, como se para puxá-la de volta. Mas a mulher a enxotou e avançou mesmo assim, estendendo a mão para Immanuelle, como se em saudação. Seus dedos eram pálidos e tortos — tão deformados quanto os de Abram — e estavam dobrados em torno de algo pequeno e preto.

Um livro encadernado em couro.

A mulher pálida apertou o tomo contra o peito de Immanuelle, que cambaleou para trás, caindo no tronco de um pinheiro próximo. A boca da mulher se retorceu em algo parecido com um sorriso.

Pegue. As palavras estavam no vento, fervilhando pelos galhos das árvores. Os joelhos de Immanuelle ficaram fracos ante ao som. *É seu*.

Suas mãos tremeram ao aceitar o presente. O livro era pesado e estranhamente cálido ao toque, como se sangue fluísse pela encadernação. Ao pegá-lo, Immanuelle não sentiu medo com a presença das mulheres, nenhuma vergonha perante sua nudez. Era como se a alma dela não estivesse mais ligada ao corpo.

Um balido sufocado rompeu pela floresta, quebrando seu transe. *Judas*.

Immanuelle ficou alerta e virou-se para as árvores. Conseguiu cambalear alguns passos adiante, apanhou a mochila do chão e enfiou o livro no bolso da frente antes de começar a correr.

Os galhos agarravam seu vestido e fustigavam suas bochechas. Ela não sabia dizer se era o vento uivando em seus ouvidos ou as mulheres a chamando de volta para a clareira. Mas a cada passo, a cada investida, a floresta parecia engoli-la. O matagal se adensava; as copas das árvores se aglomeravam cada vez mais baixas; as sombras se revolviam feito nanquim remexido.

Ela não deu importância. Continuou correndo.

A bota de Immanuelle ficou presa na raiz de uma árvore e ela caiu, atingindo a terra com um baque surdo. A garota ergueu-se do chão, arfando, e viu um rosto familiar examinando-a das sombras: Judas.

Mas não era Judas *inteiro* — apenas sua cabeça, decepada, sangrando, equilibrada em cima de um coto de árvore ali perto.

Ela tapou a boca ante a visão dele, contendo um grito e a bile que galgou sua garganta. Começou a tremer, grandes espasmos que a atormentaram com tamanha violência que ela mal conseguiu ficar de pé.

Immanuelle voltou a correr, até mais rápido dessa vez, cortando o matagal e os pinheiros, desesperada para escapar. E, pela graça do Pai, ela escapou.

As árvores começaram a se espaçar, as sombras retrocederam e, gradualmente, o bosque deu lugar às planícies de Betel. Immanuelle enfim viu a trilha sinuosa que a levaria para casa. Ela desabou na beira do bosque, se arrastando de gatinhas para longe das sombras das árvores enquanto lutava para recuperar o fôlego. Conseguiu se forçar a ficar de pé, vacilante e nauseada enquanto mancava pelo resto do caminho até sua casa nas Clareiras, cambaleando pela trilha como se tivesse pesos atados aos tornozelos. Ao se aproximar da terra dos Moore, viu Martha, Anna e Glory caminhando pelos pastos altos e milharais mortos, todas segurando lanternas e chamando por ela.

Immanuelle gritou, e elas se viraram. Glory foi quem irrompeu adiante primeiro, a bainha de sua camisola açoitando os tornozelos. Ela agarrou Immanuelle pela cintura em um abraço apertado.

Anna veio em seguida, louvando aos céus enquanto erguia uma das mãos até o rosto de Immanuelle. Ela tocou os arranhões ensanguentados provocados pelas silveiras, o lábio cortado, o queixo machucado.

"O que aconteceu?"

Immanuelle abriu a boca para responder, mas nenhuma palavra saiu. Ela ergueu o olhar para Martha, que estava parada alguns metros atrás, com a lanterna abaixada, os olhos semicerrados. Em silêncio, ela baixou e levantou a cabeça, gesticulando para que as três voltassem para a casa da fazenda. Glory relaxou o aperto ao redor da cintura de Immanuelle, Anna recuou e as quatro caminharam pelo pasto em silêncio. Após entrarem na casa, Anna conduziu Glory escada acima, pausando apenas para desejar boa-noite à Immanuelle e Martha. Foi só depois de as duas terem desaparecido em seus respectivos quartos que Martha se virou para a neta e falou:

"Venha comigo."

Martha a levou pela sala até a cozinha, que estava às escuras, exceto pelo brilho tépido da lareira. Ela tirou um atiçador de ferro do gancho e revolveu o fogo. Então recostou o cabo na parede da lareira, amparando-o nos tijolos de modo que a ponta de ferro permanecesse no meio das chamas.

"Você vendeu o carneiro?"

Immanuelle balançou a cabeça.

"Então onde ele está?"

A garota fechou os olhos; ainda conseguia ver a cabeça de Judas equilibrada no topo daquele toco, o sangue dele marcando a árvore.

"Eu o perdi. Eu o perdi na mata."

"Você foi até a Mata Sombria? À *noite*?"

"Foi sem querer", disse Immanuelle suavemente, seu lábio cortado latejando. "Judas se soltou e correu para o meio das árvores. Achei que pudesse encontrá-lo, mas caiu uma tempestade e eu me perdi, e depois veio a noite. Eu sinto muito. Foi perigoso e insensato. Eu deveria ter sido mais ajuizada e dado ouvidos à senhora."

Martha pressionou a testa com uma das mãos. Parecia velha naquele momento, mirrada, como se os acontecimentos da noite tivessem sugado o pouco de juventude que lhe restava. Abram não havia sido o único a se deteriorar com o passar dos anos. Immanuelle também tinha visto Martha sofrer. Ela sabia que sua avó se aferrava às doutrinas e escrituras não por fé, mas por medo. Pois, embora Martha tivesse apenas murmurado o nome da filha, Immanuelle sabia que ela vivia à sombra de Miriam. Tudo que Martha fazia — das orações à caridade — era só uma tentativa fútil de escapar da maldição da morte da filha.

"Eu vi uma coisa", disse Immanuelle, e sua própria voz parecia distante e alheia, como se algum estranho estivesse falando em outro cômodo.

"O quê?" Uma luz terrível ardeu nos olhos de Martha. "O que você viu?"

"Mulheres. Duas mulheres na mata, sozinhas." Immanuelle fechou os dedos ao redor da alça da mochila. Lá no fundo, o estranho livro parecia tão pesado quanto uma pedra. Ela sabia que deveria entregá-lo à Martha. Mas não o fez; não podia. As palavras ao vento, proferidas pelas mulheres, brotaram em sua mente: *É seu.* Immanuelle nunca tivera muitas coisas. Às vezes, sentia que mal pertencia a si mesma. A ideia de desfazer-se de um de seus poucos pertences no mundo era quase intolerável, pior que o açoite. Não, não podia desvencilhar-se dele.

"E o que essas mulheres estavam fazendo na mata?"

Immanuelle engoliu em seco. Por um instante, ela se lembrou de como havia se sentido quando fizera sua primeira confissão: sentada na ponta de uma cadeira da cozinha, nas sombras, com o apóstolo Amos à frente dela, de cenho franzido e segurando as Escrituras. Ele lhe perguntara se ela já havia cedido ao pecado da carne ou se, à noite, suas mãos vagavam para onde não deveriam.

Martha bufou e Immanuelle voltou ao presente.

"Elas estavam juntas, de mãos dadas. E os olhos delas eram estranhos, vítreos, brancos. Elas pareciam doentes. Quase... mortas."

Os lábios de Martha se contraíram, então se torceram tão violentamente que, sob o brilho baço da lareira, parecia Abram. Sua mão tremia quando ela a estendeu para o atiçador outra vez, agarrando o cabo de ferro enquanto o retirava do carvão, quente, vermelho e fumegante.

"Estenda a mão." Immanuelle deu meio passo para trás. Por mais que tentasse, não conseguia se forçar a abrir os dedos. Suas unhas cortavam fundo a parte macia das palmas. O olhar de Martha tornou-se mais sombrio. "Será a mão ou o rosto. Escolha."

Cerrando os dentes, Immanuelle levantou o braço e estendeu a mão para o brilho sangrento da luz do fogo.

Por sua vez, Martha murmurou a prece do pecador.

"Atenta ao teu olho e ao desejo de teu coração. Contém tua língua e cessa teu ouvido. Repara no chamado do sussurro de teu Pai. Não te demora perto de demônios. Desvia teu coração da tentação do pecado e quando tua alma se desencaminhar, busca consolo através da verdadeira confissão, na expiação encontra teu caminho." Martha apertou ainda mais o cabo do atiçador e baixou a ponta incandescente para a parte chata da palma de Immanuelle. "Pela glória do Pai."

A dor causticante da queimadura pôs Immanuelle de joelhos. Ela reprimiu um grito por entre os dentes cerrados e desabou, chorando, apertando a mão no peito. Sua visão se foi por um instante e, quando seus olhos se focaram novamente, ela se viu recostada em um dos armários da cozinha, Martha no chão ao lado dela. O tênue cheiro de carne chamuscada pairava.

"O mal é doença e doença é dor", disse Martha, parecendo ela mesma prestes a chorar, como se dar o castigo fosse tão ruim quanto o castigo em si. "Está me ouvindo, criança?" Immanuelle assentiu, refreando um soluço. Com a mão boa, ela puxou a mochila para perto, temendo que a avó pudesse revistá-la e encontrasse o livro. "Diga que entende. Jure."

Immanuelle arrastou as palavras do fundo da barriga. A mentira tinha um gosto amargo quando passou roçando sua língua.

"Eu juro."

☽ - - O ANO *das* BRUXAS - - ☾

5

O Pai ama aqueles que o servem fielmente. Mas aqueles que
se desencaminham da retidão — o pagão e a bruxa, o libertino
e o herege — sentirão o calor de Suas chamas celestiais.

— AS ESCRITURAS SAGRADAS —

Naquela noite, após Anna fazer um curativo na mão dela e o resto dos Moore ter ido dormir, Immanuelle tirou furtivamente o livro proibido da mochila e ergueu-o à luz da vela. Era bem-feito, ela se deu conta em uma inspeção mais atenta. A capa e a contracapa haviam sido cortadas de sobras de couro, tão macias quanto o focinho de um bezerro recém-nascido. Um marcador de seda se projetava do meio de suas páginas, tão leve que voejou ligeiramente quando Immanuelle respirou.

Ela virou a capa para abri-lo, a lombada estalando com o movimento, e captou o aroma mesclado de papel envelhecido e cola animal. Havia uma assinatura rabiscada no pé da primeira página: *Miriam Elizabeth Moore.*

As mãos de Immanuelle tremeram com tanta violência que ela quase derrubou o livro. Eram o nome e a assinatura de sua mãe. O livro tinha pertencido a ela. Mas por que aquelas mulheres na Mata Sombria teriam um livro que um dia fora de sua mãe? Que envolvimento haviam tido?

Abaixo da assinatura, para o choque de Immanuelle, havia um pequeno esboço a nanquim. As bordas eram irregulares, como se tivesse sido rasgado de outro livro e colado nas páginas daquele, mas os detalhes eram tão precisos que Immanuelle imediatamente reconheceu as feições de sua mãe das pinturas penduradas na sala. No esboço, Miriam era jovem, talvez com 17 ou 18 anos, um pouco mais velha do que a própria Immanuelle. Usava um vestido longo, sem cor no desenho, mas Immanuelle sabia que seria cor de vinho, como o que se encontrava dobrado no fundo do baú de seu enxoval. No retrato, a mata estava atrás dela, e Miriam sorria.

Na página seguinte havia uma ilustração de um jovem parecido com Immanuelle. Seu cabelo era cheio de cachos definidos, e alguns caracóis mais soltos caíam sobre seu cenho. Ele tinha um maxilar forte, olhos escuros franjados por cílios grossos, e a pele era só alguns tons mais escura que a de Immanuelle. Sua expressão era um tanto austera, mas os olhos eram gentis. Não havia data sob o retrato, apenas o nome dele, a primeira vez que aparecia nas páginas do livro: *Daniel Lewis Ward*. O retrato vinha acompanhado por uma série de escritos que soavam como poemas de amor:

Às vezes, penso que partilhamos uma só alma. A dor dele se torna a minha. E a minha, a dele.

Algumas páginas depois...

Eu o amo. Ele me ensinou como. Eu não sabia como escolher amar até que o encontrei.

Os textos posteriores eram mais curtos, a caligrafia um pouco mais desleixada do que antes, como se as palavras tivessem sido escritas com muita pressa. A maioria detalhava breves encontros que Miriam tivera com Daniel sob o manto da noite ou momentos fugazes após a igreja nos dias de Sabá. Em nenhuma anotação, e haviam dezenas, Miriam mencionava o Profeta. Porém, Immanuelle podia sentir a presença dele nas páginas, uma sombra nas margens, uma mancha por trás das palavras. E embora Immanuelle soubesse que essa história terminaria em tragédia, ela se viu torcendo em vão por um desenlace diferente. Os relatos de Miriam passavam do regozijo para a esperança, para a apreensão e para o franco desespero... e, após o desespero, veio um tipo de impotência.

Havia um intervalo de alguns meses entre os apontamentos, e Immanuelle presumiu que ele compreendia o período em que Miriam ficara detida no Retiro do Profeta. Então: *Eles o tiraram de mim. Eles o colocaram na pira. As chamas queimaram altas. Eles me obrigaram a ver o fogo levá-lo.*

Immanuelle tentou piscar para conter as lágrimas, mas algumas caíram mesmo assim. Ela se forçou a virar a página. A nota seguinte estava datada como *Verão do Ano do Ômega.* Lia-se: *Estou grávida.*

As lágrimas então fluíram livremente, e Immanuelle parou para enxugá-las na manga da camisola. O registro seguinte estava datado como *Inverno do Ômega:* oito meses completos após aquele que o precedia. Lia-se: *Eu vi os males deste mundo e eu os amei.*

Os apontamentos seguintes eram ainda mais estranhos. Em vez da caligrafia elegante que Immanuelle agora conhecia como a letra de sua mãe, os outros registros eram desleixados, como se tivessem sido escritos no escuro. Os desenhos também eram diferentes. Os retratos e as paisagens haviam se tornado rabiscos frenéticos, abstrações manchadas de nanquim, tão deformadas que Immanuelle mal podia decifrá-las. Uma delas retratava uma mulher dobrada ao meio, parecendo vomitar galhos de árvores. Outra era um autorretrato de Miriam, de pé e nua, um braço dobrado ao redor dos seios, o cabelo solto caindo pelas costas. Sua barriga grávida estava intumescida e pintada com um símbolo rudimentar que lembrava Immanuelle os selos que as noivas usavam talhados entre as sobrancelhas, só que essa marca era muito maior.

Na página oposta, uma imagem de duas figuras retorcidas. Estavam nuas como as outras mulheres e de mãos dadas. As duas tinham entre as sobrancelhas o que Immanuelle confundiu com o selo do Profeta. Mas, após observar mais atentamente, notou que a estrela no selo delas tinha apenas sete pontas, em vez das oito de costume. Estampados no canto do desenho, um título e uma data: *As Amantes, Inverno do Ano do Ômega.* Eram as mulheres que Immanuelle tinha visto na mata. As mulheres que haviam lhe entregado o diário. E não eram mulheres *quaisquer.* Elas eram as Amantes, Jael e Mercy, bruxas e servas da Mãe das Trevas que haviam morrido nas chamas da Guerra Santa, expurgadas em razão de seus pecados e lubricidade.

De algum modo, desafiando toda lógica, elas estavam vivas na Mata Sombria e sua mãe as havia *conhecido*. Talvez vivido com elas. Por que mais as bruxas dariam o livro a Immanuelle? Por que mais o livro teria desenhos das bruxas? Teriam as Amantes cogitado que estariam fazendo a vontade de Miriam ao entregá-lo a Immanuelle? Seria ele algum tipo de herança? O cumprimento de uma promessa que tinham feito a Miriam muito tempo atrás?

Abalada, Immanuelle continuou a leitura. Os registros se tornavam mais curtos e espaçados. Apenas rascunhos toscos em sua maioria, pontuados aqui e ali por estranhos apontamentos ilegíveis. Um rascunho retratava dois carvalhos, seus troncos entalhados com estranhos símbolos bifurcados. Logo atrás das árvores, uma idílica cabaninha, localizada em um pequeno vale no meio da Mata Sombria. Ela levou um tempo até entender para o que estava olhando. Aquela cabana era o lugar onde Miriam afirmava ter passado os meses de inverno após fugir para a Mata Sombria.

Immanuelle continuou lendo por cima aqueles estranhos escritos — parecia esquisito chamá-los de relatos agora, pois haviam se tornado muito incoerentes. Um desenho chamou sua atenção. Em primeiro plano, havia um rosto — uma linha hachurada servindo de boca, dois olhos estreitos, lábios carnudos e um nariz longo e grosseiro que parecia quebrado. No fundo, à espreita sobre seu ombro, o contorno retorcido de uma mulher nua. Mas em seu pescoço não havia uma cabeça, e sim algo que Immanuelle só poderia descrever como um crânio de cervo, com um extenso par de galhadas no topo.

Lilith.

O nome brotou na mente de Immanuelle sem ser convidado, o fragmento de uma história contada apenas ao redor de fogueiras ou sussurrada por trás de mãos em concha. Lilith, filha da Mãe das Trevas. A Senhora dos Pecados. Rainha Bruxa do Bosque. Immanuelle a reconheceria em qualquer lugar.

Na página seguinte, o desenho de uma mulher emergindo do que parecia ser um lago. Como as Amantes, estava nua, e seu longo cabelo preto caía com suavidade sobre os ombros. A imagem era intitulada

Delilah, a Bruxa da Água. Ao lado do desenho, uma anotação: *Eu vi a Besta e suas damas novamente. Eu ouço seus gritos na mata, à noite. Elas me chamam e eu as chamo. Não há amor mais puro do que este.*

Uma semente de amargura se formou nas profundezas da barriga de Immanuelle. Sua mão tremia enquanto ela virava as últimas páginas do diário. De tudo que tinha visto até ali, esses desenhos eram os mais perturbadores. As palavras que os acompanhavam eram tão ·emboladas que era quase impossível decifrá-las. Mas Immanuelle foi capaz de minuciar uma frase que aparecia e reaparecia uma vez após a outra no fundo dos desenhos, rabiscada nas margens: *O sangue dela gera sangue. O sangue dela gera sangue. O sangue dela gera sangue.*

Immanuelle continuou lendo e, conforme o fazia, os desenhos se tornaram abstratos. Algumas páginas estavam apenas respingadas de nanquim, outras tinham uma série de traços infligidos com tanta fúria que as marcas tinham rasgado as páginas em pedaços. Das ilustrações finais, se é que se podia chamá-las assim, havia apenas uma que Immanuelle conseguia distinguir. Aquilo, não, *ela* — porque por alguma razão incompreensível Immanuelle tinha certeza de ser *ela* — era um turbilhão. Uma deformidade de dentes, olhos e carne derretida. As dobras de tulipa do que teria sido a feminidade da criatura ou talvez uma boca aberta. Dedos quebrados e olhos desencarnados com fendas em vez de pupilas. Inexplicavelmente, a tinta ainda parecia úmida e ondeava em direção às margens do papel, como se ameaçasse se derramar na cama e ensopar os lençóis de preto.

O escrito final do diário era diferente de todos aqueles que tinham vindo antes. Cada centímetro daquelas duas páginas estava coberto pelas mesmas quatro palavras: *Sangue. Flagelo. Trevas. Massacre. Sangue. Flagelo. Trevas. Massacre. Sangue. Flagelo. Trevas. Massacre...*

E assim por diante.

Logo abaixo dessa tempestade de palavras, uma nota rabiscada no pé da última página do diário: *Que o Pai os ajude. Que o Pai ajude todos nós.*

☽ ·· O ANO *das* BRUXAS ·· ☾

6

*Eu vi você pela primeira vez à margem do rio.
Havia sol em seu rosto e vento em seus cachos, e você estava
sentada com os pés na água, sorrindo para mim. Não creio
que já tivesse sentido medo de verdade até aquele momento,
mas, com o Pai por testemunha, tive medo de você.*

— DAS ÚLTIMAS CARTAS DE DANIEL WARD —

Oito dias se passaram sem maiores acontecimentos. Durante as manhãs, Immanuelle levava as ovelhas para pastar. Às vezes, acompanhava as crianças até a escola. Vendia lã no mercado e evitava as tentações da banca de livros e da mata. No Sabá, foi à catedral e deitou seus pecados aos pés do Profeta. Fechou os olhos em oração e não os abriu. Cantou os hinos com tanto vigor que ficou rouca na metade da cerimônia e teve que sussurrar por todas as horas remanescentes de louvor. Em casa, não desobedeceu a Martha nem brigou com Glory.

Ela se ateve aos credos e aos mandamentos.

Mas, quando o resto dos Moore se recolhia e as crianças adormeciam, Immanuelle tirava cuidadosamente o diário de sob o travesseiro e o lia com reverência, do mesmo modo que Martha ficava absorta com as páginas das Escrituras Sagradas do Profeta.

Em seus sonhos, ela via as mulheres das matas. Pernas entrelaçadas e dedos tenazes. Os olhares mortiços que encaravam, sem enxergar, o negrume da floresta, os lábios entreabertos como se tivessem sido capturados no meio de um beijo. Pela manhã, quando Immanuelle despertava desses sonhos deploráveis — suando frio, as pernas entrelaçadas aos lençóis —, pensava apenas na Mata Sombria e no desejo crescente de retornar a ela.

• • •

Na manhã do corte de Leah e de seu enlace com o Profeta, Immanuelle despertou com o diário sob o rosto. Ela acordou em um sobressalto, alisando as páginas antes de fechá-lo com um estalido e deslizá-lo para debaixo do colchão.

Após forçar os pés para dentro das galochas, arrastou-se escada abaixo e porta afora, cruzando o campo da fazenda e seguindo até o cercado para soltar as ovelhas e deixá-las pastar. Então, em preparação para o passeio de carroça até a catedral, tirou o velho burro do barracão e o escovou, depois o alimentou e lhe pôs as rédeas.

Do outro lado dos campos e pastos estava o negrume das matas, as árvores lançadas às sombras pela luz do sol nascente. Immanuelle procurou por rostos em meio aos galhos, as Amantes que tinha visto na mata naquela noite, as figuras desenhadas no diário de sua mãe.

Mas não viu nada. As matas distantes estavam quietas.

Quando Immanuelle voltou para a casa da fazenda, as filhas Moore estavam tomando café da manhã na sala de jantar. Honor se sentava à mesa, dando colheradas no resto do mingau, e Glory estudava seu reflexo no fundo de um pote polido, repuxando as tranças e fazendo caretas.

Anna era quem mais combinava com o Sabá. Seu cabelo estava preso no alto da cabeça e adornado com flores silvestres. Estava radiante; ela sempre ficava radiante nos dias de corte.

"E pensar que foi Leah quem atraiu o olhar do Profeta", disse, quase cantando as palavras.

Martha adentrou a cozinha, trazendo Abram consigo. Ele se apoiava pesadamente no ombro dela, o pé deformado escorregando pelas tábuas do assoalho. Martha encarou Immanuelle abertamente, e uma carranca vincou o selo no meio de seu cenho.

"Isso denota a virtude dela."

As faces de Immanuelle queimaram de vergonha com a alfinetada sutil.

"Denota mesmo."

Com isso, pediu licença para ir até o lavabo, tropeçando na bainha da camisola no caminho, e começou a se aprontar. Havia pouco que podia fazer, além de lavar a sujeira das mãos e umedecer os cachos em uma triste tentativa de domá-los. Tentou reunir o cabelo no topo da cabeça do mesmo modo que Anna, mas os caracóis se emaranharam, devorando grampos e capturando os dentes de seu pente. Então ela deixou o cabelo solto, os cachos espessos varrendo a base de seu pescoço. Beliscou as bochechas para lhes dar cor, mordeu os lábios e os umedeceu.

Franziu o cenho ao ver seu reflexo no espelho sobre a pia. Quanto mais ela encarava o reflexo, mais seu rosto se distorcia e mudava. Sua pele se empalidecia. Seus olhos se arregalavam. Sua boca se torcia em um sorriso desdenhoso. Uma voz estranha e chilreante ecoou em sua mente: "*Sangue. Flagelo. Trevas. Massacre*".

Immanuelle cambaleou para longe da pia tão rápido que bateu na banheira e caiu. Ao se pôr de pé correndo, chispou do lavabo e subiu as escadas de ferro para seu quarto, no sótão, chutando a porta para fechá-la atrás de si.

Ela respirou fundo algumas vezes, em uma tentativa de aquietar o coração. Suas mãos tremiam quando as pressionou contra o rosto, fechando os olhos com muita força, como se o escuro pudesse afastar as memórias. Mas não havia como esquecer as mulheres do bosque. E Immanuelle não sabia se queria esquecê-las. Se fosse o caso, teria abandonado o pecado e entregado o diário. Ou ainda melhor: o teria lançado no fogo da lareira para que queimasse. Mas não tinha feito isso. Não podia fazê-lo. Preferia ser marcada com ferro no rosto a deixar que o pouco que lhe sobrara da mãe virasse cinzas.

Mas as bruxas que haviam dado o diário a ela, e o mal que forjaram, eram uma questão completamente diferente. Ela não se deixaria levar pelos tormentos delas como sua mãe havia feito. Não abandonaria a fé tão fácil. Ela decidiu ficar com o diário, nem que fosse como um lembrete do que o pecado era capaz de fazer com alguém fraco o suficiente para sucumbir.

Baixando as mãos, Immanuelle encontrou o vestido que tinha usado no corte de Judith; estava estirado ao longo do pé de sua cama. Era de uma cor de zibelina desbotada com uma saia justa, longas mangas bufantes e uma fileira de botões de cobre enferrujados que se findavam logo antes do colo. Um vestido de criança, mais adequado a uma garota da idade de Glory.

Ela suspirou. Não havia o que fazer. Certamente não poderia vestir seu traje do Sabá. Era informal demais para uma ocasião tão importante. Mas então se lembrou do desenho da mãe que achara na contracapa do diário alguns dias antes. O desenho dela de pé em frente à mata proibida.

Immanuelle se ajoelhou diante do baú de seu enxoval e revirou seus pertences. A maioria eram apenas prendas, colchas e pedaços de fita, buquês secos e outras lembranças que ela coletara com o passar dos anos. Nada tão importante quanto o diário, nada proibido. Mas no fundo do baú, envolvido em papel de pergaminho, estava o vestido de sua mãe, o mesmo que ela havia usado no retrato.

Não era nada de especial como a túnica que Leah usaria em seu corte, mas era um vestido de Sabá bem-costurado, vinho e com botões de cobre na garganta. Na rara vez em que Immanuelle o vestira — em seu quarto no sótão, quando todos os outros haviam adormecido —, ela se sentiu apresentável, até bonita, como as garotas que via perambulando pelas lojas do mercado com luvas e xales de seda.

Ela despiu a camisola e enfiou-se no vestido. Não tinha um caimento perfeito, o corte da cintura era largo demais e talvez fosse um pouco mais apertado nos quadris do que Martha julgaria sensato, mas vestia melhor do que os vestidos de segunda mão de Anna e era muito mais fino. Além do mais, a bainha caía rente ao chão, então cobria a parte de cima de suas botas, arranhadas demais para serem adequadas a qualquer ocasião mais formal do que uma folia pelos pastos.

Vestida, Immanuelle pegou uma coroa de flores silvestres de cima do guarda-roupa. Os botões haviam secado bem desde quando os havia colhido com Leah, e a faixa da coroa — uma urdidura torcida de caules trançados — segurou bem. Cuidadosamente, ela a colocou no topo da cabeça, fixou-a com grampos e virou-se para mirar seu reflexo na janela do quarto.

Ela não diria que estava bonita; seu lábio ainda estava seriamente cortado e dolorido por conta da peleja com Judas dias antes. Mas pensou que, ao lado de Judith, Leah e do resto das garotas que compareceriam ao corte, não ficaria tão deslocada. A cor do vestido exaltava o tom vivo de sua pele e realçava a cor de seus olhos. E, com as flores no cabelo, os cachos até que ficavam belos.

Immanuelle se esgueirou até o corredor, a saia farfalhando ao redor de seus tornozelos. Desceu as escadas e adentrou a cozinha. Honor estava vestida com uma bata cor de crepúsculo, seus pés gordos enfiados em pequeninas botas de couro. Ela foi a primeira a avistar Immanuelle e guinchou com alegria.

"Quero usar a coroa!", suplicou, rindo e esticando as mãos. Com um sorriso irônico, Immanuelle fez a vontade dela, equilibrando a coroa em cima dos cachos ruivos da menina.

"Esse é o vestido de Miriam." Martha parou no umbral, agarrando um pano de prato úmido.

Immanuelle não conseguia se lembrar da última vez em que Martha tinha dito o nome da filha. Soava estranho em sua boca, alheio.

Immanuelle tirou a coroa da cabeça de Honor e colocou-a na sua novamente, ajustando rapidamente os grampos.

"Encontrei no fundo do baú de meu enxoval. Pensei que podia usá-lo no corte, se a senhora achar adequado."

"Adequado?" Os lábios de Martha se retorceram. "Sim, é mesmo."

Immanuelle hesitou, insegura quanto ao que dizer e se perguntando se deveria voltar ao quarto e colocar o vestido que Anna havia separado para ela. Mas não conseguia se mover.

Para sua surpresa, o olhar de Martha se abrandou, não com afeição, mas com o que Immanuelle só conseguia descrever como resignação.

"Fica tão bem em você quanto ficava em sua mãe", afirmou.

. . .

A família Moore foi de charrete até a catedral, o burro arrastando todos através das planícies. Fazia um dia claro. O sol era um beijo quente na nuca de Immanuelle, e o ar cheirava a verão, todo suor, mel e botões de maçã.

Enquanto seguiam, tinha o cuidado de manter os olhos longe da Mata Sombria. Martha a vigiava desde a noite em que retornara da floresta. O olhar dela era aguçado, e Immanuelle sabia que o castigo seria ligeiro e doloroso se fosse pega vagando outra vez pela mata. Então mantinha o olhar voltado para o chão da carroça e as mãos entrelaçadas sobre o colo.

Quando chegaram à catedral, a maioria da congregação já estava reunida em comunhão no gramado. Immanuelle saltou da charrete e passou os olhos pela multidão em busca de Leah, mas em vez disso seu olhar encontrou Ezra, que estava com alguns rapazes de sua idade e um bando de moças, incluindo Hope, Judith e algumas das outras esposas do Profeta.

Ao avistar Immanuelle, ele assentiu à guisa de saudação. Ela, por sua vez, acenou — consciente do modo como Judith e o resto das garotas a estudavam — e escapuliu para as sombras da catedral. Lá, encontrou Leah ajoelhada aos pés do altar em oração. Com o eco dos passos de Immanuelle, ela abriu os olhos e virou-se para encará-la.

Leah estava linda em seu vestido branco, o cabelo tão comprido que tocava sua lombar. Ela sorriu e correu pela nave, envolvendo Immanuelle em um abraço ferrenho.

Elas ficaram nos braços uma da outra em silêncio por um longo tempo.

Esse seria o fim delas, o fim do que haviam partilhado na infância. Em algum lugar em meio à passagem dos anos, Leah havia se tornado mulher, Immanuelle não havia, e agora as duas teriam que se separar.

"Está parecendo a noiva de um profeta", disse Immanuelle, tentando não soar tão triste como se sentia.

Leah sorriu e deu um pequeno rodopio, ondulando a saia pálida do vestido para o corte, leve como a bruma. Ela a havia costurado à mão com chiffon meses antes do casamento, varando a noite no trabalho à luz de velas, costurando os versos das Escrituras do Profeta em suas anáguas, como era o costume das jovens noivas. Seus pés estavam descalços e limpos, seu cabelo partido ao meio. Sobre o peito, estava uma nova adaga sagrada dourada, muito parecida com aquelas usadas pelos apóstolos, embora sua lâmina fosse cega e bem mais curta. Leah brincou um pouco com ela enquanto falava.

"Achei que não fosse chegar nunca. Estava preocupada."

"Nosso burro tem o tempo dele", disse Immanuelle.

"Bem, estou feliz que esteja aqui. Preciso de você. Para me dar forças."

"Você tem a mim. Sempre."

Leah estendeu a mão para tomar a de Immanuelle. Seus dedos frios examinaram os curativos dela.

"Vai me contar o que aconteceu?"

"Não pretendia."

"Bem, eu quero saber, e você não pode me negar, porque é o dia do meu corte. Desembuche."

Immanuelle encarou as próprias botas.

"Fui queimada como castigo."

"Coisa da Martha, não foi?"

Immanuelle assentiu, sem olhar para ela.

"Ela é dura demais com você. Sempre foi."

"Dessa vez, o castigo foi justificado. Pode acreditar."

Leah franziu o cenho.

"O que você fez?"

Immanuelle hesitou, meio envergonhada, meio com medo de contar.

"Entrei na Mata Sombria. Meu carneiro se soltou do cabresto e fugiu para as árvores. Eu tentei ir atrás dele, mas a noite caiu rápido e eu me perdi. Ia desistir, esperar até de manhã para voltar para casa... mas então ouvi vozes."

"E o que as vozes diziam?"

Immanuelle titubeou.

"Não estavam dizendo nada que eu pudesse entender."

"Então elas eram... *estrangeiras*?"

"Não. Acho que não. Os sons que estavam fazendo não eram de fato palavras. Eram mais suspiros e gemidos. Foi isso que me levou até elas."

Leah parecia muito pálida e nauseada.

"Como elas eram?"

"Eram altas, muito magras. Magras demais. E estavam deitadas juntas em uma clareira na mata, se abraçando como um marido e uma esposa."

Os olhos de Leah se arregalaram.

"O que fizeram quando viram você?"

Immanuelle abriu a boca para contar a ela sobre o diário, mas parou pouco antes. Era melhor para ambas se ela segurasse a língua. Temia já ter falado demais. Afinal, dali a pouco, Leah seria a esposa do Profeta, unida a ele pelo selo sagrado. Immanuelle sabia que havia poder em uma promessa como aquela e, embora confiasse em Leah, ela não pertenceria mais a si mesma quando se cassasse com o Profeta.

"Elas não fizeram nada. Só ficaram ali. Eu corri antes que tivessem chance de se aproximar."

Leah ficou quieta por um longo tempo, como se tentasse decidir se acreditava nela ou não. Então:

"O que raios você estava pensando? As matas são perigosas. É por isso que nos ensinam a ficar longe delas."

Um rubor de raiva lambeu a nuca de Immanuelle.

"Acha que não sei?"

Leah agarrou-a pelos ombros, apertando tão forte que ela se encolheu.

"Saber não basta, Immanuelle. Tem que me prometer que nunca mais entrará na Mata Sombria."

"Não vou entrar."

"Ótimo", disse Leah, e suas mãos relaxaram. "Espero que essas mulheres que você viu voltem para o inferno de onde vieram. Não há lugar para elas aqui."

"Mas elas não estavam aqui", disse Immanuelle calmamente. "Estavam na Mata Sombria."

"E o Pai não tem poder também sobre as matas?"

Immanuelle pensou no diário de sua mãe, as quatro palavras no registro final: *Sangue. Flagelo. Trevas. Massacre.*

"Talvez o Pai tenha dado as costas à floresta", disse Immanuelle, tendo o cuidado de manter a voz baixa. "Ele tem Seu reino e a Mãe das Trevas tem o Dela."

"Ainda assim, você passou ilesa ao se embrenhar na Mata Sombria. Isso deve ter algum significado."

Antes que Immanuelle tivesse chance de responder, o sino da igreja soou e as portas da frente se escancararam. O Profeta adentrou-a em uma nesga de luz do sol. Vestia roupas simples, sem batinas ou estolas, como nos dias de Sabá. De algum modo, suas vestes comuns o tornavam ainda mais intimidador. Immanuelle notou como ele estava pálido; os olhos do Profeta eram sombreados por bolsas escuras, e parecia haver sangue formando uma crosta nos cantos de seus lábios.

O olhar do Profeta dirigiu-se primeiro a Immanuelle, caindo em seu vestido, e algo parecido com reconhecimento se avivou em seus olhos. Ele parecia olhar através dela, para um tempo perdido, a época em que Miriam ainda estava viva. Ela nunca compreendera plenamente o que o Profeta tinha visto em sua mãe. Alguns diziam que havia sido amor, outros, luxúria, mas a maioria acreditava que Miriam havia seduzido o Profeta com sua bruxaria. Havia tantas histórias e segredos, fios entremeados e pontas soltas, que Immanuelle se perguntava se a verdade estaria em algum lugar nas intersecções.

Após um longo intervalo, o Profeta se virou e assentiu para Leah, como se só então ele tivesse se lembrado de que ela estava lá. Caminhou em silêncio até o altar, pausando apenas para tossir na manga de sua roupa. O resto da congregação o seguiu e se acomodou nos bancos. Os apóstolos caminharam pelo salão, Ezra entre eles.

Immanuelle fez de tudo para não olhar para ele. Por sua vez, o olhar de Leah caiu sobre o Profeta.

"Está na hora."

Immanuelle balançou a cabeça, apertando a mão de Leah uma última vez antes de ela se dirigir ao altar. Enquanto Immanuelle ia procurar seu lugar entre os bancos, os apóstolos puxaram uma bênção, e Leah subiu no altar, ajustando a saia de modo que seus joelhos não aparecessem. E lá ela se deitou, imóvel, à espera da lâmina.

O Profeta pousou a mão sobre a barriga dela.

"Eu a abençoo com a semente do Pai." Sua mão se deslocou para o peito dela. "O coração do cordeiro." Leah abriu um sorriso trêmulo. Lágrimas escorreram pelo rosto dela. O Profeta ergueu a corrente de sua adaga e passou-a por cima da cabeça. "Que sejas atravessada pelo poder do Pai, daqui por diante e para todo o sempre."

O rebanho falou em uníssono:

"Bênçãos para todo o sempre."

Ele baixou a lâmina até a testa de Leah e cortou-a, entalhando a primeira linha do selo sagrado. Ela não gritou nem se debateu, mesmo quando o sangue escorreu por suas têmporas e se empoçou no oco de suas orelhas.

O rebanho assistiu em silêncio. Immanuelle agarrou o banco até os nós de seus dedos branquearem, para se impedir de correr dali enquanto o ritual do corte se arrastava.

Depois do que pareceram horas, o Profeta colocou a mão no topo da cabeça de Leah e acariciou-a gentilmente, seus dedos se demorando nos anéis de seu cabelo, bagunçando seus cachos.

Ao toque dele, Leah sentou-se devagar, um filete de sangue deslizando pelo declive de seu nariz e empapando seus lábios. Sorrindo com hesitação e com os olhos cheios d'água, ela se virou para encarar a congregação e lambeu o sangue dali.

☾ ·· O ANO *das* BRUXAS ·· ☾

7

Lilith tem uma coroa de ossos
Ela é a mãe das feras do mundo
Delilah tem um sorriso meigo
E nada nos mares profundos

Jael e Mercy entoam suas canções
à lua e às estrelas em seu primor
Nos contam de pecados mortais
e de seu profano amor

Mas aqueles que na mata se aventuram
depois que vem o anoitecer
Nunca mais hão de ver a luz da manhã
Nem poderão aprender e crescer

— CANÇÃO DE NINAR BETELANA —

Um banquete se seguiu ao corte, um dos maiores desde a colheita do outono. Havia nove mesas para acomodar os convidados de Leah e do Profeta, cada uma tão longa que se estendia de uma ponta a outra do adro, todas lotadas com uma abundância de travessas e pratos. Havia carne refogada e batatas, milho assado e uma variedade de pães e queijos. Para beber, sidra de maçã e vinho de cevada, que os homens bebericavam de grandes canecas de madeira, deixando suas barbas com bordas de espuma. Para a sobremesa, ameixas escaldadas com creme e açúcar.

Lá no alto, a lua pairava redonda e cheia, e o céu estava lantejoulado de estrelas. Os convidados partilhavam da fartura, jantando, conversando e rindo, embriagados pelo poder do corte. Famílias se reuniam em comunhão, e as esposas do Profeta circulavam entre as mesas, entretendo os convidados e cumprimentando uma pessoa de cada vez.

Na ponta — em uma pequena mesa posta para dois —, sentavam-se Leah e seu marido, o Profeta. Apesar da dor de seu novo ferimento, que havia sido limpo e recebido um curativo, ela sorria. Quando viu Immanuelle sentada com os Moore nos fundos do adro, o sorriso de Leah ficou ainda maior. Seus olhos estavam incandescentes pela luz das fogueiras, suas bochechas coradas pelo calor e talvez alguns goles a mais de vinho de cevada. Ao lado dela sentava-se o Profeta, com os cotovelos apoiados na mesa e os dedos entrelaçados. Ele seguiu o olhar de sua nova esposa até Immanuelle; ela ficou com a sensação de que ele a examinava.

Immanuelle sentiu um calafrio só de pensar naquilo, mas antes que tivesse a chance de desviar o olhar, o Profeta se levantou e, imediatamente, seu rebanho silenciou. Ele desviou o olhar dela enquanto contornava a mesa para se dirigir à congregação.

"Esta é a noite de uma ocasião jubilosa", disse ele, a voz um pouco rouca. "Eu me juntei em união sagrada a uma verdadeira filha do Pai, e por isso, sou grato."

O rebanho aplaudiu.

"O Pai, em Sua divina providência, achou por bem me oferecer muitas esposas que incorporam as virtudes de nossa fé. Por causa disso, gostaria de honrar nosso Pai em celebração por Sua infinita graça e generosidade." Ele pausou para tossir na dobra da manga e depois sorriu. "Invoquem as bruxas."

A congregação deu vivas. Homens ergueram suas taças, e esposas retiniram seus pratos contra os tampos das mesas; crianças deram tapas em seus joelhos e barrigas. Ao som da fanfarra, os apóstolos emergiram da catedral, carregando espantalhos na forma de mulheres. Elas estavam pregadas em cruzes de ferro, de modo que seus braços de madeira ficassem esticados, seus pescoços e corpos atados.

A congregação irrompeu em aplausos. Homens ergueram os punhos, atirando pragas ao vento.

O apóstolo deu um passo adiante com a primeira bruxa, uma pequena figura de vime, um pouco maior do que Honor.

"Essa é Mercy", disse Anna, educando as filhas nas particularidades da fé.

O apóstolo seguinte segurou sua bruxa bem acima da cabeça, de modo que a camisola dela açoitava e tremulava ao vento. Quando a saia agitou-se para cima, expondo-lhe as vergonhas, alguns poucos homens ousados escarneceram.

"Meretriz! Prostituta!"

"E quem é essa?", perguntou Anna quando o apóstolo carregou a figura em direção às chamas crepitantes.

"Essa é Jael", disse Immanuelle, e estremeceu ao dizer o nome, lembrando-se da criatura deplorável que havia encontrado na Mata Sombria. "A segunda Amante."

"Sim." O lábio de Anna se recurvou em repulsa. "É ela. Também é malévola, essa daí. Perversa e maliciosa como a Mãe das Trevas em pessoa." Ela levou uma das mãos à barriga de Honor para lhe fazer cócegas. A menina guinchou e riu, sacudindo as pernas por baixo da mesa, os pratos e as taças pulando ligeiramente quando ela acertou-a com sua bota.

Era a vez da terceira bruxa. Ela usava um vestido não muito diferente do de Immanuelle, mas seu corpete estava preenchido com palha para emular o intumescimento da barriga de uma grávida.

"Delilah", disse Martha. "A Bruxa da Água. A rameira do Inferno."

Era Ezra quem trazia a última bruxa, carregando-a em uma vara de ferro. A figura tinha duas vezes o tamanho das outras e estava nua, o corpo uma modelagem de ramos de bétula. Os galhos de uma árvore jovem retorcidos em cada um dos lados de sua cabeça formavam um par de galhadas.

Anna não disse seu nome em voz alta, embora tivesse dado vivas quando Ezra carregou-a para perto. Mas Glory e Honor ficaram em silêncio e se encolheram quando a sombra da última bruxa passou por elas.

O nome surgiu das profundezas da mente de Immanuelle: Lilith. A primeira filha da Mãe das Trevas. Rainha Bruxa do Bosque que reinava com ira, eliminando todo e qualquer opositor.

Cada um dos apóstolos ergueu sua bruxa acima da cabeça e a enfiou fundo na terra, de modo que as figuras ficassem eretas em suas cruzes de ferro. O Profeta ergueu sua tocha, um galho em chamas quase da mesma altura de Immanuelle. Em seguida, levou-o até as bruxas, incendiando uma de cada vez. As Amantes, Jael e Mercy, depois a Bruxa da Água, Delilah.

Immanuelle sentiu o gosto de algo azedo no fundo da garganta, e seu estômago se contorceu. O som do sangue latejando nos ouvidos afogou brevemente a multidão zombeteira.

Lilith foi a última bruxa a queimar naquela noite, e o Profeta aproveitou o momento ao máximo. Ele ergueu o ramo incandescente bem acima da cabeça dela e enfiou-o entre seus chifres, do modo como alguém empunharia uma espada. Seus olhos brilhavam com a chama da tocha, as brasas parecendo queimar no fundo das pupilas.

Em silêncio, Immanuelle viu Lilith queimar, viu as chamas a mastigarem e engolirem, mesmo quando o resto dos convidados voltava a comer e a conversar. Ela viu as bruxas queimarem até as chamas morrerem e os ossos enegrecidos e fumegantes de Lilith tornarem-se a única coisa que restava nos braços da cruz de ferro.

• • •

Immanuelle sumiu do banquete, a barriga aquecida pelo vinho de cevada, a cabeça pesada. Passou pelas crianças correndo em roda ao redor dos restos chamuscados das piras das bruxas, berrando hinos acima da música de rabeca. Passou por Leah e pelo Profeta e seu tropel de esposas. Passou pelos Moore sem ser vista.

Deu a volta na catedral, cambaleando até o cemitério nos fundos. Ali, caiu de joelhos e vomitou, golfando o vinho de cevada no matagal. Pôs-se de pé, tonta, deu alguns passos adiante e vomitou outra vez. Seu mal-estar se esparramou em uma lápide próxima e escorreu, malcheiroso, para a terra.

Tremendo, apesar do calor do verão, Immanuelle respirou fundo para se estabilizar e limpou a boca na manga do vestido.

Fora tola em pensar que poderia banir a lembrança das bruxas. O que tinha visto na mata era real. As Amantes não eram faz de conta. Tinham sido de carne e osso, tão reais quanto ela. O diário, as cartas, a floresta proibida: nada daquilo iria abandoná-la, e ela não poderia abandonar aquilo. Quantidade alguma de orações ou penitência apagaria aquele fato.

O que tinha visto na mata se tornara parte dela... e era uma parte que precisava extirpar, e rápido.

Erguendo-se do chão, Immanuelle perambulou pelo cemitério, serpenteando entre as lápides, lendo epitáfios em uma tentativa de esvaziar a cabeça. Algumas pertenciam a profetas e apóstolos de eras passadas, mas a maioria marcava os locais de descanso de soldados das cruzadas que morreram na guerra civil para derrocar as bruxas. Algumas eram covas coletivas, e as lápides que as marcavam apenas diziam: *Em memória dos Homens do Pai e da escuridão que expurgaram.* Quanto às bruxas, não havia monumentos para marcar seus túmulos. Seus ossos e suas lembranças repousavam no interior da Mata Sombria.

No centro do cemitério havia uma grossa placa de mármore, de quase dois andares de altura, esculpida em um pináculo que se projetava do solo como um osso semienterrado. Immanuelle se ajoelhou para ler a inscrição no pé do monumento, embora não precisasse. Como a maioria daqueles em Betel, ela já sabia de cor.

Lia-se: *Aqui repousa o primeiro profeta do Pai, David Ford, Primavera do Ano da Chama até o Inverno do Ano do Despertar.* Abaixo disso, as palavras escavadas fundo na pedra diziam: *Sangue se paga com sangue.*

Apesar do denso calor da noite, Immanuelle estremeceu. Enterrados abaixo de seus pés estavam os ossos do Matador de Bruxas, o profeta que havia expurgado, queimado e purificado Betel do mal. Pois havia sido David Ford quem ordenara que Lilith e o resto de seu conciliábulo fosse para a pira, quem havia acendido o fogo e atiçado as chamas. Cada expurgo começara com ele e com a guerra que travara durante os Dias Sombrios.

Immanuelle firmou as mãos no chão e se levantou. Ao fazê-lo, ouviu o som de vozes no vento. Avançando com cuidado pelas lápides, caminhou até a beira do cemitério, que acabava logo antes da floresta. Uma cerca de ferro o separava do bosque intrusivo logo além das Terras Sagradas. E foi ali que ela os viu, Ezra e Judith, juntos na escuridão a apenas alguns passos do memorial atrás do qual ela se escondia. Eles estavam próximos um do outro e Judith o segurava pela camisa, o tecido enrolado em seus dois punhos.

"Chega", disse Ezra, e puxou os dedos dela, tentando abri-los.

Judith agarrou-o com mais força.

"Você não pode me obrigar... Eu não o quero."

"Você fez um voto", disse Ezra com rispidez. "Recebeu o corte assim como Leah. Precisa se lembrar disso."

Ele começou a afastá-la; Judith lançou-se para Ezra, forçando seus lábios nos dele. Ela encaixou as mãos por baixo da camisa de Ezra, movendo os quadris contra os dele.

"Por favor", murmurou em seu pescoço, em sua boca. "Por favor, Ezra."

Ele a agarrou pelos ombros, empurrando-a para trás.

"Já falei que não."

Os olhos de Judith se encheram de lágrimas. Ela avançou uma vez mais, apanhando-o pelo cabo da adaga, e a puxou com tanta fúria que a corrente se partiu. Elos prateados deslizaram para a escuridão, alguns voando para tão longe que atingiram o chão aos pés de Immanuelle.

O coração dela vacilou, depois parou por um segundo. Immanuelle se virou para ir embora, tropeçando na saia do vestido da mãe enquanto avançava, desesperada para escapar, quando uma das crianças que brincavam junto ao fogo soltou um grito.

Ezra olhou em volta e avistou Immanuelle. Ele chamou o nome dela, mas a garota fugiu, correndo pelo cemitério tão rápido quanto havia corrido na mata na noite da tempestade.

☽ -- O ANO *das* BRUXAS -- ☾

8

Que o Pai os ajude.
Que o Pai ajude todos nós.

— MIRIAM MOORE —

Naquela noite, Immanuelle sonhou com a floresta. Teve visões da Mãe das Trevas vagando pelos corredores do bosque, embalando um cordeiro sacrificado em Seus braços, Seu véu negro se arrastando pelo mato. Ela sonhou com bruxas-espantalhos queimando feito tochas pela noite, membros entrelaçados e beijos roubados. Em seus pesadelos, viu as Amantes em seu afã na terra, agarrando uma à outra, os dentes à mostra, os olhos pálidos nítidos com a luz da lua.

Quando ela despertou, estava suando frio, as costas da camisola úmidas, prendendo-se nos ombros como uma segunda pele. Ela se sentou, zonza, o coração tamborilando contra as costelas. As orelhas zumbiam um balido lamentoso.

Primeiro, achou que fosse o eco do sonho. Mas quando soou de novo, a mente dela se voltou para o rebanho, as sombras de seus pesadelos se desvanecendo quando se pôs de pé em um pulo e apanhou a capa do gancho na porta. Enfiou os pés nas galochas, pegou a lamparina da mesa de cabeceira e desceu silenciosamente as escadas do sótão para o corredor.

A casa da fazenda estava em silêncio, exceto pelo resfolegar dos roncos de Abram. Ela sabia que ele ocupava a cama de Anna por causa da proximidade dos sons. Abram vinha ocupando a cama de Anna com frequência, e raramente assombrava a de Martha.

Immanuelle ficava feliz. Nas noites em que Abram ia até Martha, ela não dormia, e frequentemente Immanuelle a ouvia andando de um lado para outro pelos corredores. Uma vez, anos antes, perto da meia-noite, Immanuelle havia apanhado a avó na cozinha com uma caneca cheia do uísque de Abram, encarando o negrume da floresta enquanto o marido dormia na cama dela.

Outro grito cortou o silêncio, e os pensamentos de Immanuelle voltaram para o rebanho. Ela disparou escada abaixo o mais silenciosamente possível. A lamparina se balançava, apressada, lançando luzes e sombras. Os lamentos continuavam, um som oco e afiado que parecia se infiltrar pelos ossos da casa. Quando Immanuelle atravessou para o pasto, se deu conta — com um revirar do estômago — que o som vinha da Mata Sombria.

Saindo do alpendre dos fundos, Immanuelle cruzou os pastos, o brilho de sua lamparina a óleo um ponto de calor na maré negra da noite.

Outro grito, esse mais agudo que o último, e mais alto.

Immanuelle correu em direção aos pastos e encontrou os animais aninhados contra o frio da meia-noite, ainda silenciosos e totalmente ilesos. Ela fez uma rápida contagem. Vinte e sete no total, todos os carneiros e ovelhas presentes. Mas a gritaria continuava, agora mais um uivo que um lamento.

Então, algo mais: um grito, rasgado direto da garganta de uma mulher.

Uma dor aguda atingiu Immanuelle. Ela se curvou, e a lamparina escorregou de sua mão. Com os dentes cerrados para resistir à dor no estômago, Immanuelle a apanhou do chão antes que o óleo fosse derramado e a grama pegasse fogo.

Os gritos se tornaram mais frenéticos, até que Immanuelle se deu conta de que não eram gritos, mas sim uma espécie de canção. Ela sabia que deveria voltar para a casa, para a segurança de sua cama e deixar a mata com seus próprios males. Mas não voltou.

Era como se alguém tivesse amarrado um fio ao redor de seu peito e puxasse, atraindo-a para perto. Como se algo, ou alguém, a estivesse levando à Mata Sombria. Talvez conseguisse resistir se realmente tentasse. Ela ouvia cada instinto a instando a dar meia-volta e retornar à casa da fazenda. Ela poderia manter suas promessas.

Mas não fez nenhuma dessas coisas.

Em vez disso, avançou na direção das árvores, atravessando a grama ondeante do pasto, passando por cima da cerca que o rodeava, atraída pelos clamores da floresta. Com a lamparina na mão, Immanuelle vasculhava onde o matagal era mais denso, seguindo o chamado do bosque pelas árvores. Ela não sabia onde pisava nem para onde seguia, mas tinha a sensação de que não estava perdida.

Ela avançou. As silveiras apanhavam sua camisola e o ar frio bafejava sua nuca. Os clamores pareciam resvalar por entre as árvores, embora estivessem mais suaves, fenecendo em arfadas e sussurros que se perdiam no sibilo do vento. Ela agora podia ouvir seu nome no coro: *Immanuelle. Immanuelle.*

Mas não sentiu medo. Não sentiu nada além de tontura e leveza, como se estivesse menos andando e mais resvalando por entre as árvores, tão sem peso quanto as próprias sombras.

Um galho se partiu. Sua mão se crispou ao redor do cabo da lamparina e ela se encolheu ligeiramente, a mão queimada se esfolando nas bandagens.

Ela sentiu o cheiro de algo úmido e inebriante e, quando os clamores silenciaram, escutou o ruído suave de água em movimento.

Por instinto, seguiu o som, pondo a lamparina para o alto para iluminar as árvores. Atravessando o mato a ombradas, adentrou uma pequena clareira. No centro, havia uma lagoa, a água tão negra quanto óleo. Como se fosse um espelho, ela refletia a lua. Parou perto da beira d'água, apertando o cabo da lamparina.

"Tem alguém aí?", chamou ela noite adentro, mas a floresta engoliu o som. Apesar do silêncio, não havia eco. Os clamores arrefeceram. As árvores se aquietaram.

Immanuelle soube então que deveria ter corrido, refeito seus passos e fugido de volta para a casa da fazenda. Em vez disso, aprumou os ombros e firmou os pés, encontrando um fiapo de força ao qual se agarrar.

"Se houver alguém aí fora, apareça. Sei que sua laia se entoca na Mata Sombria. Sei que conheciam minha mãe e chamam a mim como chamaram a ela." Qualquer que fosse o mal que buscavam infligir, Immanuelle precisava descobrir naquele momento. Precisava que tudo acabasse logo.

Com uma marola, um grande anel se formou no centro do lago. As ondas lamberam as margens, e a lamparina de Immanuelle crepitou como se o óleo estivesse no fim.

Na luz bruxuleante, uma mulher emergiu dos baixios. Immanuelle deu um passo para trás, cambaleando, e levantou ainda mais a lamparina.

"Quem está aí?"

A mulher não respondeu. Ela avançou pelos baixios como um vairão, seus membros se enroscando nos bambus. Conforme se aproximava, Immanuelle viu que ela era linda, com o tipo de rosto que poderia virar a cabeça de um profeta ou arrancar o coração de um homem de detrás de suas costelas. E então Immanuelle a reconheceu das páginas do diário. Tinha a mesma boca vistosa que uma das mulheres nos desenhos, que seria quase comicamente larga se seus lábios não fossem tão carnudos e belos. O cabelo dela era escuro e oleoso, quase da mesma cor que a espuma da lagoa que se prendia às pedras e aos baixios. Sua pele era pálida como a de um cadáver, como a pele das Amantes, e, como elas, ostentava uma marca entre as sobrancelhas, uma estrela de sete pontas no meio de um círculo.

Então Immanuelle soube: aquela era Delilah, a Bruxa da Água.

A mulher deslizou a barriga pelo declive da margem e ergueu-se lentamente. A lama preta cobria seus seios nus e sua feminidade, mas sob o calor da luz da lamparina, Immanuelle conseguia distinguir cada ângulo e cada contorno. Enquanto a bruxa se aproximava, ela se deu conta de que não era uma mulher, mas sim uma garota aproximadamente da sua idade, tendo não mais que 16 ou 17 anos, 18 no máximo.

Delilah chegou tão perto que Immanuelle sentia seu cheiro. Ela fedia a coisas em decomposição, líquens, folhas e podridão da lagoa. Foi então — sob o luar — que Immanuelle viu seus machucados, nódoas pretas tão escuras quanto manchas de tinta lacerando suas bochechas. Seu olho direito estava levemente inchado, e ambos os lábios, fendidos.

A bruxa estendeu uma das mãos, os dedos se dobrando ao redor do pulso de Immanuelle. Com um movimento ágil, ela rasgou as bandagens, expondo a queimadura ao ar frio da noite. Apesar de todos os unguentos e cuidados de Anna, não havia cicatrizado bem. Estava vermelha, irritada e chorando pus, e provavelmente deixaria uma cicatriz horrorosa quando a ferida descascasse.

Com o cuidado de uma mãe que segurava o próprio filho, a mulher levou a palma de Immanuelle até sua boca e a lambeu. Os lábios dela irradiavam um frio anestesiante.

Então Delilah a beijou: primeiro a parte carnuda da palma, depois o pulso, os lábios da bruxa foram seguindo seus tendões até as pontas dos dedos. Ela manteve os olhos escuros em Immanuelle enquanto o fazia.

O medo inundou o peito de Immanuelle, e sua visão ficou borrada. Ela vislumbrou trechos das páginas do diário da mãe transpostos no rosto da mulher — o rosto delgado, pálido, morto. A lamparina escorregou de seu punho e bateu no chão com um baque surdo.

Delilah puxou a mão dela. Immanuelle deu meio passo adiante, depois outro, descalçando as botas enquanto caminhava. Ela entrou na água com os pés desnudos. Sentiu as ondas se elevarem ao redor, subindo aos tornozelos, panturrilhas, coxas, lambendo a curva de sua virilha, o volume de seus seios, até que seus pés resvalaram o fundo e a água beijou seu queixo.

Delilah conduziu-a adiante, cada vez mais para o fundo, patinhando de costas para poder olhar para ela. Aqueles olhos mortos e inchados fixos nos de Immanuelle.

E então estavam submersas, perdidas no negrume, no frio e nas sombras. O aperto da bruxa afrouxou, seus dedos escorregando do pulso de Immanuelle enquanto ela deslizava para as profundezas escuras da lagoa.

Immanuelle tentou segui-la, mas suas pernas pareciam mortas, tão pesadas que ela precisava lutar por cada passo. O frio se erguia das entranhas da lagoa, e ela afundava como se tivesse tijolos acorrentados aos tornozelos. Seu peito convulsionava enquanto ela escorregava para a escuridão.

Viu rostos, quimeras passageiras no breu frio: um lampejo do sorriso de sua mãe, os retratos pálidos como a lua das Amantes, o cadáver de vime de uma bruxa queimando em uma cruz, uma bebê, uma mulher com o cabelo cortado curto como o de um menino.

Immanuelle estendeu-lhes a mão e tentou chamá-los, sua voz chilreando, perdida nas águas.

E então — bem quando estava se rendendo à escuridão —, ela ascendeu outra vez, irrompendo na superfície com uma arfada. Do outro lado das águas da lagoa, a margem da floresta borrava e se duplicava. A bruxa tinha ido embora. Ela estava só.

Em Betel, nadar era um pecado. Não era recatado nem prudente entrar na água, pois era considerada domínio dos demônios. Mas em um verão, Leah havia ensinado a Immanuelle em segredo, quando ambas eram jovens e ousadas. As duas tinham pendulado para cima e para baixo na parte rasa do córrego, tapando o nariz e chapinhando até Immanuelle aprender a respirar entre as braçadas.

E havia sido em Leah que Immanuelle tinha pensado naquele momento, enquanto chapinhava e chutava, seguindo o brilho de sua lamparina de volta à margem da lagoa. Uma correnteza profunda puxava seus tornozelos, e cada braçada era um sofrimento. Quando finalmente conseguiu voltar ao baixio, escalou a margem de gatinhas e desabou, vomitando lodo na margem.

Seu pecado a salvara.

Enquanto apertava a barriga, os braços tremendo, teve um vislumbre de dois pés descalços atravessando a passos largos as sombras do matagal e adentrando o pálido halo da luz da lamparina. Afastando os cachos molhados dos olhos, ergueu o olhar e viu uma forma feminina — ainda que bestial — se assomando sobre ela.

Ela — pois Immanuelle tinha certeza de que era "ela" — tinha um porte alto e mal-ajambrado. Suas pernas eram longas e esbeltas, seus braços pendiam baixos, as pontas dos dedos tocando os joelhos. E estava nua, tanto que nem mesmo uma pelugem de recato cobria sua feminidade. Mas sua nudez não atraía tanto o olhar de Immanuelle quanto o crânio de cervo equilibrado no topo de seu pescoço pálido e magro. Uma coroa de ossos.

Seu nome surgiu nos lábios de Immanuelle como uma maldição: "Lilith."

A Besta bufou com força. Vapor se revolveu pelas rachaduras de seu crânio, se espiralando ao redor da galhada.

Immanuelle acocorou-se rente à lama. Mesmo aterrorizada, tinha o bom senso de reconhecer uma rainha quando via uma. Baixou o olhar, o coração batendo tão forte que lhe doía o peito. E ali ficou, prostrada no lodo e nas sombras, o fôlego aos trancos, suas lágrimas formando rastros na imundície e na borra da lagoa em suas bochechas.

Ela morreria ali, tinha certeza. Morreria como os outros que haviam sido tolos o bastante para cruzar a mata à noite. Não tinha fé de que alcançaria os céus — não após todos os pecados e disparates —, mas orou mesmo assim.

Os pés da Besta se deslocaram. Seus dedos descalços agarraram a lama quando ela se abaixou até ficar de cócoras. Immanuelle arriscou uma olhadela. Aquela enorme cabeça de osso inclinou-se para o lado, um movimento tão humano, tão infantil e feminino, que, por um momento fugaz, Immanuelle se lembrou de Glory.

A Besta ergueu a mão que parecia apenas vagamente humana. Com dedos longos e magros, alisou a ponte do nariz de Immanuelle, então escorregou-os até seus lábios.

Atônita, Immanuelle buscou os olhos de Lilith, encarando o interior das órbitas vazias e negras do crânio pavoroso. Mas não encontrou nada ali além de vapor e sombras rodopiantes.

Seus joelhos fraquejaram.

Lilith envolveu o pulso de Immanuelle com uma mão gigantesca e fria e lentamente a pôs de pé. O vento tremulou pela floresta e as árvores pareceram se curvar e estremecer com seu despertar. As águas da lagoa se revolveram e se ondularam, e a neblina inundou a clareira, rodopiando ao redor dos tornozelos. Quando a criatura ergueu a mão para pôr um dos cachos de Immanuelle atrás de sua orelha, um soluço irrompeu de seus lábios.

Então a dor perfurou seu estômago novamente e Immanuelle se curvou, mal conseguindo ficar de pé. Mais uma vez, implorou por salvação — dessa vez em voz alta —, clamando ao Pai, depois à Mãe e finalmente à própria Lilith, fossem lá quais deuses se dignassem a escutar.

Mas não houve resposta, nada. Nada além da dor abrasante em sua barriga.

E com os joelhos de Immanuelle enfraquecendo debaixo dela, uma trilha de sangue escorreu por sua perna, serpeando pela panturrilha e escorregando até seu tornozelo, onde desapareceu na água empoçada.

Imediatamente, a lagoa se aquietou.

O vento se acalmou e as árvores pararam de se debater.

Lilith retirou-se lentamente para as sombras, baixando o crânio para evitar que suas galhadas se prendessem aos ramos. Quando ela o fez, Immanuelle pensou ter visto algo tremeluzir brevemente no breu de suas órbitas. E então, a bruxa havia ido embora.

•••

Immanuelle correu. Mas a cada passo, a cada investida que fazia pelo mato e pelas samambaias, a dor em seu ventre ficava ainda mais aguda, a escuridão ficava mais densa e a floresta parecia engoli-la, arrastando-a de volta por dez passos a cada cinco que corria. Acima de sua cabeça, os galhos se arqueavam em um estranho caleidoscópio, a luz da lua se estilhaçando, sombras manchando, estrelas tremeluzindo no breu.

Mas seguiu correndo, mesmo com a escuridão a segurando pelos tornozelos, atraindo-a para o coração da floresta. Ela viu uma luz distante na escuridão. O brilho baço das janelas aquecidas pelas velas. A casa da fazenda dos Moore surgia pelos vãos entre os galhos.

A barriga dela doía, e um grande rugido preencheu seus ouvidos quando as sombras se elevaram ao redor. A última coisa que Immanuelle viu, antes de ser engolida pela noite, foi o olho brilhante da lua piscando entre as árvores.

☽ O ANO *das* BRUXAS ☾

9

*Com a sangria vem o poder dos céus e dos
infernos. Pois uma oferenda de ferro conquista
a expiação, em todas as suas muitas formas.*

— AS ESCRITURAS SAGRADAS —

Immanuelle despertou estirada no chão. Levou alguns segundos para se dar conta de que não estava nas profundezas da Mata Sombria, mas na própria casa, na própria cozinha, deitada com o rosto para baixo, ao pé da pia. Do outro lado do cômodo, sua capa molhada e enlameada se encontrava embolada ao lado da porta dos fundos, ligeiramente entreaberta.

De uma só vez, as lembranças da noite voltaram em uma torrente. Delilah serpeando pelos bambus e baixios, Lilith retornando para as sombras da Mata Sombria tão silenciosamente quanto havia chegado, os galhos se fechando ao redor, a escuridão caindo. Ela se lembrou de correr pela mata, da dor em sua barriga, do sangramento, de desabar à beira da floresta, da face da lua baixando o olhar para ela através das brechas entre os galhos das árvores.

Ela poderia ter pensado que tudo fora um sonho, não fossem as crostas de lodo preto sob as unhas, o cabelo molhado e a camisola enlameada.

Não, havia acontecido. *Tudo* aquilo havia acontecido.

Pela luz azulada vazando pela janela da cozinha, ela soube que o amanhecer se aproximava, embora os outros ainda não tivessem acordado. Ficou grata por isso. Podia apenas imaginar a sova que Martha infligiria se soubesse que Immanuelle havia retornado à floresta.

Immanuelle afastou aquele pensamento de sua mente, sentindo o gosto de bile no fundo da garganta. Uma dor indistinta se espalhou por sua barriga novamente, e ela se encolheu. Apertando os olhos, ela perscrutou por entre as pernas e viu que havia uma pequena e fria poça de sangue embaixo de si. Fluía livremente, o vermelho úmido escorrendo por suas anáguas e manchando o assoalho.

Seu primeiro sangramento.

•••

Immanuelle saiu correndo para limpar a cozinha e enxugou o sangue com um pano de prato velho, tirando a lama. Depois de esfregar o chão até limpá-lo, ela se esgueirou escada acima até o lavabo, apanhou um punhado de farrapos do cesto junto à pia e lutou para encaixá-los em suas calçolas, sentindo-se menos uma mulher e mais uma criança de colo tentando trocar as próprias fraldas sujas. Seu sangramento deveria ser um momento de celebração, alívio — contra todas as probabilidades, enfim era uma mulher —, mas se sentia apenas pequena, ferida e um pouco enjoada.

Immanuelle dividiu a novidade primeiro com Anna, depois com Martha. Houve uma enxurrada de empolgação, alguém a sentou em uma cadeira da sala de jantar, ofereceu a ela uma caneca fumegante de chá de folhas de framboesa e um prato de ovos com bolo frito, que ela se sentia adoentada demais para comer. Mas apesar da insistência de Anna para que permanecesse na cama, ao amanhecer Immanuelle já estava a caminho dos pastos, de cajado na mão. Tanger o rebanho foi uma tarefa difícil. Ela estava lenta e cansada pela noite nas matas, e sua barriga sofria com as dores do sangramento. O rebanho parecia sentir seu desassossego. Os carneiros inquietos, as ovelhas agitadas. Os cordeiros baliam a cada brisa que soprava, como se temessem que o medo fosse lhes arrancar a carne dos ossos. Immanuelle teve que dar tudo de si para arrebanhá-los até os pastos do oeste e, quando a tarefa enfim foi cumprida, desabou na grama alta, esgotada, o ventre padecendo das dores de sangrar.

Logo além da beira do pasto, a Mata Sombria se assomava, a sombra da floresta estendendo as garras ao longo das planícies conforme o sol se deslocava. Uns poucos abutres rodeavam os pinheiros, montados no vento, mas não havia sinal das bruxas. Nenhuma mulher da mata. Nenhuma das Amantes contorcidas. Delilah não estava à espreita entre as árvores e não viu sinal de Lilith.

A mata estava em silêncio.

Com a luz do sol nascente se deslocando por entre as árvores, os pensamentos de Immanuelle foram até o último apontamento no diário de Miriam: *Sangue. Flagelo. Trevas. Massacre. Que o Pai os ajude.*

O que Miriam tinha visto na mata que inspirara aqueles escritos? O que ela sabia que Immanuelle desconhecia? E talvez o mais importante: o que era a ânsia carnal que havia compelido Immanuelle a retornar novamente, apesar do perigo?

Por que a floresta a chamava?

Immanuelle teria ficado sentada lá o dia todo, encarando as árvores e combatendo a verdade, se não tivesse sido distraída pelo som de alguém chamando seu nome.

Ela se virou, semicerrando os olhos contra a luz do amanhecer, e viu Ezra vindo em sua direção, trazendo um pacote.

"Bom dia", disse ele.

De supetão, Immanuelle se lembrou de tê-lo visto na noite anterior, na beira da mata, envolvido pelo abraço de Judith.

Immanuelle tornou a encarar as ovelhas. A distância, o campeiro deles, Josiah, tangia o rebanho para longe da Mata Sombria.

"Que o Pai assim queira."

Ezra parou pouco antes dela, mas a brisa carregou seu aroma: cabelo recém-cortado e cedro. Um minuto de silêncio. Ele escorregou as mãos para dentro dos bolsos.

"Vim aqui me desculpar."

Immanuelle hesitou, insegura quanto ao que dizer. Autoridades da Igreja raramente pediam desculpas, já que raramente pecavam.

"Desculpas pelo quê?"

Ezra sentou-se na grama ao lado dela, tão próximo que seus ombros quase se tocavam. Ele observou o pasto em silêncio, então virou-se para Immanuelle.

"Pelo que você viu noite passada, após o banquete. Não me comportei com dignidade. Foi grosseiro de minha parte e também egoísta colocar você a par de meus pecados."

Os pecados dele não eram a preocupação dela. O olhar de Immanuelle foi até a margem da vegetação. Ela abraçou os joelhos e continuou em silêncio. Sem esperar pela resposta, Ezra colocou o pacote que estava carregando nas mãos dela. Immanuelle estava propensa a recusar o presente, até sentir seu peso e seu formato. Era um livro.

"É aquele que você estava lendo no mercado", disse ele enquanto a garota rasgava o embrulho. As bochechas dela ganharam um pouco de cor e ele quase pareceu encabulado, embora ela soubesse que isso não era possível. Alguém como Immanuelle não provocaria esse tipo de reação em alguém como ele. "Praticamente o mesmo."

Immanuelle folheou o livro até encontrar o poema que lera naquele dia. Ele tinha razão, era o mesmo, embora a encadernação externa fosse diferente e a maioria das páginas estivesse marcada com o selo da Igreja. Ele devia ter vasculhado a biblioteca particular do próprio Profeta, ela se deu conta em um sobressalto. Teria sido um gesto gentil, se não fosse um suborno.

"Não preciso de um livro para ficar calada." Ela fechou o livro e o estendeu. "Seus assuntos são só seus. Não vou contar a ninguém. Não precisava se preocupar."

"Não estou preocupado. Eu... só me sinto culpado por pedir a você que guarde meus segredos."

"Então não peça", disse Immanuelle, ainda estendendo o livro para ele. "Não é problema nenhum."

"Mas é um pecado." Ezra tinha razão. Era um pecado, e um pecado grave. O mesmo crime que pusera seu pai, Daniel, na pira. Mas à luz do que tinha visto na mata na noite anterior, parecia quase trivial.

"Pecados podem ser perdoados", disse ela, ecoando as palavras de Leah de alguns Sabás atrás.

"Sim", disse Ezra. "Mas a culpa é algo difícil de serenar."

"E por isso quer que eu fique com o livro? Para serenar sua culpa?"

"Se não for pedir muito." Ezra deu de ombros. "Além disso, eu gostaria bastante de ter alguém com quem conversar."

"Sobre poesia?"

"Tem mais desses na biblioteca." Ele assentiu. "Posso conferir as prateleiras, trazer mais livros para você."

"Não", disse Immanuelle. "Só este já basta, obrigada. Mesmo que esteja tentando comprar meu silêncio."

Ela se encolheu, aflita por mais uma vez ter ido longe demais e falado muito, mas Ezra apenas sorriu.

Pela primeira vez, ela notou que ele tinha um leve salpicado de sardas cobrindo o nariz, que era ligeiramente torto, como se tivesse levado um soco forte em uma briga no pátio da escola. E talvez tivesse. Os rumores sobre Ezra também se espalhavam rapidamente. Ele era conhecido por ser muito inteligente, por estar sempre lendo ou estudando, o tipo de pessoa que sabia como fazer as perguntas certas. Também era forte, com a determinação obstinada do pai e, como ele, Ezra tinha o respeito da maioria dos homens de Betel. Se não fosse respeito, era medo — medo do poder do Profeta que queimava nele como fogo sagrado, embora ainda nem tivesse testemunhado sua Primeira Visão.

"O que houve com sua boca?" A pergunta de Ezra a arrancou de seus pensamentos, e Immanuelle se deu conta de que ele a observava. Ergueu a mão para tocar o local onde Judas a havia atingido. Embora seu lábio há muito já tivesse criado casca, a beira da boca ainda estava machucada e inchada.

"Perdi uma luta com um carneiro raivoso."

"Aquele que você levou para o mercado?"

"Sim." Ela pensou na cabeça sanguinolenta de Judas, deixada no toco como um presente, então disse: "Ele está morto".

"Um sacrifício?" O olhar dele deslocou-se para o pasto.

Ela começou a balançar a cabeça, mas se conteve.

"Talvez."

Ezra se pôs de pé e se esticou, girando os ombros.

"Se gostar do livro, me avise. Tenho vários outros. Há uma biblioteca no Retiro; posso trazer para você o que desejar."

Immanuelle abriu a boca para responder, para dizer que uma garota como ela não tinha nada que se meter com os livros do Profeta, mesmo que quisesse muito lê-los, quando um grito irrompeu pelos pastos. Ela reconheceu a voz: Glory.

Houve uma pausa; então um segundo grito ressoou.

Immanuelle ficou de pé. Ezra se virou para se posicionar à frente dela, como se quisesse protegê-la do mal que se aproximava. Mas Immanuelle não teve tempo de ceder ao cavalheirismo. Ela o empurrou para ultrapassá-lo e correu em direção aos gritos. E conforme corria, tudo em que conseguia pensar eram as mulheres da mata — as bruxas de olhos mortos.

Ela encontrou Glory perto do poço no fim dos pastos, a alguns metros da beira da floresta, com um balde emborcado aos pés.

"Você se machucou?", perguntou Immanuelle, parando.

Glory balançou a cabeça, a boca aberta, os cachos loiros grudando nos lábios. Seu olhar se fixou em Ezra, como se vê-lo a chocasse tanto quanto a coisa que a havia assustado. Mas o momento passou, e ela, em um estalo, voltou à razão. As palavras pareciam se prender em sua garganta enquanto apontava para o balde com um dedo trêmulo.

Ezra se inclinou para pegá-lo. Foi então que Immanuelle percebeu o aroma de podridão, úmido e fétido. Algo preto havia escorrido para a terra, ensebando as laterais do balde.

Immanuelle engoliu em seco, seu estômago se revolvendo, enquanto Ezra botava o balde no gancho e o baixava até as profundezas do poço novamente. Ele girou a manivela e o balde desceu, desaparecendo nas profundezas. Quando o som da borda do balde rompendo a água ecoou pelo vão, ele começou a rodar a alavanca, trabalhando rápido, seus ombros se tensionando com o esforço.

Lentamente, o balde foi alçado acima das pedras das paredes do poço. Ezra o tirou do gancho e Glory cambaleou para trás, como se ele tivesse arrancado uma víbora da água.

Ele pôs o balde no chão. Horrorizada, Immanuelle viu que um líquido espesso e escuro transbordava do balde e escurecia o solo logo abaixo. Ela caiu de joelhos e afundou os dedos no balde. Quando removeu a mão, as pontas de seus dedos estavam viscosas de vermelho.

"Sangue", sussurrou ela, e um déjà-vu pavoroso se assentou sobre ela, tão poderoso que parecia lhe extirpar a alma do corpo. Ela precisou de um minuto para voltar a si. "Onde está Martha?"

"Ela foi até as Terras Sagradas com a mamãe para um parto", disse Glory, se atrapalhando com as palavras. "A sexta esposa do Apóstolo Isaac vai ter um..."

"E Abram? Onde ele está?"

"N-na oficina."

"Vá buscá-lo", disse Immanuelle, e, quando a menina não se moveu, deu nela um ligeiro empurrão na direção certa. *"Agora!"*

Ezra então se adiantou, franzindo o cenho para ela.

"Você está bem?"

Immanuelle assentiu e tentou responder, mas feneceu em um silêncio enquanto olhava para baixo, para a mão manchada de sangue. Ela sentia aquela atração novamente, a força fantasma que a arrastara de seu corpo meros momentos antes, como acontecera com o chamado da mata.

"Eu estou..."

Sangue. Flagelo. Trevas. Massacre. Sangue. Flagelo. Trevas. Massacre. Sangue.

Sangue.

"Immanuelle..."

"Obrigada pelo livro." Com isso, Immanuelle se virou e partiu para a casa da fazenda, atravessando os pastos com agilidade. Ela estava vazia, como Glory tinha dito, e Immanuelle, às pressas, atravessou a sala e saltou escada acima até seu quarto. Aos pés da cama, caiu de joelhos, deslizou uma mão por baixo do colchão e retirou o diário. Ela o abriu ali no chão, manchando as páginas de sangue enquanto as passava celeremente até o último apontamento: *Sangue. Flagelo. Trevas. Massacre. Sangue. Flagelo. Trevas. Massacre. Sangue. Flagelo. Trevas. Massacre. Sangue. Flagelo. Trevas. Massacre. Sangue...*

Sangue.

É claro.

O choque tornou-se pavor e o pavor tornou-se horror enquanto Immanuelle lia as palavras, compreendendo o significado delas pela primeira vez. O diário. A lista. Os desenhos da floresta e de suas bruxas. As palavras de Miriam não eram digressões de uma mulher insana. Eram alertas daquilo que estava por vir.

Quatro avisos. Quatro bruxas. Quatro pragas, e a primeira já havia se abatido sobre eles.

"Immanuelle, mas o que..." Ezra entrou no quarto e se pôs de cócoras ao seu lado. Seu olhar ia dela para o diário jogado aberto em seu colo. "O que é isso?"

Immanuelle fechou o diário, jogou-o de volta no baú de seu enxoval e o fechou. Ela se virou para dar a Ezra alguma desculpa superficial, mas o som dos sinos da igreja a interrompeu. Doze badaladas em rápida sucessão, uma pausa, então mais sinos ressoando por Betel conforme outros respondiam ao chamado de alarme. E foi assim que teve início a primeira praga.

☽ ·· O ANO *das* BRUXAS ·· ☾

10

O amor é um ato de lealdade.

— AS ESCRITURAS SAGRADAS —

Immanuelle estava sentada no carro de mula ao lado de Martha, encarando o outro lado das planícies moribundas enquanto seguiam pela estrada principal em direção às Terras Sagradas. O ar estava denso com a fedentina da sanguinolência, e o zumbido dos mosquitos empachados de sangue era tão alto que quase afogava o som do chacoalhar das rodas da carroça.

Em tempos ancestrais — quando as filhas da Mãe das Trevas declararam guerra ao rebanho do Pai —, batalhas haviam sido travadas nas planícies. Immanuelle relembrou as histórias que seus professores relatavam na escola, contos de homens feridos e campos de batalha encharcados de sangue que se estendiam até onde a vista alcançava.

Immanuelle pensou nessas histórias enquanto seguiam rumo à catedral, atravessando os casarios de fazenda moribundos das Clareiras após quilômetros de milharais enegrecidos pela brutalidade. Desde que a praga de sangue havia se abatido, há algumas semanas, as águas manchadas haviam se infiltrado pelo solo, infectando a terra e matando todas as plantações.

O mundo todo se tornara vermelho e podre.

A garganta de Immanuelle doía. Ela não tinha bebido nada desde o amanhecer. A casa dos Moore agora racionava a água — todos o faziam —, porém, o que sobrava não era suficiente para todos. Não se achava água limpa em nenhum lugar dentro das fronteiras de Betel, e rumores diziam que os depósitos da Igreja estavam praticamente esgotados.

Para a surpresa de Immanuelle, Martha repuxou as rédeas, tocando as mulas na direção das Cercanias, um extenso vilarejo de choupanas que se aninhava à sombra da mata sul. A maioria dos betelanos evitava as Cercanias, por temerem os pecadores que lá habitavam em vergonha e sordidez.

"Sangue correndo pelas Terras Sagradas", disse Martha para explicar por que ela decidira tomar o caminho mais longo para a catedral. "As estradas estão intransitáveis."

A carroça passou por uma série de choupanas tão envergadas e decrépitas que parecia que qualquer rajada de vento as desabaria e transformaria em uma pilha de gravetos. Conforme avançavam rumo ao centro do vilarejo, Immanuelle avistou a pequena e dilapidada igreja onde aqueles das Cercanias se reuniam nos Sabás para louvar, quando o resto de Betel se agrupava na catedral. A casa tinha um campanário pequeno e torto e uma única janela com vitral que retratava uma mulher com um véu negro, que Immanuelle presumiu ser uma santa ou um anjo, embora não usasse diadema. Foi só quando a carroça se aproximou que reconheceu: a Mãe das Trevas.

Nos afrescos pintados nos tetos abobadados da catedral, a Deusa era sempre retratada como uma mulher desgraçada, feita de membros retorcidos e dedos com garras, os lábios manchados pelo sangue dos cruzados que havia devorado em batalha. Mas, nesse retrato, a Mãe das Trevas parecia bela e gentil. Sua pele tinha um profundo tom de ébano, quase tão escuro quanto Seu véu, mas Seus olhos eram largos e pálidos feito a lua. Ela não parecia a Deusa amaldiçoada das bruxas e dos infernos. Não, naquele retrato, parecia mais mortal do que monstro... E, de algum modo, isso era pior.

A carroça seguiu chacoalhando. Alguns meninos sem camisa corriam descalços pela lama das ruas. Quando Martha e Immanuelle se aproximaram, eles suspenderam as brincadeiras e congelaram, os olhos arregalados feito os das corujas, e permaneceram calados conforme a carroça de mula passava em seu troar.

À espreita, mais ao longe, estava a sombra da Mata Sombria ocidental. Quanto mais se aventuravam vilarejo adentro, mais perto a floresta parecia estar. Embora as florestas das Clareiras ao leste fossem viçosas e densas, não eram nada em comparação às matas que bordeavam as Cercanias. De algum modo, as matas do oeste pareciam mais vivas. As copas das árvores pululavam de vida — esquilos-raposas grandes como gatos corriam pelos galhos das árvores, e corvos se empoleiravam nas copas dos carvalhos e dos cornisos, banhando de sol suas asas e crocitando canções do entardecer. Lá no alto, um falcão de barriga branca rodeava o extenso bosque, e um poderoso vento se atiçou por entre as árvores, carregando o aroma de argila e massacre.

Por toda a extensão da mata havia tributos e sacrifícios — um alqueire de milho enfiado em um recanto entre as raízes das árvores, uma pele de ovelha pendurada sobre o ramo baixo de um carvalho, uma cesta de ovos sobre um toco de árvore, coroas de flores de rosmaninhos secos, galinhas e coelhos mortos pendurados pelas pernas e se balançando dos galhos dos pinheiros.

Immanuelle se espichou para ver melhor o estranho sortimento. "O que é aquilo?"

Martha manteve os olhos na estrada.

"Oferendas."

A charrete passou retumbando pelo que parecia ser um tipo de altar: um intrigante entrelaçado de gravetos e ramos sobre o qual havia um bode eviscerado.

"Oferendas para quem?"

"Para a mata", respondeu Martha, parecendo cuspir as palavras. "Por essas bandas, eles a cultuam. O Profeta deveria bani-los para a floresta por tal pecado. Se amam a mata tanto assim, que voltem para ela."

"Por que ele não faz isso?"

"É um ato de misericórdia, presumo eu. Mas não tenho o costume de fazer suposições sobre as atitudes do Profeta, e você também não deveria fazer isso." Ela lançou um olhar firme a Immanuelle antes de voltar a encarar a estrada. "Além disso, aqueles nas Cercanias têm seu posto, assim como temos o nosso. Até o pecador tem um lugar neste mundo. E até os hereges podem exaltar ao Pai ao seu próprio modo."

Conforme seguiam até o coração do vilarejo de choupanas, uma jovem com pele escura feito mogno emergiu das ruínas de um chalé decadente e perambulou até o meio da estrada. Seus pés estavam descalços e machucados e havia um bebê aos berros atado ao seu peito por um tecido. Ela lançou os braços à frente conforme elas se aproximavam, seus lábios ressecados entreabertos, os olhos arregalados.

"Água para o bebê, por favor. Divida um gole conosco."

Martha murmurou uma prece e sacudiu as rédeas. As rodas da carroça passaram por uma poça, espirrando sangue na mulher. Ela cambaleou para trás, agarrando a criança, e tropeçou na bainha do vestido enquanto se afastava.

Immanuelle virou-se para dizer algo, mas Martha a impediu.

"Deixe-a com os pecados dela."

Mas Immanuelle não conseguia tirar os olhos da mulher. Ficou olhando para ela, que chorava agachada à beira da estrada, até ela encolher, virando um cisco no horizonte, e desaparecer.

Elas seguiram viagem. Quando viraram para o sul em direção às Terras Sagradas, o zumbido das moscas e dos mosquitos se intensificou. O vilarejo de choupanas deu lugar a planícies e prados inundados de sangue que haviam sido afogados pelo transbordamento das águas contaminadas do subsolo. A distância, as extensas propriedades que pertenciam aos apóstolos da Igreja, milharais e pastagens de gado tão grandes que se estendiam para além do horizonte a oeste, estavam repletas de carcaças de vacas, cavalos e outros animais, apodrecidos e enxameados de moscas, que haviam morrido de sede nos primeiros dias da praga.

"Miriam cavalgava por essas colinas", disse Martha, as mãos ainda firmes ao redor das rédeas. Ela sorriu fracamente, e Immanuelle captou um vislumbre da mulher que ela poderia ter sido antes da morte da filha. Uma pessoa gentil e afetuosa. "Abram comprou um pônei para ela no verão de seu aniversário de 13 anos. Ela o cavalgava na maioria dos dias, para cima e para baixo por essas trilhas, rápida igual aos demônios, até um dia em que correu com muita intensidade. A égua tropeçou em uma pedra solta na estrada e quebrou a pata na altura do joelho. Eu vi. Ela caiu bem ali." Martha apontou para um bosque de macieiras mortas ao longo do acostamento da estrada.

"O que houve com o cavalo?", perguntou Immanuelle, e, quando ela falou, seus lábios rachados se abriram. Ela tentou umedecê-los, mas sua língua estava seca.

"Miriam o abateu", disse Martha em seu tom mais monótono, como se estivesse fazendo uma mera observação sobre o tempo. "Abram ia fazê-lo, mas ela não deixou. Ela mesma disparou a espingarda, deu um tiro bem no meio dos olhos daquele pônei."

Immanuelle assimilou isso em silêncio, sentindo um calafrio. A carroça seguia trepidando pela estrada até a catedral, as sombras se forçando conforme o sol se punha. Eram só ela e Martha naquela tarde. Anna havia ficado em casa para cuidar do resto da família.

"Vão em paz", ela dissera quando partiram, e Immanuelle soube que ela estava preocupada. Todos com o bom senso que o Pai tinha lhes dado estavam. A terra sob seus pés sangrava e, apesar de se empenharem e orarem, não conseguiam fazer com que parasse. Era exatamente como Miriam havia profetizado em seu diário.

Se o Profeta e os apóstolos sabiam a causa da praga de sangue e algum modo de cessá-la, não haviam partilhado suas descobertas com o rebanho. Apenas instaram as pessoas a orar e jejuar, na esperança de obter as graças do Pai. Até lá, disseram que racionassem seus recursos — colher frutas e vegetais para extrair os sumos, coletar água da chuva e o pouco que conseguissem do orvalho toda noite e toda manhã. Mas esses parcos esforços não eram o suficiente. Immanuelle já havia perdido seis ovelhas para a sede ou para o envenenamento.

Mas havia esperança. Dias após a praga de sangue, tempestades varreram Betel. E devido aos esforços coordenados dos fazendeiros e da Igreja, uma boa quantidade de água foi coletada. Além disso, as reservas de gelo nas catacumbas do Retiro do Profeta se provaram úteis, bem como suas extensas adegas. Falava-se até de importar água fresca dos assentamentos além do Portão Sacrossanto. Porém, a despeito dessas provisões, os recursos definhavam rapidamente, e sem chuva havia vários dias, o pânico começava a se alastrar outra vez. O gado e os rebanhos morriam mais e mais, e havia a expectativa de que a isso se seguissem mais perdas, perdas *humanas*, se a praga de sangue não terminasse logo.

Após uma longa e sinuosa viagem, elas se aproximaram da catedral lotada. Era um dia de semana, mas os fazendeiros haviam deixado os campos, e todos os apóstolos tinham se reunido.

Immanuelle saltou da carroça. A multidão se arredou, o pátio cheio de homens e meninos vestidos com camisas suadas e calças manchadas de sangue, suas roupas rescendendo aos campos.

A distância, Immanuelle viu o riacho no qual ela e Leah se encontravam após o Sabá, reduzido agora a um talho sangrento encravado nas colinas. As protuberantes rochas do rio estavam manchadas de sanguinolência. A ravina toda parecia o cenário de um massacre, e Immanuelle sentia a fedentina da podridão.

"Por aqui", Martha a incitou. Juntas, foram se desviando da multidão reunida, se esquivando de carroças e carruagens. Em comparação às comunhões de seus Sabás, essa era uma questão solene. Todos pareciam falar em um murmúrio baixo, como se temessem provocar o Próprio Pai se falassem mais alto.

Martha e Immanuelle abriram caminho até os degraus e então para dentro da catedral. Lá, o ar estava denso de sangue e suor. O povo abarrotava os bancos e ocupava os corredores adjacentes. Mais à frente, em uma fileira atrás do altar, estavam reunidos os apóstolos e outros santos de alta função na Igreja, mas Ezra não se encontrava entre eles. Estava no salão da catedral, andando de banco em banco com um balde de leite e uma concha de ferro. Ele se inclinou na frente de um idoso e pôs a concha nos lábios dele. Poucos instantes depois, quando uma menininha zanzou até seu lado, ele baixou o balde até o chão, se pôs sobre um dos joelhos e sussurrou algo que a fez rir. Após ela ter bebido da concha, ele secou sua boca com a manga da camisa, apanhou o balde e seguiu andando.

Quando ele atravessou o centro da nave, seus olhos encontraram os de Immanuelle. Ele hesitou por um instante, como se estivesse embaraçado por ser flagrado no meio de seu ministério. Mas então se recuperou e partiu em direção a ela, atravessando a multidão. Ele ergueu a concha até os lábios dela.

"Tome", disse, a voz rouca. Soava como se ele próprio precisasse de algo para beber.

Immanuelle se inclinou para a frente, a borda fria da concha pressionada contra seu lábio inferior. Ela deu um pequeno gole. Depois outro. O leite estava morno e doce. Conforme bebia, o líquido acalmava seus lábios ressecados e aliviava a queimação em sua garganta. Ela secou a concha, e Ezra já a estava mergulhando novamente no balde para oferecê-la uma segunda vez quando Martha chamou o nome da neta.

A mão da mulher se fechou sobre o ombro de Immanuelle em um aperto forte. Seus olhos pulavam de Immanuelle para Ezra, então de volta a Immanuelle.

"Venha, temos que encontrar um lugar para sentar antes de sermos obrigadas a ficar de pé."

"Ela é bem-vinda a sentar-se conosco", disse Ezra, e acenou com a cabeça para um banco a alguns metros dali, apinhado de seus amigos e meios-irmãos. Seu convite pareceu despertar o interesse deles. Como o herdeiro ascendente, Ezra era o melhor partido entre as jovens solteiras de Betel e era conhecido por cortejar as moças quando bem entendia. E se as expressões chocadas serviam de prova, Immanuelle soube que os amigos dele nunca o tinham visto conversar com uma garota como ela.

Martha também parecia ciente disso, e Immanuelle tinha certeza de que ela desdenhava dessa atenção.

"Immanuelle permanecerá no lugar dela: comigo."

"Muito bem", disse Ezra, talvez se dando conta de que sua vontade não era páreo para a de Martha. Com cuidado, ele tomou a concha das mãos de Immanuelle e voltou para seus amigos. A garota seguiu atrás de Martha, ciente dos olhares que a acompanhavam.

Pouco depois de estarem sentadas, o Primeiro Apóstolo, Isaac, subiu ao altar. Ele era um homem alto, pálido e aquilino, com uma boca casmurra e um queixo incisivo. Immanuelle imaginou que ele devia ter sido belo em sua juventude, e sabia que suas muitas esposas eram a prova viva disso. Sua voz carregava o timbre profundo de um órgão afinado e reverberava pela catedral.

"Estamos reunidos aqui hoje para abordar uma grave enfermidade. Estou aqui em nome do Profeta, que, na esteira deste grande mal, se retirou ao seu santuário, para um período de orações e súplicas."

Essa declaração foi recebida por um coro de murmúrios. No ano anterior, o Profeta já havia passado semanas trancado em seu Retiro, jejuando e meditando. Mas havia preocupações crescentes de que esses sabáticos repentinos na verdade se devessem a uma saúde débil.

"Nossas terras foram maculadas", disse o apóstolo, andando de um lado a outro ao pé do altar. "Um grande mal se move por nossas águas. Nossos rios correm com ele. Sei que vocês temem por suas famílias, suas safras e suas terras. E estão certos em temer. Essa praga não é obra da natureza, como bem sabemos. É mais do que mera casualidade. Alguém entre os presentes, talvez até alguém sentado nesses bancos, nesta noite, nos amaldiçoou."

Arquejos ecoaram pela catedral e os sussurros começaram, um grande sibilar como o som de cigarras no verão.

O Apóstolo Isaac ergueu sua voz a quase um grito.

"O Profeta tem certeza de que alguém se congraçou com as forças da escuridão para despertar esse mal antes adormecido."

Immanuelle prendeu o fôlego. Ela pensou em Delilah patinhando nos baixios da lagoa, nas Amantes se contorcendo na terra no prado, no vislumbre dos pés descalços de Lilith quando emergiu das sombras da Mata Sombria. Seria possível que essas breves interações fossem o começo de algo tão maior e mais horrível do que havia se dado conta da época? Seria possível que *ela* tivesse algo a ver com isso?

"Como esse mal foi invocado?" Uma voz ecoou do fundo da catedral, fina e melodiosa. Uma senhora idosa se adiantou, e Immanuelle instantaneamente a reconheceu. Era Hagar, a primeira esposa do profeta anterior e uma das últimas ainda viva. Se apoiando pesadamente em sua bengala, Hagar mancou até o altar e ergueu o olhar para Isaac. "Você diz que esse pecador deve ter se congraçado com forças na Mata Sombria, mas deve ter sido algo mais grave do que isso. Muitos tolos já andaram pela mata e são testemunhas de seus horrores sem terem gerado pragas. Não vemos um poder assim desde os dias de David Ford. Por que um mal tão grave despertaria agora?"

"O Profeta acredita que algum tipo de... *incentivo* tenha sido dado", disse o Apóstolo Isaac, hesitante. "O Pai não é o único que recebe oferendas de sangue. Se alguém entre nós realizou um ritual, fez um sacrifício de sangue para a Mãe, isso pode ter sido suficiente para despertar esse mal."

Immanuelle expirou. Ela podia ter pecado quando adentrara a Mata Sombria e testemunhara aquilo que não deveria, mas não tinha se rebaixado tanto a ponto de fazer uma oferenda à Mãe. A praga devia ter sido obra de outra pessoa.

Contudo, pareceu que o apóstolo Isaac falava apenas para Immanuelle quando disse:

"Se alguém entre vocês ofereceu a si mesmo à Escuridão, peço que confesse agora seus pecados para que possa poupar sua alma do fogo da pira e das chamas sagradas do expurgo."

☽ -- O ANO *das* BRUXAS -- ☾

11

*Pois é nas chamas do expurgo que as
almas dos homens encontram a fé.*

— AS ESCRITURAS SAGRADAS —

Havia fogo em cada língua quando o encontro foi encerrado. A queima na pira era o castigo tradicional para a bruxaria ou a heresia em Betel, mas fazia anos desde o último expurgo. Alguns falavam disso como se fosse uma bênção, outros como se fosse algo empolgante, recordando as grandes piras que haviam queimado no topo das colinas nos expurgos do passado. Embora todos parecessem gravemente abalados pela proclamação do Apóstolo Isaac de que uma maldição havia sido lançada deliberadamente, Immanuelle não sabia o que os assustava mais: a praga de sangue ou a ameaça das chamas sagradas.

"Immanuelle." Ela se virou e viu que Leah havia escapado das garras das outras noivas do Profeta.

Era a primeira vez que Immanuelle via a amiga desde a noite de seu corte. O selo entre as sobrancelhas dela estava cicatrizando bem, mas as bolsas sob os olhos, escuras como hematomas, tinham ficado ainda mais escuras.

"Você parece bem." Immanuelle se permitiu essa pequena mentira quando se abraçaram. "As outras são gentis com você?"

"Elas me tratam como querem", disse Leah, então olhou de relance por sobre o ombro. A alguns metros dali, as outras esposas do Profeta se aglomeravam, bocas apertadas em linhas finas enquanto estudavam a multidão. Ela tomou Immanuelle pelo cotovelo e se afastou alguns passos dali, onde ouvidos alertas não as escutariam. "Não são cruéis, mas também não são gentis. Esther, a mãe de Ezra, é a única verdadeiramente boa comigo."

"E seu marido? Ele é bom com você?"

Leah enrubesceu, mas seus olhos não se aqueceram.

"Ele me convoca com frequência."

Ele a possui com frequência. Immanuelle se encolheu diante do pensamento.

"E... isso a agrada?"

Leah baixou o olhar para as mãos e Immanuelle viu que elas tremiam, mesmo que levemente. Agarrou os dedos na tentativa de aquietá-los, apertando com tanta força que ficaram exangues.

"Muito me agrada fazer a vontade do Pai."

"Não estou perguntando sobre a vontade do Pai. Estou perguntando sobre a sua." Ela se virou um pouco mais para perto da amiga, baixou a voz: "Ele a satisfaz? Você está feliz?".

"O que me satisfaz é estar aqui com você."

"Leah..."

"Não", disse ela, uma repreensão firme. "Por favor, Immanuelle. Podemos falar de outra coisa, qualquer outra coisa? Faz semanas desde a última vez que a vi. Como tem passado?"

"Bem o suficiente", disse Immanuelle, relutante em mudar de assunto, mas sabendo que não tinha escolha. "O rebanho está indo bem, mas perdi alguns cordeiros e uma de minhas melhores ovelhas reprodutoras para a praga..."

"Mas e quanto a *você*, Immanuelle? Como está?"

"Eu... bem, eu sangrei." Immanuelle ficou surpresa ao dizer essas palavras.

Ela sangrou.

De algum modo, ela quase tinha esquecido. Naquela noite na Mata Sombria, quando Lilith pairara sobre ela e Delilah se movera pelas sombras das profundezas da lagoa, começara seu primeiro sangue. Sua lua estava constante quando despertara na manhã seguinte, no chão da cozinha, mas havia começado a sangrar primeiramente naquela noite com as bruxas.

As mãos de Immanuelle começaram a tremer. Seus batimentos se aceleraram em um ritmo veloz e brutal.

E se o sangramento mensal fosse o sangue do sacrifício ao qual o Apóstolo Isaac havia se referido? E se tivesse dado origem a todo aquele mal? Seria possível que ela tivesse sido uma cúmplice incauta na trama de Lilith? Pensar naquilo a deixou com vontade de vomitar, mas ela não podia negar a suspeita crescente de que fosse lá o que tivesse ocorrido na Mata Sombria naquela noite, havia sido algo bem maior que um encontro fortuito.

Então um pensamento horrível ocorreu a ela, a resposta para uma pergunta que vinha fazendo a si mesma desde a primeira vez em que entrara na floresta. E se o diário fosse uma isca? Todas aquelas semanas antes, quando as bruxas deram a ela o presente das palavras de sua mãe, ela presumira que fora por causa de algum tipo de parentesco ou afinidade com Miriam. Mas e se não fosse? E se a verdadeira razão para terem lhe dado o diário fosse para garantir que ela voltasse para sangrar ali, para fazer o sacrifício de que precisavam para gerar a praga? E se o diário fosse só um chamariz, um laço com a mata?

As pernas de Immanuelle ficaram bambas de pavor quando a verdade total se evidenciou. Naquela noite, na Mata Sombria, ela havia sido atraída e manipulada a fazer um sacrifício de sangue de que as bruxas precisavam para gerar a praga. Ela pusera alguma coisa em andamento. Abrira uma porta que não sabia como fechar e agora Betel estava sofrendo por seu pecado e sua ingenuidade.

Ela havia feito aquilo.

Leah buscou sua mão.

"Immanuelle? O que foi?"

Ela não respondeu. Seus pensamentos giravam tão rápido que era impossível formar palavras. Se fosse uma pessoa melhor, teria confessado tudo ali, naquele momento. Teria ido até o Apóstolo Isaac, contado o que sabia sobre a praga — como tinha começado, onde e o fato de que suspeitava de que haveria mais por vir. Ela teria entregado o diário da mãe. Mas Immanuelle sabia que, se fizesse isso, havia uma forte chance de ser mandada para a pira pela acusação de bruxaria. Informar a Igreja seria condenar a si mesma — disso tinha certeza. E a ideia de ceder à Igreja o diário de Miriam era intolerável. Ele podia ter sido usado para atraí-la, mas ainda era uma parte de sua mãe, era o lócus de seu conhecimento sobre as bruxas e sobre a mata pela qual vagavam. Talvez ainda pudesse ser útil.

Algo então ocorreu a ela, uma ideia perigosa... E se houvesse outro modo? Um modo de deter a praga de sangue sem envolver a Igreja, sem incriminar a si mesma. E se pudesse dar fim à praga do mesmo modo que a havia iniciado: com seu sangue?

Não era uma ideia absurda. A lógica dizia que se um sacrifício havia liberado todo aquele mal sobre Betel, outro sacrifício poderia fazê-lo retroceder. Talvez, se retornasse à floresta, pudesse desfazer o que havia sido feito. Afinal, seu sangue tinha gerado a praga; talvez seu sangue também pudesse encerrá-la.

Mas se ela entrasse na mata novamente, não, *quando* entrasse na mata novamente, precisaria estar preparada. Não era hora de instintos e deduções; precisava de fatos. Sabia que cessar a praga não seria tão simples quanto ir à Mata Sombria e sangrar. Tinha que haver algo mais, algum Protocolo de como uma oferenda era feita. Mas era impossível acessar essa informação por conta própria. Immanuelle precisaria de um cúmplice — alguém com as chaves da biblioteca do Profeta —, e ela sabia exatamente a quem recorrer.

"Preciso falar com Ezra", disse Immanuelle, se espichando para perscrutar a multidão que minguava. "Você sabe onde ele está?"

Leah franziu o cenho, claramente confusa.

"Por que precisa falar com ele?"

"Ele está me devendo um favor", respondeu ela, relembrando a conversa no pasto. Ezra tinha dito que a biblioteca do Profeta era um lócus de conhecimento. Se havia alguma informação sobre as práticas das bruxas e como lançavam e cessavam pragas, teria que estar ali.

"Talvez a gente deva só ir lá para fora", disse Leah, gentil, como se tentasse serenar um cavalo assustado. "Tomar um pouco de ar. Você parece prestes a desmaiar."

Immanuelle então avistou Ezra, junto ao pé do altar no qual o Apóstolo Isaac tinha feito seu discurso havia apenas alguns minutos. Ele estava conversando com um grupo de amigos, mas, para a surpresa de Immanuelle, não foi um desafio atrair seu olhar. Quando ela gesticulou na direção de um corredor escuro na ala leste da catedral, ele logo se retirou, abrindo caminho entre seus amigos, mal se despedindo.

"Espere...", disse Leah, quase frenética de preocupação.

Immanuelle dispensou-a com um aceno.

"Vai ser rápido."

Ela foi ao encontro de Ezra, atravessando a custo a multidão até alcançar o banco vazio onde ele estava.

"Achei que sua avó fosse cortar minha garganta. Ela é sempre tão intimidadora ou...?" Ele titubeou, vendo a expressão dela. "O que houve? Não botei você em nenhuma encrenca, botei?"

"Não. Só precisava de um instante de seu tempo, se puder me concedê-lo."

Os olhos de Ezra se estreitaram, mas ele assentiu e levou-a até um pequeno abside próximo à catedral principal. Dois bancos de oração ficavam lado a lado diante de uma efígie de pedra do Sagrado Pai. Sobre um altar baixo, estavam dezenas de velas, a maioria acesa e tremeluzindo. Incenso queimava em um prato de cerâmica, e a fumaça fragrante pairava como fios de seda de aranha.

Ezra e Immanuelle se ajoelharam no banco, ombro a ombro, e acenderam velas, como era o costume, uma para cada um. Immanuelle apertou as mãos e inclinou a cabeça.

"Da última vez que conversamos, você mencionou a biblioteca do Profeta. Disse que havia todo tipo de livro por lá. Até livros de conhecimento, como aquele que me mostrou no mercado, naquele dia."

Ele assentiu.

"Se há algum livro que queira, me dê o título e eu busco."

"Essa é a questão, não sei exatamente o que estou procurando. Eu teria que entrar lá para procurar em meio aos livros até encontrar o que quero, o que preciso."

"E o que seria isso?"

"Um modo de parar a praga de sangue."

Ezra pestanejou, surpreso. Com grande satisfação, ela percebeu que o pegara desprevenido. A expressão dele passou de contemplativa a apreensiva.

"Não devia deixar os assuntos de cessar pragas para a Igreja?"

"Por quê? Os homens da Igreja claramente são tão informados quanto eu." É claro que não era só isso; ela escondera a verdade sobre seu envolvimento na praga de sangue e o modo como as bruxas a haviam usado para gerá-la. Mas não podia confiar tais questões a Ezra. Ele podia ser um rebelde ao seu próprio modo, cético sobre a própria Igreja a que servia, mas ainda era o herdeiro do Profeta. "Eu quero ajudar e devo fazer isso."

Ezra observou as velas em silêncio por um longo tempo, esfregando a nuca.

"É proibido às mulheres caminhar pelos salões da biblioteca."

"Eu sei. Eu não pediria se não fosse importante, mas..."

"Eu fiz você tolerar meu pecado, então agora quer que eu assuma o seu?"

Immanuelle não queria que tivesse chegado a isso, mas assentiu.

"Eu teria algo contra você e você teria algo contra mim. Estaríamos quites. Um segredo por um segredo."

Ezra ponderou por um momento. "Quando precisa ter acesso?"

"Amanhã à tarde, de preferência, enquanto nosso campeiro cuida do rebanho." Quando ela teria tempo de escapulir sem ser notada.

Ele se pôs de pé. "Amanhã, então. Encontro você nos portões do Retiro ao meio-dia."

O ANO das BRUXAS

12

Nós somos os consagrados, os escolhidos do Pai.
E o que a Ele pertence, Dele é, para todo o sempre.

— AS ESCRITURAS SAGRADAS —

O Retiro do Profeta era o prédio mais antigo de Betel, construído nos Dias Sombrios antes de sua fé ter escrituras ou uma doutrina propriamente dita. Ficava em uma colina solitária, que dava para uma extensão de ondulantes campos de gado. Era uma estrutura alta e avultante, composta dos aposentos principais — uma catedral de pedra decadente, onde os primeiros da fé um dia haviam louvado — e uma série de expansões, algumas construídas havia apenas um mês.

A propriedade toda era rodeada por um muro de ferro forjado com cerca de três metros de altura. Diziam que, durante a Guerra Santa, as cabeças decepadas das quatro bruxas e de seus aliados foram expostas em estacas. De acordo com as mesmas lendas, o corpo decapitado de Lilith também havia sido pendurado no portão da muralha e, por ordem de David Ford, coroado com um diadema de crânio de cervo para zombar de seu reinado e de seu massacre. Andando em direção ao portão, Immanuelle podia quase visualizar: as cabeças decepadas dos pecadores olhando estupidificadas para ela lá de cima, mandíbulas pregadas pelas espiras de ferro da muralha; ao lado, o cadáver da Rainha Bruxa coroado por um crânio, pendurado na arcada, balançando ao vento. Immanuelle sacudiu a cabeça para afastar a imagem medonha.

Encontrou Ezra esperando logo atrás da entrada do Retiro. Estava sentado sob os galhos de um choupo alto, as costas apoiadas contra o tronco e as pernas cruzadas nos tornozelos, lendo um pequeno livro.

Várias pessoas vagavam pelo pátio — principalmente servos e campeiros que cuidavam dos extensos campos do Profeta —, mas Ezra ergueu a cabeça ante a chegada dela, como se a reconhecesse pelo som de seus passos. Ele guardou o livro no bolso de trás da calça e se levantou, acenando com a cabeça na direção das portas do Retiro.

"É por aqui."

...

Se o retiro do Profeta parecia grandioso do lado de fora, seu interior era imaculado. O salão de entrada era quase tão grande quanto a própria catedral, com tetos arqueados e um pé-direito alto. As janelas do salão tinham mais de três metros de altura e cada guarnição era munida de vidraças com vitrais, de modo que a luz do sol que os atravessava em feixes tingia as paredes e o chão com as cores do arco-íris. O ar cheirava a especiarias, um aroma agradável e inebriante que lhe trazia à mente os banquetes da colheita e assados de carne na fogueira no inverno.

Ezra a levou por uma série de longos corredores, seus passos ecoando conforme prosseguiam. Ele se distanciava alguns passos sempre que outros passavam, mas, quando estavam sozinhos, ele comentava pequenos detalhes sobre a casa. Ali estavam pinturas (em sua maioria, retratos dos primeiros profetas que reinaram nos dias após a Guerra Santa) e os corredores que levavam a lugares como a cozinha do Retiro ou as alas de confinamento, onde as noivas mais recentes eram alojadas.

Immanuelle se questionou, de passagem, qual dos corredores levaria ao quarto no qual sua mãe havia esfaqueado o Profeta, mas não ousou perguntar.

Eles viraram outra esquina, adentrando um corredor pequeno e claro. Uma série de janelas estreitas recobria as paredes, cada uma separada por menos de meio passo da seguinte. Oposta às janelas havia uma fileira de portas, cada uma com um nome pintado em tinta dourada na travessa superior: *Hannah, Charlotte, Sarah, Charity, Naomi, Esther, Judith, Bethany, Justice, Dinah, Ruth, Tilda*. Esses eram os aposentos das esposas. Immanuelle leu um nome de cada vez, procurando pelo de Leah.

"Ezra, é você?" Uma voz vazou de uma porta aberta no fim do corredor. Fina e agraciada por um tênue sotaque que Immanuelle nunca havia escutado na língua de nenhum betelano nativo.

Ezra parou no ato, praguejando baixinho. Então se recompôs e foi até a soleira a passos largos.

"Sim, mãe?"

Immanuelle foi diminuindo o passo, parou junto a ele e olhou para o quarto logo atrás. Ali, de pé no meio, estava a mãe de Ezra, Esther Chambers. Immanuelle só tivera vislumbres passageiros dela — de longe na catedral ou do outro lado do adro —, mas esses breves encontros foram o suficiente para distingui-la como uma das mais belas mulheres que já tinha visto. Esther era alta como Ezra, embora mais esbelta. Veias pálidas se enfileiravam ao longo de seu pescoço e deslizavam até suas têmporas. Seu cabelo, preto como o do filho, estava reunido no topo de sua cabeça e preso por um único grampo dourado. Quando ela se aproximou, Immanuelle sentiu um sopro de jasmim no ar.

A mulher a examinou e um sorriso tênue brotou em seus lábios antes de desaparecer no instante seguinte.

"Quem é sua amiga, meu filho?", perguntou, seu olhar voltando a Ezra.

"Esta é a srta. Immanuelle Moore." Ele deu um passo ao lado. "Srta. Moore, eu lhe apresento minha mãe, Esther Chambers."

"Ah", disse a mulher, e aquele sorriso despontou outra vez em sua boca, um gêmeo sutil do de Ezra. "A filha de Miriam."

"Sim, senhora", murmurou Immanuelle, encarando as botas. A mulher que estava agora diante dela era famosa por ser a esposa favorita do Profeta.

"Por favor, me chame de Esther." Ela deslizou a mão fria sobre a de Immanuelle. "É um prazer conhecê-la."

Immanuelle conseguiu assentir e sorrir. Achou que a mulher fosse soltar sua mão como ditava o Protocolo, mas não o fez. Ficou segurando os dedos de Immanuelle e a avaliando com seus olhos verdes viçosos.

"E o que a traz ao Retiro?"

Ezra interveio: "Ela está aqui para ver Leah".

"Creio que Leah esteja na ala oeste", disse Esther, agora falando suavemente. De perto, Immanuelle notou algo que tinha ignorado antes. No canto da boca de Esther havia um machucado atenuado pelo que aparentava ser a aplicação de um pálido pó facial. "Ela está ao lado do Profeta. Ele está... um tanto apreensivo hoje. Provavelmente seria melhor visitá-la em outra data."

Ezra ficou quieto por um instante um pouco longo demais enquanto analisava o rosto da mãe.

"Vou falar com ele."

"Não vai, não", disse Esther com súbita impetuosidade, mas se recuperou antes de falar novamente, forçando aquele sorriso gentil: "Não se esqueça de que tem uma convidada. Seria rude de sua parte abandoná-la. Por favor, tomem seu rumo e que o Pai abençoe seus passos".

Ezra ficou em silêncio depois que sua mãe foi para o quarto, fechando e trancando a porta atrás de si. Ele se afastou em silêncio, as mãos nos bolsos. Encarava as próprias botas, em um estado pensativo que Immanuelle não sabia como penetrar, embora sentisse que deveria.

Ela não entendeu plenamente o que havia ocorrido com Esther no corredor — mas suspeitava de que tinha algo a ver com o Profeta e o machucado no canto da boca. Pensar em Leah morando com o Profeta em meio àquela demonstração obscura de humores revirou o estômago de Immanuelle. Profetas eram meramente homens, e homens eram criaturas falíveis, suscetíveis às paixões da carne, tentadas até à violência, quando sua raiva transbordava.

Afinal de contas, um profeta era um instrumento do Pai, e o Pai nem sempre era o benevolente deus de luz. Também era ira e fogo, enxofre e tempestade, e Ele com frequência usava Sua onipotência para fustigar tanto a bruxa quanto o pagão. Immanuelle imaginava o quão perigoso podia se tornar um homem repleto de uma ira sagrada como aquela.

Após uma breve caminhada por uma série de corredores na penumbra, à luz de lamparinas, eles se depararam com uma ampla galeria. Na extremidade, havia um par de portas duplas pretas que tinham quase o dobro da altura de Immanuelle. Isso só podia ser parte da estrutura original do Retiro, ela se deu conta, onde o primeiro da fé havia louvado.

Ezra tirou uma chave do bolso de trás e colocou-a na fechadura da porta. Ouviu-se um suave clique do trinco. Ambas as portas se abriram, e eles adentraram a biblioteca.

Immanuelle nunca tinha visto tantos livros em um só lugar ao mesmo tempo e tinha certeza de que jamais voltaria a ver. O lugar não era um estúdio de um só cômodo nos fundos da escola. Era uma catedral, mas, no lugar dos bancos, havia estantes, fileiras e mais fileiras delas, do altar até o limiar onde estava. Na parede direita havia uma escada em espiral que se torcia para cima até o que deveria ter sido o balcão do órgão, mas, em vez do instrumento, havia apenas alguns tubos enferrujados com prateleiras retorcidas entre eles. A parte frontal do balcão era gradeada por um portão de ferro moldado, idêntico ao que cercava o próprio Retiro.

"Aqui está", disse Ezra. "A biblioteca do Profeta."

"É enorme."

"Acho que sim", disse Ezra, como se não a houvesse encarado dessa forma antes. E talvez não tivesse. Afinal de contas, a grandeza do Retiro era tudo que ele conhecia. Gesticulou para Immanuelle acompanhá-lo pelas prateleiras até a escadaria que levava ao balcão do órgão. Juntando a saia, Immanuelle subiu atrás dele, e Ezra, um cavalheiro, ofereceu a mão.

"Esta é a seção restrita", explicou ele enquanto subiam. "Todos os textos relacionados às artes sombrias estão aqui. Se quer informações sobre as pragas, é aqui que vai achar."

Immanuelle arriscou um olhar de relance para o térreo, lá embaixo. A queda era tão grande que chegava a ser estonteante.

"Acho que nunca estive em um lugar tão alto."

"Terei que levá-la um dia ao campanário da catedral. A vista de lá é bem melhor." Ezra subiu o resto das escadas, parou em frente ao portão e destrancou-o com uma pequena chave enferrujada tirada do bolso. Ele segurou-o aberto para ela e conduziu-a para dentro com um gesto.

Immanuelle passou por ele e cruzou o limiar. Era mais largo do que havia esperado, mas a maioria do espaço do piso estava tomada por nove estantes altas que se estiravam das escadas até a parede oposta. Quase todos os livros abrigados ali estavam acorrentados às prateleiras nas quais repousavam.

Ezra imediatamente começou a vasculhar a coleção. Nuvens de poeira densas quanto fumaça floresciam conforme ele tirava os livros das prateleiras, as correntes enferrujadas chacoalhando.

"Costuma subir aqui com frequência?", perguntou Immanuelle, seguindo-o pelos corredores.

"Não", disse Ezra. "A última vez que subi aqui eu tinha 9 anos. Não possuía minha adaga na época, então escalei o portão para entrar. Quebrei o cotovelo quando caí do outro lado, mas consegui folhear alguns livros antes de ser encontrado."

"Eles valeram a dor?"

Ezra sorriu pesarosamente e balançou a cabeça.

"Não, mas a expressão no rosto do meu pai quando se deu conta de que eu tinha conseguido invadir com sucesso um dos lugares mais restritos de Betel certamente sim."

Immanuelle tentou esconder seu sorriso se virando para a estante mais próxima. Muitos dos livros arquivados eram tão velhos que Immanuelle temia que pudessem se desfazer em uma pilha de poeira se os tocasse. Alguns não passavam de poucas folhas de papel se desintegrando, unidas por uns fiapos de barbante. Outros eram só diários como o de sua mãe, escritos por profetas do passado.

Foram essas coleções que Immanuelle e Ezra começaram a examinar, buscando por referências a pragas. Foi um trabalho lento e meticuloso, mas Immanuelle descobriu que não se importava. No começo, foi um tanto estimulante ler as palavras de homens que morreram havia tanto tempo. Mas seu entusiasmo minguou quando se deu conta da complexidade da tarefa. Havia centenas de livros só naquele beiral e mais milhares lá embaixo. Levaria anos até examinar todos.

Durante horas, vasculharam a coleção, com pouco resultado. Immanuelle estava perto de desistir quando avistou um livro solitário em uma prateleira vazia no canto oposto ao balcão do órgão. Aninhando o tomo em seus braços, Immanuelle raspou dele uma crosta de poeira e abriu a capa. Na página do título, lia-se: *As Quatro Profanas: Um Compêndio* e estava datado com *O Ano da Tribulação*. Não havia autor.

O que se seguia era uma história das bruxas e de seus crimes — da aurora da rebelião do conciliábulo até sua derrota pelas mãos de David Ford, sete anos depois. Primeiramente, Immanuelle presumiu que o livro se limitasse aos acontecimentos da Guerra Santa, mas, ao folheá-lo, percebeu que mergulhava fundo nas práticas da bruxaria e do poder pagão que o conciliábulo de Lilith havia brandido contra os exércitos betelanos. Entre esses relatos, uma prática em específico atraiu o olhar de Immanuelle — *o dar de comer à Mãe.*

Ela descrevia, em termos gerais, uma oferenda ritualística que se realizava em um lago no coração da mata, conhecido apenas como o Ventre da Mãe. Embora o livro tivesse muitas revisões — páginas arrancadas ou pintadas com tinta preta para ocultar as palavras —, Immanuelle foi capaz de apreender a essência da prática. O livro afirmava que aqueles que haviam feito oferendas de sangue à Mãe nesse lugar profano eram recompensados com o poder das trevas.

De acordo com esse relato, havia rumores de que Lilith e sua laia fizeram sacrifícios no Ventre da Mãe de modo a obter poder e graças. Havia registros de bruxas que cortavam seus pulsos no meio do lago, deixando seu sangue correr para a água e saciar a fome da Mãe. Alguns afirmavam que Lilith lançava a cabeça decepada dos cruzados prisioneiros de guerra nas profundezas das águas. Uma passagem descrevia bruxas que se agachavam nos baixios com as saias erguidas até os joelhos, permitindo que seu sangramento mensal fluísse para a água. O livro também dizia que na esteira da guerra — quando

Lilith e seu conciliábulo foram derrotados —, David Ford e seu exército de cruzados executaram bruxas na lagoa, afogando-as por seus pecados contra a Igreja.

A passagem seguinte afirmava que todas essas oferendas eram precedidas por um tipo de oração ou invocação que a Mata Sombria escutava. As bruxas entoavam um encantamento que soava como o sibilo e o soprar do vento nas árvores da floresta. Outras chapinhavam nas profundezas da lagoa, sussurrando seus desejos mais sinceros para a mata. Mas estava óbvio para Immanuelle que a Mata Sombria exigia uma oração antes de a oferenda ser feita e ela ficou com a impressão de que não era bem o que era dito, mas sim o ato de dizê-lo que mais importava. Sangrar não era o suficiente. A Mata Sombria queria que as almas que iam buscar seu poder implorassem por ele.

Abaixo desses abomináveis relatos, havia uma ilustração detalhada de uma lagoa no meio da mata. As mãos de Immanuelle começaram a tremer violentamente, sacudindo-se ao longo da página. Era uma representação quase perfeita da lagoa na qual havia encontrado Lilith e Delilah. Cada detalhe daquele desenho se alinhava à sua memória.

Era a confirmação de que Immanuelle precisava. Aquela lagoa, onde havia encontrado Lilith, era o altar da Mãe das Trevas, e o primeiro sangue de Immanuelle havia sido o sacrifício. Estava claro para ela que, se queria dar fim à praga, teria que retornar àquela lagoa e fazer uma segunda oferenda para reverter a primeira.

Mas havia um problema: Immanuelle não fazia a menor ideia de como voltar à lagoa. A floresta era vasta e desnorteante. Ela levaria dias, semanas, para localizar a lagoa, se é que seria capaz de localizá-la.

Immanuelle fechou o livro, levantou-se apressadamente e foi até Ezra.

"Preciso ver um mapa de Betel. Pode encontrar um para mim?"

Ezra ergueu uma das sobrancelhas, mas, para o imenso alívio de Immanuelle, não a questionou. Apenas acenou com a cabeça na direção da escada como quem diz, *Depois de você*. Após a descida, ele desapareceu por um longo corredor de estantes e retornou com um tomo gigantesco, sua capa quase tão grande quanto a largura dos ombros de Immanuelle.

"Por aqui." Ele apontou com a cabeça para a frente da capela. Immanuelle o seguiu até uma laje de pedra rachada com uma única cadeira de madeira encostada. Ela demorou um pouco para perceber que era um altar, no qual o primeiro da fé deveria ter feito seus sacrifícios.

Por trás, uma janela com vitral se estendia do chão da catedral até o teto abobadado, a cerca de seis metros de altura. Ao lado da vidraça, à esquerda, estavam retratos dos cruzados sagrados, seus cavalos disparando pelas planícies, suas espadas brilhando com o fogo do pai. E ao olhar mais de perto, Immanuelle viu o rosto Dele no grande olho do sol, observando enquanto Seus filhos arremetiam para a batalha.

No lado oposto da vidraça havia um turbilhão de infernos, uma legião de feras e bruxas fugindo das chamas do Pai. Assomando-se sobre sua cria em um véu de noite estava a Mãe das Trevas. Ela usava a lua como coroa e chorava lágrimas de sangue.

Uma placa de ferro sob a janela dizia: *A Guerra Santa.*

"Impressionante, não é?", disse Ezra, encarando os vitrais, seu rosto coberto pelo vermelho da luz do sol lançada através das chamas. "Uma legião inteira transformada em cinzas, tudo por capricho."

Immanuelle o encarou em silêncio, atordoada. As palavras dele passavam perto de uma blasfêmia descarada, um pecado que poderia provocar um açoitamento público se Ezra não fosse o sucessor do Profeta. Seu olhar seguiu até o canto esquerdo da janela, onde um pequeno menino, de pele escura, se encolhia enquanto as chamas do Pai devoravam uma mulher que poderia ter sido sua mãe.

"Mas não foi por capricho", disse ela, por fim recobrando a voz. "Os cruzados pediram ao Bom Pai que os livrasse das bruxas, e Ele respondeu suas orações com o fogo sagrado. Ele os salvou da ruína, da danação nas mãos da Mãe das Trevas. Essas chamas foram Sua bênção."

Os olhos de Ezra se estreitaram e ele ergueu o olhar para aquela janela com um desprezo óbvio.

"Assim dizem as Escrituras."

"Você não acredita?"

"Só estou dizendo que se eu fosse um deus todo-poderoso capaz de fazer o que quisesse, teria encontrado outro modo de encerrar a guerra." Ele olhou de volta para Immanuelle. "Você não?"

"Eu não sou um deus, então não poderia dizer. Não posso supor saber a vontade do Pai. E, se soubesse, tenho certeza de que não haveria razão para dúvidas nem questionamentos."

"Falou como uma verdadeira fiel", disse Ezra, mas fez soar como um insulto.

Após alguns instantes, ele encontrou a página certa e gesticulou para ela. Ali, pintado no que parecia ser velino, estava um mapa. Ele delineava os limites de Betel: a muralha oeste, a vila e a praça do mercado, as extensas Terras Sagradas e os pastos ondulantes das Clareiras além. Na extremidade do mapa, à esquerda, reduzido a um rabisco, estavam as Cercanias. E rodeando tudo havia largas faixas de sombras, marcadas com uma simples nota de rodapé: *A Mata Sombria.*

"Encontrou o que procurava?" A voz de Ezra ecoou no silêncio.

Immanuelle balançou a cabeça. A lagoa onde ela havia encontrado Lilith não estava marcada em lugar algum.

"Será que a biblioteca tem algo mais específico? Como um mapa da Mata Sombria?"

Ezra franziu o cenho. Mais uma vez, ela se perguntou se tinha ido longe demais, ou confiado nele muito facilmente.

"Até onde sei, não há nenhum mapa da floresta", disse ele, e fechou o livro. "Mas talvez eu possa ajudá-la. Eu brincava na Mata Sombria quando era mais jovem e ainda conheço a área bem o suficiente. Acho que consigo levá-la até lá, se você souber aonde deseja ir."

Immanuelle ficou embasbacada.

"Você foi até as matas... quando *era criança*?"

"Às vezes, quando achava um jeito de escapulir do Retiro." Ezra deu de ombros como se não fosse nada, mas parecia um pouco orgulhoso. "Mas nunca fiquei até depois do entardecer. Não me entusiasmava muito a ideia de as bruxas do bosque arrancarem a carne dos meus ossos."

Immanuelle estremeceu, recordando-se das bruxas, com seus olhos famintos e seus dedos recurvados.

"Você seria bem sortudo se elas fizessem apenas isso." Ele fez troça, como se fosse uma piada, como se todas as lendas da Mata Sombria fossem mero estofo para histórias da carochinha. "Você não acredita nas histórias?", perguntou ela, incrédula. "Você não acredita que as bruxas sejam reais?"

"Não é uma questão de crença."

"Então é de quê?"

Ele demorou para responder. Por fim, disse:

"É uma questão de quem está sendo criativo com a verdade."

Immanuelle não estava inteiramente certa do que ele quis dizer com aquilo, mas parecia se aproximar de uma blasfêmia.

"Verdades criativas não explicam todos os séculos de sumiços nas matas."

"As pessoas não somem na mata. Elas fogem. É por isso que nunca voltam: porque não querem."

Immanuelle não conseguia imaginar alguém deixando Betel intencionalmente. Afinal, para onde iriam? Para as cidades pagãs e ímpias do oeste? Para as ruínas sem vida do leste? Ninguém buscaria conforto em lugares como aqueles.

"E todas as crianças desaparecidas? O que houve com todas elas?"

Ezra deu de ombros.

"A Mata Sombria é um lugar perigoso. Predadores têm que comer, e, lá fora, uma criança indefesa é só comida para os lobos."

"Então onde estão todos os corpos? Os ossos?"

"A natureza tem seu jeito de limpar sua bagunça. Meu palpite é que os animais chegam aos cadáveres antes que qualquer outra pessoa tenha essa chance."

"E quanto à praga de sangue?"

"O que tem ela?"

"Bem, se ela não veio da floresta, então qual é a fonte? É realmente tão difícil para você acreditar que pode haver algo na Mata Sombria que deseja o que lhe é devido? Que as lendas sejam verdadeiras, que as bruxas que morreram nunca tenham ido embora, que agora elas queiram..." Ela traçou os entalhes do altar com os dedos, reconhecendo as palavras da tumba de David Ford. *Sangue se paga com sangue.* "Vingança."

Ezra começou a responder, mas antes de ter a chance de falar, ouviu-se o retinir de chaves e o nítido ruído do trinco de uma fechadura se abrindo. Ele se virou para encará-la, em pânico.

"Há uma porta nos fundos da biblioteca, por trás das estantes da seção de medicina. Leva até um lance de escadas que vai dar nas adegas. Vá até o fim do corredor, passe pelas portas no fim dele. Encontro você no portão da frente." As portas se abriram com um rangido ressoante. *"Vá, agora!"*

Immanuelle irrompeu para as duas estantes mais próximas, se abaixando quando um homem sozinho atravessou até a nave central.

"Outra vez na biblioteca?" Embora a voz estivesse rouca, Immanuelle imediatamente a reconheceu de Sabás e banquetes anteriores. Ela pertencia ao Profeta.

"Pensei em pesquisar um pouco", disse Ezra.

O Profeta assentiu, dando meia-volta e se aproximando de uma estante que estava a apenas alguns metros de Immanuelle. Ela recuou, fazendo o possível para pisar com leveza no pavimento.

O Profeta se demorou, nada além de poucos livros entre eles. De perto, Immanuelle teve certeza de que não havia se confundido quanto ao desdém mal disfarçado na expressão dele quando se dirigiu a Ezra. Seu lábio superior estava um pouco curvado quando ele falou.

"Pesquisando o quê?"

Os olhos de Ezra foram para Immanuelle. *Vá,* seu olhar parecia dizer. Mas ela se acocorou atrás da estante, congelada, com medo de ser pega pelo Profeta caso se movesse mais do que um centímetro.

Ezra voltou sua atenção outra vez ao pai, sua expressão ilegível.

"Mamãe está sofrendo de sua... *aflição por contusão* mais uma vez. Estava procurando um modo de aliviar sua dor, mas estou começando a achar que não vou encontrar uma cura entre essas paredes."

O Profeta se encolheu ante a ameaça velada, a compostura lhe faltando por um momento. Mas se recobrou rapidamente, tirou um livro da estante perto dele, um grosso tomo sem título, e foi passando as páginas lentamente com o polegar.

"Se sua mãe está debilitada, diga para ela solicitar um médico. Tenho um trabalho mais importante para você."

Ezra ficou bastante quieto, como se temesse dizer algo de que se arrependesse. Quando falou, sua voz estava sufocada: "O que gostaria que eu fizesse?".

O Profeta se virou para colocar o livro de volta na estante, e Immanuelle avançou abaixada por um corredor adjacente para evitar ser vista. Lá, encontrou a porta. Era pequena, uns bons quinze centímetros mais baixa do que ela, como se tivesse sido feita para uma criança. Ela estava procurando a maçaneta quando ouviu o Profeta dizer: "Preciso da contagem censitária de todas as mulheres em Betel".

Immanuelle sentiu um calafrio. Apressada, ela passou pela porta e começou a fechá-la atrás de si. O rangido das dobradiças ecoou pela biblioteca.

"Você ouviu isso?" A voz do Profeta soou cortante.

Immanuelle congelou, a mão ainda na maçaneta. Ela espiou pela fresta entre a porta e o batente. Sabia que deveria bater em retirada pelo corredor, como fora instruída a fazer, mas não conseguia tirar os olhos da cena que se desenrolava diante dela.

O Profeta tossiu asperamente na dobra do cotovelo. Quando falou de novo, sua voz era apenas um tênue roufenhar: "Tenho certeza de que ouvi algo".

Ezra se afastou do altar e foi até a nave central a passos largos.

"Provavelmente são só as pedras se acomodando. O Retiro tem ossos velhos."

"É verdade." A voz do Profeta ecoou quando ele foi andando pela nave até onde Immanuelle estivera apenas momentos antes. Ele parecia estar mancando um pouco, mas talvez fosse por causa do ângulo de visão.

Ela prendeu o fôlego quando o Profeta se aproximou ainda mais dela, que agora se encolhia atrás da porta, sabendo que deveria ir embora. Mas precisava saber sobre os nomes das mulheres de Betel. O que o Profeta queria? E se ele tivesse visto algo em uma visão, ou suspeitasse de que uma delas estava por trás da praga? E se ele suspeitasse *dela*? As passadas pesadas do Profeta estavam agora a meros passos da porta.

"Pai, os nomes", chamou Ezra, desviando a atenção dele. "Se eu for levantar os registros de todas as mulheres em Betel, serão pelo menos oito ou nove mil."

"Possivelmente mais." O Profeta passou da porta, para o imenso alívio de Immanuelle. Ela arriscou mais uma olhadela pela fresta. "Faça a seleção a partir do censo e mande os registros para meus aposentos. Quero tudo na minha mesa até o fim da semana. Tenho escribas para ajudá-lo, se necessário. Não me importo se tiverem que trabalhar a noite toda. Quero isso pronto. Está entendido?"

Ezra curvou a cabeça.

"É tudo que o senhor exige de mim?"

O Profeta refletiu, olhando para Ezra com certa repulsa. Era fato conhecido que o filho escolhido do Profeta não era seu favorito. Immanuelle imaginou que não era fácil para um homem olhar no rosto de sua própria ruína. As Escrituras Sagradas estavam repletas de histórias de profetas que haviam tentado matar seus herdeiros de modo a estender suas próprias vidas e seus reinados. Por sua vez, vários herdeiros haviam tentado matar seus predecessores para apressar sua ascensão ao poder.

Observando o Profeta e então Ezra, Immanuelle se lembrou daquelas horríveis histórias — de violência contra pai e filho, mestre e aprendiz, cismas que ameaçavam despedaçar a Igreja. A tensão entre os dois era sinistra e palpável. Naquele momento, Ezra e o Profeta eram inimigos antes de serem parentes. Um a ruína do outro. Immanuelle pensou que era uma coisa horrível de se contemplar, independentemente de ter sido uma ordem dada pelo Pai.

"Há mais uma coisa." O Profeta avançou para ficar diante do filho. Ele puxou algo do bolso de trás das calças. Apertando os olhos, Immanuelle viu que era uma adaga.

A adaga de *Ezra*.

A corrente estava partida, o engate envergado, como se ela tivesse sido arrancada do pescoço de Ezra — e Immanuelle se deu conta, com um sobressalto, de que tinha sido. Era a mesma lâmina que Judith havia apanhado no meio de sua briga com Ezra, na noite do corte de Leah.

O Profeta agora a deixava pender entre ele e seu filho, a lâmina reluzindo à luz do sol ao balançar para a frente e para trás.

"Encontrei nos aposentos de Judith. Agora me diga: como isso foi parar em posse dela?"

Por algum milagre, Ezra manteve a compostura.

"Eu perdi minha adaga na noite do corte de Leah."

"Você a *perdeu*?"

"Estava distraído."

"Por minha esposa?"

"Não", disse Ezra, e Immanuelle se maravilhou com o modo como ele podia fazer uma mentira soar exatamente como a verdade. "Não por Judith. Por... outra pessoa. Quando voltei ao lugar onde achava que tinha derrubado a adaga, ela havia sumido. Judith deve tê-la encontrado. Imagino que ela pretendia devolvê-la a mim."

"Mas estava embaixo dos travesseiros dela", disse o Profeta em um sussurro rouco. "Por que minha esposa guardaria a adaga sagrada de meu filho debaixo de seus travesseiros enquanto dormia?"

Immanuelle agora queria correr mais do que qualquer coisa — fugir e deixar o Retiro bem atrás de si —, mas não conseguia se mover. Seus pés permaneceram fincados no chão.

O Profeta pegou Ezra pelo pulso e apertou fundo a adaga bem no centro de sua palma, dobrando os dedos de Ezra sobre a lâmina, forçando-o a agarrá-la com as mãos nuas. O homem mais velho pausou, sua mão repousando de leve sobre a do filho, e ele olhou atentamente em seus olhos. Então apertou, tão subitamente e com tanta força que os nós de seus dedos saltaram.

Immanuelle assistiu com um horror que tirou-lhe o fôlego quando o sangue correu pelas frestas entre os dedos de Ezra. Ele enrijeceu o maxilar, mas não se encolheu, não desviou o olhar do de seu pai, mesmo quando o sangue pingou por seu pulso e a lâmina talhou mais fundo.

"O que você faz nas sombras vem à luz." O Profeta se inclinou para mais perto. "Achei que o tinha criado para entender isso. Talvez eu tenha me enganado."

"Não se enganou." A expressão de Ezra permaneceu inalterada, mas havia algo frio e desafiador em seus olhos, como se o pai tivesse uma reparação a fazer, não ele.

O Profeta soltou-o abruptamente. Parecia sobressaltado, quase nauseado, ante a visão do que havia feito — da adaga e de suas próprias mãos, ambas manchadas pelo sangue do filho.

"A misericórdia do Pai é uma coisa", disse o homem enquanto tentava recuperar a compostura. "Mas a minha é outra. Lembre-se disso."

O Profeta então se virou para partir, mas Ezra não soltou a adaga. Na verdade, Immanuelle podia ver que ele a havia apertado ainda mais, e a garota arfou quando um novo fluxo de sangue escorreu por seu pulso. Em silêncio, Ezra observou o pai caminhar até as portas da biblioteca.

O sangue salpicava o pavimento aos pés de Ezra, mas ele ainda mantinha a mão apertada ao redor da lâmina na adaga. Foi só depois que o Profeta deixou a câmara que ele respondeu, sua voz suave:

"Vou me lembrar, pai."

O ANO das BRUXAS

13

*Tentei amá-lo e tentei tirar você de minha
mente. Mas não é fácil dar as costas a um
lar e foi isso o que encontrei em você.*

— DAS CARTAS DE MIRIAM MOORE —

As adegas abaixo do Retiro do Profeta estranhamente lembravam
Immanuelle das trilhas da Mata Sombria. As sombras densas, úmidas e que pareciam se pendurar em suas roupas conforme avançava
pelas galerias. O ar cheirava a ferro e putrefação, e à luz das tochas
bruxuleantes ela podia ver que as paredes de pedra choravam sangue.

Ela vagou, desorientada e com frio, deslizando a mão ao longo
da parede escorregadia pela sanguinolência para guiar-se. Sozinha,
não havia nada para impedi-la de reprisar em sua cabeça a cena na
biblioteca: a paranoia do Profeta, sua súbita e perversa malícia, o
sangue respingando no pavimento de pedra e o olhar vazio de Ezra.
A cada passo, os corredores se fechavam sobre ela e as sombras pareciam encher seus pulmões de tal forma que ela precisava lutar
por cada fôlego.

Quando ela enfim chegou à primeira porta, seu coração batia
tão forte que doía. Passou cambaleando por ela, saindo das sombras
molhadas e adentrando um corredor estreito com teto abobadado.

Uma porta se abriu e se fechou. Immanuelle virou-se e viu Judith a alguns passos de distância. Ela usava um vestido azul-claro e em sua mão havia um pedaço esfiapado de bordado que ainda era, de longe, bem melhor que qualquer coisa que Immanuelle já havia costurado.

"O que está fazendo aqui?", indagou Judith, e seu olhar a percorreu, absorvendo cada falha — os buracos costurados nas pontas de suas botas, as saias manchadas de sangue, a revolta desgrenhada de seus cachos. "Não deveria estar nos campos com seu rebanho... ou nas Cercanias?"

Immanuelle se encolheu. Ergueu a mão para ajeitar seu cabelo, mas então pensou melhor e parou. Atavio algum poderia satisfazer o despeito de Judith. Ela sempre encontraria alguma imperfeição na qual se fixar, ou alguma farpa cruel para fazer Immanuelle se sentir inferior.

"Bom dia, Judith."

A garota não ofertou nenhum cumprimento em troca. Seu olhar passou de Immanuelle para a porta atrás dela.

"De onde foi que acabou de sair?"

Immanuelle deu um passo adiante.

"Eu me perdi."

Judith a pegou pelo braço, seu aperto forte o bastante para deixar marcas, mas quando ela falou, sua voz ainda era fina e doce: "Está cheirando a sangue. Andou zanzando pelas catacumbas?."

"Não. Estou aqui a negócios", disse Immanuelle, mantendo a voz firme.

"Com quem?"

"Isso diz respeito a mim."

Judith inclinou a cabeça para o lado. Um sorriso insinuou-se por seus lábios, mas não havia amabilidade. Ela soltou o braço de Immanuelle.

"Eu sei que você nos viu naquela noite." Era o que deveria ter posto fim àquilo, mas Immanuelle empacou por um instante, demorando-se no meio do corredor. "Você se acha muito esperta com essas ameaçazinhas, não é?"

"Não sei do que está falando."

"Não insulte minha inteligência bancando a burra. Eu sei que você nos viu. Estava bisbilhotando por lá, assim como está agora, metendo o nariz onde não é chamada."

"Não estou aqui para bisbilhotar."

Judith escarneceu, então riu abertamente. De algum modo, parecia mais cruel sorrindo do que carrancuda.

"A mentira cai tão bem em você quanto um corpete em um bebê", disse Judith, então deu um puxão em um dos cordões do próprio espartilho. "O fingimento não lhe convém, e tudo bem se está afanando puxa-puxas no mercado ou contando lorotas ao seu pai sobre algum menino que beijou atrás da escola. Mas não acho que esses sejam os segredos que está guardando. Acho que os pecados que está escondendo podem mandá-la para a pira se não tomar cuidado."

Judith não devia saber, Immanuelle se deu conta, do perigo em que se encontrava, de que o Profeta estava ciente de seu namorico com Ezra. Era impossível que Judith estivesse perdendo tempo com ela no corredor se soubesse o quanto estava em apuros. Aquela garota mimada estava tão acostumada a sempre ter tudo ao seu modo que nem podia imaginar um dia em que não seria assim. A ideia de que pudesse ser flagrada era tão inconcebível que ela não havia nem parado para levá-la em consideração.

"Você é uma tola se acha que sou eu quem está em perigo."

Pela primeira vez nos últimos tempos — ou talvez em todos os dezesseis anos em que Immanuelle a conhecia —, Judith pareceu devidamente perplexa. Uma gama de emoções perpassou seu rosto, como uma série de sombras em uma rápida sucessão, passando da fúria ao medo até a dúvida. Ela entreabriu os lábios para responder ao alerta, ou talvez para exigir uma explicação, quando uma porta se abriu no fim do corredor. As duas garotas se viraram imediatamente e viram quando um homem alto e pálido passou pelo limiar. Pela aparência suja das botas e do avental, era um servo. Pendurado no passador de seu cinto haviam uma adaga sagrada e um pequeno martelo de ferro um pouco maior do que a mão de Immanuelle. A única marca de seu cargo era o símbolo da Guarda do Profeta, bordado no canto direito de seu avental.

O homem sorriu para elas, mas era um gesto desprovido de qualquer simpatia.

"Peço perdão, senhora. Seu marido deseja falar-lhe." Os olhos de Judith foram do homem para Immanuelle então de volta ao servo. "Por aqui." O homem agora soava impaciente.

Os olhos de Judith subitamente se encheram de lágrimas e ela começou a tremer. Por um instante absurdo, Immanuelle pensou em lhe estender a mão, como se houvesse algo que pudesse fazer para adiar fosse lá que destino a aguardava na forma daquele homem estranho e desdenhoso no fim do corredor.

Mas então Judith avançou, cada passo lento e pesado, sua saia de veludo se arrastando atrás dela. Immanuelle viu o terror em seus olhos quando ela passou roçando a soleira até o homem que a aguardava, virou em um corredor e desapareceu.

☾ ⋅⋅ O ANO *das* BRUXAS ⋅⋅ ☾

14

*Despedaçamos a nós mesmos para ficarmos
juntos. Os meus fragmentos se encaixam nos
seus, e nossos pedaços se tornaram maiores
que a soma de quem costumávamos ser.*

— DAS CARTAS DE DANIEL WARD —

Immanuelle encontrou Ezra junto ao portão da frente, nos pastos a leste, ao lado do mesmo algodoeiro sob o qual ele estava lendo quando ela chegara. Na mão boa, as rédeas de um alto corcel preto. Na mão machucada, um farrapo manchado que ele agarrava para estancar o sangramento.

"Por que demorou tanto?", inquiriu ele.

Immanuelle tentou não encarar a mão dele.

"Sua adorável amante me encontrou nos corredores. Ela quis conversar."

"Judith?"

"Sim, Judith", esbravejou Immanuelle, subitamente furiosa. "Por quê, você tem problemas para lembrar o nome de todas?"

Ezra franziu o cenho. Forçou a mão boa na direção dela e acenou com a cabeça para a charrete.

"Suba. Vou levá-la para casa."

Immanuelle não se moveu.

"O que há entre vocês?"

"Como é?"

"Você e Judith. O que há entre vocês?"

"Não há nada entre nós."

Immanuelle lutou contra a ânsia de cruzar os braços sobre o peito.

"Eu o vi beijá-la e não pareceu que era a primeira vez."

A mão de Ezra se apertou ao redor do farrapo e ele tensionou o maxilar.

"Não, não foi. Mas foi a última."

Immanuelle sabia que deveria ficar de boca fechada, deixar Ezra com seus pecados. Mas então ela pensou naquele homem estranho e desdenhoso no corredor e no olhar de terror no rosto de Judith. Sua fúria transbordou e as palavras escaparam antes de ela ter a chance de engoli-las.

"Antes de mais nada, por que começou com isso? Garotas queimaram na pira por pecados menores do que os que vocês cometeram juntos. Meu próprio pai queimou por crimes menos importantes."

Ezra ao menos teve a decência de parecer envergonhado.

"Immanuelle..."

"Você sabia do perigo. Tinha que saber."

"Sabia. Nós dois sabíamos."

"Então por quê?", interpelou ela, gesticulando. "Por que arriscar tudo?"

"Você jamais iria entender."

Immanuelle pensou no pai. Ela o imaginou com sua mãe, os dois se encontrando em segredo, como Ezra havia feito com Judith. Ela pensou em tudo que haviam arriscado um pelo outro: sua felicidade, sua fé, qualquer chance de um dia terem algum futuro.

"Você tem razão", disse Immanuelle, com severidade. "Nunca vou entender por que as pessoas escolhem ferir aqueles que elas dizem amar."

"Eu não amo Judith e ela não me ama. Não é assim. Nunca foi."

"Não foi o que pareceu naquela noite."

"Bem, nem tudo é sempre da forma que parece ser", disse Ezra, frustrado. "Olha, Immanuelle, se quer uma história sobre amor, perda e corações partidos, deveria ter pegado um livro na biblioteca. O que Judith e eu tivemos não foi nada disso."

"Então por que se dar ao trabalho?"

"Chega dessa discussão." Ele acenou com a cabeça na direção da charrete. "Vamos embora."

"Vou andando."

"Não vai, não", disse Ezra, virando-se para amarrar o corcel à charrete. Ele brigou um pouco com as fivelas, estremecendo toda vez que era forçado a usar a mão machucada. "Fiz o possível para responder a todas as suas perguntas. Eu menti para meu pai para levar você até a biblioteca, infringindo pelo menos metade dos códigos do Protocolo Betelano no processo. Então, se permitir que eu a acompanhe até em casa, eu apreciaria bastante. É conveniente o suficiente para você ou prefere que eu rasteje?"

Immanuelle passou por ele com uma ombrada.

"Prefiro ir andando."

"Maldição, Immanuelle."

Ela então se virou para ele, tão rápida que seus sapatos marcaram a terra.

"Que boca mais suja para o filho de um profeta."

"Este mundo é sujo", respondeu ele, ríspido. "Exatamente a razão pela qual eu preferiria que me deixasse acompanhá-la até em casa."

Um vento baixo se agitou pela grama alta.

Immanuelle baixou o olhar novamente para examinar a mão de Ezra. O farrapo a que ele agarrava estava praticamente encharcado, e, embora o rapaz mantivesse uma expressão neutra, ela sabia que ele sentia dor. Devia sentir, com um ferimento daqueles. E havia a questão das dores mais profundas — aquelas invisíveis, das quais não se podia tratar com bandagens ou unguentos.

"A questão é seu pai?", perguntou ela em voz baixa.

Ezra não olhou para ela, mas seu aperto no farrapo se intensificou.

"Suba. O sol está se pondo rápido."

"Ainda não respondeu minha pergunta sobre você e Judith."

"E nem pretendo." Ele deu tapinhas no banco da charrete. "Suba. Agora."

"Me dê uma resposta e vou pensar sobre o assunto."

Ezra mais uma vez enrijeceu o maxilar e, por um momento, Immanuelle teve certeza de que os dois ficariam ali, enraizados no lugar, até que a noite se derretesse na aurora e suas pernas fraquejassem. Mas, para sua surpresa, Ezra cedeu primeiro: "As pessoas fazem coisas tolas e imprudentes quando estão desesperadas para achar um modo de fugir de si mesmas". Ele suspirou e deixou a cabeça pender. "Por pior que seja, às vezes a verdade não é nada mais do que isso."

Immanuelle estudou-o por um momento. Então subiu na charrete.

Por algum tempo, os dois viajaram em silêncio, o pôr do sol fenecendo na escuridão, as sombras se estendendo entre as árvores enquanto cruzavam as Terras Sagradas. Quando se aproximaram das Clareiras, Immanuelle pegou um rolo de bandagens do bolso de sua mochila. Após alguma insistência, Ezra deixou que ela tomasse sua mão e retirasse o farrapo. Era um talho feio, fundo o suficiente para precisar de pontos, mas Immanuelle fez o melhor que pôde e enrolou as bandagens bem apertadas para estancar o sangramento. Enquanto cuidava dele, pensou na ironia de tudo aquilo. Havia apenas algumas semanas, ela cuidara de um ferimento semelhante. Talvez ela e Ezra tivessem mais em comum do que havia pensado. Seria essa a fonte da afinidade nascente que ela sentira entre eles? A dor compartilhada?

Um vento frio e penetrante soprou vindo do norte e atirou-se pelas copas das árvores. O corcel se assustou, se desviando de tal modo que Ezra precisou puxar as rédeas com força e erguer sua voz acima do estrondo para acalmá-lo.

Immanuelle estremeceu e agarrou o banco. Ezra, os olhos ainda fixos na escuridão distante, tirou uma das mãos das rédeas e estendeu-a para o fundo da charrete, apanhando um cobertor.

"Tome."

"Obrigada", disse ela, puxando a colcha sobre os ombros.

"Não foi nada."

"Mesmo assim."

A trilha serpenteava pelo leste em direção às Clareiras, cortando a região central de Betel. Mas quando se aproximaram da beira da Mata Sombria uma vez mais, seu domínio se intensificou.

Immanuelle se perguntou então se o poder do Pai chamava Ezra do mesmo modo que a floresta a chamava. Se ele era tão atraído pela luz quanto ela era pela sombra.

Ezra olhou para ela de relance com o canto dos olhos.

"O que foi?"

"É só que... Eu me pergunto se..." Ela enrubesceu, encabulada por ter sido flagrada encarando-o.

"Desembuche logo." Ele deu um sorriso malicioso, claramente se divertindo com o gaguejo dela.

"Você sempre sentiu o chamado do profetismo?"

Ezra balançou a cabeça.

"Eu nunca quis ser herdeiro. Queria viajar, ir além da muralha."

"Por que iria querer fazer isso?"

"Porque no mundo há mais que Betel. A mata não se prolonga eternamente. Há vida além dela. Tem que haver."

"Fala das cidades pagãs?"

"É um jeito de se referir a elas. Mas antes de Ford construir a muralha, essas cidades pagãs eram aliadas de Betel."

"Mas isso foi há séculos."

"Eu sei", disse Ezra, os olhos no horizonte. "É por isso que eu queria ir... para entender o que aconteceu, para saber se estamos sozinhos aqui."

Ela franziu o cenho, confusa. Como herdeiro, Ezra era uma das únicas pessoas em Betel que tinha a jurisdição para abrir o Portão Sacrossanto e ter a passagem garantida. A Immanuelle, parecia que se ele realmente quisesse deixar Betel, já o teria feito.

"E por que não vai?"

Ezra tirou a adaga do bolso à guisa de resposta. Ele ainda precisava limpá-la, notou Immanuelle, pois a lâmina ainda tinha o sangue encrostado.

"Disseram que meu lugar é aqui."

Eles ficaram em silêncio mais uma vez. As rodas da charrete chocalhavam pelos buracos na estrada e poças de sangue conforme entravam nas Clareiras. Embora a escuridão fosse densa demais para ver através dela, Immanuelle podia ouvir o suave *shhh* do vento nos ramos da floresta a oeste.

"Amanhã deveríamos subir no campanário da catedral", disse Ezra, rompendo o silêncio. "Estarei em sessão com os apóstolos à tarde, mas estou livre pela manhã."

A proposta a espantou, tanto em ousadia quanto pelo próprio fato de ele ter feito a sugestão. Quando Ezra mencionara levá-la ao campanário, ela nunca esperara — nem mesmo por um momento — que ele cumprisse a promessa. Mas embora uma parte sua estivesse empolgada pela perspectiva, ela balançou a cabeça.

"Não posso."

"Você tem outros planos?", perguntou Ezra, e Immanuelle suspeitou de que havia outra coisa, algo mais por trás da pergunta, embora ela não soubesse dizer exatamente o quê.

"Vou à Mata Sombria." Quando libertou de si a verdade, ela se perguntou por quê. Supôs que uma parte sua, pequena e fraca, queria impressioná-lo... e odiou a si mesma por isso.

Mas para a surpresa dela, Ezra pareceu relativamente imperturbado por sua confissão.

"Achei que tivesse medo da mata."

"E tenho. Qualquer um nascido com um pouco de bom senso teria", disse Immanuelle. E embora fosse verdade, ela veio a se dar conta de que o medo não era uma desculpa razoável para não fazer o que precisava ser feito. Era uma noção estranha, já que Immanuelle nunca havia sido particularmente corajosa. Mas nos dias que se seguiram ao advento da praga de sangue, ela havia começado a desenvolver seu próprio tipo de coragem. E gostava dessa sensação. "Algumas coisas precisam ser feitas, quer me deem medo ou não."

Ezra se aproximou, inclinando a cabeça na direção da sua, e ela soube que ele estava se esforçando para decifrá-la, para esmiuçar a verdade.

"O que uma moça como você precisa fazer na mata das bruxas?"

"Quero parar a praga de sangue." Ela não via sentido em mentir para ele. "E acho que sei como fazê-lo." Immanuelle esperou pela risada dele, pela zombaria, mas não veio.

"Então encontro você perto do poço ao alvorecer."

Foi a vez dela de ficar chocada.

"Não pode ir comigo."

"Posso e vou", disse Ezra, como se a questão já tivesse sido discutida e decidida. "Não vou deixar você entrar na Mata Sombria sozinha."

"Mas é perigoso para homens caminharem pela mata", disse Immanuelle, lembrando-se das histórias que Martha havia contado a ela quando criança, para alertá-la da floresta e de seus males. Ela havia afirmado muitas vezes que, durante os Dias Sombrios, os homens que ousavam entrar na floresta voltavam possessos, enfeitiçados à loucura pelo conciliábulo do bosque.

Ezra gesticulou com displicência.

"Isso é superstição."

Immanuelle um dia pensara o mesmo, mas isso havia sido antes de testemunhar as bruxas na mata. Agora, sabia que os perigos da Mata Sombria eram reais e, embora estivesse disposta a arriscar a própria vida para deter a praga que havia iniciado, não arriscaria a de Ezra também.

"É perigoso demais. Acredite em mim. Especialmente com você sendo um homem santo, a mata é hostil para com aqueles de sua estirpe."

"Isso é uma mentira que os pagãos inventaram nos tempos antigos para impedir que os soldados betelanos cruzassem as fronteiras." Ele revirou os olhos.

"Isso não é verdade. Só porque você não viu os horrores da Mata Sombria em primeira mão não quer dizer que não sejam reais. A floresta é perigosa. Se quer viver, deveria ficar bem longe dela."

Ezra abriu a boca para responder, mas o cavalo deu um guincho alto. A carroça se inclinou tanto para a direita que Immanuelle teria tombado de cabeça se Ezra não a tivesse segurado pela cintura.

À frente do cavalo, no centro da estrada, havia um cão. Uma criatura parruda, sarnenta, rosnando, seus olhos refletindo a luz das lanternas da charrete que se balançavam. Ele dava dentadas na direção dos cascos do cavalo, a boca espumando e lustrosa de sangue. Ezra passou as rédeas para Immanuelle.

"Segure isso e fique aqui."

"Mas sua mão..."

"Estou bem." Ele se virou para os fundos da charrete e retirou uma espingarda comprida de uma pilha de feno.

"Você não vai..."

"Ele está possesso", disse enquanto saltava da charrete. Arma erguida, foi na direção do animal a passos duros. Ele rosnou diante de sua aproximação, postando-se mais rente ao solo.

O cavalo pinoteou, e Immanuelle deu um puxão tão forte nas rédeas que suas palmas ficaram esfoladas.

Ezra ergueu a espingarda até seu ombro.

O cão saltou.

O estampido da bala irrompendo do cano fendeu a escuridão. O cachorro cambaleou, tropeçando nas próprias patas, e caiu morto na terra.

A bile subiu pela garganta de Immanuelle e ela conteve o mal-estar quando Ezra retornou, reclinando a espingarda contra o banco. Ele tomou as rédeas de suas mãos trêmulas e estalou-as duas vezes, instando o cavalo a ultrapassar o corpo do cão, que sangrava. Nem ele nem Immanuelle disseram uma palavra.

Após mais alguns minutos, a charrete fez uma curva e começou a descer por uma longa estrada acidentada que levava à terra dos Moore. A luz da casa da fazenda apareceu ao longe, brilhando por entre as ondas encapeladas da grama de trigo.

Enquanto eles se aproximavam, Ezra perguntou: "De manhã, então? Ao alvorecer?".

Immanuelle balbuciou entre dentes algo longe de ser sagrado, mas cedeu, sabendo que discutir seria inútil.

"É bom estar lá ao nascer do sol. Leve essa sua espingarda. Pode ser útil."

"Encontro você perto do poço." Ele estalou as rédeas, parecendo um pouco presunçoso.

Immanuelle assentiu. Então algo ocorreu a ela: "Por que o Profeta queria aqueles nomes?".

"O quê?"

"No Retiro, seu pai lhe pediu para compilar todos os nomes das mulheres e moças de Betel. Por quê?"

A resposta de Ezra foi hesitante: "Dizem que uma maldição só pode vir da boca de uma mulher. Da boca de uma bruxa".

Uma maldição. Era isso. A verdade estava às claras.

"Então ele acha que é disso que se trata?"

"Bem, com certeza não é uma bênção", respondeu Ezra. "Do que mais se poderia chamar?"

Immanuelle recordou-se da catedral, da janela com o vitral que retratava as legiões da Mãe sendo incineradas e massacradas. Ela pensou na garota amordaçada, acorrentada ao tronco do mercado. Pensou nas multidões zombeteiras e nas piras flamejantes. Pensou em Leah deitada sobre o altar, o sangue se empoçando no oco de suas orelhas, uma lâmina marcando seu cenho. Pensou nas jovens meninas casadas com homens velhos o bastante para serem seus avôs. Pensou nos pedintes famintos das Cercanias, acocorados junto à estrada com suas canecas de moedas. Pensou no olhar do Profeta e no modo como ele se movia sobre ela, se demorando onde não deveria.

Immanuelle respondeu à pergunta de Ezra com um sussurro rouco:

"Uma punição."

O ANO das BRUXAS

15

Quando a floresta estiver faminta, alimente-a.

— DE AS QUATRO PROFANAS: UM COMPÊNDIO —

Na manhã seguinte, Immanuelle acordou com o nascer do sol e foi até a oficina vazia de Abram para buscar alguns apetrechos. Ela vasculhou as ferramentas antes de fazer sua seleção: um rolo de corda grossa, longa o suficiente para dar a volta no comprimento da casa da fazenda e ainda sobrar com folga, um rolo de gazes limpas e a faca de talhar mais afiada de seu avô. A corda era pesada o suficiente para desequilibrá-la, mas Immanuelle conseguiu atirá-la por cima do ombro enquanto atravessava os campos não cultivados até o cercado gradeado onde as ovelhas passavam as noites. Apressadamente, soltou-as para pastarem, onde permaneceriam sob o olhar cuidadoso do campeiro, Josiah, enquanto ela estava longe, na mata.

Com essa questão resolvida, Immanuelle partiu em direção ao poço na margem leste dos pastos, onde aguardou a chegada de Ezra. Para passar o tempo, folheou as páginas do diário, revisitando esboços das bruxas, em preparação para o que estava prestes a fazer. Se tudo saísse de acordo com o plano, ela localizaria a lagoa, entraria na água, faria o sacrifício e, na hora em que emergisse outra vez da Mata Sombria, a praga de sangue teria acabado. Ela orou apenas para que a luz do dia fosse suficiente para manter o conciliábulo de Lilith longe.

A vários metros dali, chegando ao cume da colina e atravessando o pasto, vinha Ezra. Ele vestia roupas de trabalho, e o curativo em sua mão havia sido refeito recentemente, com algumas faixas de gaze branca limpa. A espingarda estava pendurada no seu ombro por uma tira de couro. Immanuelle franziu o cenho, perscrutando o sol. Já era quase meio-dia.

"Está atrasado."

As ovelhas se espalharam quando Ezra passou pelo meio do rebanho. Ele parou ao lado dela. De perto, parecia um tanto cansado, talvez por uma noite passada na triagem do censo.

"E você está lendo literatura proibida."

Immanuelle fechou o diário e apressadamente o enfiou na mochila. "Como sabe que é proibida?"

"Você está com cara de culpada. Ninguém parece culpado lendo um livro permitido pelo Protocolo." Ele acenou com a cabeça na direção do rolo de corda ao lado dela. "Para que isso?"

"Pescar", disse ela, batendo a poeira da saia ao se levantar. "Vamos?"

Ezra se adiantou, abrindo caminho por entre a grama alta à beira da floresta. Ela o seguiu pelo mato, se odiando pelo modo como seu coração havia se acalmado no momento em que as árvores se fecharam sobre ela. A mata estava mais linda do que nunca. A luz do sol vazava entre as árvores, sarapintando a estreita trilha que rumava ao matagal da floresta.

Nunca antes a mata havia parecido tão gentil e tão viva. Em comparação a Betel — onde tudo estava murcho e moribundo —, era uma justaposição gritante. Ali, na Mata Sombria, quase parecia que a praga de sangue era algum pesadelo vago e distante. Não fosse pelos vislumbres do rio vermelho passando por entre as árvores, ou os sulcos cheios de sangue na trilha, Immanuelle teria acreditado que a praga de sangue se restringia apenas a Betel.

Mas a verdade era ainda mais alarmante. Diferentemente de Betel, que havia sido devastada pelos horrores da praga, a floresta estava prosperando. Como se as matas estivessem empanturradas de sangue. As árvores floresceram fora da estação, seus galhos viçosos com o novo crescimento. O matagal de silveiras era tão denso que invadia a trilha, por vezes tornando a passagem difícil. Quase parecia que a floresta estava se expandindo, crescendo para além dos limites designados.

Será que a praga de sangue girava em torno disso? Seria algum estratagema das bruxas para tomar o controle de Betel? Estaria Lilith tentando reivindicar o que estivera perdido para ela havia todos aqueles anos?

Ezra olhou de relance para trás, para Immanuelle.

"Para alguém que diz ter medo da Mata Sombria, você parece bem à vontade."

Ele tinha razão, ao menos em parte. Havia algo na Mata Sombria que fazia Immanuelle se sentir mais como ela mesma quando a adentrava e menos quando a deixava. Mas talvez isso fosse apenas um ardil das bruxas.

"Você parece bem tenso para alguém que não tem."

"Quando se está preparado para o pior, não há o que temer."

"É isso o que espera encontrar aqui?", perguntou Immanuelle, se abaixando por debaixo do galho de um carvalho. Ela sentiu uma pequena pontada de culpa por todos os segredos que vinha escondendo dele. "O pior?"

"Talvez", respondeu ele. "Posso não acreditar em bruxas ou em lendas populares, mas sei o bastante para perceber que poucas coisas boas vêm da Mata Sombria."

As palavras lhe feriram, e ela levou um instante até se dar conta do porquê: ela era da Mata Sombria, ao menos em parte. Era o lugar onde ela havia crescido no ventre de sua mãe, seu primeiro lar, quisesse admitir ou não.

Ezra virou-se e olhou para ela.

"Você não concorda?"

"Eu não sei", respondeu ela, chegando mais perto, cortando pela metade a pouca distância que havia entre os dois. "Acho que sou inclinada a pensar que coisas boas podem vir de lugares inesperados."

Ezra estendeu o braço acima da cabeça, agarrando um galho com a mão boa, recostando-se nele um pouco. Eles estavam próximos um do outro, próximos demais para ser considerado apropriado pelo Protocolo Betelano. Mas não estavam mais em Betel, e a Mata Sombria não tinha lei. Foi Ezra quem quebrou o silêncio, uma contundência irregular em sua voz:

"Você é meio que um enigma, sabia?"

Immanuelle inclinou o queixo e ergueu o olhar totalmente para ele. Os lábios de Ezra estavam entreabertos e a luz do sol brincava em seu rosto, pintando sombras ao longo de suas bochechas e de seu maxilar. Embora mal houvesse a distância de um dedo entre eles, tudo que Immanuelle queria era se aproximar ainda mais. Porém, não ousou se permitir fazê-lo. Não podia.

"Assim me disseram."

Caminharam em silêncio por um tempo. Immanuelle estava excessivamente consciente da súbita quietude e da cuidadosa distância. Parecia que horas haviam se passado quando Ezra enfim parou e gesticulou para um recesso entre as árvores.

"Chegamos."

Immanuelle foi na frente. Com certeza, haviam chegado. Lá estava a lagoa, uma ferida larga e sangrenta no meio da floresta. As árvores que a circundavam eram muito mais altas do que Immanuelle se lembrava e suas raízes se estendiam lagoa adentro até as profundezas, submergiam no sangue, se empanturrando dele. A fedentina adocicada da putrefação era tão nauseante e densa que Immanuelle quase golfou. Ela se voltou novamente para Ezra, tirou do ombro o rolo de corda e baixou a mochila para o chão.

"Feche os olhos e vire de costas."

"O que você..."

Immanuelle ergueu a bainha da saia até os joelhos e olhou para ele por cima do ombro. A canção da floresta tornou-se debochada. Ela seguia o ritmo rápido das batidas de seu coração, no sibilar do vento, no baque surdo das botas de Ezra na terra quando ele se aproximou um pouco mais.

"Olhos fechados", ela lembrou-o.

Dessa vez, Ezra obedeceu, fechando os olhos e virando o rosto para as copas das árvores.

"Por que sinto que seja lá o que você estiver armando é uma ideia ruim e profanadora do credo?"

"Não sei." Ela parou para chutar suas botas para longe. "Talvez porque você seja um mau herdeiro e um profanador do credo que tem gosto por tais ideias."

Ela não estava olhando para ele, mas podia ouvir o sorriso em sua voz quando ele respondeu: "Você acha que sou um mau herdeiro?"

"Acho que você é malicioso." Ela se sacudiu para sair do vestido, o tecido se amontoando em seus tornozelos. Dobrou-o rapidamente e apanhou a corda, amarrando-a ao redor de sua cintura. Quando estava segura, ela foi até Ezra e passou a ponta da corda para sua mão boa. "Segure isso e não solte." Ezra se virou para encará-la e seus olhos cintilaram quando ele seguiu a corda da mão dela até a cintura. A combinação de Immanuelle de repente parecia tão fina quanto a bruma da manhã. "Eu lhe disse para fechar os olhos."

O olhar de Ezra foi dela para a água, depois para ela de volta. Ele parecia quase... aflito.

"Você não vai..."

"Vou. A praga de sangue não vai acabar se eu não o fizer."

"Isso é ridículo", disse Ezra, balançando a cabeça. Ele havia cedido aos disparates dela até então, mas estava claro que sua paciência havia muito se esgotara. "Se está tão determinada a que alguém entre nessa lagoa, que seja eu. Você segura a corda."

Immanuelle balançou a cabeça.

"Tem que ser eu."

"Por quê?", indagou ele, exasperado. Irritado, até. "O que essa lagoa tem a ver com dar fim à praga de sangue? Eu não estou entendendo."

"Não tenho tempo para explicar, e mesmo se eu o fizesse, não sei se você acreditaria em mim. Mas isso agora não importa. Você está aqui porque escolheu estar, então pode me ajudar ou ir embora. Só peço que, seja lá o que escolher fazer, faça isso rápida e discretamente. Eu guardei seus segredos, pois então guarde os meus."

Em conflito, Ezra enrijeceu a mandíbula.

"Isso é um esforço inútil."

"Só segure firme a corda", pediu ela, se inclinando para pegar a faca de Abram de sua mochila. "Se fizer isso, então não haverá nada com que se preocupar."

"Mas a água está contaminada."

"Bem, eu não vou bebê-la, não é? Vou fazer como um peixe e nadar. Você está com a corda. Se der algo errado... se eu ficar lá embaixo tempo demais ou começar a me debater... me puxe de volta. Simples assim."

As mãos de Ezra se crisparam em torno da corda.

"Certo. Mas no instante em que algo der errado, se começar a chapinhar muito forte, vou puxá-la de volta para a margem."

"Muito bem."

Com a faca em punho, Immanuelle começou a descer pela margem. A lama fria e empretecida pelo sangue transbordava entre seus dedos e sugava seus pés, a salmoura fazendo suas bolhas arderem. Reprimindo uma onda de náusea, ela foi se arrastando até cobrir os calcanhares, os joelhos, a cintura, se encolhendo quando o lodo frio e sanguinolento bateu em sua barriga e se infiltrou em sua combinação. Fazendo uma pausa para se preparar, ela avançou, patinhando pela sanguinolência. Quando seu lábio inferior já estava por pouco fora da água, ela fechou os olhos bem apertado e sussurrou sua prece para a Mata Sombria.

"Não vou dizer meu nome, porque você já sabe. Já a ouvi me chamar antes." Ela pausou por um segundo, se pondo nas pontas dos pés, se esforçando para manter a cabeça acima da superfície. "Estou aqui em nome de Betel para suplicar... não, para *implorar* por um fim às pragas que foram geradas aqui semanas atrás. Aceite este sacrifício. Por favor."

E com isso, ela ergueu a faca até o antebraço e fez um corte profundo.

Quando seu sangue se misturou ao da lagoa, um grande vento correu pela floresta, tão forte que dobrou ao meio os pinheiros novos. Extensas ondulações irradiavam do centro da lagoa, como se alguém tivesse largado um rochedo em suas profundezas. Ondas quebraram contra a margem em uma rápida sucessão, e Immanuelle teve que fincar os pés no lodo para impedir que a levassem.

Ezra deu dois fortes puxões na corda, e ela se virou para olhar para ele por cima do ombro. Ele puxou a corda novamente, mais forte dessa vez, gritou o nome dela por cima do bramido do vento. Mas antes de Immanuelle ter chance de responder, uma mão fria agarrou seu tornozelo e arrastou-a para o fundo.

☾ · O ANO *das* BRUXAS · ☾

16

A mulher é uma criatura astuta. Feita à semelhança de sua Mãe, ela é ao mesmo tempo criadora e destruidora. Ela é gentil até ser cruel, submissa até ser implacável.

— DE OS PRIMEIROS ESCRITOS DE DAVID FORD —

A Bruxa da Água flutuou na sombra da profundeza. Disparou ao redor de Immanuelle, veloz como um vairão, enquanto ela se debatia e resistia, tentando não se afogar. A bruxa inclinou a cabeça para o lado, baixou para mais perto, de modo que seus narizes quase se tocavam. Sua expressão torcida em uma careta, os lábios arreganhados, e quando ela pranteou, o sangue começou a borbulhar, e grandes formas pretas se elevaram das sombras da profundeza.

Immanuelle se agitou, tão sobressaltada que quase tomou fôlego e se engasgou. As formas eram vultos, mulheres e garotas. Algumas da idade de Honor, algumas até mais jovens. Conforme se aproximavam, Immanuelle podia ver que estavam todas gravemente feridas de um jeito ou de outro, como cadáveres capturados pelo agarrar da correnteza. Uma mulher tinha um talho na garganta. Outra tinha o nó de um laço ao redor do pescoço. Um terceiro rosto estava tão machucado e inchado que mal parecia humano. Uma quarta aninhava sua cabeça decepada junto ao peito como se faz com um bebê. Mais e mais almas se erguiam das sombras das profundezas, até que as mortas fossem quase uma legião.

Do negrume, ela ouviu um bramido, como se o sino de uma catedral estivesse dobrando nas profundezas. O som fez os cadáveres se avivarem e flutuarem de volta para a escuridão.

Então, do lodo e da sombra, um novo rosto apareceu.

O Profeta?

Não. Não ele.

Esse era um rosto que Immanuelle reconhecia da estátua na praça do mercado, dos retratos pendurados nas paredes da Catedral e do Retiro do Profeta.

Ele era o primeiro profeta. O Matador de Bruxas, David Ford.

Os lábios de Ford se retesaram em um sorriso medonho, sua boca se escancarando largamente como se quisesse engoli-la inteira. Ele respirou fundo e um grito solitário ecoou pela lagoa.

E então, vindo do preto, houve o fogo.

As chamas se lançaram violentamente pela água e devoraram as mulheres. Seus gritos se tornaram um coro, misturando-se à risada profunda e estrondosa de David Ford. As mulheres choravam e se debatiam, algumas implorando por suas mães, outras por misericórdia. Mas as chamas não abrandavam.

Immanuelle forçou-se adiante, estendendo as mãos para elas, desesperada para ajudá-las, mas a corda deu um puxão, o nó mordendo sua barriga. Ela resistiu, bracejando para a frente, na direção das mulheres e garotas, enquanto o fogo se alastrava.

Outro puxão na corda tirou-lhe todo o fôlego. Ela arfou, e o sangue entrou de roldão para preencher sua boca. Nas profundezas escuras da lagoa, ela ainda conseguia escutar Delilah gritando.

• • •

Immanuelle não se lembrava de voltar à superfície da água ou de ser puxada para a margem. Em um momento, estava nas profundezas sangrentas; no outro, estava deitada de costas, encarando as copas das árvores. Ela se sentou — rolando sobre os joelhos — e vomitou.

Sangue e bile se espalharam pela margem. Foi só depois de a segunda onda de mal-estar amainar que ela ergueu a cabeça e olhou para as sombras do crepúsculo com os olhos semicerrados. Parecia ter acabado de passar do meio-dia quando Delilah arrastou-a para baixo. Por quanto tempo tinha flutuado nas profundezas?

As invocações da lagoa voltaram a ela em uma torrente: as figuras, os apelos, os guinchos, o fogo. Aquelas mulheres e garotas não eram todas bruxas — algumas eram jovens demais para praticar qualquer fé. Eram vítimas inocentes chacinadas pela laia de David Ford à guisa de purgação santa. Ele havia matado todas a sangue-frio. As Escrituras Sagradas sempre haviam feito esses conflitos parecerem batalhas e guerras, mas, na verdade, tinha sido só um massacre.

Era uma verdade horrível, mas uma que Immanuelle foi forçada a empurrar para o fundo de sua mente. Ela precisava focar nas maldições e nas bruxas, em voltar para Betel e em... Ezra.

Ezra.

Ela ergueu a cabeça para procurá-lo, os joelhos bambos enquanto se punha de pé. Mas ele não estava junto à margem onde ela o tinha visto pela última vez. E a corda ao redor de sua cintura estava frouxa.

Immanuelle avançou cambaleando, chamando por ele, mas Ezra não respondeu.

Então, enquanto engatinhava margem acima, avistou-o caído nos bambus. Ela correu até ele, tropeçando pela orla, e desabou ao seu lado. Ezra estava flácido, com os olhos arregalados, as pupilas tão dilatadas que quase devoravam as íris. Seu nariz e sua boca estavam manchados de sangue, mas ela não sabia dizer se era da lagoa ou dele próprio. O talho em sua mão ferida sangrava, as bandagens arrancadas e os pontos abertos pela fricção da corda, que ele ainda segurava em um aperto firme. E seus membros... estavam presos ao solo da floresta, amarrados por um emaranhado de espinhos e raízes de árvores.

A alguns metros de onde ele estava caído, jazia sua espingarda, jogada inutilmente em meio aos bambus, o cano de metal retorcido em um nó, como se não passasse de um pedaço de arame.

Immanuelle se empenhou para arrancar a vegetação — fazendo as mãos sangrarem ao puxar as silveiras —, mas o aperto da floresta contra Ezra se manteve firme, e, por mais que ela tentasse, não conseguiu libertá-lo. Desesperada, ergueu a faca de Abram e começou a retalhar o emaranhado de espinhos e raízes, cuidadosamente libertando os braços dele.

Ezra tentou alcançá-la, suas mãos pairando entre os dois. Ele a encarou com algum tipo de assombro atordoado, mas seus olhos estavam vazios e desfocados, como se estivesse vendo algo mais além dela. Porém, quanto mais ele a encarava, mais sua expressão mudava — o assombro se tornando confusão, a confusão, pavor, e o pavor, um horror incondicional.

Algo se moveu pela mata.

O ar esfriou. A lagoa começou a gorgolejar, pequenas ondas quebrando contra as margens sanguinolentas. Lá no alto, uma massa de nuvens escuras se revolveu e ventos tempestuosos sibilaram por entre as copas das árvores. Uns poucos corvos se alçaram ao céu, voando para o leste, e o vento começou a bramir, se atirando contra as árvores com tanta força que as dobrava ao meio.

Immanuelle continuou retalhando as videiras com a faca de Abram, trabalhando o mais rápido que podia. Ela sangrou as próprias mãos arrancando as silveiras ao redor dos tornozelos dele.

"Você vai ficar bem. Eu vou soltar você. Só aguente um pouco mais, já estou quase... Ezra?"

Ele a olhou como se Immanuelle fosse uma estranha... não, pior que uma estranha, uma inimiga. Ele parou de se debater contra as videiras e os galhos que o amarravam ao solo da floresta e começou a lutar contra ela, arremetendo e gritando, exigindo que se afastasse.

Mas Immanuelle se recusou a ceder. Continuou a retalhar os galhos, trabalhando para libertá-lo do domínio da Mata Sombria, mesmo com ele se agitando e resistindo como se o toque dela o queimasse. E quando Immanuelle cortou a última das raízes que prendia suas pernas ao chão, Ezra a atacou, travando uma das mãos ao redor da garganta dela tão rapidamente que ela nem teve chance de gritar.

Os dedos dele — escorregadios de sangue fluido e coagulado — apertavam forte sua garganta, fechando-a totalmente. Immanuelle tentou arrancar os dedos, agarrar as mãos, os braços, a camisa. Mas de nada adiantou. O aperto de Ezra era inexorável, e seu domínio sobre ela apenas se intensificava. Sua audição sumiu primeiro e a visão começou a se esvair depois, a escuridão surgindo a partir de sua visão periférica. Ela então se deu conta de que estava prestes a morrer ali, na mata, pelas mãos de um garoto que teria chamado de amigo.

Em um último ato de desespero, Immanuelle ergueu a adaga de Abram e forçou-a contra o peito de Ezra, a ponta da lâmina penetrando a pele entre suas clavículas. Por um instante, ficaram ali sentados no mesmo lugar — Ezra com a mão ao redor da garganta de Immanuelle e Immanuelle com uma faca na dele.

Quando ela já começava a perder a consciência, os olhos de Ezra entraram em foco. Houve um lampejo de reconhecimento, então depois de horror.

Ele a soltou.

Immanuelle chutou-o para se afastar, arfando pelo ar, e ergueu a adaga entre eles, pronta para usá-la caso ele tentasse apanhá-la novamente. Mas antes que Ezra tivesse a chance de fazer qualquer coisa além de balbuciar o nome dela, seus membros se retorceram em uma série de convulsões. Ele se debateu, atirando a cabeça para trás, as costas arqueadas tão severamente que Immanuelle temeu que sua espinha se partisse ao meio. Mas de algum modo, a despeito dos espasmos daquelas horríveis convulsões, Ezra estava... falando, cuspindo orações e catecismos, salmos e provérbios, e estranhas Escrituras que Immanuelle nunca tinha ouvido. Foi então que ela se deu conta do que estava testemunhando — uma visão, a primeira de Ezra.

Ventos tempestuosos varreram a floresta. Os pinheiros se curvaram e as copas se revolveram. Immanuelle refletiu sobre os próximos passos enquanto vestia atabalhoadamente seu vestido. Seu primeiro pensamento foi egoísta: evitar o risco de um segundo ataque e deixar Ezra ali, no bosque. Ele que achasse o caminho de volta. Mas, quando estava prestes a partir, foi sobrepujada pela própria culpa. Virou-se outra vez para Ezra, deitado imóvel na terra, o pior de sua visão agora passado.

Ou eles saíam juntos da floresta ou não saíam.

Então ela sentou Ezra, se agachou por baixo do braço dele e se levantou, com uma boa quantidade de esforço, rangendo os dentes enquanto colocava os dois de pé e cambaleava na direção das árvores. Immanuelle tentou gritar por ajuda acima do estrondo do vento, orando para que algum caçador ou campeiro desse atenção a eles, mas seus pedidos de ajuda se perdiam no tumulto da tempestade. Ainda assim, ela prosseguiu, lutando por cada passo, os pulmões queimando com o esforço.

A beira da Mata Sombria parecia recuar três passos para longe a cada dois que ela dava, então Immanuelle se moveu mais rapidamente, mesmo quando as sombras se elevaram ao redor dela como água. A distância, ela conseguia discernir a linha brilhante da beira da mata, onde a luz do sol se derramava pelas árvores. Mas por mais estranho e distorcido que fosse — apesar de seu terror e de seu desespero, apesar do estado calamitoso de Ezra —, ainda havia uma parte deplorável dela que desejava desesperadamente ficar na mata.

Mas Immanuelle não se deixaria tentar tão facilmente.

Não agora, quando o destino de Ezra dependia do que ela faria a seguir.

Ela se impeliu adiante, lutando por cada passo na direção da luz do sol. E então, com uma última investida, saiu da mata e caiu de joelhos no limiar da floresta. Ezra foi ao chão com ela, e eles caíram na terra juntos com um baque contundente.

Immanuelle se pôs de gatinhas apressadamente, rolando Ezra para colocá-lo de costas, afastando o cabelo de seus olhos. Ela pressionou uma das mãos contra seu peito, mas não conseguiu sentir os batimentos.

Do outro lado dos pastos distantes, o campeiro, Josiah, irrompeu na direção deles em carreira desabalada, espalhando o rebanho à medida que se aproximava. Immanuelle aninhou a cabeça de Ezra entre as mãos, limpou a terra de seu rosto, implorou que voltasse para ela.

Mas ele não respondeu. Ele não se moveu.

☾ O ANO *das* BRUXAS ☾

17

O Pai derramará Seu espírito na carne de Seu servo; e o rebanho o chamará de Profeta, pois ele verá as maravilhas dos céus e falará as línguas dos anjos. Os segredos da terra e do sangue serão revelados a ele, e ele conhecerá a voz de seu Pai.

— AS ESCRITURAS SAGRADAS —

Levou nove dias até Immanuelle ter alguma notícia de Ezra. Depois de Josiah ir até Amas buscar ajuda, ele retornou com o que parecia ser metade da Guarda do Profeta a cavalo. Immanuelle ainda estava no pasto com Ezra, a cabeça dele aninhada em seu colo, Anna de joelhos ao lado dele, dando batidinhas em seu cenho com um trapo úmido na vã tentativa de aliviar o tormento de sua visão. Glory chorava de pé a poucos metros dali, com a grama alta e morta ondulando em sua cintura. A distância, a Guarda do Profeta se espalhava pelas colinas ondeantes do pasto.

O resto aconteceu muito rápido. Pelo menos, assim pareceu a Immanuelle.

Num momento, a cabeça de Ezra estava aninhada em seu colo, sua mão agarrando a dela enquanto ele lutava contra sua segunda convulsão. No seguinte, ele tinha ido embora, levado dali por algum membro sem rosto da Guarda do Profeta. Alguns poucos guardas haviam ficado para trás para interrogar Immanuelle, ali no pasto. Por sua vez, ela forneceu algumas mentiras e meias-verdades. Só o bastante para aquietar as suspeitas sem incriminar a si mesma ou revelar o verdadeiro horror do que havia acontecido na Mata Sombria naquele dia.

Immanuelle esperava que, se Ezra acordasse — não, *quando* Ezra acordasse —, ele não expusesse suas mentiras. Mas ela não o culparia se ele o fizesse. Não após tudo que ele havia suportado na Mata Sombria.

Quando as notícias da condição de Ezra finalmente chegaram, foram na forma de um decreto sagrado entregue em mãos por um dos mensageiros pessoais do Profeta. Embora a carta fosse endereçada a Abram, ele deu a Immanuelle a honra de romper o selo e ler o decreto em seu interior. Suas mãos tremeram quando ela rompeu o selo de cera em dois. A carta dizia o seguinte:

> *Com extrema alegria, partilhamos a notícia de que Ezra Chambers recebeu sua Primeira Visão. Após oito dias residindo com o Pai através do poder da Visão, ele recobrou a consciência e está agora se recuperando no Retiro, preparando-se para o vindouro Sabá. Longa vida a Ezra Chambers, herdeiro do Sagrado Profetismo, e que o Pai abençoe seu predecessor, Grant Chambers, em seus últimos dias.*
>
> *Sob a luz tão somente,*
>
> *A Santa Assembleia dos Apóstolos do Profeta*

• • •

Houve uma evisceração logo após o Sabá para comemorar a Primeira Visão de Ezra. As Moore acordaram cedo, se vestiram com suas melhores roupas, tomando o cuidado de passar a ferro os vincos de suas saias e polirem as botas em honra à ocasião especial. Partiram ao nascer do dia e chegaram antes do sol passar das copas das árvores.

Immanuelle nunca tinha visto a catedral tão lotada. A alguns passos do adro, o rio corria livremente. A maioria da sanguinolência nas pedras já havia sido lavada e a água tinha clareado a um tom enferrujado. A mácula da praga de sangue enfim acabara. Muitos declaravam ser um milagre — o primeiro de Ezra.

Immanuelle passou os olhos pela multidão no adro, procurando por Leah. Mas notou que a amiga não estava em meio às noivas do Profeta que se agrupavam sob o limiar da catedral, soturnas, todas usando batas pretas idênticas. Umas poucas seguravam lenços úmidos contra os olhos inchados, pranteando abertamente o que estavam de prontidão para perder — um marido, um pai, um líder. O Profeta não se demoraria muito neste mundo agora que Ezra havia ascendido ao poder. Se fossem confiáveis os rumores sobre sua doença, ele não viveria para ver o novo ano.

Ao som do dobrar do sino, Immanuelle cruzou o adro e arrastou-se pelas escadas da catedral. Ela seguiu até um banco que ficava a apenas alguns metros do altar.

Fazia calor, todos estavam amontoados nos bancos, ombro a ombro. O ar estava denso com o cheiro de suor e incenso queimando.

As portas da catedral se fecharam com força. Os apóstolos seguiram pela extensão das paredes, fechando as janelas conforme passavam. O Profeta veio depois, vestido em túnicas formais, seus pés descalços se arrastando pelo assoalho. Ele mancava perceptivelmente e parecia que cada passo era um esforço. Por várias vezes ele precisou se agarrar no encosto de um banco para impedir uma queda. Conforme ele se aproximava cambaleando, Immanuelle podia ouvir sua respiração penosa, um resfolegar profundo que chocalhava nos abismos de seus pulmões. Estava claro que, fosse lá qual doença o afligia — gota, febre ou algum mal não nomeado —, estava piorando rapidamente.

Ezra entrou após o pai, retardando seus passos para evitar ultrapassá-lo. Eles subiram juntos ao altar e ficaram, lado a lado, encarando o rebanho. Houve um punhado de aplausos, mas o Profeta ordenou silêncio com a mão erguida.

As portas da catedral foram abertas novamente. O som de cascos na pedra ecoaram no interior quando o Apóstolo Isaac levou adiante o sacrifício. Era um pequeno bezerro, os brotos de seus chifres perfurando seu couro, seus olhos marrons e arregalados como os de uma corça.

Honor agarrou a saia de Immanuelle. Ela nunca lidava bem com os abates.

"Está tudo bem", sussurrou Immanuelle, correndo os dedos pelos cabelos da menina.

O Apóstolo Isaac içou o bezerro para o altar. Ele escorregou um pouco nos degraus de pedra manchados, os cascos deslizando, as patas se enviesando conforme lutava para se equilibrar. Isaac baixou gentilmente a mão pelo flanco dele, juntando suas pernas de modo a forçá-lo a se deitar com o estômago pressionado na fria laje do altar. O bezerro obedeceu sem resistir, jovem e obtuso demais para captar o cheiro de morte.

O Profeta deu um passo à frente com Ezra ao seu lado, seus pés descalços se arrastando pelo chão. Ele ergueu sua adaga bem acima da cabeça.

"A Ezra."

O rebanho respondeu em uníssono.

"Longo seja seu reinado!"

...

Algumas horas após a cerimônia do Sabá e do abate, Immanuelle deixou sua família e subiu na carruagem da noiva para voltar para o Retiro com Leah. Todos a olharam quando ela adentrou a galeria. Apesar de seus medos iniciais, Ezra, que o Pai o abençoasse, não a entregara para a Igreja. Exatamente o oposto, na verdade. Seja lá que mentira tivesse inventado para explicar sua presença na Mata Sombria naquele dia, ele a havia transformado em uma heroína. E agora parecia que todos queriam saber a história da desafortunada pastora que salvara o sucessor do Profeta das garras da Mata Sombria. Mas Immanuelle estava cansada de histórias e mentiras. E ela fez tudo que podia para evitar olhares errantes quando se acomodou à mesa do banquete, remexendo sua comida. Tentou acompanhar a conversa à sua frente, mas quando a discussão se voltou para os laboriosos empenhos do parto, sua atenção minguou e seu olhar vagou pela sala.

A galeria era imaculada. As mesas estavam decoradas com guirlandas de rosas, recém-cortadas e colhidas da estufa do Profeta. Candelabros tão altos quanto Abram repousavam em intervalos ao longo das paredes, sua luz aquecendo as faces dos convidados, que se sentavam conversando diante de pratos com montanhas de assado e batatas. Com a praga do sangue agora encerrada e as ordens de racionamento revogadas, o vinho e a água fluíam em abundância.

Na parte frontal da galeria havia uma longa mesa de carvalho na qual se sentava o Profeta. À sua esquerda estava Esther, em uma bata lilás, e, à direita, Ezra, os olhos vítreos e injetados.

O Profeta se inclinou para a frente, trinchando um pouco de carne do bode assado no prato diante dele. Enquanto manejava a faca por entre os ossos, seu olhar se moveu ao longo da congregação e encontrou o de Immanuelle. O Profeta baixou a faca e, com algum esforço, ergueu o cálice para brindar a ela, um movimento que alguns de seus convidados repetiram.

Tudo de que Immanuelle deu conta como resposta ao gesto foi um curto aceno de cabeça. Ela fixou os olhos em seu prato, tentando conter o mal-estar que fervia no fundo de sua garganta sempre que o olhar do Profeta a encontrava.

E, ultimamente, isso acontecia com frequência.

Leah pôs a mão em seu ombro.

"Você está bem?"

"Estou ótima", disse Immanuelle, revolvendo uma poça de molho com o garfo. "Por que pergunta?"

"Porque parece pálida e assustada, como se tivesse visto o rosto da Mãe das Trevas em pessoa. Está se sentindo mal?", inquiriu Leah.

"Não."

"Cansada, então?"

Immanuelle assentiu. É claro que estava. Exausta e aborrecida, cansada de contar as mesmas histórias uma vez após a outra, respondendo as mesmas perguntas e entretendo as mesmas pessoas que, sob circunstâncias normais, não haveriam de querer nada com ela. Só queria ir para casa e se recolher. Não conseguia se lembrar da última vez em que havia se sentido tão deslocada.

Normalmente, Immanuelle nunca compareceria a uma celebração tão estimada, para começo de conversa, mas por ter sido ela quem havia "resgatado" Ezra, o Profeta havia a convidado para o banquete comemorativo. Ela deveria ter ficado empolgada, mas tudo que conseguiu criar em resposta ao convite foi um profundo e horrível pavor. Nunca tinha sido boa com eventos sociais e eles eram sempre mais difíceis de suportar sem a família ao seu lado. Tentou dar várias desculpas, porém Martha havia sido irredutível, forçando-a a aceitar o convite a menos que desejasse insultar a Igreja. Então ali estava ela.

"Desculpe. Não estou em um dia bom."

Leah esfregou o braço dela com empatia.

"Tudo bem. Patience só queria saber se você pode nos contar a história de novo."

Uma garota bela e esbelta, que Immanuelle presumiu ser Patience, sorriu com timidez afetada no fim da mesa. Immanuelle sabia que era uma noiva recente por causa do selo coberto de cascas entre as sobrancelhas. Se seu vestido luxuoso e seu ar composto eram indicativos de alguma coisa, ela havia achado um bom marido.

Immanuelle bebericou o quentão para ganhar algum tempo, a bebida ardendo na língua. Economizando palavras, ela recontou a mesma mentira que relatara aos apóstolos:

"Eu estava nos pastos e encontrei Ezra na beira da mata. Tentei acordá-lo, mas ele não se moveu, então pedi ajuda... e a ajuda veio."

Hope deixou escapar um longo suspiro, seus ombros afundando.

"Parece o começo de uma história de amor."

"Não seja ridícula", disse Patience, revirando os olhos. "Ezra Chambers tem coisas bem mais importantes a fazer do que foliar na Mata Sombria com", seus olhos trilharam Immanuelle inteira, notando seus cachos, sua pele escura, seus lábios cheios, "uma garota das Cercanias."

Immanuelle se encolheu. Havia verdade naquelas palavras duras. Fosse lá que afinidade ela e Ezra algum dia tivessem partilhado provavelmente havia morrido no dia de sua Primeira Visão. Havia certos códigos de conduta em Betel que impediam aqueles nas Cercanias de se aventurarem cidade adentro e, mesmo que não fossem escritos nem verbalizados, sabia que esperavam que ela se ativesse a eles.

"Além disso", continuou Patience, "levando o novo título de Ezra em consideração e o que aconteceu com Judith, ouso dizer que nosso herdeiro vai manter distância."

À menção do nome de Judith, a mesa silenciou. Leah encarou seu cálice, aparentemente enamorada pelas profundezas de seu vinho, e as jovens meninas que riam sentadas à beira da mesa agora estavam quietas.

"O que houve com Judith?" Immanuelle tentou manter a voz leve e nivelada, mas seu coração bateu mais rápido quando ela se recordou daquele dia no Retiro, quando o homem estranho de avental manchado aparecera no fim do corredor para escoltar Judith até o Profeta.

Ninguém respondeu. Todas pareciam preocupadas em espetar a comida ou bebericar o vinho.

Enfim, Leah disse: "Na noite após a visão de Ezra, Judith foi levada da ala de confinamento e enviada à contrição".

Contrição. Era um castigo reservado aos mais repugnantes infratores do Protocolo Sagrado do Pai. Ninguém sabia o que a contrição envolvia — além da imediata excomunhão ou detenção. Alguns afirmavam que consistia em jejuns forçados para matar o pecado de inanição e purificar a alma. Outros contavam histórias de longos aprisionamentos nos calabouços do Retiro, onde aqueles que estivessem cumprindo penitência eram sujeitados a violentos espancamentos para exorcizar os demônios e os pecados do corpo. Mas uma coisa era certa: todos os enviados para a contrição voltavam... transformados. Era o ato supremo de santificação, se a alma em questão fosse forte o bastante para levá-lo a cabo.

Immanuelle sentiu-se subitamente nauseada, como se corresse o risco de trazer à tona cada bocado de assado que ela se forçara a engolir. Ela mal conseguiu pôr as palavras para fora.

"Qual foi o pecado de Judith?"

"Ninguém disse." Patience ergueu seu cálice até os lábios, então acrescentou: "Mas se a devassidão dela teve algo a ver com isso, presumo que ficará detida por um bom tempo".

Leah franziu as sobrancelhas.

"Não deveria dizer essas coisas terríveis."

"Por que não? É verdade." O olhar da garota deslizou de volta para Immanuelle. "Uma com a qual, ouso dizer, algumas de nós poderiam aprender."

Immanuelle se retesou. Com uma fisgada, ela fitou a mesa do Profeta do outro lado da galeria. Ao lado de seu pai, Ezra estava afundado na cadeira, entornando as últimas borras de seu vinho. Ele parou para enxugar a boca com as costas da mão, agarrou a licoreira, encheu o cálice até a borda e bebeu como se estivesse tentando se afogar.

Immanuelle se perguntou se ele se sentia responsável pelo castigo de Judith, se havia sido a aventura deles que tinha resultado na detenção. Caso fosse, Immanuelle temia por ela. Judith e ela não eram amigas, mas se os horrores da sagrada contrição fossem tudo que Immanuelle acreditava que eram, então se apiedaria dela. E com essa pena veio um tipo de raiva, não dela ou de Ezra, mas do sistema que fazia com que um se responsabilizasse por seus pecados enquanto o outro era enaltecido.

O olhar de Ezra mudou de direção e foi de encontro a Immanuelle pela primeira vez naquele dia. Quando ela sorriu, ele lançou o olhar para longe e se afastou da mesa tão abruptamente que os talheres retiniram. Sem nem se despedir, ele saiu cambaleando da galeria até as portas na extremidade oposta. Esther até tentou, mas o Profeta segurou seu pulso com firmeza, prendendo-a à mesa. Por trás, a Guarda do Profeta se prostrava taciturna, aguardando uma ordem.

Não sendo alguém de perder o embalo, o Profeta recuou a cadeira e se levantou. Ordenou que o quarteto tocasse um hino animado e, com um gesto fugaz, invocou um novo barril de hidromel das cozinhas do Retiro. Os servos chispavam de mesa em mesa, enchendo canecas e cálices até a borda. Em questão de instantes, a partida de Ezra já havia sido praticamente esquecida.

Immanuelle recuou da mesa, os pés de sua cadeira raspando pelo chão.

"Aonde você vai?", perguntou Leah. "Ainda nem comemos a sobremesa! Sei de fonte segura que os chefs vão servir torta de maçã com creme de leite."

"Não estou com estômago para doces hoje", disse Immanuelle, fitando por entre a multidão as portas pelas quais Ezra tinha desaparecido. "Acho que vou tomar um pouco de ar."

Leah fitou-a, os olhos semicerrados. Então se afastou da mesa e agarrou a mão de Immanuelle.

"Eu vou com você." Assim que elas saíram, cortando as passagens por entre as mesas e saindo para o corredor, Leah se virou para ela. "Você vai atrás de Ezra, não vai?"

"Por que acha isso?"

"Ele ficou lançando olhares furtivos para você sempre que estava de costas, e você fez o mesmo. Vocês não tiram os olhos um do outro."

Immanuelle enrubesceu, mas não diminuiu o passo.

"Não é bem assim."

"Então o que não está me contando? Você não confia em mim?"

"Eu confio em você. Só não quero arrastá-la para um apuro indevido."

"Apuro?" Leah pegou-a pelo braço quando um servo passou por elas, equilibrando nos ombros uma bandeja de tortas de maçã. Ela baixou a voz a um sussurro: "O que quer dizer com apuro? Aconteceu algo na mata aquele dia? Ezra fez alguma coisa com você?".

"É claro que não! Ezra nunca faria isso."

Mas Immanuelle soube que não importava se Ezra havia feito qualquer coisa. O perigo verdadeiro era estar perto dele, sob os olhos vigilantes de Betel. Judith era um exemplo primário. E Immanuelle tinha vergonha de admitir, mas ficara aliviada, de forma egoísta, por ser Judith quem agora estava pagando o preço da contrição, pois poderia muito facilmente ter sido ela.

"Se não tem a ver com Ezra, então o que foi? O que está acontecendo?", indagou Leah, fazendo um sinal para ela com a mão. "Você está um horror, Immanuelle. Toda frágil e quieta. Você não é assim. Isso tem algo a ver com aquelas mulheres que viu na noite em que foi à Mata Sombria?"

Immanuelle não queria mentir, mas sabia que à luz dos acontecimentos, uma mentira era melhor do que a verdade.

"Não."

Leah a estudou por um instante, tentando decidir no que iria acreditar. Immanuelle se preparou para mais perguntas, mas elas não vieram. Sorrindo, Leah passou um braço pelo dela.

"Ótimo. Estava um pouco receosa de que Ezra a tivesse transformado em uma meretriz tonta." Immanuelle deu-lhe uma cotovelada nas costelas e Leah riu. "Claro, eu não a culparia se tivesse. Apesar de todos os seus Dons Sagrados, ele tem os olhos de um demônio... e a língua de um também. Não confio nem um pouco nele."

"Ele não é tão mau quanto parece", disse Immanuelle. "Agora fique quieta. Esses corredores fazem eco e ele pode escutar você."

"Bem, ele não vai ouvir nada que já não saiba. Estou certa de que esse rapaz andou de tramoias desde o dia em que nos conhecemos à margem do rio. Eu vi como ele olhou para você."

"Leah!"

Leah sorriu para Immanuelle, erguendo as sobrancelhas sugestivamente, e as duas se desfizeram em um acesso de riso. Quando chegaram à biblioteca, estavam gargalhando e cambaleando, tropeçando em seus próprios sapatos, trocando gracejos e histórias.

"Prudence tentou tingir o cabelo de vermelho com suco de beterraba", disse Leah entre risos. "E os cachos dela ficaram azuis feito as pétalas de uma centáurea. Todo esse esforço para atrair os olhares de *Joab Sidney*? Digo, o homem é um ancião que está a dois passos da cova."

"Você é péssima."

"*Nós* somos péssimas. Por isso somos um par perfeito. Sempre fomos."

"E sempre seremos", disse Immanuelle, partindo corredor abaixo em direção à biblioteca, mas antes que pudesse avançar mais um pouco, Leah a puxou de volta.

"Tenho uma coisa para lhe contar", disse ela, séria.

"O que foi?"

Leah hesitou.

"Você precisa me prometer que vai guardar segredo. Não importa como se sinta, não importa o quanto a deixe com raiva."

"Eu prometo, não contarei a ninguém", garantiu Immanuelle. "Você tem minha palavra."

"Muito bem", disse Leah, e seu queixo tremeu ligeiramente. "Dê-me sua mão."

Immanuelle obedeceu sem questionar. Leah guiou a mão dela por baixo das camadas de seu vestido, até que Immanuelle pôde sentir a forma de sua barriga, intumescida em uma acentuada saliência.

"Você está... você não está... você *não pode* estar...?"

"Grávida."

"De quantos meses?" A boca de Immanuelle se escancarou.

As sobrancelhas de Leah se juntaram do modo como sempre faziam quando ela estava se decidindo se queria ou não mentir. Por fim, ela sussurrou: "Seis. Algumas semanas a mais ou a menos".

Immanuelle ficou muito imóvel e muito calada.

"Diga alguma coisa", suplicou Leah, em uma voz tão suave e tão juvenil que nem parecera a sua própria. "Diga qualquer coisa. Grite comigo, se precisar. Prefiro isso ao seu silêncio."

"É dele?"

"É claro que é dele", esbravejou Leah, com uma rispidez que não lhe caía bem.

"Mas como isso é possível? Vocês só estão casados há um mês."

Leah encarou os próprios pés, envergonhada.

"Nós noivamos logo depois."

"Logo depois do *quê*?"

Leah franziu o cenho, e Immanuelle não soube dizer se era raiva ou mágoa o que via em seus olhos.

"Ele veio até mim certa noite, antes de meu corte, enquanto eu estava fazendo a penitência."

Penitência. É claro.

Muitas meninas em Betel eram convidadas para servir à Igreja como servas das esposas do Profeta ou de outros habitantes do Retiro. Como era bastarda, Immanuelle nunca havia sido alistada, mas Leah servira com frequência nos anos antes de seu noivado. Perto do fim de seu serviço, parecia que passava mais noites no Retiro do que em sua própria casa. Agora, Immanuelle sabia o porquê.

"Quando foi que começou?"

"Algumas semanas antes do meu primeiro sangue." Leah parecia nauseada pela vergonha.

"Então você mal tinha 13 anos?", sussurrou Immanuelle, e era tudo tão horrível que mesmo enquanto ela o dizia, mal podia acreditar que era verdade. "Leah, você era... ele era..."

O queixo de Leah tremeu.

"Todos nós pecamos."

"Mas ele é o Profeta..."

"Ele é só um homem, Immanuelle. Homens cometem erros."

"Mas você era uma criança. Era só uma menina."

Leah deixou a cabeça pender, tentando conter as lágrimas.

"Por que não me contou?"

"Porque você teria feito o que está fazendo agora."

"E o que eu estou fazendo, Leah?"

"Expondo seu coração partido. Compartilhando a vergonha por meu pecado como se o fardo também fosse seu." Leah estendeu-lhe as mãos, tomou as dela e puxou-a para perto. "Essa dor é minha. Não preciso que a carregue por mim. Um dia terá que aprender que não podemos dividir tudo. Às vezes, temos que caminhar sozinhas." As palavras foram quase como um tapa. Immanuelle abriu a boca para dizer alguma coisa, qualquer coisa, para preencher o horrível silêncio que se formara, temendo que ele se demoraria eternamente se não o fizesse, mas Leah se adiantou: "Vou deixar que conversem a sós".

"O quê..."

Uma porta se fechou no fim do corredor. Immanuelle se virou e viu Ezra emergindo da biblioteca com uma braçada de livros em uma pilha tão alta que ele tinha que equilibrar o topo com o queixo. Quando ele seguiu na direção delas, alguns dos tomos maiores escaparam de seus braços e caíram no chão com um baque ressonante. Immanuelle se aproximou para ajudar a recolhê-los.

Ezra balbuciou algo que pareceu um "obrigado" e apanhou o livro da mão dela. De perto, ele cheirava a álcool — algo muito, muito mais forte do que o quentão servido no banquete. Immanuelle voltou-se novamente para Leah, dividida entre ir ou ficar. Mas quando Ezra seguiu cambaleando pelo corredor, ela acompanhou seu passo. Logo antes de fazer uma curva, ela se virou para olhar a amiga. Leah estava imóvel no meio do corredor como se estivesse pregada ali. Immanuelle viu-a deixar a cabeça pender, envolver o ventre com os dois braços e lentamente dar-lhe as costas.

O ANO das BRUXAS

18

Às vezes me pergunto se não seria melhor engolir meus segredos do que contá-los. Talvez minhas verdades já tenham feito mal o suficiente. Talvez eu deva levar minhas lembranças para o túmulo e deixar que os mortos julguem meus pecados.

— MIRIAM MOORE —

"Precisamos conversar", disse Immanuelle, tentando seguir o ritmo das longas passadas de Ezra.

"Se está preocupada com eu ter contado para alguém o que aconteceu na mata, não fique", disse ele com rispidez, olhando para a frente. Ele falou como se soubesse mais do que ela havia contado, o que incitava a questão: o que ele achava que havia acontecido na mata?

"Sei que não contou", disse Immanuelle, acelerando o passo para acompanhá-lo. "Se tivesse, eu agora provavelmente estaria na contrição..."

"Ou em uma pira." Ele pausou, então disse: "Venha comigo".

Juntando a saia com uma das mãos, Immanuelle seguiu Ezra pelo corredor e na subida de um sinuoso lance de escadas. No topo, havia uma porta de ferro que Ezra abriu com um chute, quase derrubando os livros no processo. Ele se virou para olhá-la.

"Você vem ou não?"

Immanuelle nunca havia entrado nos aposentos de um homem antes e tinha certeza de que Martha a esfolaria viva se algum dia chegasse a suspeitar de transgressão tão séria e impudica. Ela se demorou por um instante, então assentiu.

Assim que ela cruzou o limiar, Ezra despejou seus livros em uma mesa próxima e fechou a porta. Lá no alto, o lustre estremeceu, os cristais retinindo um contra o outro. Immanuelle notou que o teto estava pintado como os céus, pontilhado de planetas e estrelas e entalhado com as formas das constelações, algumas tão grandes que abarcavam o quarto de uma ponta a outra. Nas paredes de pedra estavam pendurados tapeçarias e retratos de santos de olhar severo e apóstolos de eras há muito passadas. À direita, ela viu uma grande cama de ferro envolta em brocados escuros e umas poucas peles de ovelha. Logo depois, uma mesa de madeira feita à moda austera de um balcão de açougueiro, sua superfície espargida de penas e papel de pergaminho.

Do lado oposto à porta, uma lareira que corria por todo o comprimento da parede. Acima dela, pintado à mão pelos tijolos, havia um mapa do mundo além dos territórios betelanos. Immanuelle viu os nomes de todas as cidades pagãs: Fel, no norte estéril; Hebrom, nas terras médias; Seno, nas montanhas; Judá, no limiar do deserto; Shoan ao sul, onde o mar bravio lambia a terra; e a mancha negra de Valta — o domínio da Mãe das Trevas — no extremo leste.

Pelo quarto todo, em pilhas tão altas quanto Immanuelle, havia livros. Enfiados em prateleiras, empoleirados em cima da cornija da lareira, até mesmo atochados embaixo da cama. Mas foi só quando ela se aproximou o bastante para ler seus títulos que se deu conta de que quase todos eram relacionados à história, ao estudo e à prática da bruxaria.

Seu coração paralisou no peito, como se uma mão houvesse se fechado ao redor dele e apertado com força. Só havia uma razão para Ezra subitamente ter desenvolvido um gosto para livros sobre bruxaria: a própria Immanuelle e o que havia acontecido na Mata Sombria.

"O que é isso, Ezra? Está me assustando."

"Algo arrastou você para baixo", disse Ezra, e a seriedade de seu olhar fez a pele dela formigar.

"O quê?"

"Lá na mata, na lagoa, algo a arrastou para baixo e a manteve lá por um bom tempo."

Apesar do fogo ardente, um arrepio frio a acometeu.

"O que quer dizer com um bom tempo?"

"Vinte minutos. Talvez mais."

"Isso é impossível", sussurrou Immanuelle, balançando a cabeça. "Você deve estar enganado, não fiquei submersa nem por um minuto. Eu avisei, a Mata Sombria tem seu modo de lograr a mente dos homens..."

"Não seja condescendente comigo!", esbravejou ele. "Eu sei o que vi. Você entrou na água, algo a arrastou lá para baixo e a manteve lá." A voz dele falhou na última palavra, e ele deixou a cabeça pender. "Tentei mergulhar atrás de você, mas a floresta me segurou e não consegui. Fiquei lá, indefeso, vendo você se afogar enquanto segurava aquela maldita corda. Perto do fim, eu estava só torcendo para conseguir puxar seu corpo para a margem. Para seus parentes terem algo para enterrar."

"Ezra... eu sinto muito."

Immanuelle nem tinha certeza de que ele a havia escutado. Ele manteve os olhos fixos na lareira enquanto falava:

"Quando eu era novo, minha avó me contava histórias de garotas que flutuavam centímetros acima de suas camas enquanto dormiam, à noite. Garotas que poderiam convencer um homem a tomar a própria vida ou a vida de outra pessoa. Garotas executadas, lançadas em um lago com mós dos moinhos amarradas nos tornozelos, só para serem puxadas da água vivas uma hora depois. Garotas que riam quando eram queimadas na pira. Nunca dei crédito a essas histórias, mas você..." Ele perdeu a linha de raciocínio e demorou para se recompor. "Que obsessão era aquela com a praga de sangue? Disse que desejava apenas acabar com ela, mas era mais do que isso, não? Você sabe de algo que o resto de nós não sabe. O que é?"

Então Ezra sabia a verdade, ou ao menos o bastante para mandá-la para a pira. Não adiantaria mentir.

"Eu fui para a Mata Sombria logo antes de a praga de sangue começar e, enquanto estava lá, eu tive... um encontro."

"Um encontro com o quê?"

"Com as bruxas da mata. Elas são reais. Eu estava com elas na noite antes de a praga de sangue nos assolar. Acho que minha presença na mata desencadeou algo terrível. Quando voltei, estava tentando desfazer isso. E teria contado antes a você, eu queria, mas..."

"Não podia confiar em mim."

"Você é filho e herdeiro do Profeta. Você poderia me mandar para a pira em um instante. Eu não sabia se podia confiar meus segredos a você. Ainda não sei."

Ezra passou por ela, cruzou o quarto até a mesa, destrancou a gaveta de cima com a lâmina de sua adaga sagrada, retirou um maço de papéis e estendeu-os a ela.

Immanuelle os pegou.

"O que é isso?"

"Seu registro no censo. Eu deveria tê-lo entregue ao meu pai dias atrás."

"Por que não entregou?"

"Leia você mesma e descubra." Quando ela hesitou, Ezra apontou com a cabeça na direção das cadeiras junto à lareira. Entre elas, havia uma mesa na qual repousavam uma licoreira de vidro e um cálice. "Vá em frente."

Immanuelle sentou-se em uma das cadeiras e Ezra se acomodou de frente para ela. Ele serviu-se de um pouco de vinho, observando-a por sobre a borda do cálice enquanto bebia. A primeira página narrava as particularidades da história pessoal de Immanuelle — seu nome completo e os nomes de seus pais, sua data de nascimento. No fim do registro, uma marca estranha que Immanuelle a princípio confundiu com um pingo de tinta. Mas observando-a mais atentamente, viu que era um tipo estranho de símbolo: um selo de noiva, só que as pontas da estrela eram mais longas e havia sete em vez de oito. Quanto mais estudava a estranha marca, mais certeza tinha de que já a havia visto antes.

Então ela entendeu: era a mesma estrela entalhada na testa de Delilah e das Amantes. As mãos de Immanuelle começaram a tremer. Ela se debruçou na cadeira, apontou para a marca no fim do censo e estendeu a página à Ezra para esclarecimento.

"Isso é..."

Ele meramente assentiu, seu olhar no fogo.

"A marca da Mãe. É o símbolo do qual foi derivado o selo do corte, anos atrás. David Ford procurou um modo de retomá-lo, então alterou a marca e proclamou-o como dele."

"Então por que aqui aparece inalterado?"

Ezra terminou de beber o vinho, pôs-se de pé e colocou a taça na cornija da lareira.

"Normalmente, a Igreja usa a marca da Mãe para identificar aquelas que foram plausivelmente acusadas de bruxaria. Mas, às vezes, ela é usada para identificar descendentes diretos de bruxas, para traçar suas linhagens. Dias atrás, quando meu pai me pediu para revisar os arquivos do censo, era isso o que ele estava procurando."

"Eu não estou entendendo."

Ezra esfregou a nuca como se seus músculos doessem. Ele parecia quase tão extenuado e enfraquecido quanto na lagoa, dias atrás.

"A marca da Mãe aparece ao lado de pelo menos um de seus ancestrais, geração sim, geração não, pelo lado de seu pai. A última tendo sido sua avó, a mãe de seu pai, Vera Ward."

"E isso significa..."

Ezra assentiu, quieto e abatido. Nenhum deles respondeu à acusação silenciosa que pairava entre os dois como uma cortina de fumaça da pira.

"Quando descobriu isso?", sussurrou Immanuelle.

"Na noite anterior à nossa entrada na Mata Sombria. Seu censo foi um dos primeiros que li."

"Você contou a alguém?" As mãos dela começaram a tremer.

"É claro que não."

"Você *vai* contar a alguém?"

Silêncio, então: "Eu não sou meu pai".

"E mesmo assim, cá estou, sob uma inquisição."

"É isso o que pensa?", indagou Ezra, parecendo quase traído.

"Do que mais você chamaria? Desde o momento em que entrei neste quarto, tudo que fez foi me questionar como se eu fosse algum tipo de criminosa em julgamento."

Um longo silêncio se estendeu entre eles, rompido apenas pelo crepitar do fogo da lareira. Lá fora, um vento errático rasgava as planícies, e as vidraças das janelas chacoalharam em seus batentes. Um coro desencarnado de risadas e música flutuou do andar de baixo, os sons tão distantes, quase espectrais.

Ezra virou-se para Immanuelle, estendendo a mão.

"Devolva."

"O quê?"

"Seu relatório do censo. Devolva."

"Por quê?", sussurrou Immanuelle, aflita e talvez mais apavorada do que algum dia já estivera antes. "O que vai fazer com ele?"

Ezra não perguntou outra vez. Ele avançou e apanhou os papéis tão rapidamente que Immanuelle não teve a chance de agarrá-los de volta.

"Ezra, por favor..."

Ele atirou os papéis no fogo, e os dois ficaram olhando em silêncio enquanto as chamas famintas os devoravam.

"Vamos manter isso em segredo", disse Ezra em um murmúrio sussurrado. "Eu não conto o que houve na Mata Sombria naquele dia e nem você. Ninguém precisa saber a verdade sobre sua ancestralidade. Quando sairmos deste quarto, vai ser como se nunca tivesse acontecido. A mata, as bruxas, o censo, tudo. Não falaremos disso nunca mais."

"Mas a praga..."

"Acabou, Immanuelle. Você acabou com ela na lagoa."

"Não sabemos se isso é verdade", retrucou ela, lembrando-se do diário da mãe, as palavras rabiscadas nas últimas páginas. *Sangue. Flagelo. Trevas. Massacre.* "E se houver mais?"

"Mais o quê?"

"Pragas", disse Immanuelle, prosseguindo com cuidado. "Como faremos se o que acontecer for mais do que apenas sangue?"

"O que quer dizer?"

"Digo, e se essa praga não for a última? E se outras estiverem a caminho?"

"Ela se findou com o sangue", disse Ezra, e soou tanto como seu pai que Immanuelle se encolheu.

"Só porque deseja que isso seja verdade não quer dizer que seja. A Visão é formidável, sim, mas só permite que você veja relances do futuro. Não dá o poder de moldá-lo. Sei que está com medo, Ezra, também estou. Mas isso não nos dá o direito de fechar os olhos e fingir que o que nos assusta não existe. Se mais pragas estiverem vindo..."

"Pelo amor do Pai, elas não estão."

"*Se* estiverem, devemos ficar prontos para encará-las."

Ezra voltou ao seu lugar ao lado dela, parecendo exausto. Ele se inclinou para a frente, os braços envolvendo os joelhos, a cabeça pendendo baixa.

"Preste atenção, Immanuelle. Ou isso acaba aqui, ou você vai acabar morrendo. Não há meio-termo. É por isso que estou dizendo, estou *implorando...* deixe isso para lá."

Ela vacilou. Não era uma ameaça, mas o modo como Ezra disse fez parecer como se o futuro fosse *imutável*, o que era, é claro, impossível. A menos...

"Você viu isso em uma de suas visões? Você me viu?"

Ele esquivou-se da pergunta.

"Não preciso da Visão para confirmar o que já sei que é verdade. Garotas como você não duram muito em Betel. E é por isso que preciso que mantenha a cabeça baixa se quiser sobreviver. Prometa que fará isso."

"Por que se importa com o que faço, Ezra?"

Ele manteve o olhar fixo no chão, como se não conseguisse reunir coragem para olhá-la.

"Você sabe por quê."

Immanuelle enrubesceu. Não sabia o que dizer ou se deveria dizer qualquer coisa.

"Então me faça uma promessa também."

"O que você quiser."

"É em relação ao seu pai."

Ezra congelou. Uma gama de expressões passou por seu rosto em uma rápida sucessão, tão rápido que ela não conseguia dizer o que ele estava sentindo.

"Ele machucou você?"

Immanuelle balançou a cabeça.

"Não eu. Uma amiga. Ela era nova quando aconteceu e temo que não seja a única vítima das... *compulsões* do Profeta."

Ezra se levantou tão rápido que o pé da poltrona raspou o chão com um guincho. Ele deu meia-volta e se dirigiu para a porta do quarto.

"Não", disse Immanuelle, esticando uma das mãos. "Ele está morrendo. Há quem diga que não vai viver até o final do ano. Ele nunca mais tomará outra noiva. Está fraco demais para erguer a mão para qualquer um."

"Então o que gostaria que eu fizesse?", indagou Ezra, e ela então viu sua raiva. "Nada?"

"Nada exceto me prometer que quando for sua vez de envergar a adaga do Profeta, vai proteger aquelas que não podem se proteger... das pragas, de seus maridos, de qualquer um ou qualquer coisa que possa machucá-las. Prometa que vai corrigir os erros do passado."

"Eu prometo", disse Ezra, e ela soube que estava sendo sincero. "Pela minha vida."

Immanuelle assentiu, satisfeita por ter feito o pouco que podia. Para uma camponesa das Clareiras, ela com certeza havia chegado longe. Parecia surreal estar barganhando com o herdeiro do Profeta, acertando as contas com bruxas, fazendo planos para o futuro de Betel, quando há apenas algumas semanas a extensão de suas responsabilidades se findava nas fronteiras da terra dos Moore.

Mas o tempo das conspirações emocionantes e da grandiosidade havia chegado ao fim. Por ora, e talvez para sempre, as pragas haviam acabado. Ezra seguiria seu caminho, e ela, o dela. Fosse lá que afinidade partilhavam, rapidamente morreria. De fato, duvidava de que eles algum dia se falariam de modo tão espontâneo outra vez. Em seu devido tempo, Ezra ascenderia para tomar seu lugar como profeta e Immanuelle retrocederia às sombras de seu passado. Ela deveria ficar contente. Mas não ficou.

"Cuide-se", disse Ezra, e ele, como ela, parecia sentir que aquilo era um adeus. "Por favor."

"Você também." Ela forçou um sorriso enquanto se levantava.

"E se algum dia precisar de algo..."

"Não precisarei", disse Immanuelle, indo para a porta a passos largos. Ela hesitou por um instante, com a mão na maçaneta. "Mas obrigada. Por tudo. Você foi meu amigo quando precisei de um e nunca me esquecerei disso."

☾ -- O ANO *das* BRUXAS -- ☾

19

*Da Mãe vêm a enfermidade e a febre, a pestilência
e o flagelo. Ela amaldiçoa a terra com a podridão e
a doença, pois o pecado foi originado de Seu útero.*

— AS ESCRITURAS SAGRADAS —

Três semanas se passaram sem nenhum sinal das maldições. Nenhuma bruxa chamou Immanuelle durante a noite ou assombrou-a em seus sonhos. Se ela não as tivesse visto em pessoa — se não tivesse sentido os dedos frios de Lilith se fechando sobre seu pulso —, poderia ter acreditado que as pragas haviam acabado e sido acalentada à complacência como o resto de Betel, convencida de que fosse lá que mal descera sobre eles havia sido purgado pela luz do Pai.

Mas Immanuelle *tinha* visto e, apesar de seu juramento a Ezra, não era fácil esquecer.

Naquela noite, Glory e Honor haviam se deitado cedo, doentes com a gripe de verão. Por um tempo, Immanuelle e as esposas Moore ficaram acordadas para cuidar delas. Mas depois de as meninas caírem no sono irregular da febre, elas também se retiraram para seus respectivos aposentos.

Com todos adormecidos e a casa da fazenda quieta, Immanuelle voltou às páginas do diário. Esse havia sido seu ritual de todas as noites desde a investidura formal de Ezra como herdeiro do Profeta. Ela abriu na página de seu desenho favorito — o retrato de seu pai, Daniel Ward, que Miriam havia rascunhado tantos anos antes.

Agora que a praga havia acabado, sentia que tinha tempo para prantear seu pai de um modo como nunca fizera. Ela desde sempre tinha vivido com a memória de Miriam, tendo crescido na casa de sua infância, mas com Daniel era diferente. Ele nunca fora totalmente real para ela como Miriam. Até aquela noite, semanas atrás, no Retiro, quando lera pela primeira vez seu registro no censo, vira a marca da bruxa ao lado de seu próprio nome e dos nomes das Ward que tinham vindo antes.

E embora uma parte dela quisesse desesperadamente manter sua promessa a Ezra e deixar o passado para trás, uma parte ainda maior queria entender a verdade de quem e do que ela era. Queria conhecer seus parentes nas Cercanias e saber se tinham sofrido as mesmas tentações. Queria entender por que se sentia tão compelida pela Mata Sombria, por que as bruxas lhe haviam entregado o diário de Miriam, por que escolheram usar o sangue dela como oferenda para gerar aquela horrível praga. Talvez fosse apenas seu orgulho, mas, por mais que tentasse, não conseguia se resignar à vida que tinha levado antes. Queria respostas e sabia onde encontrá-las: nas Cercanias, com a família que nunca conhecera.

A única coisa que a impedia de buscar respostas era sua promessa a Ezra. Porém sentia que, entre os dois, havia sido ela quem tinha feito o maior sacrifício. Afinal de contas, Ezra sabia quem ele era — filho do Profeta, herdeiro da Igreja —, mas o mesmo não podia ser dito sobre Immanuelle. A questão de quem e o que ela era permanecia indefinida e, a menos que se aprofundasse nos mistérios de seu passado, sempre permaneceria assim.

Com um suspiro, Immanuelle fechou o diário e atravessou o quarto lentamente até a janela, empoleirou-se no parapeito e abriu as cortinas. A lua era um corte crescente no céu noturno. A distância, a Mata Sombria estava escura e imóvel, e embora não houvesse vento para sussurrar seu nome, Immanuelle ainda podia sentir seu chamado. As semanas de negação e repressão não conseguiram silenciá-lo. Encarando as árvores, ela se perguntou se algum dia estaria livre da tentação. Ou se o domínio da Mata Sombria era tão intrínseco a ela quanto a Visão para Ezra.

Talvez não tivesse escolha. Será que fora tolice da parte dela achar que tinha?

Uma dor indistinta apunhalou seu ventre, e Immanuelle ficou assustada. Levou alguns longos momentos até se dar conta do que era: as dores de seu sangramento. Com toda certeza, quando erguesse a saia da camisola e conferisse as roupas de baixo, as encontraria úmidas e vermelhas, já manchadas.

Afastando-se do parapeito da janela, Immanuelle saiu do quarto e desceu as escadas do sótão. Ela se arrastou até o lavabo e tirou o cesto de farrapos no armário debaixo da pia. Anna havia mostrado como cortá-los de modo que fossem confortáveis de usar, mas também espessos o bastante para estancar seu fluxo.

Ela os encaixou nas roupas de baixo, então lavou as mãos na pia. Ao fazê-lo, estava consciente do quanto parecia cansada no espelho, seus olhos injetados sombreados por bolsas escuras. Estava voltando para o quarto quando ouviu uma nítida batida na porta dos fundos da casa. Era meia-noite, muito tarde para visitas. Mas as batidas continuavam, seu ritmo constante como uma pulsação.

Levando a mão à parede, foi cuidadosamente até o corredor e desceu as escadas, adentrando a sala de estar. Lá, encontrou Glory em frente à poltrona de Martha, os olhos fechados.

Immanuelle logo relaxou, já que era sabido que Glory perambulava durante o sono. A menina não era aventureira em suas horas despertas, mas à noite não era incomum encontrá-la vagando pelos corredores em seus sonhos. Os Moore trancavam as portas toda noite para impedi-la de vagar mata adentro.

"Glory." Immanuelle pôs as mãos nos ombros da menina, balançando--a para tentar acordá-la. Ela podia sentir o calor da febre queimando através do tecido de sua camisola. "Está andando enquanto sonha outra vez. Vamos ter que amarrar seus pulsos na cabeceira para impedir você de sair andan..."

Outro estampido. Esse ressoou com o som oco de um osso se quebrando — e tinha vindo da cozinha.

As mãos de Immanuelle caíram dos ombros de Glory. Seguindo o som, atravessou a sala, parando para pegar um pesado aparador de livros da cornija da lareira. Ao entrar na cozinha, ela o ergueu bem acima da cabeça, pronta para atacar fosse lá que estranho tivesse ido parar na casa deles.

Mas não havia intruso algum.

Do outro lado da cozinha, de pé à sombra do limiar, estava Honor, sua testa pressionada contra a porta. As costas dela estavam arqueadas, tendo se atirado para a frente, e sua testa atingira a madeira com um ruidoso triturar de revirar o estômago. Sangue escorria de seu nariz.

Immanuelle correu, o aparador retinindo no chão.

Honor acertou a porta outra vez, com tanta força que as janelas chacoalharam nos batentes. E logo Immanuelle estava sobre ela, arrastando a criança para longe, gritando por ajuda. Honor estava em seus braços, rígida e impassível, queimando de febre, surda aos gritos.

E foi assim que a segunda maldição se abateu sobre eles.

PARTE II

FLAGELO

☾ O ANO *das* BRUXAS ☽

20

*Um homem que conhece seu passado é um
homem com o poder de escolher seu futuro.*

— DE AS PARÁBOLAS DO PROFETA ZACARIAS —

Nos dias que se seguiram, mais de duzentos caíram doentes, sucumbindo primeiro à febre, e então à loucura. Immanuelle ouviu histórias de homens feitos arrancando os olhos das órbitas, mulheres castas da fé que despiam suas roupas e fugiam, nuas, para a Mata Sombria, gritando pelo caminho. Outros, em sua maioria crianças pequenas como Honor, sofriam de uma aflição diferente, mas talvez mais sinistra, e sucumbiam às garras de um sono tão profundo quanto a morte. Até onde Immanuelle sabia, nenhum dos curandeiros em Betel havia sido capaz de acordá-las.

Daqueles que caíram doentes nos primeiros dias de contágio, sessenta morreram antes do Sabá. Para impedir que a praga se espalhasse, os mortos eram queimados na pira de expurgo. E aqueles que fugiam para a Mata Sombria em acessos de loucura nunca mais eram vistos.

Sob todos os aspectos, era o pior contágio em toda a história de mil anos de Betel, e as pessoas o chamavam de muitas coisas — a aflição, a febre, a gripe maníaca —, mas Immanuelle sempre se referia a ela apenas por um nome, aquele escrito dezenas de vezes nas últimas páginas do diário de sua mãe: *Flagelo*.

"Mais água", exigiu Martha, enxugando um lustro de suor na testa. Apesar de todas as janelas abertas, cada sopro de vento trazia a fumaça quente das piras que queimavam ao longo das Clareiras. "E me traga o milefólio."

Immanuelle obedeceu, a saia batendo em seus tornozelos quando adentrou a cozinha, e apanhou uma bacia de água e um punhado de flores secas de milefólio da caixa de ervas debaixo da pia. Ela correu para cima o mais rápido que podia sem tropeçar na bainha e entrou no quarto das meninas.

Lá, encontrou Anna apertando os nós ao redor dos pulsos de Glory, amarrando-a à cabeceira para impedi-la de escapar, como havia tentado fazer seis vezes desde quando ficou doente. Anna amarrou os grilhões de tecido tão apertados que havia hematomas ao redor dos pulsos de sua filha, mas não havia o que fazer. Quase metade daqueles afligidos pelo flagelo tinham se mutilado ou até se matado nos estertores da loucura, pulando de janelas ou destroçando a própria cabeça a pancadas, como Honor quase havia feito na noite em que Immanuelle a encontrara.

Ante o toque da mãe, Glory se debateu e gritou, as pernas se emaranhando nos lençóis, suas bochechas vermelhas pela febre.

Immanuelle pôs a bacia ao lado da cama, tirou o milefólio de sua boca e apanhou a tigela na mesa de cabeceira. Esmagou os botões o melhor que podia, macerando-os em uma pasta. Então acrescentou um pouco d'água — ainda tenuemente tingida pelos últimos vestígios da praga de sangue — e misturou a polpa com os dedos.

Foi Martha quem administrou a dose, agarrando Glory firmemente pela nuca e impelindo seu rosto para cima, como se segurasse um recém-nascido aos berros. Ela forçou a tigela em sua boca e Glory se debateu e cuspiu, repuxando as amarras, os olhos revirando nas órbitas conforme o trago gotejava entre seus lábios e corria pelo queixo.

Honor estava deitada do outro lado do quarto, de olhos fechados, coberta do queixo para baixo. Immanuelle pôs a mão na face dela e se encolheu. A febre ainda a assolava. A menina estava tão imóvel que Immanuelle teve que deslizar um dedo por baixo de seu nariz apenas para ver se ela ainda respirava. Ela não havia se mexido nenhuma vez desde que o flagelo a atingira. Naquela noite, caíra em um profundo sono do qual temiam que nunca fosse acordar.

Assim seguiu-se por horas — Glory se debatendo em sua cama, Honor comatosa, Anna choramingando em uma cadeira no canto —, até que Immanuelle não aguentou mais. Ela deixou a casa da fazenda e foi para os pastos. Dias atrás, o campeiro, Josiah, fora chamado de volta à própria casa nas Clareiras distantes para cuidar de sua esposa, adoecida pelo flagelo. Então, além de Immanuelle, não havia ninguém para manter a vigília sobre as ovelhas pastando.

Conforme cruzava os pastos, de cajado na mão, pesava as opções disponíveis. Seus medos mais sombrios haviam se tornado realidade. O sacrifício que havia feito na lagoa não tinha funcionado, no fim das contas. O flagelo assolava Betel e, se não terminasse logo, Immanuelle temia que suas irmãs perdessem a vida. Mas o que poderia fazer para impedir?

Sua oferenda de sangue não havia sido suficiente para quebrar a maldição e ela não tinha mais ninguém a quem recorrer. A Igreja parecia indefesa em face de tamanho mal. Immanuelle pensou em pedir ajuda a Ezra, como havia feito antes, mas decidiu-se pelo contrário. Ele tinha deixado claro que não queria se envolver com pragas ou bruxaria, que não queria se envolver com ela. A última vez em que o arrastara para seus planos ele quase havia pagado um preço mortal. Parecia cruel apelar a ele novamente.

Mas a quem mais ela poderia recorrer? Tinha que haver alguém, ou alguma coisa. Uma cura ou um plano para deter aquilo. Tinha que acreditar nisso, mesmo que fosse apenas por princípio, porque, se não acreditasse, significava que não havia mais esperança e que suas irmãs iriam morrer.

Uma lembrança surgiu, uma imagem de seus documentos do censo, a marca da bruxa abaixo de seu nome e dos nomes dos Ward que vieram antes dela. Seria possível que as respostas que procurava — sobre as pragas, as bruxas e um modo de derrotá-las — esperassem por ela nas Cercanias, na forma da família que nunca havia conhecido?

Pela marca da bruxa, eles eram versados em magia da Mata Sombria e no conciliábulo que caminhava por lá. Se havia alguma ajuda a ser encontrada em Betel, Immanuelle tinha certeza de que a encontraria com eles.

Mas como escapuliria até as Cercanias, com Honor e Glory doentes daquele jeito? Era impossível conseguir justificar sua ausência por mais de uma hora e precisaria de pelo menos um dia para encontrar seus parentes nas Cercanias.

Immanuelle franziu o cenho, olhando para além do rebanho de ovelhas a pastar, para as janelas da oficina de Abram, resplandecendo ao longe. Uma ideia tomou forma no fundo de sua mente.

Abram. É claro.

Immanuelle talvez não conseguisse convencer Martha... mas talvez Abram lhe fosse mais favorável. Ele era generoso, mais gentil do que Martha e menos devoto do que Anna. Talvez visse com bons olhos o desejo de localizar parentes nas Cercanias.

Encorajada por essa ideia, Immanuelle tangeu a última das ovelhas para o curral onde elas passavam a noite e partiu em direção à oficina. Era um espaço humilde. O chão de madeira era polvilhado por um denso carpete de serragem. Como de costume, uma série de projetos pela metade entulhava o local de trabalho — um par de mesas de canto feitas de tronco, uma banqueta e uma casa de bonecas que sem dúvida seria um presente de aniversário para Honor.

Quadros adornavam as paredes, todos pintados por sua mãe. Havia vastas paisagens em painéis de madeira, pergaminhos pintados com flores de tênues aquarelas, algumas naturezas-mortas. Havia até um autorretrato, que mostrava Miriam, sorrindo, com o cabelo solto.

Immanuelle espiou por cima do ombro de Abram para ver no que ele estava trabalhando e congelou. Ali, na mesa, havia um pequeno caixão entalhado pela metade. Seu tamanho indicava que só poderia ser para um dos membros da família Moore: Honor.

"Ela ainda está... conosco", disse Abram sem tirar os olhos de seu trabalho. "Só quero estar preparado... se o pior acontecer."

Immanuelle começou a tremer.

"Ela vai acordar."

"Talvez. Mas se não acordar... tenho que estar preparado... eu prometi... que se tivesse que... enterrar outra filha... faria do jeito certo. Em um caixão... feito por mim mesmo. Perdi essa chance... com sua mãe. Não vou... deixar que aconteça de novo."

Immanuelle sabia ao que ele se referia. O costume betelano determinava que os sem culpa fossem enterrados e que os pecadores fossem cremados, na esperança de que as chamas da pira expurgassem seus pecados e permitissem sua passagem para o reino do purgatório. Por causa de seus crimes, Miriam havia morrido em desonra e, como resultado, ela nunca tivera um caixão apropriado ou um túmulo no cemitério nos quais seus ancestrais haviam sido sepultados.

"Sente saudades dela?"

"Mais do que você imagina."

Immanuelle sentou-se na banqueta ao lado dele.

"E se arrepende por ter quebrado o Protocolo para escondê-la aqui, anos atrás?"

A mão de Abram apertou o cinzel, mas ele balançou a cabeça.

"Mesmo sendo pecado?"

"Melhor carregar um pecado sobre... os próprios ombros... do que permitir que o mal... aflija os outros. Às vezes, uma pessoa... tem a obrigação... de agir no interesse do... bem maior."

Aquele era seu momento e Immanuelle foi rápida em aproveitá-lo.

"Durante esse tempo, minha mãe alguma vez falou sobre meu pai?"

Abram hesitou, então baixou a ferramenta.

"Mais do que... de qualquer outra pessoa. Quando a loucura... a dominou, ela... chamava por ele. Afirmava que o fantasma dele... estava vagando pelos... corredores. Ela dizia que ele estava... chamando-a para ir para casa. Gosto de pensar... que ele fez isso, no fim."

A garganta de Immanuelle se apertou tanto que ela mal conseguia falar.

"Quero ir às Cercanias, vovô. Quero conhecer as pessoas que o conheceram. Quero conhecer a família dele. *Minha* família."

Abram permaneceu impassível. Ele voltou ao trabalho, passando um pedaço de lixa ao longo da lateral do caixão.

"Por que agora?"

"Porque, se eu não fizer agora, talvez nunca tenha chance. Com a febre se espalhando."

"Quando... quer ir?"

"Amanhã, se possível. Mas não diga nada a Martha. Isso só iria perturbá-la."

"Então veio pedir minha bênção?"

"E sua ajuda. Talvez o senhor possa distrair Martha."

"Quer dizer mentir... por você. Enganá-la... para que acredite em algo... que não é verdade."

Immanuelle se encolheu, mas assentiu.

"Como o senhor disse, às vezes uma pessoa tem a obrigação de agir no interesse do bem maior, mesmo que signifique ter que pecar para poder fazê-lo. E não seria bom para mim encontrar minha família enquanto ainda tenho chance?"

Abram deu um raro sorriso, quase parecendo orgulhoso.

"Pena você não ter... nascido homem. Teria dado um... belo apóstolo com seu pendor a... falar dando rodeios."

"Vai me ajudar, então?", sussurrou Immanuelle, mal acreditando naquele golpe de sorte. "Vai me ajudar a chegar até as Cercanias?"

Abram soprou serragem do interior do caixão.

"O que eu não faço... por você?"

☽ O ANO das BRUXAS ☾

21

Pois o fogo do expurgo é virtuoso e o Pai se regozija ante a visão de suas chamas.

— AS ESCRITURAS SAGRADAS —

Immanuelle partiu para as Cercanias ao raiar do dia. A jornada passou em uma série de vislumbres desencarnados, como se ela estivesse tão sobrepujada pela perspectiva de conhecer seus parentes que não conseguisse assimilar o que via. Ela avistou um homem com uma máscara parecida com o rosto de um corvo, cutucando as chamas de uma pira com um forcado, um corpo envolto em uma mortalha na parte de trás de uma carroça quicando a cada sulco na estrada. A fumaça azul irrompia em ondas sobre as copas das árvores, tão densa que fazia seus olhos arderem e o ar ressoava com os gritos dos doentes do flagelo.

Havia mulheres vagando em suas combinações. Homens descalços bamboleavam ao longo das estradas, alguns deles tremendo, outros uivando e se coçando até sangrar. Quando Immanuelle passou por uma fazenda vizinha, viu uma garota correndo por um milharal moribundo, os braços estendidos na direção da Mata Sombria. Ela não usava nada além de uma longa camisola manchada de sangue, e a saia se emaranhava nos tornozelos em sua fuga. Um homem saiu correndo atrás dela, talvez seu pai ou marido; de longe, era difícil dizer. Quando a garota já estava a apenas alguns metros da beira da floresta, ele a pegou pela cintura. Ela foi arrastada de volta, chutando e gritando.

Immanuelle desviou os olhos. A cena parecia o tipo de indignidade da qual era errado ser testemunha. Abalada, continuou a caminhar, seguindo rapidamente pela estrada principal, até que viu as Cercanias emergirem da névoa de fumaça da pira.

Seu coração começou a bater mais rápido. Ela diminuiu o passo e parou no meio da estrada.

Após ansiar por todos aqueles anos, ela enfim conheceria a família de seu pai.

Immanuelle seguiu adiante, notando que as Cercanias estavam estranhamente quietas. Nenhuma criança nas ruas, ninguém assolado pela febre fugindo para a floresta. As estradas estavam vazias, com exceção de um ou outro fazendeiro ou mercador conduzindo um carro de mula. As janelas nas casas estavam fechadas. Havia cães amarrados aos lampiões e às cercas; alguns poucos latiram quando ela passou. De vez em quando, um corvo crocitava ao longe, mas, tirando isso, o silêncio era quase completo. Por algum motivo, fosse pela população pequena ou por algum ato de misericórdia por parte das bruxas, as Cercanias haviam sido poupadas da ira absoluta da praga do flagelo.

Após uma longa caminhada pelas ruas sinuosas, Immanuelle encontrou o centro do vilarejo, onde ficava a capela. Era uma estrutura singular. Diferentemente da Catedral do Profeta, construída de lajes de ardósia, a igreja das Cercanias era constituída de um rústico colmado de galhos e árvores novas entrelaçadas. Suas janelas eram adornadas por vitrais com retratos de santos estranhos e de pele escura cujos nomes Immanuelle não conhecia. Cada um segurava algum tipo de talismã — uma vela acesa, um ramo cortado, uma fita vermelha trançada entre os dedos, a protuberância retorcida de um nó de dedo.

Em todos os seus 16 anos, Immanuelle nunca tinha visto nenhum santo ou efígie parecido com ela. Nenhuma das estátuas e pinturas abrigadas na Catedral do Profeta apresentava qualquer semelhança com ela. Mas quando olhou para aqueles santos imortalizados em vitrais, um tipo de familiaridade dolorosa se assentou sobre Immanuelle, como se algo que tivesse esquecido que tinha perdido estivesse enfim sendo devolvido.

A porta da frente era feita de uma grossa placa de carvalho e parecia pertencer às dobradiças de uma catacumba, não de uma igreja. Mesmo estando levemente entreaberta, Immanuelle teve que apoiar os ombros contra ela e jogar todo o seu peso para forçá-la a se abrir. O salão estava na penumbra, lançado em uma névoa de fumaça de incenso tão densa que seus olhos começaram a arder e a se encher de lágrimas. Não havia bancos de igreja, apenas longos assentos que cobriam metade da extensão da sala, posicionados em filas em cada lado da nave. No alto, uma sacada envolvia o perímetro da sala, de onde várias mulheres a observavam.

No fim da nave, havia uma espécie de altar. Mas diferentemente daquele na Catedral do Profeta, esse tinha uma borda que se elevava ao redor das beiradas, criando uma espécie de bacia rasa dentro, na qual queimava uma pequena fogueira. Um homem se projetava sobre a oferenda, o rosto banhado em fumaça. Conforme Immanuelle se aproximava, ela viu que ele carregava uma adaga sagrada — porém velha e enferrujada. Ele tinha a cabeça raspada e seus olhos exibiam o mais pálido tom de âmbar, um rico contraste com o intenso ébano de sua pele. Se ela tivesse que adivinhar, diria que tinha mais ou menos a idade de Abram, talvez um pouco mais novo. Ele usava batinas simples, feitas do que parecia ser uma aniagem grossa, amarradas na cintura por um cordão de couro tão longo que as borlas resvalavam no chão. Aproximando-se, Immanuelle sentiu uma certa gravidade que só havia vivenciado na mata, quando Lilith emergira pela primeira vez das árvores.

"Meu nome é Immanuelle Moore..."

"Não precisa me contar", disse ele, e se virou de volta para o fogo. Ao lado, em um pequeno pedestal de pedra, havia um grupo de frangos, amarrados uns aos outros pelo pescoço. O sacerdote os ergueu pela corda e soltou-os nas chamas com o murmúrio de algo que poderia ter sido uma prece, mas foi tão breve que Immanuelle não soube dizer. O cheiro de penas queimadas e carne calcinada se mesclou ao denso odor de incenso. "Eu sei quem você é."

"Como?"

O sacerdote deu um risinho, como se ela tivesse contado uma piada espirituosa.

"São poucos os que não sabem entre nós. Mas me diga, o que a traz às Cercanias hoje?"

"Estou aqui para encontrar minha família."

"E por que os procura agora?"

"Porque estou pronta."

O sacerdote ergueu uma das sobrancelhas. Avaliou-a por entre a fumaça.

"Não estava antes?"

Immanuelle endireitou os ombros.

"Antes eu tinha medo. Mas não tenho mais. Então eu gostaria de vê-los, se puder me indicar a direção correta."

"Infelizmente você veio ao lugar errado, srta. Moore. Não há nenhum Ward aqui." A expressão do sacerdote passou de fria a piedosa.

O fôlego lhe escapou, como se ela tivesse levado um soco no estômago. Ela precisou se inclinar para a frente, se apoiando no encosto de um banco.

"Eles se foram todos? Morreram?"

"Não. Não todos. Até onde sei, sua avó, Vera Ward, é a última viva entre seus parentes. Mas ela deixou Betel poucos dias após seu pai ser assassinado."

Então havia esperança, afinal. Talvez não estivesse tudo perdido.

"Você sabe onde ela está?"

O sacerdote apontou com a cabeça para a direita. Immanuelle seguiu-o por um corredor estreito entre dois bancos e eles entraram em uma pequena sala junto à capela. Ela se parecia muito com os absides e galerias contíguos à Catedral do Profeta, só que muito menor. Suas paredes estavam pintadas com extensos murais de Betel e dos territórios além. Na parede oposta, as Clareiras, as Cercanias e as Terras

Sagradas, com as devidas designações de marcos famosos, como a tumba do primeiro profeta, o Retiro, a igreja das Cercanias e, é claro, a Catedral do Profeta. Ao redor de tudo, a Mata Sombria... só que não estava pintada dessa forma. No mural, a floresta assumia a forma de uma mulher nua, enrolada em posição fetal ao redor de Betel.

Immanuelle encarou o afresco por um longo tempo em silêncio e sem fôlego, traçando com os olhos a forma da mulher, tentando e falhando em analisar seu significado. Por fim, olhou para um breve versículo gravado em uma plaqueta de madeira no lado direito da parede: *A floresta é senciente de um modo que o homem não é. Ela vê com mil olhos e nada esquece.*

"Isso é das Escrituras Sagradas?", perguntou ela.

O sacerdote balançou a cabeça.

"Não das que vai encontrar em seu livro sagrado. Veja isso como um... adendo não sancionado."

"A intenção é ser uma referência à Mãe ou à floresta?"

"A ambas", disse o sacerdote. "A Mãe *é* a floresta. Ela é a alma, e a Mata Sombria, Seu corpo. Para nós, as duas entidades são intrínsecas. Uma é a mesma que a outra."

Immanuelle tocou um ponto na direção da beira da mata, traçando o caminho da margem da floresta que corria ao longo das terras dos Moore.

"Nunca ouvi isso ser explicado dessa forma antes."

"Porque seu povo não é instruído nos caminhos da Mãe."

Immanuelle não gostou do modo como ele disse "seu povo", como se para apagar o laço de sangue que a unia às Cercanias e aos Ward. Mas não comentou sobre a discrepância. Em vez disso, voltou sua atenção novamente para o mural, inclinando a cabeça para estudar o mapa acima. O teto pairava alto e era pintado com os tênues contornos dos mapas, mas as ilustrações eram bem mais abstratas do que aquelas que retratavam Betel. Ela viu alguns nomes que reconhecia — Hebrom, Fel, Valta.

"As cidades pagãs?"

"Nas palavras de seu Profeta, sim."

"É lá que vou achar minha avó?"

O sacerdote balançou a cabeça e cutucou um pequeno ponto branco na selva logo ao norte de Betel. A vila chamava-se Ishmel. Para a imensa surpresa de Immanuelle, não era longe. A julgar pela escala do mapa, ficava a apenas algumas léguas do Portão Sacrossanto. Ela supôs que, com um bom cavalo, um batedor treinado poderia cavalgar até lá em não mais que um dia.

"Há algum modo de mandar notícias?"

O sacerdote balançou a cabeça.

"É ilegal mandar cartas para além do portão, e mesmo que conseguisse fazer uma carta passar, não há garantia de que receberá uma resposta. Duvido que Vera fosse mandar uma carta para Betel e arriscar a ira da Igreja. Se quer falar com ela, terá que ser em carne e osso. Encontre alguém para ajudar você a atravessar o Portão Sacrossanto e alguém para trazê-la de volta."

"E isso é possível?"

"Quase qualquer coisa é possível se fizer as perguntas certas às pessoas certas e estiver disposta a pagar o preço."

Immanuelle refletiu por um momento.

"Como vou saber se minha avó ainda está em Ishmel?"

"Não saberá. Não há como. Deixar Betel é um ato de fé. Era o que Vera dizia antes de partir."

"Quer dizer, antes de ser exilada?"

Ele franziu o cenho para Immanuelle como se a garota tivesse dito algo desrespeitoso ou descabido.

"Vera deu as costas a este lugar por vontade própria. Partiu muito antes de seu Profeta ter a chance de exilá-la formalmente. Na verdade, partiu na noite seguinte àquela em que o rapaz queimou. O corpo dele ainda estava na pira quando ela partiu."

Immanuelle se encolheu ao pensar seu pai, morto na pira.

"Você acha que ela ainda está por aí?"

"Sim, acho", disse o sacerdote. "Aquela mulher sabia como dar o sangue pelo que queria e sempre levou jeito com a mata. Tenho certeza de que a selva foi gentil com ela."

Immanuelle recordou-se de semanas atrás, da última vez que estivera nas Cercanias. Naquele dia, enquanto ela e Martha passavam por lá em sua carroça, havia visto um sem-número de tributos espalhados pela beira da floresta. Era assim que os cercanenses vinham evitando a máxima ira das pragas? Alimentando a Mata Sombria de modo a obter seus favores?

"Quer dizer que ela fez oferendas à floresta em troca de... segurança?"

O sacerdote riu, um som abusado que ecoou pela capela.

"A mata não protege ninguém. Se deseja o conforto enfadonho da segurança, faça um sacrifício de sangue ao Pai na esperança de aplacá-lo. Mas se é poder o que deseja, é melhor deixar seus sacrifícios aos pés da Mãe."

"Mas como se sangra para obter o poder da Mãe?", perguntou Immanuelle, ficando cada vez mais confusa. "Imagino que deva ser mais difícil do que cortar o dedo e fazer uma prece."

"Por que uma menina das Clareiras faria uma pergunta dessas?" O sacerdote franziu o cenho, claramente desconfiado.

"Curiosidade", respondeu Immanuelle, mas ela podia perceber que o sacerdote sabia que era mentira. Ele passou por ela, suas vestes farfalhando enquanto caminhava de volta à capela.

"Sabe, Vera queria ter ficado com você. Ela sempre disse que se Daniel e Miriam fossem ter filhos, deveriam ser criados nas Cercanias."

"Eu não sabia", sussurrou Immanuelle, a voz embargada pelas lágrimas. Todos esses anos, havia sido tão tola, presumindo que sua família nas Cercanias não tinha interesse nela, que estava sozinha no mundo, à exceção dos Moore. Foi uma revelação estranha e maravilhosa, mas nela também havia dor. Doía pensar que tinha sido separada de alguém que poderia ter conhecido e amado. Alguém que também poderia tê-la amado e a entendido de um modo que os Moore simplesmente não podiam.

"Se o portão algum dia se abrir para você, deveria ir até Vera. Você é a única família que restou a ela. Ver você lhe faria bem."

Immanuelle se virou para olhar o pequeno ponto na parede, Ishmel, uma ilhota no vasto mar da natureza selvagem.

"Talvez eu vá."

Os dois serpearam para fora do abside e de volta à capela. As galinhas ainda queimavam no altar e havia uma garota junto dele, alimentando o fogo com espinhos de pinheiro, musgos, brotos de alecrim seco e outras ervas que Immanuelle não conhecia pelo nome.

"Se não tiver mais perguntas, eu realmente preciso voltar ao meu trabalho." O sacerdote gesticulou para o altar que ardia.

"Tenho, sim, mais um pedido."

Ele ergueu a sobrancelha.

"Espero que seja algo que não tenha a ver com bruxaria e magia de sangue."

Immanuelle enrubesceu.

"Não. Nada do gênero. Só estava me perguntando se seria possível ver a casa na qual moraram meu pai e minha avó."

O sacerdote refletiu por um momento, então assentiu, chamando a garota que cuidava da oferenda em chamas. Ela era deslumbrante — alta e de pele escura, com olhos grandes e maçãs do rosto bem marcadas. O cabelo era alguns tons mais escuro que o de Immanuelle e estava cuidadosamente trançado para trás em quatro tranças grossas reunidas em um coque apertado na nuca.

"Adrine, esta é Immanuelle Moore", disse o sacerdote, e acenou com a cabeça de uma para a outra. "Leve-a às ruínas da casa dos Ward."

Adrine a observou, impassível, antes de assentir, então girou nos calcanhares e saiu da capela a passos duros. Immanuelle se virou para dar adeus ao sacerdote, mas ele já estava orando sobre o altar, o rosto velado por uma névoa fumacenta.

☽ O ANO das BRUXAS ☾

22

*As portas da casa do Pai estão sempre
abertas para aqueles que o servem fielmente.
Mas o pecador será rejeitado.*

— AS ESCRITURAS SAGRADAS —

Immanuelle e Adrine caminhavam em silêncio pelas ruas vazias. O vilarejo pelo qual passaram estava tão quieto que Immanuelle poderia ter pensado que ele há muito estava deserto. Não havia crianças brincando nas ruas. Nenhum cão latindo. Nenhum sinal de vida, com exceção dos abutres dando voltas lá no alto.

"Está tudo tão quieto", sussurrou Immanuelle quando passaram por mais uma casa fechada. Sinos do vento feitos de ossos estavam pendurados nas vigas do alpendre, chocalhando quando uma brisa varria a rua, provocando um ruído oco. "As Clareiras estão apinhadas de doentes acometidos pelo flagelo."

"É assim que estão chamando nas Clareiras? O flagelo?" Adrine franziu o nariz.

"É só... meu próprio coloquialismo. Não acho que exista um nome apropriado." Immanuelle balançou a cabeça, constrangida pelo lapso.

"Nós chamamos de aflição da alma", disse Adrine. "Nossos ancestrais repassaram histórias de bruxas e videntes que amaldiçoavam a humanidade com uma doença similar."

"Então era usada como uma espécie de arma?"

"De certo modo." Adrine assentiu.

"Você acha que há uma cura?"

"Eu acho que a doença é a cura", disse Adrine.

"Como assim?"

"Às vezes, as coisas que parecem estar nos fazendo mal na verdade são parte da cura. Quando uma criança está doente e fazem nela uma sangria, para ela a mordida da faca parece uma punição, quando na verdade é a cura. Quando seu povo expurga, faz um grande mal, mas vê a violência e o fogo como uma cura para pecados muito piores. Talvez essa doença seja quase a mesma coisa. Talvez seja um tipo de expurgo, com o intuito de extirpar um mal mais profundo."

Immanuelle refletiu sobre essa teoria enquanto as duas seguiam por uma trilha que divergia da estrada principal, serpenteando por uma série de barracos. Ali, o fedor de esgoto era denso. As ruas eram basicamente de terra batida e lama, e, por várias vezes, Immanuelle pisou em sulcos tão fundos que a lama chegou ao topo de suas botas. A estrada principal que ziguezagueava pelos barracos era estreita, as casas tão aglomeradas que às vezes os becos entre elas tinham a largura de pouco mais que um ombro. A maioria das casas era humilde demais para ter luxos como janelas de vidro, mas Immanuelle captava vislumbres do interior dessas estranhas moradas quando o vento soprava abrindo as cortinas. Havia famílias agrupadas em oração, crianças brincando com bonecas de palha de milho, uma mãe amamentando seu bebê, um gato preto dormindo pacificamente aos pés de uma esteira. Ficou claro para Immanuelle que, apesar da miséria, nenhum dos habitantes havia sido tocado pelo flagelo.

Immanuelle ficou aliviada quando o pequeno afloramento de casas deu lugar, mais uma vez, à mata aberta. Nas Clareiras — onde fazendeiros abastados cobiçavam cada pedacinho de terra —, essas pastagens selvagens teriam sido cultivadas e convertidas em capital. Mas, ali, a terra havia sido deixada intocada, à exceção da solitária estrada que a cortava.

A distância, a Mata Sombria ficava à espreita, as árvores tão densas que pareciam quase impenetráveis. Naquele lugar, a atração da floresta era bem mais forte do que nas Clareiras, as árvores cantavam quando o vento se movia por entre elas e Immanuelle se esforçava para permanecer na trilha em vez de caminhar na direção dela.

"Chegamos", disse Adrine, gesticulando para um amplo lote de terra, pouco além do alcance da floresta, onde a grama crescia até a cintura. Immanuelle saiu da estrada, adentrou o prado e foi só quando se aproximou que viu o esqueleto chamuscado das ruínas da casa e das pedras rachadas do que havia sido sua fundação.

Só pelos destroços, ela soube que a casa era bem maior do que aquelas no vilarejo de palhoças pelo qual haviam passado. Na verdade, poderia ter rivalizado em tamanho com a casa dos Moore nos bons tempos. Estava claro que, apesar de residirem nas Cercanias, os Ward foram pessoas de posição. Só uma família de importância poderia bancar uma casa tão grande.

Immanuelle ergueu a saia e pisou com cautela em um pedaço de tronco chamuscado que poderia ter sido uma viga. Ela caminhou pelo perímetro da casa uma vez, pisando cuidadosamente nos escombros, então parou e caiu de cócoras ao lado de uma das grandes pedras fundamentais de ardósia. De perto, viu que tinha um entalhe profundo de um estranho símbolo — uma cruz no centro de um círculo — que parecia uma letra em algum alfabeto estrangeiro. Quanto mais o encarava, mais ele a lembrava da marca da bruxa.

"O que é esse símbolo?", perguntou Immanuelle, traçando-o com a ponta dos dedos. Apesar do calor implacável do sol do meio-dia, a pedra estava estranhamente fria.

"É um sigilo", disse Adrine, avançando. "É nosso costume entalhar as pedras fundamentais de nossas casas. Para dar sorte, prosperidade, proteção."

"O que este significa?"

"É um sifão", disse a garota, agora sussurrando, embora não houvesse ninguém ao redor para ouvi-las.

"E o que ele está sifonando?"

Adrine pareceu relutante em responder. "Poder. Da floresta."

"E aquele?" Immanuelle apontou para outra pedra fundamental do outro lado das ruínas. Esta tinha gravada uma série de oito talhos sobrepostos que davam a impressão de terem sido infligidos com raiva.

"Um escudo", disse Adrine. "Feito para repelir o perigo."

Immanuelle não precisou perguntar sobre a marca na pedra fundamental seguinte.

"A marca da bruxa."

Immanuelle andou até a última das quatro pedras, no canto mais distante das ruínas, perto da floresta. Estava emborcada e rachada em dois grandes pedaços. As garotas tiveram que trabalhar juntas, rolando as pedras — enquanto aranhas e vermes se contorciam no solo recém-exposto — e juntar as peças quebradas. Immanuelle limpou a poeira da pedra para ver claramente e, quando o fez, Adrine recuou tão rápido que quase tropeçou sobre uma viga caída.

Immanuelle baixou os olhos para a marca, correu os dedos ao longo dos cortes na pedra. Ela parecia inócua o bastante, apenas um pequeno hexágono com uma série de cruzes cortadas ao longo do centro.

"O que foi?"

"É melhor irmos embora."

"Por quê?" Immanuelle franziu o cenho.

"Porque esse é um selo de maldição", sibilou Adrine. "Tem o intuito de fazer o mal."

"Mas não tencionamos fazer mal algum."

"Não importa. Não sabemos o que pretendia a pessoa que lançou o sigilo ao fazer essa marca."

"Mas já se passaram anos", disse Immanuelle, "e a casa está abandonada há muito tempo. Não deve ter restado poder nessas pedras."

"Quando um sigilo é feito e uma maldição é lançada, está feito", disse Adrine, claramente exasperada. "Não importa se a pessoa vai embora, morre ou esquece; o poder que essa marca foi feita para representar perdura."

Um poço se formou no estômago de Immanuelle quando pensou nas bruxas e nas pragas que lançaram com seu sangue.

"Então está dizendo que maldições vivem para sempre?"

"Estou dizendo que é difícil, geralmente impossível, desfazer o que já foi feito. Quando se faz uma marca, fica lá para sempre. Pode ser alterada, mas nunca apagada."

Se o que Adrine dizia era verdade, significava que havia pouca esperança de quebrar o ciclo das pragas. Parecia que o poder sombrio da mata teria que seguir seu curso. Mas o que isso significava para Honor e Glory e o resto dos doentes do flagelo? Será que chegariam a sobreviver tempo o bastante para ver o fim da praga?

Immanuelle pensou no profético registro no fim do diário de sua mãe: *Sangue. Flagelo. Trevas... Massacre.* Estava claro que se não achassem um modo de quebrar a maldição, haveria um preço mortal a ser pago. Tinha que haver um modo de cessá-la e, com tudo que havia inferido até ali, sua melhor chance era decodificar os sigilos, a língua da magia das bruxas. Se tinha alguma esperança de derrotar as pragas de Lilith, precisaria entendê-las, saber contra o que estava lutando.

Immanuelle tirou a mochila do ombro, revirou seu conteúdo e retirou um pedaço de papel e um pequeno naco de grafite. Cuidadosamente, alisou a folha de papel em branco contra a pedra e esfregou o grafite para a frente e para trás, criando uma perfeita imagem decalcada da pedra fundamental. Ela se pôs a fazer cópias dos três sigilos seguintes depois, então reuniu todos os papéis, dobrou-os cuidadosamente e colocou-os de volta na mochila para mantê-los em segurança. Virou-se para Adrine.

"Como é que sabe tanto sobre essas marcas?"

"Elas são parte de nossa língua."

"Fala de sua língua de origem?"

"Essas marcas são só palavras para nós. É a intenção por trás delas que torna os sigilos algo mais... algo perigoso." Adrine assentiu.

Immanuelle cruzou as ruínas da casa e seguiu para o estreito trecho de terra entre ela e a Mata Sombria. A alguns passos estava o esqueleto abandonado de uma dependência ou de um pequeno barracão como o de Abram. Além dela, apenas um trecho escuro e denso da floresta. Seu domínio era quase intoxicante.

Immanuelle partiu na direção dela e tropeçou, sua bota atingindo o que pensou ser uma pedra de ponta-cabeça. Mas quando procurou a razão de sua quase queda, o que encontrou foi uma pequena alpondra e várias outras logo depois, todas levando à extensa floresta além da propriedade. Immanuelle seguiu a trilha até os pés de dois grandes carvalhos gêmeos lado a lado, seus galhos se entremeando no alto para formar uma espécie de arco. Os seus troncos estavam entalhados com sigilos idênticos: um longo traço que ia do começo do primeiro galho e descia até suas raízes, os topos cortados pelo que pareciam vinte traços mais curtos de comprimentos variados.

"Não conheço esses sigilos." Adrine balançou a cabeça.

"Eu conheço", sussurrou Immanuelle, revirando o fundo da mochila. Ela abriu o diário na página que retratava a cabana onde ela afirmava ter passado o inverno. No primeiro plano do desenho, dois grandes carvalhos entalhados com marcas idênticas àquelas nas árvores em frente.

Immanuelle aproximou-se devagar, raspou as botas pelas folhas caídas e revelou uma série de alpondras que levavam às profundezas da Mata Sombria, até a cabana na qual sua mãe havia sobrevivido ao seu último inverno. Pressionou a mão no tronco do carvalho mais próximo entalhado com o sigilo, dando meia-volta para encarar Adrine. Mas a garota balançou a cabeça.

"Não vou com você. Aí dentro, não."

Immanuelle apenas assentiu, uma parte dela aliviada. Era como se tivesse ciúmes da floresta, como se quisesse seus segredos apenas para si. E assim, sem nem mesmo se deter e olhar para trás, Immanuelle apanhou a saia e deu um passo para além dos avultantes carvalhos, adentrando as sombras da Mata Sombria.

☽ -- O ANO *das* BRUXAS -- ☾

23

*Fiz um lar na mata. Fiz um teto de palha e
ergui as paredes. E foi lá, em um quarto feito
de paus e pedras, que a barganha foi realizada,
e eu não teria agido de nenhuma outra forma.*

— MIRIAM MOORE —

A mata ao sul era diferente daquela que corria ao longo das Clareiras. Era mais densa, apinhada de pinheiros solenes que sussurravam quando o vento se movia por suas folhas pontiagudas. O resto do mundo parecia diluir-se conforme Immanuelle caminhava por entre as árvores. A luz do sol diminuía, e as sombras se adensavam, ameaçando engoli-la. A trilha que tentou seguir foi rapidamente devorada pelo emaranhado matagal. Ela não mais sentia as alpondras sob as botas. E embora soubesse que deveria estar com medo, tudo que sentia era uma horrível sensação de completude. Como se estivesse exatamente onde deveria estar.

Immanuelle não sabia há quanto tempo estava caminhando, mas o meio-dia já se aproximava quando se deparou com a cabana. Ela deu uma olhada no lugar e soube que há muito estava abandonado. Não teria ficado surpresa se os proprietários originais fossem os fundadores de Betel, que haviam se estabelecido na floresta há séculos. A casa inteira parecia se dobrar nas pedras de sua fundação, empenada e decrépita feito um velho se inclinando sobre a bengala.

Na verdade, era menos uma casa e mais uma cabana. Só tinha uma porta e uma janela. O telhado estava afundado, e o alpendre, tão apodrecido que suas tábuas empretecidas se desfaziam sob as botas. Immanuelle tocou a porta e abriu.

Ela adentrou um quarto apertado que cheirava a bolor. À esquerda, uma mesa de cabeceira, a superfície atulhada com um arranjo de velas derretidas. Na parede oposta, uma lareira com um espelho rachado pregado acima da cornija, grande o suficiente para abrigar apenas o reflexo do rosto de uma pessoa. No centro do quarto, um estrado de cama enferrujado.

Immanuelle.

Ela se virou, buscando o dono da voz, mas em vez disso viu algo que passara despercebido. Logo à direita da lareira havia um ondulante tecido branco e, por trás, um estreito umbral. Erguendo a mão trêmula, Immanuelle retirou o véu. Ele flutuou para o chão em uma nuvem de ciscos de poeira rodopiantes, revelando um escuro corredor, sem luz; apenas um único raio de sol iluminava o fim do quarto.

Immanuelle vasculhou a mochila, retirando primeiro seu lampião a óleo, então um único fósforo, que riscou nas pedras da lareira. Ela acendeu a lamparina e se virou para o corredor. O brilho vermelho da chama se derramou pelas paredes conforme caminhava.

No fim do corredor, ela se deteve, erguendo a lamparina para revelar um quarto sem janelas, vazio exceto por um círculo de cinzas em seu centro. Cortado grosseiramente no teto acima havia um pequeno buraco para deixar a fumaça sair. Espalhados pelas cinzas, ossos: uma miscelânea de cascos e chifres, costelas, vértebras e, no meio dos cacos, o que parecia ser o esqueleto completo de um carneiro — menos o crânio.

Mas foram as paredes que chamaram a atenção de Immanuelle. Estavam entalhadas com todo tipo de marcas, formas e palavras que corriam juntas e se sobrepunham, de modo que mal havia um centímetro de revestimento deixado intocado.

E os escritos haviam sido feitos com uma caligrafia que ela reconhecia: a de sua mãe.

A consciência se abateu sobre ela de uma vez. Aquela era a cabana — *a* cabana sobre a qual Miriam havia escrito em seu diário.

As palavras de Miriam se arrastavam feito videiras pelas paredes. Elas repetiam a mesma frase, uma vez após a outra: *A dama carregará uma filha, eles a chamarão de Immanuelle e ela redimirá o rebanho com ira e praga.*

Com a mão trêmula, Immanuelle traçou os entalhes de uma parede até a outra. Eles podiam ser separados em três diferentes formas: uma na parede esquerda, uma na direita e outra na parede oposta entre elas, onde as duas marcas se tornavam uma. Ela levou algum tempo até reconhecer essas formas pelo que elas eram — sigilos, assim como os que tinha visto nas pedras fundamentais da casa dos Ward.

Três formas. Três... *selos.*

Immanuelle se inclinou para pôr o lampião a óleo no chão, então deslizou a mochila do ombro e retirou as folhas de papel nas quais havia copiado os sigilos das pedras fundamentais. Ela levou alguns instantes para examinar os diferentes símbolos e logo encontrou o selo da maldição. Immanuelle ergueu o papel junto à parede, comparando as duas marcas, e descobriu que combinavam perfeitamente em tudo, exceto na escala.

Engolindo em seco seu pavor crescente, Immanuelle prosseguiu.

O sigilo na parede esquerda não era par de nenhum dos sigilos escavados nas pedras fundamentais. Era uma forma notavelmente distorcida, quase como mãos dobradas ou dedos entrelaçados. Mas lhe parecia distintamente familiar. Após alguns momentos de silêncio intrigado — avaliando a marca de diferentes ângulos, traçando os entalhes com a ponta dos dedos —, ela se deu conta. Inclinando-se sobre um joelho, apanhou o diário na mochila, folheou-o até a página de seu segundo autorretrato, a ilustração abstrata que a mãe havia rascunhado dias após seu retorno da mata. Na imagem, estava nua, os braços envolvendo os seios, a barriga intumescida pintada com um sigilo... o mesmo que havia sido esculpido na parede. Se o primeiro selo era uma maldição, então o segundo era, talvez, a *concepção.* Um tipo de sigilo de nascimento, por assim dizer. Uma marca de criação.

Intrigada, Immanuelle seguiu para o último sigilo, aquele na parede oposta, o único que ela reconheceu imediatamente, porque o tinha visto todos os dias de sua vida. Era o mesmo selo usado pelas noivas, entalhado entre as sobrancelhas — um símbolo de união, um sigilo de vínculo.

Immanuelle se levantou e começou a examinar os sigilos mais de perto. Ela traçou, um de cada vez, os contornos de cada entalhe, passando lentamente de uma parede para a seguinte: um selo de nascimento, um selo de maldição e uma marca de vínculo entre eles.

O sangue dela gera sangue. As palavras do diário de Miriam dançaram em sua mente. Ela recordou-se da noite na lagoa com as bruxas, do início da mácula de sangue. A primeira praga e todas as pragas que se seguiriam, desencadeadas por seu primeiro sangramento.

Seu sangramento. Seu sangue.

Eles a chamarão de Immanuelle. O sangue dela gera sangue.

A verdade atingiu-a feito um punhal entre as costelas.

Lilith não havia lançado as pragas. Havia sido Miriam.

E a maldição era Immanuelle.

☽ - - O ANO das BRUXAS - - ☾

24

*Logo teremos que escolher entre quem desejamos
ser e quem devemos ser para seguir em frente.
De um modo ou de outro, haverá um custo.*

— DAS ÚLTIMAS CARTAS DE DANIEL WARD —

Immanuelle nunca tinha sido de ceder rapidamente à raiva. Quando criança, com Martha, ela havia sido bem tutelada nas virtudes da paciência e da contenção; era mais propensa a levar um tapa do que a desferi-lo. Mas agora, enquanto esvaziava seu lampião, salpicando as paredes da cabana de querosene, uma fúria horrível atravessou-a, como se algum animal preso dentro dela estivesse tentando escapar.

Ela fora usada.

Era uma verdade tão terrível que Immanuelle mal podia concebê-la. Era pior do que ser a mensageira das pragas, pior que a própria danação. A ideia de que sua mãe — por quem havia passado quase dezessete anos pranteando — nunca a havia amado como qualquer outra coisa além de uma arma, uma agente de sua própria vingança.

Immanuelle jogou óleo nos sigilos em uma fúria cega. Apanhou o pacote de fósforos da mochila e acendeu um, segurando-o entre os dedos enquanto encarava os entalhes ensebados de óleo.

Um para amaldiçoar. Outro para atar. Outro para nascer.

Jogou o fósforo na poça de querosene a alguns centímetros de distância, e um mar de fogo varreu o chão. Immanuelle recuou quando as chamas dispararam pelo corredor em sua direção, passaram do limiar, derramando-se pelo quarto da frente. Em instantes, a construção tinha sido quase inteiramente engolfada.

Immanuelle emergiu da cabana em uma nuvem de cinzas e borralho. Não tinha certeza se chorava mais pela raiva ou pela fumaça incandescente. A visão da cabana em chamas não a confortava. Umas poucas chamas não eram o bastante para protegê-la da verdade.

Para vingar o amante, Miriam havia entregado a filha, corpo e alma, ao conciliábulo de Lilith. Ela era a maldição feita em carne, e tudo — o sangue e o flagelo, as trevas e o massacre por vir — estava dentro dela. Miriam não quisera justiça; quisera sangue... e Immanuelle o havia providenciado. Naquela noite na Mata Sombria, quando havia sangrado pela primeira vez, ela havia provocado tudo. Esse era o legado de Miriam: não de amor, mas de vingança e traição.

A fumaça rolava pelas copas das árvores enquanto a cabana continuava a queimar. O calor era tamanho que Immanuelle cambaleou para trás, as cinzas tão densas que quase a sufocavam.

Ainda assim, não recuou.

Ela sabia que não fazia diferença — a cabana pegando fogo, as chamas de sua própria fúria crepitando de dentro para fora. Nada disso levaria a mais do que cinzas no vento. Mas a sensação era boa, muito boa, de queimar, de se enfurecer e de se perder nas chamas. Era sua própria purgação pessoal e, naquele momento, era o único conforto que tinha. Sentiu-se quase embriagada por ela, e talvez Miriam também tivesse se sentido, todos aqueles anos antes, quando, após a morte de Daniel Ward, fugira para a Mata Sombria e firmara um acordo com as bruxas. Talvez aquela fúria voraz tivesse importado mais para ela do que qualquer outra coisa... mais do que sua alma, sua filha e sua própria vida.

Mas mesmo com o sangue de Immanuelle fervendo — mesmo com a fúria e a culpa a consumindo —, ela não conseguia se imaginar vendendo a família para a escuridão do modo como Miriam havia vendido a dela.

E essa era a diferença entre elas.

Immanuelle então correu, fugindo da floresta e de todos os seus males, deixando a cabana em chamas para trás. Toda vez que fechava os olhos — toda vez que piscava —, podia ver as palavras entalhadas nas paredes, os sigilos que a atavam às maldições... e correu com mais vontade ainda.

Após uma longa e brutal corrida pelo matagal, ela emergiu da mata para a luz do sol que se punha. Limpou as folhas da saia e tentou se recompor, catando os gravetos do cabelo e enxugando o resto das lágrimas na manga.

Ninguém poderia saber o que ela havia encontrado na mata. Não se ela quisesse continuar viva.

Ao retornar das Cercanias e chegar à casa dos Moore, encontrou Martha do lado de fora, o machado na mão, inclinada sobre o bloco de corte. Sem nenhuma palavra de saudação, a velha caminhou até o galinheiro, apanhou uma galinha pela garganta e forçou-a no bloco. Com um veloz movimento de ombro, decepou a cabeça. O corpo da galinha desembestou do toco, as asas batendo, as unhas ciscando para firmar o pé quando caiu no chão.

Os Moore geralmente só matavam galinhas em dias sagrados, então esse era um agrado raro, mas Immanuelle não conseguiu esboçar alegria. O medo em sua barriga fora substituído pela raiva desde a descoberta da cabana, mas agora começava a se refazer quando ela viu a expressão sombria no rosto de Martha.

O pânico tomou conta dela: o flagelo, as meninas. Às vezes — nos dias mais graves —, o Pai exigia um sacrifício, sangue em troca de uma bênção. E talvez, se estivessem desesperados o bastante, se uma ou as duas tivessem tido uma piora...

"Honor e Glory..."

"Estão bem", disse Martha, enxugando um respingo de sangue de galinha do rosto.

"Então qual a ocasião?"

"Temos companhia." Martha ergueu o corpo emplumado da terra. "O Profeta está aqui e pediu para falar com você."

O coração de Immanuelle retumbou.

"Ele disse o motivo?"

Martha enxugou as mãos e limpou a lâmina do machado no avental.

"Ele disse que veio para a confissão. Ouvi dizer que estavam nas Cercanias desde o nascer do dia, ele e seu herdeiro, indo de casa em casa, deixando os doentes se fazerem ouvir para o caso de o fim chegar. Então estão aqui por Honor e Glory." Ela ergueu o olhar para Immanuelle. "Mas creio que, por ser um homem gentil, ele também quer ouvir a sua confissão."

O coração de Immanuelle disparou, seus joelhos amoleceram e ela se empenhou para moderar seu crescente pânico. O medo não a salvaria. Fosse lá o que o Profeta queria, ele tinha ido cobrar. Não havia escapatória, e ela se recusava a esconder o rosto contra o que não podia ser mudado. Endireitando os ombros, partiu na direção da casa da fazenda.

"Espere", disse Martha.

"Sim?" Immanuelle se deteve, a mão na maçaneta da porta.

"Semanas atrás, na noite em que voltou da floresta, eu fui dura com você. Espero que possa me perdoar."

"É claro." Immanuelle engoliu em seco. Suas palmas estavam úmidas de suor.

"Você me assustou quando entrou na Mata Sombria naquela noite. Achei que tínhamos perdido você... como perdemos Miriam." Martha ofereceu a ela uma espécie de sorriso.

"Mas ela voltou."

"Não voltou, não. Quando retornou, trouxe a Mata Sombria com ela. Por isso tive tanto medo quando você retornou... Mas não devia ter permitido que meu medo me tornasse cruel. Foi um pecado, e eu sinto muito."

"A senhora só estava fazendo o que pensou ser o certo."

"Não adianta muito se eu estava errada", disse Martha, e indicou a casa com a cabeça. "Agora vá, confesse seus pecados, como confessei os meus. O Profeta está esperando."

...

O Profeta estava sentado na cabeceira da mesa da família, ocupando o lugar de Abram. Suas mãos estavam unidas como se ele planejasse orar, mas quando Immanuelle entrou na sala, ele sorriu e gesticulou para a cadeira de Martha na ponta oposta da mesa.

"Que bom que está sã e salva."

Immanuelle sentou-se.

"Pela graça Dele."

Do outro lado da sala, Ezra estava de pé atrás do pai, os ombros retos, as mãos se apertando às costas. Embora Immanuelle estivesse sentada em seu campo de visão, ele mal registrou sua presença. E ainda que ela soubesse que isso era parte da promessa deles — deixar o passado para trás pelo bem tanto dela quanto dele —, ainda doía ver Ezra olhá-la como se ela fosse uma estranha.

O Profeta se reclinou na cadeira, que rangeu com o movimento. Ele parecia um pouco ansioso. Seu olhar volteava sobre ela, perscrutador como sempre, porém mais hesitante do que havia sido em semanas anteriores, quando ele não fizera tentativa alguma de contê-lo. Ele indicou a mochila com a cabeça.

"O que tem aí dentro?"

"Ervas", disse ela, esperando que o tremor em sua voz não a traísse. "Para minhas irmãs."

"Sua avó me disse que você é uma enfermeira e tanto."

"Faço o que posso."

"Como devemos todos", disse ele.

No andar de cima, Glory soltou um grito que ecoou pela casa. O sorriso do Profeta diminuiu com o som. Ele se virou para Immanuelle e começou a falar novamente, mas a porta dos fundos se abriu e Martha entrou com duas galinhas ensanguentadas, Anna em seus calcanhares. Pegaram-se com o jantar, depenando as aves, cortando os vegetais, tentando fingir que não estavam escutando enquanto se ocupavam. Uma expressão irritada brotou no rosto do Profeta. Ele lançou o olhar na direção da cozinha, erguendo a voz acima do estrépito das caçarolas e panelas retinindo.

"Podemos ter um momento a sós?" Anna parou no meio da limpeza de uma cenoura. Tiras de cascas laranja flutuaram para o chão quando ela se virou para encará-los. Martha pôs a mão em seu ombro, e as duas fizeram uma mesura e se apressaram para fora do cômodo. O Profeta inclinou a cabeça para seu filho. "Você também."

Ezra se retesou e assentiu, saindo de detrás da cadeira do pai. Ele passou ao lado de Immanuelle sem nem olhar de relance para ela e seguiu rumo às escadas.

Quando os passos de Ezra se desvaneceram no silêncio, o olhar do Profeta retornou para Immanuelle. Ele a estudou como se estivesse tentando reter os detalhes de seu rosto na memória. Seu olhar era tão ávido que ela quase podia senti-lo, como um dedo frio seguindo o traçado de seu cenho, a linha de junção entre os lábios, então descendo pelo pescoço até a dobra da clavícula. Ela congelou com medo de que a mais tênue hesitação pudesse entregar o que ela era: a precursora da praga, uma herege da Igreja, um peão das bruxas.

"Você é pastora, não é?"

Ela assentiu.

"Cuido do rebanho de meu avô."

O Profeta ergueu a caneca de leite de ovelha — fitando-a por sobre a borda enquanto bebia —, então pousou-a e lambeu a espuma de seu lábio superior.

"Você e eu somos parecidos. Nós dois temos rebanhos para cuidar."

"Ouso dizer que sua vocação é maior do que a minha."

"Eu não ousaria." O olhar do Profeta pairou sobre ela por um instante; então ele tossiu com força na dobra do braço. Levou algum tempo até recuperar o fôlego. "Sabe por que vim até aqui hoje?"

"Para ouvir minha confissão e dizer que absolve meus pecados."

"E acha que é assim tão simples? Acha que o pecado pode ser apagado com uma penitência de alguns minutos e um coração pesaroso?"

"Não, todos os pecados, não."

"E quanto ao pecado da bruxaria?" A voz do Profeta era calculada, mas seus olhos possuíam uma malícia que quase a fez estremecer.

"O pecado da bruxaria é punível com a purgação pela pira." Immanuelle lutou para manter o rosto impassível.

"E você já se envolveu com tal pecado?", perguntou gentilmente o Profeta, como se estivesse tentando persuadi-la a contar a verdade. "Já conjurou feitiços ou maldições?"

Immanuelle se retesou. A imagem dos selos e dos sigilos entalhados nas paredes da cabana lampejaram em sua mente. Se lançar uma maldição era punível com a morte, qual seria a punição por ser a arauta da maldição?

"É claro que não."

"Você esteve em companhia dos habitantes da Mata Sombria, como um dia fez sua mãe?"

A fúria queimava nela, mas ela a afastou.

"Eu não sou minha mãe, senhor."

O Profeta baixou os olhos para suas mãos; havia algo estranho em seus olhos. Amargura? Arrependimento? Ela não conseguia discernir.

"Isso não responde a minha pergunta, srta. Moore."

Immanuelle estava apavorada por mentir, mas sabia que a verdade a condenaria. Além disso, o que eram suas fraudes comparadas àquelas do Profeta e da Igreja? Se tinha que mentir, seria para se proteger. Não era o caso deles.

"Não sei nada da mata nem dos pecados de minha mãe. Fui criada para me manter na fé."

O Profeta começou a responder, mas foi interrompido por outro acesso de tosse. Ele tossiu na manga da roupa por um bom tempo, resfolegando e arfando. Quando o acesso finalmente terminou, ele baixou o braço e Immanuelle viu uma pequena mancha vermelha na dobra de seu cotovelo.

"E quanto à lubricidade?"

"O quê?" Immanuelle ficou rígida.

"Devassidão, fornicação, adultério, luxúria." Ele contou os crimes em seus dedos. "Com certeza conhece os pecados e as Escrituras se você se mantém na fé, como afirma."

"Eu conheço esses pecados." Immanuelle corou.

"E já tomou parte neles?"

Ela deveria ter tido medo, mas o que aflorava agora dentro dela era desprezo — por ele, pela Igreja, por qualquer um que atiraria pedras nos outros enquanto escondia seus próprios pecados.

"Não."

O Profeta se inclinou para a frente, os cotovelos na mesa, dedos unidos nas pontas.

"Então quer dizer que nunca se apaixonou?"

"Nunca."

"Então você é pura, de corpo e coração?"

"Sou." Ela começou a tremer.

Houve um longo silêncio.

"Você faz suas orações à noite?"

"Sim", mentiu.

"Você modera a língua e mantém palavras vis longe de seus lábios?"

"Mantenho."

"Você honra seus anciões?"

"Faço o melhor que posso."

"E você lê as Escrituras?"

Ela assentiu. Outra resposta honesta. Ela lia as escrituras, com certeza, só não aquelas às quais ele se referia. O Profeta inclinou-se para a mesa.

"Você ama ao Pai com todo o seu coração e toda a sua alma?"

"Sim."

"Então diga." Isso era uma exigência, não um pedido. "Diga que O ama."

"Eu O amo", respondeu ela, uma fração de segundo tarde demais.

O Profeta arrastou a cadeira que ficava na extremidade da mesa e se levantou. Caminhou pela mesa, parou ao lado de Immanuelle e pôs a mão em sua cabeça. Seu polegar traçou o ponto nu entre as sobrancelhas no qual as esposas exibiam seus selos. Ela se conteve para não sair correndo dali.

"Immanuelle." Ele revirou o nome dela na língua como se fosse um cubo de açúcar, algo a ser saboreado. Sua adaga sagrada escorregou do colarinho da camisa quando se aproximou, a lâmina embainhada resvalando em sua bochecha enquanto se balançava para a frente e para trás. "Lembre-se daquilo em que acredita. Eu descobri que a alma é propensa a vagar em direção à escuridão."

"Não sei do que o senhor está falando." Seu coração batia com tanta violência que ela temeu que ele o escutasse.

O Profeta se inclinou para ainda mais perto. Ela sentiu o hálito dele em sua orelha quando ele sussurrou:

"E eu acho que sabe."

"Chega." O Profeta olhou para cima, a mão escorregando da cabeça de Immanuelle, quando Ezra entrou na sala e contornou cauteloso a mesa até o lado dela. "Ela respondeu suas perguntas e o sol está se ponto rapidamente. Vamos embora."

O olhar do Profeta escureceu quando caiu sobre Ezra, e Immanuelle se perguntou se ele tinha alguma capacidade de olhar para o filho com qualquer outra coisa senão raiva.

"Vamos", disse Ezra, e dessa vez havia uma ameaça nas palavras.

Os lábios do Profeta se descolaram em desdém. Ele começou a falar, mas parou ao som de seu nome.

"Grant... o rapaz tem razão." Immanuelle virou-se para ver Abram de pé no limiar entre a sala e a cozinha. Ele se apoiava em sua bengala favorita — um galho de bétula com um pomo que ele havia esculpido na forma de uma cabeça de gavião —, e sua boca estava comprimida em uma linha fina. Ele falou novamente, dessa vez mais alto, embora Immanuelle soubesse que cada palavra era uma luta: "As estradas são perigosas... à noite... com os doentes à espreita".

Immanuelle ficou tão aliviada em ver Abram naquele momento que quase chorou. Havia ido embora o homem debilitado e quieto que a havia educado e criado. O homem que via agora diante dela se mostrava resoluto, os ombros alinhados, o queixo impassível.

Ela se lembrou de algo que Anna um dia dissera, sobre como, na esteira da morte de Miriam, após Abram ter perdido seus Dons e o título do apostolado ter lhe sido tirado, ele se tornara um fantasma do homem que era. Mas agora, nesse momento, quando passou pelo limiar para se colocar ao lado de Immanuelle, parecia que aquele homem tinha ressuscitado.

Ezra pôs a mão sobre o ombro do pai.

"Ele tem razão, pai. Os doentes estão fora de si, insanos pela febre. Não é seguro viajar pelas estradas após o pôr do sol. É melhor partirmos. *Agora*."

Immanuelle esperou que o Profeta os repreendesse, mas não o fez. Em vez disso, voltou seu olhar para ela novamente. Dessa vez, seus olhos não se aqueceram.

"Estes são dias sombrios, isso é certo, mas o Pai ainda não virou as costas para nós. Ele está vigiando. Está *sempre* vigiando, Immanuelle. É por isso que devemos nos lembrar daquilo em que acreditamos e nos atermos pelo menos a isso."

Assim que o Profeta partiu, Immanuelle se levantou, o movimento tão abrupto que sua cadeira caiu no chão. Mas ela não se inclinou para erguê-la. Tremendo e sem nada dizer, correu da sala para a frente da casa. Abram chamou-a quando ela abriu a porta e saiu para o alpendre. Lá, caiu de cócoras, pressionando a mão nas tábuas para se estabilizar. Tomou por várias vezes um fôlego entrecortado, mas o ar estava denso pela fumaça da pira e pouco fez para acalmar seus pulmões, que queimavam. Ela ainda podia sentir a mão do Profeta em sua cabeça, o polegar pressionando entre suas sobrancelhas, e só a lembrança do toque foi o bastante para fazê-la tremer de medo.

"Immanuelle." Ezra foi até lá fora e fechou a porta atrás de si. "Você está bem?"

"Você já deveria ter ido embora." Ela se pôs de pé e alisou as pregas de sua saia em uma vã tentativa de se recompor.

"Que tal colaborar um pouco comigo?"

"Por que eu deveria?"

"Porque a ideia é que isto seja um pedido de desculpas."

"Desculpas pelo quê?" Ela franziu o cenho.

"Por ser bêbado, rude e descuidado. Por minhas atitudes na lagoa no meio da visão. Por machucá-la. Por me comportar mais como um inimigo do que como um amigo. Não quero nunca que minhas atitudes a façam duvidar de minha lealdade desse modo. Pode me perdoar?"

Aquele talvez fosse o melhor pedido de desculpas que Immanuelle já havia recebido. Com certeza era o mais honesto.

"Perdoado e esquecido", disse ela. Do outro lado dos pastos e atravessando a fumaça ondulante, Immanuelle avistou o Profeta em seu cavalo, esperando por Ezra. Havia gravidade em seu olhar, e mesmo a distância ela soube que ele os observava. "Você precisa ir. Agora."

"Eu sei", disse Ezra, mas não se moveu, apenas ficou ali, encarando o pai. Ela demorou um pouco para interpretar a expressão no rosto dele: pavor. "Ainda acredita que podemos encontrar um modo de acabar com isso?"

A fumaça da pira flutuou pela estrada, tirando o Profeta de vista.

"Temos que acreditar."

O ANO das BRUXAS

25

*Com frequência me pergunto se meu espírito
viverá nela. Às vezes torço para que viva,
pelo menos para que eu não seja esquecida.*

— MIRIAM MOORE —

Naquela noite, Immanuelle sonhou que caminhava por um campo de âmbar. Até onde a vista alcançava, ondas de trigo dourado se agitavam com o hálito do vento. Grilos trinavam canções de verão; o ar estava denso e pegajoso, o céu limpo de nuvens.

A distância, duas figuras se moviam pelo trigo feito peixes na água. A primeira, uma garota de cabelos dourados e sorriso travesso. Immanuelle a reconheceu do retrato no diário: Miriam, sua mãe.

Caminhando ao lado dela, um rapaz alto com a pele escura feito a noite e olhos como os de Immanuelle. Ela sabia, sem realmente saber, quem ele era desde o primeiro relance: Daniel Ward, seu pai.

Juntos, o par vadiava de mãos dadas pelo trigo, sorrindo e gargalhando, arrebatados um pelo outro, seus rostos aquecidos pela luz do sol nascente. Quando se viraram e se beijaram, foi com paixão... e avidez.

Immanuelle tentou segui-los pelas ondas de âmbar, mas eles eram rápidos e, quando correram, ela tropeçou e ficou para trás.

O sol se deslocava lá no alto, como se puxado por um cordão. As sombras caíam pelas planícies, e o casal desapareceu na curva de uma colina. Immanuelle esforçou-se para segui-los, sentindo o cheiro da fumaça no vento quando a noite caiu.

Ela ouviu a precipitação abafada das chamas. Se arrastando até onde se findava o trigo, Immanuelle perscrutou as planícies lá embaixo. Havia uma multidão de cerca de cem pessoas reunidas ao redor de uma pira. Naquela pira, sem camisa e sangrando, estava seu pai. Daniel Ward.

Um grito irrompeu pelas planícies. Immanuelle seguiu o som até Miriam, agachada chorando aos pés da pira. Como seu amante, ela estava presa, algemada pela garganta. Ela se atirava para a pira, arrastando-se de gatinhas, a abraçadeira afundando no pescoço, mas um cruel puxão em sua corrente fez com que se estatelasse, desabando na terra outra vez.

Immanuelle não queria ver aquilo. Não queria se mover, mas se viu descendo a colina, a turba se abrindo para lhe dar passagem. Ela prosseguiu até estar ao lado de Miriam, à sombra da pira.

As multidões se abriram novamente. Um homem passou por ela. Immanuelle demorou para reconhecê-lo: o Profeta Grant Chambers, pai de Ezra. Em seu punho, um galho em chamas maior do que qualquer tocha que ela já tinha visto. Ele o sustentava com ambas as mãos, cortando o campo até o pé da pira em três longos passos.

Miriam unhava a terra, gritando apelos e cuspindo maldições, implorando, chorando e jurando pelo pouco que ainda tinha por que jurar — sua vida, seu sangue, sua palavra ou por fosse lá que deus pudesse ouvi-la.

Mas apesar de todos os apelos e maldições, o Profeta não lhe deu ouvidos. Ele baixou o galho até a pira e, com um fragor, as chamas tomaram a acendalha de assalto.

Daniel não se moveu. Não se encolheu. Não rogou como Miriam havia feito. Quando as chamas mastigaram suas pernas e o devoraram, ele soltou um único grito de terror, então ficou em silêncio. E tão rápido como havia começado, estava terminado.

De carne a ossos a cinzas.

Immanuelle cambaleou, caindo de joelhos na terra ao lado de sua mãe. Ela apertava as mãos contra os ouvidos para bloquear o crepitar das chamas e as lamúrias de Miriam, a vaia da multidão. Cada fôlego trazia o fedor de carne queimada.

A fumaça ondulava acima das chamas, densa demais para se enxergar através dela. Immanuelle se engasgou, cega na escuridão; a luz da pira feneceu até pouco mais que um brilho baço de uma brasa na noite.

Quando a escuridão clareou, Immanuelle se viu sozinha. A pira sumira, assim como a multidão. Não se viam o Profeta e Miriam em lugar algum. As planícies estavam vazias.

Lá no alto, pairava a lua, gorda e cheia.

Immanuelle apertou os olhos. A distância, só conseguia discernir a sombra grosseira da catedral, irrompendo acima das ondas de trigo. Immanuelle partiu na direção dela, cruzando os pastos vazios, viajando para o leste sob o luar.

Quando chegou à catedral, ela hesitou, ficando imóvel à sombra do campanário. As portas se abriram devagar, e, mesmo a distância, captou o odor de algo cru, o fedor de sangue e carnificina.

Ela subiu os degraus de pedra e adentrou uma escuridão tão densa quanto a noite. Seguiu cambaleando até a nave central, as mãos estendidas, se movendo de um banco para o outro.

Uma chama se avivou tremulando por trás do altar. Em seu brilho, Immanuelle conseguia discernir um contorno: Miriam. Ela usava um vestido de corte, todo branco, suas dobras se derramando sobre o intumescimento em sua barriga. Quando Immanuelle se aproximou, viu que ela estava sorrindo — um talho úmido à guisa de riso. Em sua mão direita, segurava um chifre quebrado como uma adaga, a ponta denteada pingando sangue.

Uma grande forma se moveu nos fundos da catedral, feito uma aranha emergindo das beiras de sua teia. Lilith seguiu espreitando até a frente do altar e pairou junto ao ombro de Miriam. Diante de sua chegada, a escuridão se retraiu e a luz das velas se derramou pela catedral. E quando seus olhos se ajustaram e o cômodo entrou em foco, ela deu tudo de si para conter um grito.

O lugar era uma tumba.

Havia uma exorbitância de cadáveres, jogados sobre os bancos e atochados nos corredores adjacentes, empilhados por baixo das janelas de vitrais e nas sombras do altar. Todos deformados e destroçados, membros retorcidos, cabeças enviesadas, mandíbulas quebradas e abertas.

Entre a turba de mortos estavam rostos que reconhecia. Judith repousava no banco ao seu lado, sua garganta cortada sobre o colarinho. A alguns metros dali, Martha tinha o rosto em uma poça de sangue. Ao lado dela, Abram, o pescoço virado no próprio eixo. Aninhada em seus braços quebrados estava Anna, seus lábios manchados da tinta negra do sangue. Aos seus pés, Glory e Honor repousavam imóveis, como se dormissem, mas seus olhos estavam abertos, as bocas escancaradas, como se tivessem sido abatidas no meio de uma oração. Leah estava estirada pelo altar, sua barriga grávida aberta aos talhos feito um cordeiro de evisceração. Lá no alto, rebitado à parede com a espada do próprio David Ford, se encontrava Ezra. Os joelhos de Immanuelle se dobraram. O chão ficou macio sob seus pés. Ela se lançou adiante, tropeçando nas pedras do pavimento.

"O que você fez?"

A luz das velas brincava no rosto de Miriam. Seu sorriso terrível se alargou, como uma ferida sendo rasgada. Ela começou a rir.

"Você sabe o que eu fiz."

Lá no alto, o teto se curvou, as pedras rangendo como se a catedral estivesse desabando sobre si mesma. Immanuelle cambaleou para trás, mas não havia para onde correr.

"Por quê? Por que você faria isso?"

"Porque eles o tiraram de mim", sussurrou Miriam e, ao som de sua voz, a luz das velas morreu, mergulhando o salão na escuridão. "Sangue se paga com sangue."

O ANO das BRUXAS

26

*Um filho é um presente maior
do que qualquer outro.*

— DE AS ESCRITURAS DO PROFETA ENECH —

"Levante-se." Immanuelle acordou ao brilho do lampião e da sombra escura da silhueta de Martha no limiar de sua porta.

Immanuelle ficou alerta, as memórias do massacre voltando a ela em uma torrente — os corpos, o sangue, a carnificina.

"Ezra está aqui, veio do Retiro."

"De novo?", perguntou Immanuelle, a voz rouca pelo sono. "O que ele quer?"

Martha apanhou a capa dela de seu gancho na parede e atirou-a para ela.

"Leah está em trabalho de parto e está sangrando muito."

"Mas ainda faltavam semanas para o parto..."

Martha se virou para encará-la.

"Você sabia?"

Immanuelle remexeu desajeitada os botões de seu vestido.

"Sim, ela me contou há algumas semanas. Eu queria ter contado à senhora, mas ela me fez jurar que manteria segredo e..."

Martha ergueu a mão pedindo silêncio.

"Agora não é hora de se confessar. Precisamos ir ao Retiro. Vou precisar de ajuda no leito de parto, e Leah também precisa de você. Vista-se. O cavaleiro chegou."

• • •

Martha e Immanuelle seguiram às pressas para o Retiro sob a luz das piras de purgação. Ezra seguia à frente delas a cavalo, galopando pelas Clareiras. Quando chegaram ao portão do Retiro, ele já estava esperando pelas duas. Immanuelle saltou da charrete antes que ela parasse e irrompeu na direção dele, em uma carreira pela fumaça ondulante das piras. Ele as conduziu até o saguão e pelo corredor na direção da ala das noivas.

Permita que ela viva, orou Immanuelle ao Pai, às bestas da Mata Sombria, às bruxas, a qualquer um disposto a dar-lhe ouvidos. *Por favor, permita que Leah viva.*

Após uma caminhada que pareceu de léguas, adentraram uma ala que Immanuelle não reconhecia. Ali, os gritos dos doentes do flagelo desvaneciam em silêncio e apenas uma voz soava acima do resto. Um lamento úmido e gorgolejante que se chocava contra a parede e ecoava. As mãos de Immanuelle começaram a tremer.

"Só posso ir até aqui", disse Ezra, olhando para Immanuelle. "Seja forte."

Ela começou a responder, mas Martha a interrompeu:

"Diga a seu pai que estou aqui."

Ezra assentiu e, sem nenhuma outra palavra de despedida, saiu.

Martha seguiu adiante à frente de Immanuelle, murmurando entre dentes uma prece enquanto abria a porta. Adentraram o quarto juntas. Ele era pequeno e resplandecia todo com a luz da lareira. O ar denso cheirava a suor e fumaça da lenha. Nos fundos do quarto, falando em tons ríspidos e urgentes, estavam a mãe de Leah e algumas de suas meias-irmãs mais velhas. Seus olhos estavam injetados e quase todas choravam.

No centro — apinhado de um tropel das esposas do Profeta —, ficava a cama onde Leah se contorcia. Ela não vestia nada além de uma camisola fina, a saia puxada até debaixo dos braços. Entre suas coxas havia uma escura poça de sangue. A barriga estava inchada e marcada de estrias que pareciam ferimentos de faca mal cicatrizados. A criança se virara dentro dela, e cada violenta contração evocava um grito de Leah que parecia rasgar o ar em dois.

Martha empalideceu. Seu olhar se voltou para a mãe de Ezra, Esther, que estava atrás da cabeceira. Ela usava um longo avental manchado de sangue, e seu cabelo estava puxado para trás em um coque caído. Era a primeira vez que Immanuelle a via com uma aparência não tão imaculada.

"Há quanto tempo ela está assim?"

"Dois dias."

Immanuelle encarou-a, atordoada.

"Vocês a deixaram parindo por *dois dias* sem chamar ajuda?"

"Os médicos do Retiro ficaram aqui o tempo todo..."

"Deviam ter ido me buscar antes", retrucou Martha, com rispidez.

"Eu sei, mas só agimos conforme as ordens do Profeta", disse Esther, se apressando a explicar. "Ele pediu que tentássemos... *reter* informações sobre o estado de Leah por um pouco mais de tempo."

Imediatamente, Immanuelle se deu conta do porquê. Ele estava tentando manter o nascimento em segredo. Deixar que Leah parisse em silêncio, nos limites do Retiro, cuidada apenas pelos médicos pessoais do Profeta que haviam feito o juramento sagrado — sob pena do expurgo — de servi-lo e manter seus segredos. Ao reter essa informação, ele poderia expungir os detalhes da ilegitimidade da criança e, mais importante, de seu pecado. No tempo de alguns meses, ele anunciaria o nascimento da criança e ninguém questionaria as circunstâncias envolvendo sua concepção. Tudo seria considerado certo e justo.

Martha deu a volta na mesa de parto e começou o exame. Enquanto ela trabalhava, Esther passava pelo cenho de Leah um trapo úmido. Ela se deteve para sussurrar algo em seu ouvido e, seja lá o que tivesse dito, foi o bastante para fazer a garota sorrir por entre as lágrimas, ao menos por um momento. A mulher voltou-se outra vez para Martha, baixando a voz a um sussurro tão ínfimo que Immanuelle teve que ler seus lábios para entendê-la: "Esperamos além da conta?".

A parteira não respondeu.

"Immanuelle." Os olhos inchados de Leah se abriram e ela esticou a mão. "Por favor, venha aqui."

"Estou aqui", disse Immanuelle, lançando-se adiante para tomar a amiga pela mão. "Estou bem aqui."

"Sinto muito. Sinto muito mesmo pelo que disse na última vez em que a vi. Por favor, me perdoe. Sinto muito mesmo." Leah sorriu, e algumas lágrimas escorreram por suas bochechas.

"Shhh." Immanuelle alisou uma mecha do cabelo dela, afastando--a de seu rosto. "Não tem nada pelo que se desculpar."

"Não tive a intenção. Não quero ficar sozinha. Não..." Uma violenta contração interrompeu suas palavras e ela agarrou a mão de Immanuelle com tanta força que os nós de seus dedos saltaram. "Não quero ficar sozinha."

"Você não está sozinha. Estou aqui agora e não vou a lugar nenhum. Prometo."

"Mas *eu* vou. Posso sentir..." Seja lá o que ela fosse dizer, feneceu em um grito. Era evidente para Immanuelle que ela não estava em sã consciência. Seu rosto estava corado pela febre e, quando seus olhos não estavam revirados, tinham o mesmo frenesi que os de Glory.

"É a febre", sibilou Esther, firmando ambas as mãos nos ombros de Leah para mantê-la segura à cama. "Ela está assim desde que o parto começou. Nenhuma enfermeira ou criada consegue acalmá-la."

Martha enrolou as mangas e lavou as mãos em uma bacia de água junto à janela.

"É assim que age a praga."

"Vai fazer mal ao filho dela?", sussurrou Esther, e Leah soltou mais um longo gemido.

Martha lançou-lhe um olhar tão cortante que poderia ter murchado um carvalho. Esther ficou em silêncio. A parteira foi até o lado de Leah e pressionou a mão contra o inchaço desnudo de sua barriga, seus dedos se deslocando sobre os hematomas e as estrias.

"O que foi?", perguntou Leah, os olhos desvairados. "O que foi?"

"Ela está morrendo." Martha empalideceu.

"Uma menina", disse Leah, revirando os olhos. "É uma menininha."

"Temos que salvá-la." Esther contornou a cama até onde Martha estava. "Ela é filha do Profeta."

Do canto mais distante do quarto, uma mulher idosa avançou, se apoiando em sua bengala. Hagar — a primeira esposa do último profeta — elevou a voz acima dos gritos de Leah: "Cortem ela".

Fez-se total silêncio. Até os gritos de Leah foram engolidos por ele. Algumas noivas apertaram as mãos contra a boca. A mais jovem disparou porta afora. Immanuelle ouviu sua própria voz chocalhar pelo quarto: "O quê?".

O olhar de Hagar foi até Martha.

"Cortem ela. Salvem a criança. É a vontade do Pai."

"Não!", disse Immanuelle, balançando a cabeça. "Não podem fazer isso. Leah vai morrer."

"Minha bebê", balbuciou Leah, fora de si. "Posso ouvir seu coração batendo."

Immanuelle se adiantou, segurando a avó pela manga.

"Martha, por favor..."

"Tragam as amarras", disse a parteira, apertando os laços do avental, "e algo que ela possa morder. Um pedaço de couro, uma lasca de madeira lixada. Vamos precisar também da tintura de papoula, para a dor." Seu olhar se voltou para Immanuelle. "A criança é prioridade. Não há outra saída."

* * *

Os servos levaram Leah para outro quarto, erguendo-a sobre uma larga mesa de carvalho que parecia um altar de madeira. Immanuelle se postou junto aos ombros de Leah, sussurrando histórias em seus ouvidos como havia feito com Honor e Glory.

"Vai ficar tudo bem", disse Immanuelle, colocando uma mecha de cabelo úmida atrás de sua orelha.

Leah nada disse. Ela agora estava distante, perdida para o estupor da tintura de papoula que Martha havia administrado minutos antes. Sua barriga machucada pulsava em uma série de violentas contrações, mas ela estava tão sedada que mal se dava conta da dor.

"Tirem ela", tartamudeou. "Só tirem ela de mim. Ela não consegue respirar. Eu não consigo respirar com ela aí dentro."

Martha entrou, vinda do corredor, as mãos ainda úmidas dos destilados com os quais as tinha lavado. Seus olhos encontraram os de Immanuelle quando se aproximou da mesa. Estava com o bisturi na mão.

"Segure-a, nem que seja a última coisa que faça." Immanuelle assentiu, firmando suas mãos nos ombros de Leah. "Isso vai doer", disse Martha, baixando o olhar para a garota, embora Immanuelle não tivesse certeza de que Leah — drogada e embriagada pela febre do flagelo — fosse capaz de ouvi-la, "e vai doer muito, talvez mais do que qualquer outra dor que já tenha sentido antes. Mas tem que ficar parada e ser forte por sua filha, ou ela vai morrer."

A cabeça de Leah rolou para o lado.

"Tirem ela. Só tirem ela de mim."

Martha baixou o bisturi até o quadril dela, logo abaixo da saliência do bebê. Cortou fundo e firmemente, Leah urrando pelos dentes trincados enquanto ela manipulava a lâmina. Quando ela se empinou e resistiu, Immanuelle jogou seu peso contra os ombros dela, forçando-a contra a mesa. Do lado oposto, Esther prendia as pernas e algumas das outras garotas irromperam adiante, agarrando os braços dela para poder contê-la. Durante todo esse tempo, Martha trabalhava com eficiência estoica — as mãos e os antebraços ensanguentados, as faces cintilando de suor. Immanuelle queria fechar os olhos e tapar os ouvidos, se proteger dos gritos que ressoavam pelo quarto, mas tudo que podia fazer era observar enquanto a parteira abria cada vez mais o talho até que ele se escancarou como um sorriso sangrento.

Leah gritou: *"Tirem ela de mim!"*.

Arreganhando os dentes, Martha arrastou o bebê pela ferida rumo à luz cálida da lareira, o cordão umbilical deslizando atrás dela como uma víbora. Leah desabou na mesa, esgotada, e Immanuelle saiu de detrás dela para ir até Martha, que aninhava a criança, os olhos arregalados e boquiaberta.

"Ela não tem nome", sussurrou Martha, as mãos tremendo tanto ao redor da cabeça da criança que Immanuelle temeu que fosse derrubá-la. "Ela não tem nome."

Com o coração disparado na garganta, Immanuelle espiou pelas dobras do cobertor que a envolvia. A criança era pequena e rosada, seus olhos eram grandes, as íris de um azul brilhante. Ela parecia um bebê normal e saudável, exceto pela pequena fissura que perfurava seu lábio superior. Immanuelle estendeu a mão e o bebê agarrou seu dedo, arrulhando levemente ao erguer o olhar para ela. Leah gemeu, lágrimas frescas rolando por suas faces. A poça escura entre suas pernas aumentava mais e mais.

"Não", sussurrou Immanuelle. "Ela não está morta. Está respirando. Ela está bem."

Martha começou a enfiar a criança nos braços de Hagar, mas ela a recusou, sua bengala atingindo as tábuas do assoalho quando ela recuou contra a parede.

"A criança está amaldiçoada."

"Eu seguro", disse Immanuelle, se adiantando para pegar a bebê. Aninhou a menina sem nome contra seu peito, protegendo-a dos olhares errantes das moças e dos servos do Retiro que se aproximaram para fitá-la.

Do outro lado do quarto, Martha trabalhava fervorosamente à mesa, suas mãos tremendo conforme ela perfurava a agulha pela ferida de Leah, lutando para suturá-la e impedir o sangue de fluir.

"Não deixem ela ver", Esther articulou silenciosamente do outro lado do quarto, dando batidinhas na testa de Leah com uma compressa fria.

Então Immanuelle manteve distância, segurando a criança contra seu peito nas sombras da lareira, tentando em vão serená-la. Foi só quando Hagar, se apoiando na bengala, sussurrou "do pó ao pó" que ela olhou para a mesa novamente e viu Leah esparramada — flácida e sem vida —, seus olhos vidrados fixos no teto.

"Não. Ela não está, ela está...?" Immanuelle agarrou a criança ainda mais.

"Morta." A palavra ressoou pelo quarto quando Martha se afastou da mesa. Ela ergueu os olhos para Immanuelle, e lágrimas desceram por suas bochechas. "Ela está morta."

Immanuelle não se lembrava de quem havia tomado a criança de seus braços. Não se lembrava de cruzar os corredores ou de abandonar o Retiro. Ela só voltou a si quando uma rajada fria do ar noturno atingiu seu rosto feito um tapa.

De repente, estava de joelhos, engasgando e ofegando para respirar, seu corpo todo espasmando como se o flagelo também a assolasse. Lágrimas rolaram e grandes soluços a acometeram, arrebatando o ar de seus pulmões.

Immanuelle não sabia há quanto tempo estava ali agachada — chorando nas sombras —, mas lembrava-se de ver as partes de cima das botas de Ezra quando ele desceu pelas escadas e de sentir o cheiro dele quando passou um braço por seus ombros e a puxou contra seu peito.

Ele abraçou-a enquanto ela chorava, seu rosto enterrado nas dobras da camisa dele, agarrando suas mãos como se a carne e os ossos dele fossem sua única amarra a esse mundo — e talvez, naquele momento, fossem.

"Você vai ficar bem", murmurou ele em seu cabelo, uma vez após a outra, como uma oração. E conforme ele dizia, ela começou a acreditar, começou a acreditar que qualquer que fosse o mal que quisesse destruir a terra, ela sobreviveria. Afinal de contas, a maldição havia sido gerada a partir dela. Immanuelle era a maldição e a maldição era Immanuelle. O pecado e a salvação, a praga e os expurgos, tudo unido em um só corpo por uma barganha de sangue.

Sim, Ezra tinha razão; ela ficaria bem. Ela veria Betel queimar sem sofrer um único arranhão, porque Lilith e sua legião não queriam fazer mal à sua salvadora, à portadora da maldição, à alma das próprias pragas.

Ela fora usada, traída por sua mãe, vendida para as bruxas. E agora — como se sua sina não fosse cruel o suficiente — ela veria, sofrendo calada, tudo que amava e com que se importava ser eviscerado, massacrado e feito em pedaços. Então, quando as pragas enfim terminassem, restaria ela, uma sobrevivente solitária em meio aos ossos e às cinzas.

O ANO das BRUXAS

27

Estou com você até o fim.
— DANIEL WARD —

Leah queimou quatro dias depois. Sendo esposa do Profeta, teve uma pequena cerimônia e uma pira só para si. Reunido em torno das chamas havia um ajuntamento de enlutados, composto em sua maioria pelos parentes de Leah, que tinham vindo do vilarejo para a ocasião, e por algumas das esposas que tinham ousado se aventurar a sair do Retiro do Profeta. A mãe de Ezra, Esther, estava entre elas. A maioria dos enlutados se postou bem distante das chamas com panos úmidos apertados contra a boca, com medo de contrair o flagelo através das cinzas.

"São sempre os mais gentis que guardam segredos", disse Martha, semicerrando os olhos contra a luz do fogo. "São sempre os mais gentis que melhor escondem seus pecados."

As toras da pira se deslocaram, e um borrifo de borralho rompeu o ar denso de fumaça.

"Leah não pecou", retrucou Immanuelle. "Nós tiramos dela o que queríamos, arrancamos de sua barriga, e então a vimos morrer."

Ela esperou pela réplica de Martha — uma repreensão, um tapa —, mas silêncio foi tudo que ela se dignou a oferecer. E o silêncio era pior.

Immanuelle encarou a pira outra vez. Atravessando o brilho sangrento das chamas, seus olhos se fixaram nos do Profeta. Ele estava entre seus apóstolos, vendo sua noiva queimar. Os olhos dele, como os de Martha, estavam mortos.

Algo se assentou profundamente em Immanuelle. Levou um tempo até reconhecer o sentimento. Não eram as chamas da raiva atiçada, ou os espasmos frios do luto. Não, era algo lúgubre e silencioso... algo sinistro.

Ira.

Afinal, ele quem pusera Leah naquela pira. Se não a tivesse cobiçado quando ela era tão jovem — só uma menina prestando sua penitência no Retiro —, se não tivesse cedido à sua própria depravação doentia, ela nunca teria engravidado antes de seu corte. Nem teria sido forçada a guardar um segredo tão terrível. Se o Profeta não estivesse tentando encobrir seu próprio pecado, teriam buscado a ajuda de Martha mais cedo, e se tivessem feito isso, então talvez, quem sabe, Leah ainda estaria viva. Em vez disso, eles a deixaram sangrar, a deixaram sofrer por causa dos pecados do marido. Mas a culpa não era só dele.

Não.

Esta era a grande vergonha de Betel: complacência e cumplicidade responsáveis pelas mortes de gerações de garotas. Era a doença que dava primazia ao orgulho dos homens em vez dos inocentes que haviam jurado proteger. Era a estrutura que explorava os mais fracos em benefício daqueles nascidos para o poder.

Immanuelle quis gritar. Quis cair de joelhos e entalhar a terra com sigilos, maldições e promessas de pragas. Quis despedaçar a catedral, tijolo por tijolo. Queimar as capelas e o Retiro, as grandes mansões dos apóstolos, incendiar os pastos e as fazendas. Sua fúria era tamanha que sentiu que nunca seria saciada a menos que Betel fosse posta de joelhos. E isso a assustou.

Immanuelle se pôs a andar, adotando o passo dos outros enlutados que rodeavam os arredores do fogo. Ezra não ofereceu suas condolências quando passou a acompanhá-la. Ele não disse nada, e, por algum tempo, caminharam em silêncio, ombro a ombro, parando de tempos em tempos para observar as chamas. Immanuelle estava ciente dos olhares que os seguiam. Martha os rastreava do outro lado da pira. A alguns passos dela, o Profeta e sua ninhada de apóstolos observavam.

Que falem, pensou Immanuelle. Não faria diferença, e ela sabia que o fim estava próximo. Suas tentativas de quebrar a maldição haviam falhado. Suas orações para o Pai tinham ficado sem resposta. Agora não tinham nada; não havia ninguém para salvá-los e nenhuma forma de manter longe as pragas vindouras. Logo as trevas estariam sobre eles e, após as trevas, o massacre. E às vezes ela pensava, à luz de tudo — das mentiras, dos segredos, das mortes, do pecado —, que o massacre era exatamente o que eles mereciam.

Mas isso era apenas sua raiva falando. Era só o luto.

Betel não merecia isso, não mais do que ela merecia ser a condutora dessas pragas. Ainda havia inocentes vivendo dentro de suas fronteiras — Glory, Honor, o povo das Cercanias, homens e mulheres que não tiveram escolha em sua fé. Era por eles que Immanuelle tinha que achar uma resposta para aquelas pragas, um modo de detê-las. E ela havia passado os dias depois da morte de Leah procurando apenas por isso, sabendo que, se falhasse, Betel pagaria um preço alto demais.

O que ela precisava era de alguém a quem recorrer, uma autoridade nas artes sombrias e nos costumes das bruxas. Alguém que conhecesse a Mata Sombria e o segredo para controlar seu poder. Uma pessoa que soubesse o que Miriam havia feito e tivesse alguma pista de como quebrar a maldição que ela lançara todos aqueles anos atrás. Ela precisava de uma bruxa ou, no mínimo, de um informante que tivesse trilhado um caminho similar. Para Immanuelle, só havia restado uma pessoa a quem recorrer: sua avó Vera Ward.

Ela era o verdadeiro elo entre Miriam e os poderes da escuridão. Os mesmos sigilos garatujados nas páginas do diários de sua mãe e nas paredes da cabana na mata estavam entalhados nas pedras fundamentais da casa de Vera. Estava claro para Immanuelle, dada a trilha no limiar das terras dos Ward, que fora Vera quem tinha levado Miriam até a cabana em busca de santuário. Vera quem a visitara durante o inverno. E talvez Vera quem apresentara a Miriam o poder das pragas. Afinal, onde mais a filha caprichosa de um apóstolo teria topado com tamanho mal? Como teria descoberto os costumes das bruxas senão através de Vera, ela mesma uma bruxa conhecida?

Era por isso que Immanuelle precisava encontrar sua avó, para descobrir se ela sabia como deter as pragas de cuja criação havia sido cúmplice. Porque se alguém sabia o que Miriam havia feito na mata todos aqueles anos antes, ou como impedi-lo, Immanuelle sabia que devia ser ela.

Mas para encontrar Vera antes que a praga seguinte se abatesse, precisaria deixar Betel e fazê-lo logo. Uma pequena parte dela se perguntava se partir não seria o melhor a fazer. Se fosse embora, talvez os horrores das pragas fossem com ela e tudo voltasse ao modo como deveria ser. Betel estaria salva.

Mas algo dizia a ela que Lilith, em todo o seu poder e em seus anos de sabedoria, não seria frustrada tão facilmente. As pragas tinham a intenção de destruir Betel, e um passeio para além do Portão Sacrossanto não seria o bastante para detê-las. Ela teria que encontrar outro modo.

Do outro lado da pira, o Profeta separou-se do tropel de seus apóstolos e começou a caminhar sozinho, atravessando com dificuldade a multidão. Mas seu olhar não estava nas chamas.

Estava em Immanuelle.

No dia de sua confissão, o Profeta a havia alertado de que o Pai estava sempre vigiando, mas parecia que Ele não era o único. Sempre que ela estava por perto, o olhar do Profeta a encontrava. Na catedral, ele a seguia pelos bancos. Durante os sermões no Sabá, ela com frequência se sentia como se ele estivesse pregando apenas para ela. Mesmo quando estava na privacidade de seu quarto, quando a noite estava escura e a casa em silêncio, sua presença parecia assombrá-la.

Immanuelle caminhou um pouco mais rapidamente, baixando sua voz a um sussurro: "Como está o bebê de Leah? Não tive notícias desde a noite em que ela nasceu".

"Está viva", murmurou Ezra, como se fosse tudo que ele pudesse dizer.

"Está em perigo?", perguntou Immanuelle, recordando aquela noite miserável quando Martha anunciou que a criança não tinha nome. Que era amaldiçoada. "Vão fazer mal a ela?"

Ezra demorou para responder. Quando falou, sua voz saiu tão baixa que ela mal o ouviu sobre o crepitar das chamas: "Não. Eu não vou deixar. Ela está segura".

"Ótimo."

"Deveria ir até o Retiro para visitá-la. Em alguns dias, assim que a multidão de enlutados for embora. Leah iria querer isso."

Immanuelle balançou a cabeça.

"Infelizmente não vou poder."

Ele estacou.

"Por quê?"

"Porque estou partindo, Ezra... e preciso de sua ajuda."

"Não estou entendendo."

Immanuelle rastelou a mão por seus cachos e encarou o Profeta e seus apóstolos por entre as chamas. Se a verdade fosse revelada — se soubessem o que ela era —, eles a mandariam para a pira assim como aquela que estava queimando diante de si. E mesmo assim ela se viu desejando confessar, quase desesperada. Seus segredos pareciam devorá-la e, naquele momento, mais do que qualquer outra coisa, ela queria se ver livre deles — nem que fosse para se sentir um pouco menos sozinha.

Quando ela enfim falou, foi em um sussurro tênue engasgado pelas lágrimas, tão sufocado e alheio que, em um primeiro momento, ela confundiu sua voz com a de outra pessoa:

"Eu causei as maldições. As pragas são culpa minha."

"Do que você está falando?", perguntou Ezra bruscamente.

"Acho que você não vai querer saber e, mesmo que queira, não sei se vou conseguir fazê-lo entender."

"Tente."

Ela enfim recobrou a voz: "Semanas atrás, eu disse a você que havia despertado as maldições. Na época, eu achava que isso era verdade, mas estava enganada. Eu não despertei as maldições. Eu *sou* a maldição".

"Como assim?"

"Minha mãe fez algo inominável na Mata Sombria, anos atrás. Ela fez um acordo com as bruxas, me vinculou à magia delas. Ela me tornou a condutora das pragas. É por isso que preciso ir."

"Você está... *partindo*?", inquiriu ele, e Immanuelle achou quase enternecedor vê-lo mais abalado com as notícias de sua partida do que por sua confissão sobre as pragas.

Ela assentiu.

"A mulher em meu registro do censo, Vera Ward, aquela com a marca da bruxa, mora em um vilarejo chamado Ishmel, ao norte do portão. Acho que foi ela quem escondeu minha mãe durante os meses que passou no mato."

"Como você sabe disso?"

"Há alguns dias, fui até as Cercanias. Enquanto estava lá, descobri uma trilha no limite da propriedade dela, a apenas alguns metros de sua casa. Ela me levou até uma cabana na Mata, a mesma da qual minha mãe falava em seu diário."

Ezra refletiu sobre isso por um instante, encarando seus sapatos.

"E você tem certeza de que essa mulher, sua avó, tem uma conexão com as pragas?"

Immanuelle assentiu.

"Você viu a marca junto do nome dela no censo. E sei que ela praticava as artes sombrias. As pessoas nas Cercanias dizem que era uma bruxa propriamente dita, mas fugiu de Betel antes que seu pai tivesse a chance de queimá-la. Acho que foi ela quem ensinou minha mãe os costumes das bruxas. Então, se eu puder encontrá-la..."

"Pode encontrar um modo de deter as pragas que sua mãe lançou. As pragas que vinculou a você."

"Exatamente."

Ezra ficou em silêncio por um momento, revirando essas ideias em sua cabeça.

"Os mandados passam pelos oficiais da guarda do portão. Eu teria que levar o pedido a eles com dias de antecedência. Se eu fizer o mandado chegar às mãos certas, há uma chance de eu poder ocultar isso de meu pai."

"E depois que o mandado estiver nas mãos deles?"

"Aí os oficiais da guarda têm a obrigação legal de abrir o portão para você. O único modo de isso ser impedido é se meu pai assinar um mandado que anule o meu. Mas ele não pode fazer isso se não souber que o mandado existe."

"Então está dizendo que pode me ajudar? Pode me colocar do outro lado do portão?"

"Estou dizendo que posso colocá-la *fora* de Betel. Mas voltar..."

"Eu sei", disse Immanuelle, assentindo. As leis de Betel eram implacáveis. Aqueles que desafiavam o Protocolo Sagrado ao partir ilegalmente eram considerados forasteiros hostis. Se o mandado de Ezra fosse revogado, ou pior ainda, anulado após a partida dela, nunca teria permissão para voltar. "Eu entendo as repercussões de minha escolha. Assim que eu deixar Betel, o que acontecer comigo não é responsabilidade sua. Tudo que peço é que faça com que eu passe pelo Portão Sacrossanto."

"Por que você é quem precisa ir? Não é como se tivesse pedido para que isso acontecesse com você."

"As pragas nasceram através de mim e por causa disso são um fardo que apenas eu devo carregar, ninguém mais. Você não escolheu ser Profeta, mas tem a Visão mesmo assim."

"Mas isso é diferente."

"Não é, não. As pragas estão em mim como a Visão está em você. É o meu pecado e eu devo expiá-lo. Consertar isso é minha responsabilidade."

"Então fique. Podemos consertar as coisas juntos. Nós dois unidos podemos achar um jeito."

Immanuelle balançou a cabeça, olhando as chamas se alastrarem pelos ossos de Leah.

"O melhor que posso fazer por Betel é ir embora."

"E se for um esforço inútil?", perguntou Ezra, colocando em palavras a pergunta que ela vinha tendo medo demais para fazer. "E se não achar sua avó? Ou então, e se achar e ela não tiver modo algum de deter as pragas? E aí? Vai estar sozinha lá fora."

"Eu já estou sozinha."

A dor nos olhos de Ezra era inconfundível.

"Isso não é verdade."

"Preste atenção", disse Immanuelle, baixando a voz. "Você logo será o Profeta e, como Profeta, não pode continuar desafiando o Protocolo para me proteger."

"Por que não?"

"As Escrituras Sagradas não vão permitir. Você não entende? Pelas leis da Igreja, eu deveria estar queimando neste momento."

"Danem-se as Escrituras. Vou fazer o que eu quiser."

"Esse foi o caminho que seu pai seguiu e olhe o resultado." Immanuelle lançou a mão na direção da pira, para o corpo incandescente de Leah. "Não pode se permitir reger com impunidade do modo como ele fez."

"Ele não é a questão", esbravejou Ezra, agora realmente com raiva. "Você mesma disse, semanas atrás, ele está morrendo. Muito em breve, os ossos dele estarão trancados em uma cripta como o de todos os profetas que vieram antes. Então que diferença faz? O rebanho, os apóstolos, o Profeta e sua Guarda. Que as pragas venham e dividam todos e então, quando tiver acabado, quando estiverem queimando em suas próprias piras ou apodrecendo pelo chão, você vai ficar segura."

"Não pode prometer minha segurança. Não há como nós dois nos redimirmos ignorando a realidade. Betel não vai mudar, Ezra. As piras continuarão a queimar, não importa o que façamos; eu agora sei disso. Mais garotas morrerão. Mais apóstolos ascenderão. Mais julgamentos serão realizados..."

Ezra balançou a cabeça.

"Um profeta não pode ser levado a julgamento."

"Mas eu não sou profeta."

"Você será se tiver o meu nome."

Ela demorou para compreender a afirmação. Ele havia jogado a oferta aos seus pés tão casualmente, como se a estivesse convidando para uma caminhada vespertina.

"O que está tentando dizer?"

"Você poderia ser a Primeira Noiva, com todas as concessões que acompanham o título. Você poderia assumir a filha de Leah, criá-la no Retiro do modo que desejasse. Você estaria segura."

Qualquer outra garota de Betel teria chorado de alegria com a oferta, teria agarrado a oportunidade de estar ao lado de Ezra como sua esposa e parceira de vida. Era um sonho. Ou pelo menos deveria ter sido. Mas tudo em que Immanuelle conseguia pensar era em sua mãe. Aquela vida — uma vida ligada à do Profeta, à Igreja e ao Retiro — fora o que a havia forçado a fugir para a Mata Sombria, em primeiro lugar.

"Então você faria com que eu fosse cortada?", perguntou Immanuelle, mal respirando. "Faria eu me deitar no altar da catedral feito um cordeiro para ser estripado? Você espera que eu me sente na prisão que é aquela fortaleza, submissa, pacata e calada? Para fazer o quê? Orar? Prantear? Ter pena de mim mesma para passar o tempo, enquanto as pragas assolam e devastam tudo em seu caminho?"

"Poderíamos construir outra casa", disse Ezra. "Algum lugar seguro, longe da Mata Sombria. Nós teríamos condições."

"Teremos sorte se tivermos cinzas e borralho ao final dessas pragas. Ou você se esqueceu do que já viu? Do sangue? Do flagelo? Cada maldição é pior do que a anterior. Isso não é hora para alimentar devaneios."

"E esse devaneio é uma sina assim tão terrível? Estou lhe dizendo que posso protegê-la, aqui em Betel, se me permitir. Eu juro, pela minha vida."

Immanuelle refletiu por um momento, imaginou o futuro que teria se escolhesse ficar ao lado de Ezra. A vida dela seria de refinamento — repleta de boa comida, vestidos elegantes e o tipo de deleites requintados com os quais sonhava quando menina. Ela seria a esposa de um profeta, sua *primeira* esposa. Nunca seria ridicularizada ou desdenhada. Nunca precisaria ficar sozinha.

Mas quanto mais remoía a ideia, mais se dava conta de sua insensatez. Se ela ficasse, não haveria nem bondade nem misericórdia, nenhuma Betel. As pragas destruiriam tudo.

"Não quero sua proteção", disse Immanuelle, pegando-o pela mão. Foi então que ela se deu conta de que suas cicatrizes combinavam — a dele em sua mão direita, e a dela, na esquerda —, ambas atravessando suas linhas da vida. "Quero que você me ajude a consertar isso antes que as pragas destruam tudo. Ainda há tempo se puder apenas me fazer passar pelo portão." Ezra baixou o olhar para sua mão na dela. Ele entrelaçou os dedos com os dela. "Por favor, Ezra, enquanto ainda há tempo. Forje um mandado para mim com seu selo. Coloque-me do outro lado do Portão Sacrossanto. O destino de Betel depende disso."

Ela esperou que ele se recusasse, preparou-se para o golpe. Mas então, assentindo sombriamente: "Por você, e somente por você, vou fazer isso".

O ANO *das* BRUXAS

28

Carrego uma criança. Sei que vão tirá-la de mim, como fizeram com ele. Mas não vou deixar que tirem. Eu morreria antes.

— MIRIAM MOORE —

Immanuelle sentou-se à beira da cama de Honor, contemplando pela janela a extensão negra da Mata Sombria. Três dias se passaram desde que o corpo de Leah tinha queimado na pira da purgação. Três dias desde que Ezra concordara em garantir o mandado de que precisava para atravessar o Portão Sacrossanto.

Nesse meio-tempo, Immanuelle tinha reunido as provisões de que precisaria para sua jornada e se preparado para se despedir. Tinha decidido ir e estava pronta. Ela não sabia o que guardava a selva ou o que encararia por trás da muralha, mas sabia que encontraria um lugar para si naquele mundo, mesmo que tivesse que lutar por ele.

Immanuelle correu os dedos pelos cabelos de Honor, e seus olhos machucados se abriram. Ela havia acordado apenas alguns dias antes, pela primeira vez desde que a doença a assolara, embora não tivesse dito mais que duas palavras desde então.

Embora Glory agora mancasse pelos corredores e se unisse à família para a ceia quando se sentia um pouco melhor, Honor ainda estava confinada à cama. Às vezes, ela tremia; outras vezes, chorava abertamente, como se a doença tivesse levado algo seu e ela estivesse em luto por isso.

Naquela noite, Immanuelle jantou com os Moore uma última vez. Ela notou cada detalhe, querendo se recordar de tudo. O modo como Abram tragava seu cachimbo entre as mordidas. As covinhas nas faces de Anna quando ela sorria para Glory. O cinza que se entremeava aos cabelos de Martha, claro como prata fiada.

Após a refeição ser concluída e os pratos serem lavados, Immanuelle se recolheu em seu quarto, onde guardou o resto dos itens de que precisaria em sua jornada. Acolchoou o fundo da mochila com cobertores, grata pelo calor do verão que os pouparia por algum tempo. Também pôs na mala um saco de cobres e comida — frutas e carne-seca, pálidos quadrados de biscoito de água e sal. Assim que Immanuelle terminou, jogou o manto sobre os ombros e se esgueirou escada abaixo, indo pé ante pé até a cozinha.

"Ainda está acordada?"

Immanuelle estacou ao som da voz de Martha. Sua avó estava na frente da janela, as mãos enterradas nos bolsos da saia, a cabeça inclinada sobre o ombro, o rosto banhado pela lua. Ela se virou para encarar Immanuelle, assimilando seu manto e suas botas, a mochila pendurada sobre o ombro. Ela apontou com a cabeça na direção do relógio sobre a pia.

"Já é quase a hora das bruxas", disse Martha, e um sorriso amargo tocou seus lábios. "Talvez o Profeta devesse ter nomeado assim este ano deplorável. É mais adequado, você não acha? O Ano das Bruxas."

As mãos de Immanuelle se apertaram ao redor da alça da mochila.

"Estou partindo. Antes de a próxima praga chegar."

A avó de Immanuelle parecia mais cansada do que com raiva. Seu olhar se voltou para a janela novamente.

"Volte para a cama, Immanuelle."

"Não."

Martha se virou de volta para encará-la. Immanuelle se preparou para uma reprimenda ou mesmo um tapa no rosto, mas ela apenas perguntou: "O que tem na bolsa?".

Immanuelle inclinou o queixo, tentando parecer firme quando tudo que ela sentia era receio.

"Provisões para a estrada."

Sua avó chegou-se para mais perto, os pés descalços se arrastando pelas tábuas do assoalho quando se aproximou.

"Quero ver."

"Não." Immanuelle deu um passo para trás.

Martha não pediu novamente. Lançou-se adiante, puxando a bolsa do ombro de Immanuelle. Por um momento, elas se altercaram, cada uma agarrada a uma das alças, mas Martha venceu, arrancando a mochila de Immanuelle com tanta força que ela se precipitou para a frente e caiu nos armários.

Ela remexeu o conteúdo em silêncio por alguns instantes, seu cenho cinzento contraído em uma carranca. Ela retirou o livro de poesias primeiro, olhou a primeira página — avistando o selo sagrado no canto —, depois fechou-o com um estalido. Então retirou o diário de Miriam, e Immanuelle viu o reconhecimento tremular em seus olhos como uma vela que se acende. Enquanto Martha lia as palavras da filha — estudava seus desenhos —, seus olhos se estreitaram, então se encheram de lágrimas.

"Onde foi que encontrou este livro? Responda. Agora."

"Os livros foram presentes", disse Immanuelle, escolhendo cada palavra com cuidado. "Os dois pertencem a mim e eu gostaria que os devolvesse, por gentileza."

"Gentileza? Você me pede gentileza quando guarda segredos como esses?", inquiriu Martha, balançando o diário de Miriam com tanta violência que algumas das páginas se soltaram da encadernação e voejaram até o chão. "Isto é traição sagrada. Homens morreram por muito menos."

Immanuelle não negou. Não faria diferença. Ela estendeu a mão.

"Minha bolsa, por favor."

Martha se virou, enfiou o diário de volta na mochila e atirou-a contra a porta com tanta força que era de se admirar que os outros Moore não tivessem acordado com o barulho. Moedas e migalhas se espalharam pelo chão. Alguns papéis voaram. Quando Martha falou outra vez, foi em um sussurro duro:

"Eu a arranquei do útero da minha filha. Eu invoquei seu nome dos céus e o cravei em você. Eu a teria amamentado em meu próprio seio, se pudesse. E é assim que retribui? Com mentiras e falsidade? Com bruxaria e deslealdade? Abandonando sua família na calada da noite, se esgueirando para fora de casa feito uma ladra, sem nem mesmo dizer adeus? Eu não a criei para repetir os pecados de sua mãe ou para morrer na pira como seu pai."

As palavras atingiram Immanuelle feito um tapa, mas ela nada disse, nada fez, exceto se inclinar para recolher as moedas e os papéis espalhados. Após reunir os últimos pertences, se pôs de pé e encarou Martha.

"Eu sei que não sou a neta que a senhora queria ou a moça que me criou para ser. Se eu fosse listar meus pecados, ficaríamos acordadas metade da noite e sinto muito por isso. Se eu pudesse ter sido melhor para a senhora, teria sido. Mas acredite em mim quando digo que não posso ser o que deseja. Estou partindo agora para manter as pessoas seguras."

"Não há segurança no pecado, Immanuelle. Só desespero."

"Eu sei." Uma lágrima escorreu pelo rosto de Immanuelle, depois outra. Ela não se deu ao trabalho de enxugá-las.

"Sua mãe certo dia disse coisas parecidas. No dia em que a encontrei nos braços daquele lavrador miserável na mata, ela disse que sabia, que entendia. Mas não. Veja o que se deu com ela, por causa de seus pecados e seu egoísmo."

"Eu não sou minha mãe. Eu nunca fui minha mãe."

"Não, mas é filha dela. É mais parecida com ela do que com qualquer outra pessoa, apesar de todas as minhas orações e esforços, de tudo que fiz para evitar que você partilhasse esse mesmo destino. Agora eu consigo ver. Fui tola em pensar que poderia ser de qualquer outro modo."

Immanuelle deu um passo na direção dela.

"Martha..."

"Não." A mulher ergueu a mão, se encolhendo para longe como se temesse que Immanuelle fosse atacá-la. "Você fez sua escolha. Mas saiba que, se for esta noite, não há volta. No instante em que passar daquela porta para a escuridão, está feito. Não terá como retornar para casa."

Immanuelle enxugou o nariz na manga, tentando se recompor. Ela mal conseguia ver Martha através das lágrimas.

"Não quis desapontá-la." Sua voz feneceu nas palavras. "Eu queria mais do que tudo deixá-la orgulhosa, mas agora sei que eu não é isso o que estou destinada a fazer e sinto muito. Sinto muito mesmo."

Martha nada disse, mas quando Immanuelle se virou na direção da porta, um soluço irrompeu dos lábios da mulher e ela apertou a mão contra a boca na vã tentativa de abafá-lo.

Naquele momento — vendo Martha chorar —, Immanuelle quase sucumbiu. Ela quis largar a mochila bem ali, se arrepender de seus pecados, estripar um carneiro no Sabá seguinte para se expiar. Talvez fosse o suficiente. Talvez as pragas passassem e ela pudesse recomeçar, voltar à vida que levava antes.

Talvez não fosse tarde demais.

Mas então pensou em sua visão — o massacre na igreja, cadáveres espalhados pelos corredores e jogados pelos bancos, seus entes queridos entre os mortos. Se ela ficasse, abriria mão de suas vidas e das vidas de incontáveis outros.

Não podia fazer isso, não por causa de um sonho que havia morrido no dia em que Miriam entalhara o nome dela nas paredes daquela cabana.

E assim, sem dizer mais nada, Immanuelle deu as costas a Martha — a tudo que ela um dia havia conhecido —, abriu a porta e desapareceu pela noite.

☾ -- O ANO das BRUXAS -- ☾

29

Com as trevas, vem o pecado.

— DE OS ESCRITOS DO PROFETA ENECH —

Immanuelle sumiu pelas planícies, correndo pela noite, se orientando no caminho através Clareiras pela luz das piras de purgação. Ela e Ezra haviam combinado de se encontrar no portão do Retiro, na metade do caminho para a vila propriamente dita, na estrada principal. Ela apertou a mão contra o flanco enquanto corria, arfando a cada fôlego, os pulmões queimando pela fumaça da pira. Mas seguiu adiante, a disparada superando a dor, superando o negrume que parecia se adensar a cada passo.

Era só uma questão de tempo antes que as novas de seu desaparecimento se espalhassem por Betel. Ela seria caçada e, se capturada, arrastada de volta para o Retiro a fim de atravessar a contrição, na qual seria obrigada a pagar por seus crimes contra a Igreja.

Ela não deixaria isso acontecer.

Immanuelle levou menos de uma hora para alcançar o portão do Retiro. Ezra estava esperando por ela ao lado de sua carroça, arnesada a um corcel escuro e carregada de suprimentos.

"Eu só precisava do mandado", disse Immanuelle, atordoada por sua generosidade. "Não precisava ter providenciado tudo isso."

"É claro que precisava. Fazer você atravessar o portão não vai significar muita coisa se não tiver os suprimentos que precisa para sobreviver na selva além dele. Vamos, temos que ir antes da ronda da Guarda do Profeta. No momento, ambos temos mandados para atravessar o portão, mas se meu pai descobrir nossos planos para escapar e revogá-los, estaremos encrencados."

Immanuelle se deteve, notando pela primeira vez que Ezra levava uma bolsa como a dela às suas costas.

"Espere aí, *nós?*"

Ele assentiu.

"Forjei mandados para nós dois. A selva é perigosa para você atravessar sozinha." Ele deu tapinhas no dorso do cavalo, que deu um relincho brusco. "Vou levá-la o mais longe possível."

"Mas você vai ser o Profeta. Este é o seu lar, o seu rebanho..."

"E é por isso que preciso garantir que você chegue até sua avó. Como herdeiro do Profeta, tenho tanta responsabilidade de acabar com isso quanto você. De agora em diante, o que fizermos, faremos juntos."

"Você já fez muito. Não precisa deixar tudo para trás."

Ezra retesou o queixo.

"Semanas atrás, prometi ajudá-la a proteger aqueles que não podiam proteger a si mesmos. Então vou com você para encontrar um modo de dar fim a essas pragas. Goste ou não."

E assim, os dois partiram pela longa estrada até a vila. Ezra instou seu cavalo adiante, e Immanuelle notou que suas mãos estavam tão apertadas ao redor das rédeas que os nós dos dedos estavam brancos feito osso. Immanuelle sentou-se junto a ele, usando um manto de lã escura que Ezra havia lhe emprestado, o capuz por cima de seu cenho para esconder o rosto daqueles por quem passavam pela noite.

Eles estavam na metade do caminho para a vila quando o sino da catedral soou.

Immanuelle se virou no banco, se esforçando para enxergar em meio à escuridão.

"Você ouviu isso?"

Ezra assentiu, estendendo a mão até a traseira da carroça para retirar algo.

"Acha que foi por nossa causa?", perguntou Immanuelle. "Acha que estão procurando por nós?"

"Se estiverem", disse Ezra, se virando para encarar a estrada outra vez, agora com a espingarda na mão, "vão se arrepender."

O som do sino ficou mais alto, o dobrar ressoando no compasso do coração disparado de Immanuelle.

"Ezra. Não pode estar falando sério. Não podemos..."

Ezra estalou as rédeas, incitando o cavalo a pleno galope. Ele gritou acima do estrondo dos cascos palpitantes:

"Eu prometi que a levaria para o outro lado do portão e pretendo manter essa promessa."

A mata borrava ao lado deles, as sombras se espalhando enquanto o cavalo ganhava velocidade. Ezra espiou por sobre o ombro e praguejou. "Maldição."

Immanuelle se virou, seguindo a direção do olhar dele até duas luzes distantes que se balançavam no negrume logo atrás.

Cavaleiros. A Guarda do Profeta.

A verdade a atingiu: *Martha*.

Ela vira Immanuelle partir e havia um posto da Guarda nas Cercanias a apenas dez minutos descendo a estrada a cavalo. Ela devia ter ido até eles, devia ter convocado a Guarda do Profeta para arrastá-la de volta. Martha a havia traído, e agora que a Igreja sabia o que Immanuelle tinha feito, a Guarda a caçaria até os confins da terra para puni-la. Não haveria misericórdia.

"Espero que tenha feito suas orações", disse Ezra, gritando acima do vento. "Porque nós dois teremos pecados a expiar quando a noite chegar ao fim. Tome." Ele passou as rédeas para as mãos dela, e Immanuelle teve que firmar os pés contra o fundo da carroça só para evitar ser arrancada do banco. Ezra subiu nos fundos da carroça, a espingarda nas mãos. "Segure firme, mas mantenha o cavalo correndo. Não o deixe desacelerar."

"O que está fazendo?", perguntou Immanuelle. As rédeas esfolavam tanto suas palmas que ela temia que fossem começar a sangrar. Na escuridão, as luzes ardiam mais claras, maiores, e Immanuelle conseguia discernir a forma de um cavaleiro solitário arrancando atrás deles. Ezra ergueu a espingarda, fechando um dos olhos bem apertado ao fazer mira. Ele encaixou o dedo no gatilho.

"Ganhando tempo."

O que aconteceu em seguida passou em vislumbres. Um cavaleiro emergiu da escuridão, encapuzado, sua adaga sagrada batendo contra o peito enquanto o cavalo disparava adiante. Ouviu-se um grito.

Uma bala passou zunindo pela cabeça de Immanuelle.

Ezra puxou o gatilho.

O soldado da guarda atrás deles caiu do cavalo e atingiu a estrada, imóvel, a lanterna despedaçada queimando na poeira ao lado dele. Outra luz na escuridão ao sul, outro cavaleiro se aproximando. Balas irromperam pelo negrume e Immanuelle se agachou, estalando as rédeas e instando o cavalo a avançar mais rápido.

Ezra disparou alguns tiros de aviso na escuridão, forçando os cavaleiros a recuar, apenas para os próximos emergirem das sombras, espingardas erguidas, berrando ordens e maldições na noite.

Immanuelle instou o cavalo adiante, mas os cavaleiros eram rápidos demais, e, quando mais luzes apareceram no oeste, ela soube que fugir era inútil.

Era o fim.

"Não vamos conseguir!", gritou ela acima do estrondo do vento, as rédeas carcomendo fundo suas palmas. "São muitos!"

Ezra baixou a espingarda, passando por cima da traseira da carroça até o banco. Ele apanhou as rédeas das mãos dela e puxou-as com força. O cavalo empinou, e Ezra pulou para o chão antes que a carroça parasse de se mover.

"O que está fazendo?", indagou Immanuelle.

"Tirando você de Betel." Ele pôs as rédeas nas mãos dela outra vez. "Os soldados da guarda postados no portão vão garantir que ele seja aberto para você. Terá que atravessar rápido, antes que as ordens da

Guarda do Profeta o fechem novamente. Mas, assim que sair, estará segura, pelo menos até meu pai dar autorização à Guarda para persegui-la na mata."

"Ezra..."

"Cavalgue com tudo e não olhe para trás por nada. Entendeu? Há provisões na carroça, moedas e bens para fazer trocas. Se conseguir atravessar a selva até as cidades no outro lado, deve ter o bastante para se sustentar durante o inverno, se for necessário."

Immanuelle conteve as lágrimas.

"Ezra. Eles vão prendê-lo por traição, por ter atirado na Guarda do Profeta. Não pode ficar aqui. Não pode fazer isso."

"Você não vai chegar ao portão de outra forma", disse Ezra, sua voz rouca. "Os cavaleiros são rápidos demais. Posso ganhar um pouco de tempo para você."

"Mas e quanto ao mandado?"

"Já está com os soldados da guarda. Tratei disso há dias. Estão à sua espera, então, quando se aproximar do portão, vão abri-lo para você. Mas você tem que ir. Agora." O estrondo dos cascos dos cavalos se intensificou, afogando o dobrar dos sinos da igreja. A distância, Immanuelle viu o clarão brilhante de uma tocha erguida ao se acender faiscando. "Vá", disse Ezra, e se virou para encarar os cavaleiros, a espingarda erguida. Quando Immanuelle não se moveu, ele berrou: "Agora!".

Immanuelle sacudiu as rédeas. O cavalo disparou em uma arrancada e eles foram embora outra vez, atravessando rapidamente a escuridão, deixando Ezra para trás.

Immanuelle ouviu um tiro, mas não tinha certeza de quem o tinha disparado. Ela não se virou. Manteve os olhos na estrada, as mãos ao redor das rédeas.

Não olhe para trás, ela repetiu a si mesma, como se recitasse uma prece. *Não olhe para trás. Não olhe para trás.*

Outra bala sibilou pela noite, mais próxima do que a primeira. Então, uma terceira.

Ela espiou por sobre o ombro e viu Ezra cambalear, a espingarda quase escorregando de suas mãos. Ele deu dois passos adiante, um para trás; então ergueu a arma até o ombro outra vez e disparou contra a escuridão.

Immanuelle estalou as rédeas. A vila agora estava perto, e ela conseguia ver as luzes no portão. Quase lá. Apenas mais meia légua. Tudo que precisava fazer era continuar avançando.

Outra bala assobiou pela escuridão.

Dessa vez, Immanuelle não se virou para olhar. Açoitando as rédeas, ela incitou o cavalo adiante, adentrando Amas. Casas da cidade passaram em um borrão. A carroça chocalhava pelos paralelepípedos e sulcos profundos na estrada. As ruas estavam em sua maioria vazias, e os poucos habitantes que circulavam saltavam para se proteger quando Immanuelle passava chispando por eles.

O estrondo das batidas dos cascos ficava cada vez mais alto conforme a Guarda do Profeta se aproximava. Cavaleiros desgarrados emergiram dos becos adjacentes, desviando-se das bancas vazias ao atravessar o mercado. A pouca distância, ela podia ver o portão, iluminado pela luz das tochas incandescentes.

Uma bala passou sibilando por sua cabeça.

Immanuelle estalejou as rédeas, irrompendo para o portão a toda velocidade, determinada a conseguir, mesmo que tivesse que abandonar a carroça e lançar a si mesma por cima do topo. Depois que o transpusesse, os cavaleiros se retirariam, pois não tinham o direito de persegui-la além das fronteiras de Betel sem um mandado formal do Profeta. Assim que ela passasse pelo Portão Sacrossanto, estaria a salvo... ao menos por algum tempo.

Os soldados do Profeta encurtaram a distância. Gritos e tiros ecoavam pelas ruas vazias do mercado. Ela logo estaria cercada. Não conseguiria chegar ao portão; não conseguiria sair do mercado. A Guarda do Profeta iria detê-la e arrastá-la de volta para o Retiro para a contrição, o julgamento, a purgação...

Então algo se moveu pela noite.

Não o vento, mas a ausência dele, como se todo o ar tivesse sido sugado para longe. Tochas se apagaram feito fósforos pinçados entre dois dedos. Lamparinas a óleo bruxulearam e se extinguiram. Lá no alto, a lua e as estrelas morreram, cada uma se extinguindo de súbito como velas apagadas, até os céus ficarem escuros. Um grande cobertor de sombra caiu sobre Amas, sufocando o vilarejo.

A praga das trevas havia enfim caído sobre eles.

No negrume atrás dela, Immanuelle ouviu cavaleiros caindo. Tiros desgarrados ressoando pela escuridão. Os gritos confusos dos soldados do Profeta.

Foi só por sorte e pela persistência de sua própria memória afiada que Immanuelle — cega no mar da noite — foi capaz de singrar as últimas bancas do mercado e sair pela estrada principal. Ela sussurrou para o cavalo, incitando-o adiante escuridão adentro, na direção do portão, embora as sombras fossem tão densas que ela não pudesse vê-lo.

Então ela viu luzes balançando no mar de trevas, feito vagalumes. Tochas no portão, o troar de uma corneta de carneiro, o estridor das engrenagens com um guincho de estourar os ouvidos. Sob o tênue brilho das tochas, o portão se ergueu. Immanuelle estalou as rédeas uma última vez, e o cavalo investiu adiante, para fora de Betel e rumo à escuridão da selva.

PARTE III

TREVAS

∀

☾ -- O ANO *das* BRUXAS -- ☾

30

O mundo é um lugar vasto e perigoso,
inadequado para o rebanho do Pai.

— DE OS ESCRITOS DE DAVID FORD —

A estrada principal se estendia pelo negrume impenetrável. Immanuelle não conseguia ver a Mata Sombria, mas podia sentir a familiar intoxicação de sua própria derrocada enquanto mergulhava cada vez mais fundo na mata. O céu estava escuro — nenhum respingo de estrelas ou a lasca de uma lua crescente para iluminar o caminho à frente. A maioria dos lampiões ao longo da estrada estava escura, e os poucos acesos mantinham minúsculas chamas moribundas que bruxuleavam como se ameaçassem se apagar com o menor dos sopros do vento.

Não havia vestígios de vida na estrada ou na floresta que a ladeava. Nenhum rastro de carroças ou pegadas, nenhuma coruja piando nas árvores. Como Ezra previra, a Guarda do Profeta havia cessado a perseguição quando ela passou pelo Portão Sacrossanto. Ela estava verdadeiramente sozinha, na estrada escura e selvagem. Mas apesar da quietude fantasmagórica da noite e de sua própria solidão dolorosa, Immanuelle se confortou com o fato de que com o início da praga das trevas, o flagelo provavelmente tinha chegado ao fim, uma vez que até então cada nova praga havia sinalizado o fim da anterior. Ela orou para que isso significasse que Glory e Honor agora seriam poupadas. Então lembrou-se de que a praga final era *massacre*. Ela esperava que sua jornada pudesse impedi-la de acontecer.

Immanuelle avançou. A noite seguiu adiante muito depois de suas horas designadas terem se esgotado, e a maré negra da escuridão era quase inconcebivelmente densa. Ela fez de tudo para contar a passagem das horas, mas o negrume infindável adquiriu uma atemporalidade que tornava quase impossível qualquer tentativa de acompanhar a passagem do tempo.

Depois do que pareceram horas — ou talvez tenham sido só minutos; a escuridão tornava difícil dizer —, uma garoa começou a cair e rapidamente deu lugar a lamacentas placas de granizo. Sem abrigo à vista, exceto pelos esparsos ressaltos das copas das árvores da floresta, Immanuelle não tinha nada além do manto de Ezra para protegê-la das torrentes da tempestade. Quando se deparou com as ruínas de um monastério há muito abandonado, ela já estava ensopada até os ossos e as rédeas tinham esfolado suas palmas até deixá-las ensanguentadas e em carne viva. Sabendo que estava exausta demais para continuar, decidiu acampar ali.

A estrutura era estranha, erguida em uma berma que dava para uma vala superficial. Era atarracada, estreita e comprida, como um corredor ou uma série de estábulos. Colunas de pedra sustentavam um teto despedaçado, de construção chata e baixa, que se encontrava coberto por uma extensão de erva-doce.

Fazendo a carroça parar junto das ruínas, Immanuelle saltou do banco, desarreou o cavalo e levou-o até a estrutura, para longe da garoa. Ela o alimentou e lhe deu de beber com as provisões da carroça, então se retirou, ensopada e trêmula, para o canto mais distante do monastério, enquanto a tempestade se alastrava.

Quando se sentiu descansada o suficiente para manter as rédeas seguras, Immanuelle despertou, arreou o cavalo na carroça e partiu outra vez para a escuridão.

Após um tempo, a selva tornou-se mais fechada e a estrada se bifurcou. Um caminho, o mais largo dos dois, era bem pavimentado e ladeado por lampiões. Apontava para o leste, na direção da floresta profunda. O outro era apenas uma alameda estreita que parecia muito com as trilhas da floresta que serpenteavam pelas matas betelanas.

Immanuelle foi para oeste, para Ishmel.

Silveiras e ramos esfarrapavam suas roupas enquanto ela seguia viagem ao longo do estreito corredor da floresta. A estrada era sulcada de buracos e havia todo tipo de destroço. Mais de uma vez, Immanuelle teve que pular da carroça e abrir caminho. Na verdade, ela fez boa parte da viagem a pé, levando o corcel de Ezra pela rédea, e teve que persuadir o animal a atravessar as estreitas passagens que escavavam a selva, murmurando predições e às vezes entoando os mesmos acalantos que cantava a Honor e Glory, só para manter o silêncio fantasmagórico afastado e impedir a pobre besta de se assustar.

Conforme a jornada prosseguia, o caminho se tornou progressivamente mais escarpado e então deu lugar a uma série de trilhas sinuosas e traiçoeiras que entalhadas em volta dos sopés das montanhas. Immanuelle nunca estivera nas montanhas antes e desprezou a escuridão por privá-la da chance de vê-las claramente. Ela desejou desesperadamente que Ezra estivesse com ela. Teria sido uma grande aventura, explorar um lugar como aquele com ele ao seu lado.

A garota se perguntou se ele ainda estava vivo ou se os guardas do Profeta o haviam executado nas planícies. Embora Immanuelle não tivesse mais o hábito de orar, ela orou por Ezra. Implorou ao Pai para salvá-lo ou pelo menos dar a ela a chance de voltar a Betel para que pudesse achar um modo de salvá-lo. Ele era muito jovem e muito bom para morrer. Betel precisava dele. *Ela* precisava dele. Porque, sem Ezra, quem lhe restaria para recorrer? Leah estava morta e cremada. Martha a havia traído para a Guarda do Profeta, e Immanuelle sabia que o resto dos Moore não ousaria se opor a ela. Pela primeira vez em sua vida, Immanuelle foi obrigada a reconhecer que poderia estar verdadeira e totalmente sozinha.

Immanuelle continuou sua marcha pelas estradas montanha acima — a cabeça curvada para os estrondosos ventos de tempestade vindos repentinamente do oeste, agarrando as rédeas com tanta força que seus dedos se travaram pela rigidez. O cavalo avançava com cuidado, dando a volta em um despenhadeiro particularmente íngreme, quando ouviu-se o repique alto de um trovejo. O cavalo se lançou adiante com tanta força que tirou Immanuelle do chão. Eles derraparam por uma curva fechada na trilha, as botas de Immanuelle deslizando pela lama congelada da estrada enquanto ela tentava fazer o cavalo parar. Mas enquanto corriam para outra curva — esta ao redor de um penhasco tão alto que Immanuelle não conseguia ver o fundo —, a roda da carroça acertou um sulco na estrada. Suas rodas traseiras escorregaram para fora da beira do penhasco, arrastando o cavalo com elas.

O corcel deu um berro que ecoou pelo desfiladeiro da montanha, lutando para arrastar as rodas da carroça de volta para cima da beira do penhasco e de volta à estrada. Immanuelle puxou a rédea com toda a sua força — as bolhas se abrindo enquanto ela agarrava as correias de couro. Mas, apesar de todo o esforço, o cavalo começou a escorregar, e os dois aos poucos avançavam — cada vez mais perto — para a beira do penhasco, arrastados pelo peso da carroça.

Caixotes de suprimentos escorregavam para fora pela traseira da carroça. Houve uma longa pausa antes de Immanuelle ouvir o estrondo de quando acertaram o fundo do vale, bem, bem lá embaixo. O corcel deslizava para trás, e Immanuelle saltou para a frente, soltando a rédea para desarreá-lo. Suas mãos tremiam, tesas e frias, enquanto ela remexia as fivelas — libertando-o dos arreios e tirantes. O corcel avançou lentamente na direção do penhasco, arrastado pelo peso da carroça, até seus cascos traseiros tocarem a beira. Uma fração de segundo antes de a carroça arrastá-los para baixo, Immanuelle desatou a última fivela. A carroça caiu e espatifou-se no vale lá embaixo.

...

Immanuelle fez o resto da jornada em montaria, cavalgando pelas torrentes da tempestade. A chuva caía em camadas lamacentas que davam lugar ao granizo ou pedrisco cortante. No instante em que viu as luzes de Ishmel flutuando na distante escuridão, Immanuelle estava tão delirante de frio e exaustão que não tinha certeza de que podia confiar nos próprios olhos. Mas conforme seguia pela estrada, aquelas luzes distantes ficaram maiores e mais brilhantes e ela ouviu o som de vozes, sentiu o cheiro de fumaça de chaminé no ar frio da noite.

Ela adentrou a vila na sombra da montanha. O lugar era bem menor do que Amas; ali, as trevas não estavam tão intensas como em Betel. O céu tinha o azul arroxeado do crepúsculo profundo logo antes de se tornar noite, e os lampiões queimavam brilhantes o bastante para afastar as sombras. Todas as casas que ladeavam as ruas tinham janelas fechadas e portas cerradas a trinco. Para seu alívio, ela não viu sinal da Guarda do Profeta.

Immanuelle seguiu cavalgando pelo labirinto de estreitas ruas de terra batida até alcançar o que parecia ser o centro da vila. Ali, encontrou uma estalagem com grandes janelas salientes que resplandeciam com a luz das lareiras. Cada vez que a porta se abria, uma afluência de murmúrios e os acordes do que Immanuelle sabia ser um hino fúnebre se derramavam pelas ruas. Acocorado nas escadas estava um pedinte, de ombros largos, com olhos claros e uma barba longa e embaraçada. Ele aninhava um pequeno tambor que parecia um brinquedo de criança descartado. Quando Immanuelle se aproximou, ele começou a batucar um ritmo — rápido e esporádico demais para combinar com a música de rabeca que se derramava da taverna. Immanuelle se inclinou para colocar uma moeda na caneca aos pés dele.

"Estou tentando encontrar uma pessoa... poderia me ajudar?"

"Isso depende de quem está procurando", disse o homem, e seu sotaque era um que Immanuelle nunca havia escutado antes.

"Uma mulher... ela atende pelo nome de Vera Ward." Ela poderia ter explicado que Vera era uma profetisa, natural de Betel, mas não sabia se era seguro mencionar tais coisas em um lugar como aquele.

Certamente, Ishmel parecia destituída da devoção manifesta tão característica de Betel — com sua extensa catedral e as capelas que se localizavam em cada esquina de suas ruas —, mas isso não a tornava segura.

O homem avaliou-a sob a luz oleosa do lampião ali perto; então assentiu, gesticulando para que Immanuelle o seguisse por uma estrada estreita que serpenteava para leste. O pedinte a levou por um labirinto de casas, então desceram uma rua em declive que contornava uma colina alta, até que chegaram a uma pequena propriedade ao lado de uma lagoa, onde havia um chalé de pedras.

Immanuelle amarrou o cavalo em um poste da cerca junto à estrada. As janelas do chalé estavam cálidas com o resplendor das velas acesas e estava claro o suficiente para Immanuelle distinguir o pequeno símbolo pintado na porta: o sigilo de defesa, assim como aquele entalhado na pedra fundamental das ruínas da casa dos Ward.

Ela foi até a porta e bateu. Aguardou.

Houve uma suave movimentação, sombras se deslocando por trás das janelas acortinadas, o som de pés descalços em pisos de madeira, o clique de um trinco.

A porta se escancarou.

Uma mulher surgiu no limiar. Sua pele era clara para uma cercanense, com uma juba de cachos escuros e olhos do verde viçoso das mudas. Ela aparentava ter a idade de Anna, talvez um pouco mais velha, e segurava uma cesta de roupas lavadas empoleirada na curva do quadril. Quando pousou os olhos em Immanuelle, seus braços se afrouxaram e a cesta atingiu o alpendre com um baque surdo.

"Vera." Ela disse o nome com um sotaque carregado. "Temos visitas."

Uma figura apareceu por trás da mulher. Era mais alta, de ombros largos e vestida com um par de culotes masculinos. Usava seus *dreadlocks* grisalhos presos para trás, afastados do rosto. Os botões de sua camisa estavam abertos, de modo que Immanuelle podia ver o cordão de couro ao redor de seu pescoço, do qual pendiam duas adagas sagradas entalhadas em bétula. Suas sobrancelhas eram escuras e grossas — e, entre elas, havia a marca da mãe.

﹒﹒﹒

As duas mulheres conduziram Immanuelle para dentro, acomodaram--na em frente a uma crepitante lareira antes de ela ter a chance de lhes dizer mais que duas palavras. A mulher que atendeu à porta, Sage, enrolou uma grossa manta ao redor de seus ombros e preparou uma xícara de chá com creme e várias colheres cheias de mel. Vera saiu para cuidar do cavalo e voltou alguns minutos depois, sentando-se de frente para Immanuelle em uma grande cadeira. Ela era uma mulher imponente — quase tão alta quanto Lilith, de pele escura e marcante como a maioria das pessoas não era. Na verdade, lembrava Immanuelle dos retratos da Mãe das Trevas — com sua pele de ébano e feições afiladas. Era difícil desviar o olhar de tamanha beleza.

Para evitar ficar embasbacada, Immanuelle observou a sala. O chalé era maior por dentro do que parecia do lado de fora. A sala era decorada com bom gosto, os pisos cobertos de peles de urso, as mesas adornadas com pequenos ornamentos como toalhinhas de crochê, velas e livros de poesia. O ar cheirava a levedura e temperos, e os resquícios do jantar ainda estavam sobre a mesa. Em uma poltrona junto à lareira, dois gatinhos, um cinza e um preto, dormiam ditosamente.

Sem saber o que dizer ou o que fazer, Immanuelle bebericava seu chá em silêncio.

Vera a observava, impassível, quase soturna, apesar das tentativas fracassadas de Sage em iniciar uma conversa. Foi só depois de Immanuelle terminar o chá que Vera finalmente falou:

"Como você me encontrou?"

"Eu fui até as Cercanias", disse Immanuelle, colocando a xícara em um delicado pedestal que servia como mesa de apoio. "Havia um sacerdote lá que conhecia a senhora. Ele disse que eu poderia achá-la aqui."

"E você viajou sozinha?", perguntou Sage, se acomodando em uma banqueta baixa junto à lareira. Immanuelle se deu conta, um pouco tímida, de que estava ocupando o que deveria ser o lugar dela e começou a se levantar, mas a mulher a impediu com um aceno.

"Não estava sozinha. Um amigo viajou comigo por Betel. Ele fez com que eu atravessasse o portão, mas..." Immanuelle pensou em Ezra de pé, no meio da estrada, espingarda erguida, rodeado pelos guardas do Profeta. Ela fechou os olhos para afastar a lembrança, balançou a cabeça. "Ele não conseguiu chegar ao fim."

"E quanto à sua família?", perguntou Sage gentilmente.

"Ainda está em Betel."

Foi Vera quem falou em seguida: "Eles sabem que está aqui?".

"Sim."

Vera se inclinou para a frente — pernas abertas, antebraços escorados na mesa, como um homem se sentaria.

"E eles sabem *por que* você partiu?"

Immanuelle balançou a cabeça, se apressando a se explicar.

"Eu não contei para onde estava indo nem que a senhora está aqui. Eu não trairia sua privacidade assim."

Vera avaliou-a sob a débil luz da vela como se estivesse tentando decidir se ela estava ou não dizendo a verdade.

"Você foi seguida?"

Immanuelle começou a balançar a cabeça, então hesitou. Os olhos de Vera faiscaram de frustração.

"É uma pergunta simples: você foi seguida? Sim ou não?"

"Fui... mas só no princípio. A Guarda do Profeta parou de me perseguir assim que passei do portão. Não vi nenhuma outra alma na estrada até me deparar com Ishmel."

Vera nada disse. Ela se levantou e tirou um cachimbo de sua caixa na cornija da lareira, encheu o corpo com o tabaco de uma bela lata e o acendeu. Ela cravou os olhos em Immanuelle. Exalou um bocado de fumaça.

"Por que você veio?"

"*Vera*", disse Sage, a censura atravessando seus dentes cerrados. "Que tal deixar a garota descansar antes de começar o interrogatório?"

"Precisamos saber por que ela está aqui."

"Olhe para ela, V. Ela é sua. Está aqui por sua causa. Ou está tão calejada que não reconhece o sangue do seu sangue sentado bem na sua frente?"

Os olhos de Vera se estreitaram por trás de um véu de fumaça do cachimbo.

"Por favor", disse Immanuelle, esgotada e fraca. A manta ao redor de seus ombros caiu tão pesada quanto uma mochila cheia de pedras. "Não tenho mais ninguém. Só deixe eu me explicar e se depois disso não quiser nada comigo, prometo que vou embora."

Vera a estudou por um longo instante. Um músculo em sua mandíbula se flexionou e espasmou.

"Está tarde. Seja lá o que veio dizer, terá que esperar até o amanhecer. Sage", ela virou-se para a companheira, "prepare o quarto."

)--O ANO *das* BRUXAS--(

31

Ser mulher é ser um sacrifício.

— DE OS ESCRITOS DE TEMAN, A PRIMEIRA
ESPOSA DO TERCEIRO PROFETA, OMAAR —

Aconchegada na cama, debaixo das grossas cobertas de mantas e peles de urso, Immanuelle ficou acordada, escutando os tons sussurrados de uma conversa no outro lado da parede. O diálogo entre Vera e sua companheira soava como o início acelerado de uma discussão, mas os sussurros sibilantes dificultavam distinguir qualquer coisa além de umas poucas palavras.

"Perigosa" foi uma que surgiu com frequência. "Obrigação" foi outra.

Immanuelle fechou os olhos, tentando não chorar. Não tinha certeza do que estivera esperando encontrar em sua chegada à Ishmel, mas não era isso. Talvez tivesse sido ingênua em esperar uma recepção calorosa. Afinal, o sangue compartilhado não negava o fato de que ela e Vera eram estranhas. Porém, Immanuelle não imaginara aquela frieza. Sua decepção, quando combinada à traição de Martha, era quase demais para suportar. Ser proscrita por uma avó — a mulher que a criara e a educara como filha — já era ruim o suficiente. Mas ser deixada de lado por outra, meros dias depois, parecia um tipo particularmente cruel de castigo.

A noite foi passando, mas Immanuelle não se sentia cansada, talvez devido à desorientação causada pela noite sem fim. Sem o nascer e o pôr do sol, descobriu que era com frequência apanhada no limbo entre estar desperta e dormindo. Nunca totalmente alerta, mas também nunca cansada.

Para passar o tempo, Immanuelle deixou seu olhar vagar pelo quarto. Era um lugar bem cuidado, decorado com bom gosto, com espelhos e quadros pequeninos pendurados nas paredes. A dúzia de velas que entulhava o topo da cômoda estava apagada, mas o pequeno fogaréu de ferro moldado no canto resplandecia suavemente, dando ao quarto iluminuras com a névoa da luz do fogo. E pela poeira na mesa de cabeceira, o quarto quase nunca era usado. Isso pareceu esquisito a Immanuelle, dado que na casa só havia dois quartos.

Por fim, ela caiu em um sono agitado — com sonhos rarefeitos propensos a se desvanecerem no momento em que a pessoa se tornava consciente outra vez. Ela não sabia quanto tempo tinha dormido, mas quando acordou, foi com a escuridão e o cheiro de bacon frito.

Immanuelle sentou-se e escorregou para fora da cama, surpresa ao ver que estava vestida com uma camisola grossa, embora não tivesse lembrança alguma de trocar suas úmidas roupas de viagem. Havia um xale de tricô pendurado sobre a cabeceira da cama, e ela enrolou-o nos ombros antes de deixar o quarto. A sala estava à luz de velas, incandescente com os lampiões de querosene e um candelabro forjado em ferro pendendo do teto em uma grossa corrente. No canto oposto do cômodo, uma estufa de ferro moldado, à frente do qual estava Sage, cantarolando uma canção trilada que parecia bem mais animada que qualquer hino que Immanuelle conhecia.

Sage se virou para colocar uma travessa na mesa e sobressaltou-se ante a visão dela.

“Você tem os passos tão leves quanto Vera. Nunca consigo escutar quando ela está se aproximando.”

“Desculpe”, disse Immanuelle, hesitando no espaço entre a sala e a cozinha, incerta quanto a para onde ir ou ao que fazer.

Sage refutou o pedido de desculpa com um aceno e sorriu.

"Por favor, sirva-se."

Immanuelle obedeceu, acomodando-se em frente a um grande prato de ovos e grossas fatias de bacon, batatas assadas e bolo de milho frito na gordura. Ela estava faminta e comeu como tal, mas Sage parecia encantada por seu apetite voraz.

"Você se parece tanto com ela", disse Sage, melancólica. "Eu soube que era parente de Vera assim que coloquei os olhos em você."

"Você também é uma Ward?"

Sage balançou a cabeça.

"Deuses, não. Só uma rata de estrada como a maioria daqueles em Ishmel. Acho que nunca teria parado quieta se não tivesse conhecido Vera."

"E vocês estão...", Immanuelle procurou a palavra certa, "... juntas por todo esse tempo?"

"Onze anos", respondeu Sage, com orgulho indisfarçável. "Pelo visto, somos muito compatíveis."

Na verdade, Immanuelle não tinha entendido muito bem o que Sage estava tentando dizer, mas pensou que pudesse ter algo a ver com o modo como as Amantes se abraçavam na mata. E havia então a questão do quarto de hóspedes, parco e intocado, e do quarto principal com duas mesas de cabeceira em vez de uma e um colchão grande demais para uma pessoa só.

"Fico feliz por ela ter encontrado você."

"Ora, é muita gentileza sua." Sage enrubesceu, parecendo lisonjeada.

Immanuelle enxugou um pouco de gema de ovo com um pedaço de bolo de milho frito.

"Onde ela está?"

"Vera foi a uma reunião do conselho na vila", disse Sage, reclinando-se sobre a mesa para encher a caneca de chá de Immanuelle. "Logo vai estar de volta, tenho certeza. Ela não vai querer ficar fora por muito tempo. Não enquanto você está aqui."

Um breve silêncio. Immanuelle terminou o resto da comida.

"Vocês foram atingidos pelas pragas?"

Sage balançou a cabeça, então hesitou.

"Não do mesmo modo que vocês. Nossas águas foram contaminadas pelo sangue apenas por alguns dias. Mas ouvimos histórias da mácula que afligiu Betel. Uma vez, encontramos uma mulher, nua e ensandecida pela febre, vagando pelas matas da montanha logo além dos limites de Ishmel. Tinha a testa cortada com aquela marca que suas mulheres usam, então sabíamos que era betelana. Morreu na vila, poucos dias depois de a encontrarmos. Nada que os médicos fizeram pôde aliviar seu sofrimento. Nenhuma tintura ou erva fazia efeito." Ela se deteve por um instante, franzindo o cenho com a lembrança. "Mas não fomos obrigados a suportar os mesmos horrores que seu povo. Seja lá que mal for esse, está em grande parte contido pelas fronteiras de Betel. Mas Vera acha que há uma chance de que o contágio possa se espalhar até Ishmel com o tempo."

"Ela é sábia em ser cautelosa."

Sage se levantou para lavar os pratos.

"Vera não é nada além disso. Mas espero de verdade que não tenha confundido a prudência dela com malícia. Sei que ela é... um tanto dura às vezes, mas está feliz em vê-la. Acho que ela esteve lhe esperando por tanto tempo que não sabe o que fazer ou como se sentir agora que você está aqui. Mas vai passar. Vocês só precisam de uma chance para se adaptar uma à outra, só isso."

Quase no mesmo instante, a porta da frente se abriu e Vera entrou. Ela tirou o casaco que, como o resto de suas roupas, parecia feito para um homem. Tomou um lugar à mesa e se serviu da comida preparada por Sage. Enquanto comia, evitou as perguntas da parceira sobre sua manhã, oferecendo apenas acenos de cabeça e respostas evasivas quando era forçada a falar.

Sage, talvez percebendo que era uma sutil deixa para dispensá-la, anunciou que estava indo até lá fora alimentar as galinhas e limpar o galinheiro. Com sua saída, um longo silêncio se alojou entre Vera e Immanuelle, quebrado apenas pelo crepitar da lareira. Foi Vera quem falou primeiro:

"Não sei dizer quem você lembra mais: meu filho ou sua mãe."

Era a primeira vez que ela falava sobre Daniel e a importância do momento não passou despercebida a nenhuma delas.

"Sempre torci para ser parecida com ele", disse Immanuelle, hesitante. "Quando era pequena, me olhava no espelho e tentava me imaginar como um menino, para saber qual seria sua aparência."

Era difícil ler a expressão de Vera. Ela e Martha eram semelhantes em seu estoicismo.

"Queria ter um retrato para lhe mostrar, mas a Guarda do Profeta queimou tudo que me havia sobrado dele."

"Nem tudo", disse Immanuelle, e se levantou, foi até a porta, onde havia largado sua mochila na noite anterior, e a remexeu até encontrar o diário de sua mãe. Ela o carregou consigo de volta à mesa, abriu-o na página que continha o retrato de Daniel, então deslizou-o para Vera. A mulher o pegou, sua mão um pouco trêmula, e ficou olhando em silêncio para o esboço por muito tempo.

"Sua mãe sempre teve a mão boa. É ele, sim. Assim como eu..." Ela balançou a cabeça. "Obrigada. Faz um bom tempo que olhei para o rosto dele."

"Como... ele era?", perguntou Immanuelle, hesitante, insegura quanto a esta ser uma pergunta que tivesse permissão para fazer. Parecia algo tão solene e sagrado, pedir a uma mãe que ressuscitasse a memória de seu filho morto. Mas Vera não pareceu desconcertada.

"Ele era um rapaz tranquilo. Gentil, embora não parecesse à primeira vista." Vera sorriu para o retrato de seu filho carrancudo, traçou os sulcos de seu cenho com a ponta do dedo. "Gosto de pensar que ele via o mundo como realmente era. A maioria das pessoas não consegue. Até os profetas ficam cegos por suas próprias fraquezas. Mas não Daniel. Ele via tudo do modo como realmente era."

Immanuelle pegou o diário de volta, pressionou a mão na página oposta, apertando a lombada e, cuidadosamente, rasgou o retrato do diário, então escorregou-o até Vera.

"Tome. Ele deve ser seu."

"Ele é sua família também." A mulher balançou a cabeça.

"Mas eu nunca tive a chance de perdê-lo. Ele era seu filho. A senhora deveria ficar com o retrato."

"Eu tenho minhas lembranças. Além disso, este é o trabalho de sua mãe."

"Tudo bem. Aceite, por favor. Como um presente por sua hospitalidade."

"Hospitalidade", disse Vera, e riu sem traços de humor. "Hospitalidade é colocar comida na mesa para um estranho. É dar boas-vindas a um conhecido com torta de ameixa e chá. Mas isso é diferente. Isso sou eu fazendo o que deveria ter feito, anos atrás. Deveria ter esperado por você. Deveria ter trazido você comigo..."

"Não é culpa sua."

"Mas é, sim... Ao menos em parte."

"É seu. Aceite." Immanuelle balançou a cabeça e escorregou o desenho pela mesa outra vez.

Vera não se moveu. Seu olhar se tornou duro outra vez, do modo como havia se tornado na noite anterior. Ela apontou com a cabeça para o diário.

"Quem deu isso a você?"

Immanuelle não viu sentido em mentir naquele momento, quando havia ido tão longe para descobrir a verdade.

"Foi um presente de duas mulheres. Bruxas que encontrei na Mata Sombria."

A expressão de Vera permaneceu inalterada. Ela se inclinou para trás em sua cadeira.

"Por que você veio até aqui?"

Immanuelle estendeu a mão para o diário de Miriam e abriu-o nas páginas finais, com os escritos: *Sangue. Flagelo. Trevas. Massacre.* Ela mostrou as páginas para Vera. A mulher baixou os olhos para o diário. Immanuelle não sabia discernir sua expressão, mas sabia de uma coisa: sua avó não estava surpresa.

"A senhora sabia", disse Immanuelle, tão suavemente que não tinha certeza de que o dissera em voz alta. "A senhora sabia da cabana. Sabia das pragas, das bruxas e do acordo que minha mãe fez com elas na Mata Sombria. A senhora sabia que ela me vendeu."

Vera a encarou, confusa.

"Miriam não a vendeu para as bruxas. Sua mãe amava você. Ela escolheu você acima de qualquer outra coisa. De sua casa, de sua família, de sua vida, até de sua alma."

"Isso não é verdade. Não sei o que ela disse à senhora, ou o que acha que sabia sobre minha mãe, mas ela não me amava da forma como a senhora amava Daniel. Ela não fez sacrifício algum em meu favor. Ela me vendeu. Vinculou-me às trevas antes mesmo de eu nascer. Minha mãe obteve as pragas com o meu sangue. Tudo que importava para ela era sua vingança."

"Sua mãe estava tentando protegê-la. Tudo que aquela menina tinha para dar, ela deu a você."

"Se isso é verdade, por que ela lançou as pragas?", indagou Immanuelle, a raiva borbulhando. "Eu mesma vi a cabana. Eu sei o que significavam aqueles sigilos na parede. Se ela me amava tanto, por que me usaria assim?"

"Como eu disse, ela estava tentando protegê-la."

"Fazendo de mim uma arma? Um peão nas mãos de Lilith?"

"Miriam estava tentando dar a você o poder que ela nunca teve. Mas ela estava enlutada, com medo e tinha só 16 anos, era mais vulnerável do que podia imaginar. Lilith viu isso. Ela perverteu o desejo de Miriam de proteger você, aproveitou-se da fraqueza dela. Eu vi quando aconteceu. Toda vez que ela se aventurava pela mata, ficava um pouco mais insana do que na vez anterior. No fim, acho que ela era mais como elas do que como nós."

"De que forma?"

Vera se deteve antes de responder, como se para ordenar os pensamentos.

"Na vida, a maioria de nós tem o luxo da nuance. Podemos ter raiva, mas equilibramos essa raiva com a compaixão. Podemos estar plenos de alegria, mas isso não nos impede de ter empatia por aqueles que não estão. Mas depois que morremos, isso muda e somos destilados até nossas compulsões mais rudimentares. Um único desejo tão poderoso que triunfa sobre todos os outros."

"Como Lilith e seu desejo por vingança?"

Vera assentiu.

"Perto do fim, sua mãe ficou do mesmo jeito. Estava obcecada por protegê-la, imbuir você do poder e da liberdade que ela quis tão desesperadamente, mas nunca teve. Era como se ela não vivesse por mais nada, então poderia muito bem estar morta."

A explicação tornava compreensível a loucura de Miriam. Os escritos e os desenhos em seu diário, sua singular obsessão pela Mata Sombria e pelas bruxas que a floresta abrigava. Mas algo ainda atormentava Immanuelle, atiçava as chamas de sua fúria.

"Se a senhora sabia de tudo isso, se sabia que minha mãe estava sendo manipulada e usada por Lilith, levada à loucura por seu luto... então por que não fez algo para impedir?"

Vera se esforçou para responder.

"Porque na época... eu estava tão doente quanto ela. Tinha perdido meu filho, visto ele ser queimado vivo na pira diante de meus olhos, e seus gritos, eles me assombraram como as bruxas fizeram com sua mãe. Mas eu não sabia que Miriam iria executar as pragas ou transformar tudo isso em um fardo seu."

Em silêncio, Immanuelle refletiu por um instante, tentando decidir se acreditava nela ou não.

"A cabana onde ela lançou aquelas maldições era sua?"

Vera assentiu.

"Mais ou menos. Pertence a você também. Por doze gerações, as mulheres da família Ward praticaram magia ali."

"E foi lá onde ensinou a ela os costumes das bruxas? Como praticar as artes sombrias?"

"Eu nunca ensinei nada a Miriam", disse Vera, balançando a cabeça veementemente. "O pouco que ela aprendeu, foi com Lilith e a própria Mata Sombria."

"Mas por que Lilith se envolveu com a minha mãe, para começo de conversa? Se ela era só uma camponesa adoecida pelo luto, então por que as bruxas atenderam aos seus chamados?"

"Elas não atenderam", disse Vera, agora falando baixo. "A única razão para as bruxas terem aparecido foi porque Miriam carregava você em seu ventre. Foi o seu sangue correndo pelas veias de sua mãe que deu a ela o poder para lançar aquelas maldições. As bruxas foram atraídas por você."

O coração de Immanuelle quase parou de bater.

"Não estou entendendo."

A voz de Vera tornou-se bastante suave e ela encarou Immanuelle com a mesma ternura com que havia olhado para o retrato de seu filho.

"Miriam era uma camponesa de coração partido com sede de vingança e um temperamento terrível. E sim, ela entalhou aqueles sigilos, orquestrou as pragas. Mas o poder que ela sifonou veio de você. Um bebê com o sangue das bruxas correndo por suas veias. Todo aquele poder emergente à disposição. Você constituía o instrumento perfeito."

Desolada, Immanuelle sentou-se na cadeira, tentando falar e falhando. Em seu âmago, ela sabia que o que Vera tinha dito era verdade, mas um detalhe a fez hesitar.

"Se eu não passo de um instrumento para as bruxas, por que recebi o diário?"

"As bruxas, acima de tudo, são evangelizadoras. De que outra forma quatro garotas estrangeiras poderiam criar exércitos tão grandes que rivalizassem com as forças de Betel? De que outro modo semeariam a discórdia se não fosse conquistando corações e almas do rebanho da Igreja?"

"Então elas não estavam tentando me atormentar... estavam tentando conquistar minha alma?"

Vera assentiu.

"Elas querem você, Immanuelle... seu poder, seu potencial. Não haveria nada de que Lilith fosse gostar mais do que você se unir a ela, como irmã e serva do conciliábulo. E antes de o fim chegar, grave bem o que vou lhe dizer, elas farão uma oferta a você. Vão convidá-la para suas fileiras."

Immanuelle imaginou como seria caminhar pela mata ao lado de Lilith. Ela não seria mais obrigada a lutar contra a tentação ou prostrar-se aos pés do Profeta. Ela viveria livre do Protocolo e do castigo — para vagar e fazer o que bem entendesse.

"O que vai acontecer se eu recusar a oferta delas?"

"Então você partilhará da extinção de Betel."

Immanuelle se endireitou em sua cadeira. Suas mãos pararam de tremer. Seus ombros se alinharam. Pela primeira vez, ela olhou para Vera bem nos olhos.

"Há algum meio de detê-las?"

Vera assentiu.

"Um único modo. Um sigilo poderoso para redirecionar a energia das pragas. Você precisaria talhá-lo em seu braço com uma faca consagrada."

"Como uma adaga sagrada?"

"Sim, mas *apenas* a adaga do Profeta. Um sigilo poderoso exige uma ferramenta poderosa para talhá-lo. A lâmina deve ser consagrada, imbuída de poder através da oração ou do lançamento de um feitiço. Há apenas alguns objetos dessa natureza em Betel. A adaga sagrada do Profeta; a faca sagrada de evisceração; e a espada de David Ford, o primeiro santo cruzado, que paira acima do altar da Catedral do Profeta. São os únicos que me vêm à mente agora. Uma ponta da galhada de Lilith também bastaria. Na verdade, suspeito de que tenha sido o que sua mãe usou para entalhar os sigilos dela na cabana."

"Então tudo que preciso fazer é talhar esse sigilo no meu braço com uma lâmina consagrada e pronto? As pragas vão acabar e tudo voltará a ser como era antes?"

"Quem dera", disse Vera com um sorriso triste. "Quando você talhar o sigilo, ele vai atrair o poder das pragas de volta ao local de origem: você. Quando fizer isso, se é que vai sobreviver a tal proeza, o poder das pragas será seu para exercê-lo como bem desejar."

Immanuelle se deteve para imaginar: o flagelo e o sangue, as trevas e o massacre vindouro, seus para usar como armas. Com isso, teria o peso necessário para botar a Igreja de joelhos, poupar a vida de Ezra, fazer o Profeta expiar seus pecados. Se quisesse, ela poderia reinar em Betel e, sob sua supervisão, não haveria piras nem purgações. Nenhuma jovem deitada no altar feito cordeiros para o abate. Ninguém seria obrigado a sofrer na sordidez das Cercanias. Com tal poder, ela podia arrasar a Igreja do Profeta até as próprias pedras de sua fundação. Reconstruir Betel.

"Qual é o preço?", perguntou ela, sabendo que seria caro. Se havia uma coisa que tinha aprendido até então é que o poder nunca vinha de graça.

"Não sei dizer. Mas saiba que será exorbitante. Ele pode reivindicar sua vida, como fez com a da sua mãe, erodir seus ossos e se espalhar pelo seu corpo feito um câncer. Ou talvez vá manipular seus sentidos, obter sua sanidade como recompensa. Talvez roube a vida de seu recém-nascido ou a torne estéril. A única certeza é que um dia será obrigada a pagar pelo poder que tomou."

"E há uma cura para essas... aflições?"

"Talvez, mas isso dependeria inteiramente daquilo que a aflige."

Immanuelle assentiu, primeiro para si mesma, então para Vera.

"Por favor, me ensine como fazê-lo."

Vera riu; o som era áspero e feio, quase assustador. Do outro lado da cozinha, o fogaréu ardeu com tamanha quentura que Immanuelle podia ver ondas de calor distorcendo o ar ao redor, e a chaleira na boca do fogão começou a assoviar. Espuma se derramou de seu bico e chiou no carvão logo abaixo.

"Qual é a graça?"

Vera se acomodou, enxugando o canto dos olhos.

"Você pensar que eu a condenaria a um fim como esse." O sorriso dela morreu e, de repente, estava tão séria que parecia quase solene. "Betel pôs seus fardos sobre os ombros de jovens meninas por tempo demais. Eu já perdi meu menino. Não vou conduzir minha neta à mesma sina. Certamente não em uma vã tentativa de salvar um lugar que não merece livramento."

"Ainda há esperança para Betel. Há pessoas boas lá, e se eu não ajudá-las, elas morrerão nas pragas por vir."

"Boas pessoas não baixam a cabeça e ficam caladas enquanto outras pessoas boas sofrem. Boas pessoas não são cúmplices."

"Há crianças lá", disse Immanuelle, tentando fazê-la enxergar. "Meninas pequenas, como minhas irmãs, inocentes."

"E sinto muito por elas, de verdade. Mas se elas sofrem não é por causa das bruxas, das pragas ou de você. É porque seus pais e os pais de seus pais criaram essa confusão. Talvez você devesse deixá-los pagar por isso."

"E fazer o quê? Ficar aqui de mãos atadas? Dar as costas a Betel, a meu lar?"

"Se o pior vier..."

"Ele virá."

"*Se* ele vier, então partiremos", disse Vera. "Há outros mundos além deste aqui, Immanuelle."

"Está falando das cidades pagãs? Valta, Hebron, Gall e afins?"

"Mais do que apenas elas. O mundo é vasto e você merece a chance de vê-lo. Podemos explorá-lo juntas, nós três. Como uma família." Vera estendeu a mão por cima da mesa e apertou a de Immanuelle. "Deixe-me fazer o que eu deveria ter feito dezessete anos atrás. Venha comigo."

Era uma oferta tentadora e, semanas antes, ela poderia ter aceitado o que Vera propunha. Mas Immanuelle agora tinha mais juízo.

"Não posso dar as costas a Betel ou ao povo que eu amo."

"Foi o que seu pai disse sobre sua mãe, anos atrás, e ele queimou na pira por conta disso. Se voltar àquele lugar, vai morrer lá, assim como ele."

"Betel é meu lar. Se for para eu morrer em algum lugar, quero que seja lá. Sou parte daquele lugar e não darei as costas a ele ou ao povo com quem me importo." Ela recolheu a mão. "Vim aqui descobrir um modo de consertar as coisas, não fugir como a senhora fez."

Vera se encolheu diante do insulto.

"Immanuelle..."

"Escreva o sigilo. Ensine-me a acabar com isso e seja rápida. Por favor. Eu imploro."

"Não posso, você sabe que não posso."

"Então voltarei de mãos vazias e morrerei sem lutar. De um jeito ou de outro, voltarei a Betel. Posso voltar com uma arma, um meio de me defender contra a praga e a Igreja, ou posso voltar indefesa. Mas vou retornar. Eu preciso."

"O mundo deles não quer pessoas como você. Não vê isso? Não importa o que fizer, o quanto seja boa, ou se salvá-los da bocarra da própria Mãe. Você sempre será uma marginal para eles. Nunca vai obter suas graças nem sua confiança."

"A questão aqui não sou eu."

"Mas é você quem está fazendo o sacrifício!", disse Vera, agora quase gritando. Ela se reclinou na cadeira, passou a mão por seus *dreadlocks*, tentando se recompor. "Vamos supor que eu lhe ensine o sigilo. Como pode esperar derrotar quatro das mais poderosas bruxas que já andaram por esta terra quando teme sua própria sombra?"

"Não sou covarde."

"Talvez não em face de certos perigos. Digo, chegou até aqui sozinha. Desbravou a selva além de Betel sem uma única alma a qual recorrer. São os elementos da lenda de uma heroína... mas eu me pergunto se essa mesma bravura se estende às outras coisas que você teme."

"Que outras coisas?"

"A danação. Cair em desgraça junto ao Pai. Ser ridicularizada pela Igreja. Perder sua alma, sua virtude e sua reputação." Vera contou cada um dos ataques em seus dedos. "E talvez, mais que qualquer outra coisa, você tem medo de si mesma. Medo de seu próprio poder. Porque isso é o que a aterroriza mais, não é? Não o Profeta, não a Igreja, não Lilith ou as pragas, não a ira do Pai... aquilo de que mais tem medo é seu próprio poder. É por isso que o está reprimindo."

Immanuelle não sabia se ela era algum tipo de vidente, como Ezra e seu pai, ou se sua fraqueza era tão aparente que até uma quase estranha conseguia reconhecê-la, mas ela enrubesceu com a vergonha de estar tão exposta. O olhar de Vera se abrandou.

"Se quer acabar com essas pragas, vai ter que abraçar a si mesma, tudo em você. Não só as virtudes que a Igreja a ensinou a valorizar. As partes feias também. Especialmente as partes feias. A fúria, a ganância, a carnalidade, a tentação, a fome, a violência, a perversidade. Um sacrifício de sangue não vai adiantar nada se não puder controlar o poder que ele concede a você. E se tiver metade da força que acredito que tenha, o poder será imenso. Você viu como sua mãe sucumbiu a ele." Vera bateu de leve no diário. "No fim, ela estava totalmente fora de si. E no apagar das luzes... talvez você também fique. Este é mesmo um sacrifício que está pronta e disposta a fazer?"

"Sim", disse Immanuelle, sem hesitar. "Estou pronta para dar fim a isso."

"Você é mesmo filha de sua mãe", disse Vera, e virou o desenho de Daniel com a face para a mesa, apanhou um pedaço de grafite e rabiscou um pequeno sigilo que Immanuelle sabia ser a marca da maldição, com uma pequena alteração; uma série de linhas bifurcadas, que se pareciam um pouco como se flechas dividissem o símbolo ao meio. "As pragas nasceram do seu sangue. Se talhar esta marca no seu braço, elas retornarão a você."

"Isto é, caso eu seja forte o bastante para abrigá-las."

"Você é", disse Vera. "Você terá que ser."

Immanuelle abriu a boca para responder, mas foi interrompida pelo som de uma mulher gritando. Ela e Vera se puseram de pé em um instante, as cadeiras desabando no chão. Apanharam o lampião da mesa e dispararam na direção da porta. A escuridão para além era quase impenetrável, rompida apenas por três halos de luzes. Nesses halos, homens, oito deles, com lanternas e tochas erguidas. Todos vestiam o uniforme da Guarda do Profeta. Dois seguravam Sage, torcendo o braço dela atrás de suas costas, a forçando a ficar de joelhos mesmo enquanto ela esperneava e resistia.

Um dos soldados da guarda chegou mais perto e, sob a débil luz da tocha, Immanuelle o reconheceu. Era Saul, o meio-irmão mais velho de Ezra. O mesmo comandante de olhos cruéis que muitos chamavam de o filho favorito do Profeta. Para seu horror, ela viu que ele agora usava a adaga sagrada de Ezra ao redor do pescoço. Um sinal claro de que ele o havia substituído, ou ia substituí-lo, como herdeiro do Profeta.

"Não." Immanuelle irrompeu na direção dele, na direção de Sage, mas Vera pegou-a pelo braço e arrastou-a para trás.

Quatro membros da Guarda do Profeta ergueram suas espingardas ao mesmo tempo, os dedos apoiados nos gatilhos, mas Saul os deteve com um aceno, o olhar fixo em Immanuelle.

"Baixem as armas. Vamos levar a garota de volta a Betel ilesa."

O ANO das BRUXAS

32

Ele me observa, eu sei. À noite, sinto seu olhar
sagrado sobre mim, mas não tenho medo.

— MIRIAM MOORE —

"Você acredita nas Escrituras de seu Pai e de seu Profeta?" As palavras do apóstolo ecoavam pelas câmaras e ressoavam pelo corredor do calabouço.

"Sim", respondeu Immanuelle.

O Apóstolo Isaac alisou suas vestes. Era um homem alto, de aparência famélica, com uma cabeça quase tão pálida e macilenta quanto a de Lilith. Ele parecia apenas meio humano, como se — com suas vestes despidas — ele pudesse se esgueirar despercebido em meio às feras da floresta. Em uma das mãos, segurava as Escrituras Sagradas, na outra uma pequena vela, queimando lentamente em seu pavio. "E você acredita que o fogo do inferno recebe aqueles que vivem em opróbrio ante a lei do Pai?"

"Sim."

"Você alguma vez contrariou a lei do Pai?"

"Já." Immanuelle assentiu.

Fazia ao menos dez dias que tinha retornado a Betel e mais de doze que a Guarda do Profeta havia atacado a casa de Vera, a arrancado dos braços da única familiar leal que lhe havia restado e posta em contrição. Mas a escuridão estagnada do calabouço do Retiro fazia com que ela sentisse que estava ali havia muito mais tempo.

Immanuelle tentava dormir para fazer as horas passarem, mas se não era despertada por seus pesadelos, então os gritos de suas companheiras de confinamento o faziam. Só pelo fedor do esgoto, ela soube que as celas estavam lotadas em capacidade máxima com todas as mulheres e garotas mantidas em contrição sob pena de bruxaria. Tinha ouvido os guardas do Profeta cochicharem sobre as batidas noturnas que haviam ocorrido enquanto ela ainda estava em Ishmel. Aos sussurros, falavam sobre menininhas sendo arrancadas dos braços de suas mães, casas invadidas, dezenas de mulheres presas e obrigadas a marchar até o Retiro sob o manto da escuridão. Finalmente, a ira do Profeta havia se tornado manifesta.

Durante seu aprisionamento, Immanuelle esteve confinada em uma cela só para si. Não tinha visto ninguém, à exceção do Apóstolo Isaac e de alguns poucos membros de baixa patente da Guarda do Profeta, que todo dia — mais ou menos —, deslizavam uma tigela com água e um naco mofado de pão pelas barras da cela. Por mais doentio que fosse, ela passara a ficar quase ansiosa pelos interrogatórios diários, já que ao menos interrompiam o tédio enlouquecedor... e a solidão, o que era ainda pior. Quando era deixada sozinha por um longo período, o tempo menos se arrastava e mais se esgarçava. E era nessa estranha abstração de atemporalidade, na qual os segundos pareciam suspensos no torpor do infinito, que os pensamentos de Immanuelle se tornavam sombrios. Aquela coisa dentro dela — o turbilhão, o monstro, a bruxa — era atiçada e se avivava.

Isso fez Immanuelle se sentir perigosa. Fez com que ela se sentisse... pronta.

Quase todas as peças estavam no lugar. Tinha o sigilo reverso e sabia de qual ferramenta precisaria para invocá-lo: a adaga do Profeta. Agora era só uma questão de apanhá-la, o que seria um pouco complicado em suas atuais circunstâncias. Mas assim que tivesse o punhal em suas mãos, só precisava talhar o sigilo.

O Apóstolo Isaac deu um passo à frente.

"Conte como você pecou."

Immanuelle remontou ao início de suas lembranças. De se sentar nos joelhos de Abram em frente ao fogo crepitante, um livro das Sagradas Escrituras aberto em seu colo. Ela se lembrou de juntar sílabas para formar palavras e essas palavras se tornarem frases e as frases então se tornarem salmos e histórias. E outra lembrança veio à superfície, um dia de verão, anos antes, quando ela e Leah tinham nadado em segredo nos baixios lamacentos do rio. Ela se lembrou do quanto sentira-se livre na primeira vez que deixara a correnteza levá-la. As correntes de Immanuelle deslizaram pelo chão da cela quando ela se endireitou e recobrou a voz.

"Eu vivia livre... do Protocolo, das Escrituras, da lei do Profeta. Esse é meu único pecado."

"Essa é sua confissão?" O apóstolo franziu o cenho.

"Sim."

"E deseja ser purgada de seu pecado?"

Immanuelle ergueu os olhos para os do apóstolo, semicerrando-os sob o resplendor da luz das velas. Ela pensou em focinheiras e facas de evisceração, véus de noiva e grilhões. Pensou nas jovens meninas açoitadas até sangrarem por se esquecerem de abotoar os vestidos até o pescoço. Pensou nas piras de purgação e nas bruxas que haviam morrido gritando nelas, nas cabeças expostas nas estacas do portão do Retiro. Pensou no olhar do Profeta voltado para ela, em Leah se contorcendo e implorando no tormento de seu parto até a vida deixá-la e ela não poder mais gritar. Pensou no sigilo reverso, se imaginou talhando-o na carne nua de seu antebraço e invocando as pragas de volta.

"Não tenho pecados para purgar."

Exceto pelo eco distante de passos e do ritmado *ping, ping, ping* da goteira no canto, fez-se silêncio na cela. Ali, muito abaixo da superfície da terra, a água ainda tinha gosto de salmoura e metal, a mácula da maldição do sangue ainda perdurando.

O Apóstolo Isaac andava de uma ponta a outra da cela. Era um espetáculo, Immanuelle se deu conta, o modo como ele se movia, o modo como pregava as Escrituras e declarava seus pecados. Ele queria plantar o terror como uma semente.

"Dizem que você vagava pela Mata Sombria. É isso mesmo?"

Immanuelle se recostou nas pedras úmidas, fraca demais para se levantar. A fome a roía por dentro como um rato e era difícil pensar em qualquer outra coisa.

"É verdade."

"Dizem que conversou com os demônios que lá habitam." No fim do corredor, ela ouviu o som de uma porta rangendo ao se abrir, e uma garota gritou por misericórdia.

"Conversei."

"Dizem que respondem ao seu chamado."

"Só às vezes."

"E essas criaturas, quais são os nomes delas?"

O apóstolo se aproximou.

"O senhor já as conhece", respondeu Immanuelle. "O senhor profere os nomes delas nos banquetes e nos dias de corte. O senhor as queima em celebração. Lilith, Delilah, Jael e Mercy."

O apóstolo franziu as sobrancelhas. As chamas da vela dançaram em seu pavio.

"E foram as bruxas que lhe ordenaram que lançasse as maldições? É a magia delas que você conjura?" Immanuelle não respondeu. A verdade pouco importava naqueles interrogatórios. "Você é filha de Miriam Moore?"

"Sou."

"Miriam também vagava pela Mata Sombria. Não vagava?"

"Vagava."

Uma sombra de triunfo passou pelos olhos do apóstolo.

"E é para o deus de sua mãe que você ora à noite? São as bestas dela que chama?"

"Elas não eram as bestas de minha mãe. Elas não pertencem a ninguém."

"E mesmo assim elas a obedecem."

Immanuelle balançou a cabeça.

"Elas não dão ouvidos a ninguém."

O apóstolo sorriu, como se os dois partilhassem algum segredo sujo. Ele se aproximou, suas botas se arrastando pelo chão, e abaixou-se ao lado dela.

"Mas Ezra dá ouvidos a cada capricho seu, não dá?"

Era a primeira vez que Immanuelle ouvia falar dele em semanas. Apenas o som do nome foi o bastante para encher sua cabeça com uma inebriante mistura de pavor, medo e esperança. Ela quis perguntar se ele ainda estava vivo e, se sim, em que condições, mas temia a resposta do apóstolo.

"Ezra sempre dá ouvidos ao que você diz, não é?", perguntou o apóstolo outra vez, irritado com o silêncio dela. "Ele teve um dedo em seus planos?"

Immanuelle não sabia como responder. Se ela dissesse não, assumiria total responsabilidade por todas as acusações que os apóstolos haviam levantado contra ela. A punição por seus crimes seria a morte pela purgação e, se ela morresse na pira antes de ter a chance de reverter as pragas, Betel estava praticamente condenada. Mas se respondesse que sim, Ezra poderia ser considerado cúmplice ou até culpado por suas transgressões. Qual seria a sentença por tal crime? Conspiração contra a Igreja, talvez? Traição? Essa primeira tinha como punição cinquenta chibatadas, a última, a morte.

Mas o futuro profeta não podia ser executado, podia? Eles ousariam deitar o açoite sobre seus ombros? Ou mandá-lo para a pira?

Uma ardor intenso fez Immanuelle despertar de seus devaneios e ela gritou, afastando a mão.

O apóstolo se aproximou dela, a vela inclinada para o lado de modo que a cera quente se derramara em sua mão.

"Responda a pergunta, garota."

Immanuelle escolheu as palavras com cuidado, raspando os flocos de cera das costas de sua mão.

"Ezra é meu amigo. Ele me dá ouvidos como um amigo daria."

"E qual é a natureza de sua amizade?"

"Ele me empresta livros para ler. Conversamos sobre poesia e sobre as Escrituras."

O apóstolo se inclinou para a frente, escarnecendo. Quando falou, seu hálito se fazia quente contra o rosto dela.

"Vocês se deitaram um com o outro?"

"Não." Ela ficou tensa.

Se o apóstolo acreditava nela ou não, Immanuelle não sabia dizer. Ele se ergueu e deu as costas a ela, seguindo na direção da porta da cela a passos duros.

"Você é uma pecadora maldita, garota, sabia disso?"

Immanuelle quase sorriu, apesar de tudo.

"Assim me disseram."

O apóstolo de repente refez seus passos até ela e inclinou a vela uma vez mais. A cera incandescente se esparramou pela bochecha dela, e Immanuelle se encolheu. Usou todas as suas forças para conter um grito, pois se recusava a lhe dar tal satisfação.

"Tenho uma surpresa para você", disse o apóstolo, dando um passo para o lado e permitindo que Immanuelle visse o corredor. O brilho da luz das velas o iluminava, e um rosto familiar logo apareceu por trás das barras: Martha. Ela usava um manto de lã preto que era tipicamente reservado aos funerais. O capuz estava bem baixo, lançando uma sombra sobre seus olhos.

"Olá, Immanuelle."

Immanuelle se endireitou, se apoiando na parede da cela e fazendo as pedras afundarem em suas costas.

"O que a senhora quer comigo?"

"Isso não é jeito de cumprimentar a mulher que a criou", ralhou o apóstolo.

Immanuelle manteve os olhos em Martha. Suas correntes se arrastavam pelo chão conforme ela recuava para a parede oposta.

"Essa mulher não é minha família."

Um vento úmido lambeu o corredor. A tocha refulgiu, e a vela de Martha se apagou.

"Só estava tentando ajudá-la, Immanuelle."

"Me *ajudar*? A senhora me traiu."

"Eu tentei salvá-la da melhor forma que era capaz."

"A senhora disse que me deixaria ir."

"Eu disse", falou Martha, se aproximando. "E deixei. É por isso que está aqui em contrição, para deixarem que se vá. Para ser libertada de seus pecados e perdoada."

Os lábios do Apóstolo Isaac se arreganharam com desdém. Ele se moveu na direção da porta e pôs a mão no ombro de Martha.

"E assim será, após sua confissão. O Profeta vai se certificar disso."

Martha tremeu tanto que sua vela chocalhou no castiçal. Em um raro momento de fraqueza, seus olhos se encheram de lágrimas. Quando ela enfim falou, não foi com o apóstolo, mas com Immanuelle:

"Honor e Glory choram por você à noite. Anna está arrasada. Abram está tão doente pelo pesar que mal consegue comer." Immanuelle fechou os olhos bem apertados, determinada a não chorar. Sua família e o carinho que nutria por eles sempre havia sido sua maior fraqueza. E Martha sabia daquilo, talvez melhor do que ninguém. "Amanhã, durante o julgamento, você deve confessar seus pecados. Admita sua culpa para que possa ser perdoada, para que permitam que volte para casa e para aqueles que a amam. A esperança ainda não se perdeu, se estiver disposta a fazer isso."

A proposta fez Immanuelle rir. Se ao menos Martha soubesse o que estava tramando. O sigilo que estava planejando talhar. Na esteira do que estava se preparando para fazer, não haveria lugar para ela na mesa de Abram. Não haveria lugar para ela em Betel, exceto atada ao tronco de uma pira de purgação. Assim que tivesse uma lâmina consagrada em mãos — fosse a adaga do Profeta ou a faca consagrada de estripação —, ela agiria. Só precisava ganhar tempo até lá.

"E se eu me recusar a me arrepender?"

Uma lágrima escorreu pela bochecha de Martha.

"Então que o Pai tenha misericórdia de sua alma."

O ANO das BRUXAS

33

*Eu confessei meus pecados e fiz as pazes com
minha sina. Se a pira me aguarda, então
que se ergam as chamas. Estou pronto.*

— DO JULGAMENTO DE DANIEL WARD —

Immanuelle despertou no chão de sua cela com o eco de passos que se aproximavam. Apoiando-se nos tijolos, ela se levantou cambaleando. A porta da cela se abriu forçosamente e a luz vermelha da tocha se derramou sobre as paredes quando o Apóstolo Isaac parou na soleira.

"Você será julgada hoje", disse ele à guisa de cumprimento.

Immanuelle alisou a saia por cima das coxas. Seus grilhões chacoalharam pelo chão quando se esgueirou na direção do apóstolo. Dois membros da Guarda do Profeta se interpuseram para bloquear seu caminho, mas se o apóstolo se sentia ameaçado por Immanuelle, não demonstrou. Ele ergueu a mão nodosa, gesticulando para que os guardas recuassem.

"Deixem que ela passe."

Assim eles o fizeram. Um deles a agarrou pelos grilhões. O outro baixou a tocha até a lombar dela, tão perto que Immanuelle teve medo de que seu vestido se incendiasse e ela queimasse até virar cinzas antes mesmo de botar os olhos na pira.

"Não vá tendo ideias, bruxa."

Os guardas tomaram um caminho que Immanuelle não conhecia, na direção dos distantes limites do Retiro. Conforme caminhavam, as paredes de tijolos davam lugar a corredores talhados em pedra bruta. Alguns corredores nada mais eram que longas cavernas de terra batida, o solo tão macio que a lama fria se infiltrava por entre os dedos de seus pés descalços a cada passo.

Após algum tempo, chegaram a uma porta no fim de um corredor tão estreito que os ombros dos guardas roçavam nas paredes. Immanuelle subiu com esforço um íngreme lance de escadas — pouco mais que tábuas de madeira embutidas em uma parede de terra batida — até uma porta de ferro.

O mais alto dos dois guardas se adiantou para abri-la, e Immanuelle foi saudada por uma fria lufada do ar limpo da noite. Ela tomou um fôlego profundo, saboreando o frescor após todo o tempo que havia passado nas fétidas catacumbas sob o Retiro do Profeta. Ao longo do curso de sua detenção, houve vezes em que ela pensou que nunca mais caminharia nas planícies. Porém, lá estava ela. Se aquela era sua última chance de fazê-lo, antes de o fim chegar, seria o bastante. Uma última noite para ouvir o vento nas árvores, para sentir as folhas da grama entre seus dedos... para viver.

Mas enquanto Immanuelle perscrutava a escuridão infindável, ela se deu conta de que as planícies não eram os mesmos prados iluminados pela lua de suas memórias.

O ocaso se assentava diante dela.

Não havia luz, à exceção daquela das tochas, e a distante escuridão era densa demais para se ver através dela. Nenhuma lua pairava lá no alto, nenhuma estrela. Até as chamas das piras de purgação pareciam ter sido engolidas pelo negrume.

Enquanto seus olhos se ajustavam às sombras, ela viu estranhas e atemorizantes figuras nas trevas — o vislumbre de um rosto estranho, uma garotinha se afogando nas profundezas, uma sombra com forma de homem que tremeluzia e se deslocava, chamando-a para o negrume com o aceno de um dedo curvado.

O guarda deu um puxão cruel nos grilhões de Immanuelle, arrastando-a para adiante, e as formas no negrume desapareceram.

"Que horas são?", perguntou ela, e a noite pareceu devorar suas palavras.

"Um pouco depois de meio-dia", disse o Apóstolo Isaac. "Agora diga, qual bruxa a ensinou a lançar uma maldição tão poderosa quanto esta? Ou simplesmente se prostituiu às trevas para alcançar tal poder?"

Immanuelle tropeçou em um sulco na estrada, topando o polegar em uma pedra.

"Não forjei maldição alguma." Não intencionalmente, de todo modo. O verdadeiro trabalho de bruxaria havia sido obra de sua mãe. Ela era meramente seu instrumento.

O guarda baixou sua tocha para as costas dela uma vez mais.

"Segure essa sua língua mentirosa, bruxa. Poupe sua confissão para o tribunal."

Ela não cometeu o erro de falar outra vez.

Seguiram caminhando. O tempo passava estranhamente no negrume — como se os segundos desacelerassem —, mas, por fim, Immanuelle avistou luzes a distância. Ela levou um tempo para conceber o tamanho da multidão. Havia um sem-número de pessoas reunidas ao pé da catedral, portando tochas e atiçando as chamas da pira, seus rostos iluminados pelo resplendor.

Os guardas caminhavam à frente de Immanuelle e do Apóstolo Isaac, abrindo caminho por entre a multidão. Conforme ela atravessava a turba, um cântico teve início, um som semelhante a um hino sem música: *"Bruxa. Rameira. Besta. Pecadora. Vadia. Cria da Mãe."*

Immanuelle entrou na catedral e apertou os olhos perante a luz. Havia lampiões e tochas queimando em cada coluna, afugentando as sombras que se infiltravam pelas portas e janelas. Os bancos estavam atulhados com as turbas que haviam se reunido para assistir ao julgamento. Ela viu as noivas do Profeta e o povo do vilarejo, e até umas poucas pessoas das Cercanias.

Atrás do altar se postavam sete apóstolos e, para o horror de Immanuelle, os Moore estavam à sombra deles, reivindicando a primeira fileira dos bancos. Anna se levantou, envolta em preto. Ela ergueu um lenço úmido até os olhos, se recusando a fitar Immanuelle quando ela passou. Ao lado de Anna, Abram, os olhos injetados e tristes. Martha estava ao lado dele, usando o mesmo manto preto que havia usado na noite em que visitou Immanuelle nas catacumbas. Tanto Honor quanto Glory estavam ausentes, provavelmente ainda se recuperando do flagelo.

"Siga adiante", ordenou o guarda. Immanuelle subiu cambaleando os degraus de pedra até o altar, seus pés enlameados a fazendo escorregar. Alguém riu quando ela caiu e machucou os joelhos na escada. O guarda levou a tocha para mais perto, a meros centímetros acima de suas omoplatas, e as chamas chamuscaram sua nuca. "Apresse-se. Está fazendo uma grande cena."

Pondo-se de pé, Immanuelle mancou pelo resto da subida até o altar, os apóstolos se afastando para abrir lugar para ela. Ali, ficou diante da congregação, a cabeça baixa, as mãos entrelaçadas à sua frente. Ela se lembrou de como, só alguns meses antes, em um dia muito diferente, Leah havia ficado no mesmo lugar, quando a vida ainda tinha um pouco de alegria.

As portas da catedral se fecharam com um estrondo, e Immanuelle fez tudo que podia para conter suas lágrimas. A congregação borrou e se duplicou diante de seus olhos. Eles todos a encaravam com o mesmo olhar morto, as mesmas carrancas e o mesmo sarcasmo. Ela então soube que eles escolheriam mandá-la para a pira de purgação, não importando o que dissesse. Suas decisões já estavam tomadas. O julgamento era uma mera formalidade. Ela lutou tanto para salvar a todos das pragas de Lilith e agora a veriam queimar. Vera tinha razão — não havia nada que pudesse fazer para estar em suas boas graças. Mas tinha que salvá-los mesmo assim. E para fazer isso, teria que provar sua inocência. Porque se a considerassem culpada e a condenassem à pira da purgação como castigo por seus pecados, ela nunca teria a chance de lançar o sigilo reverso.

Pela sobrevivência de Betel, e pela sua própria, ela teria que lutar por sua inocência.

O Profeta emergiu do negrume da catedral e atravessou cambaleando a nave central, se detendo a cada poucos passos para se apoiar nas costas de um banco e recuperar o fôlego. Após uma longa e penosa caminhada até o altar, ele se virou para se dirigir ao rebanho.

"Estamos aqui reunidos para o julgamento de Immanuelle Moore, que foi acusada de bruxaria, assassinato, feitiçaria, roubo, devassidão e traição contra a Igreja do Bom Pai." A congregação escarneceu. "Hoje, nós ouviremos sua confissão. A julgaremos não de acordo com as paixões de nossos corações, mas pelas leis de nosso Pai e das Escrituras Sagradas. Só então ela poderá encontrar o verdadeiro perdão. Que tenha início o julgamento."

☾ ·-O ANO *das* BRUXAS -· ☾

34

Se vocês têm alguma honra, qualquer
semblante de bondade ou decência,
poupem-na. Poupem-na, por favor.

— A CONFISSÃO FINAL DE DANIEL WARD —

A primeira testemunha a depor foi Abram Moore. Ele avançou camba-leando, se apoiando pesadamente sobre a bengala, o rosto a imagem da dor enquanto ele mancava até a sombra do altar.

Immanuelle não esperava que ele a olhasse nos olhos, mas ele o fez.

"Estou aqui para testemunhar... em meu nome... e no de minha espo-sa Martha Moore. Immanuelle é minha neta... a filha de Miriam Moo-re, que morreu... no dia em que Immanuelle nasceu. Ela não tinha pai vivo, então... eu a criei... como minha filha. Ela carrega... meu nome."

"Você a criou para ela ser o que é?", perguntou o Apóstolo Isaac, ca-minhando na direção do altar. Ele era o apóstolo que havia substituído Abram na esteira da desgraça de Miriam, e Immanuelle se perguntou se ele havia saboreado a oportunidade de superar seu rival uma vez mais.

"Eu a criei para ser... temente ao Pai", disse Abram. "E... eu acredito que ela seja." Houve um arquejo coletivo, mas Abram seguiu adiante: "Ela é só... uma criança".

O Apóstolo Isaac avançou até a beira do altar. Baixou os olhos para Abram com um olhar de tão puro desdém que fez Immanuelle se en-colher. Mas Abram não fraquejou.

290

"Eu o recordaria das palavras de nossas Escrituras Sagradas", disse o apóstolo, falando devagar, como se tomasse Abram por um simplório. "O sangue gera sangue. Este é o preço do pecado."

"Eu conheço as Escrituras... do Pai. E sei que... a clemência se estende àqueles que não têm coração... ou mente sãos."

"Ela é sã", esbravejou o apóstolo. "Conversamos longamente."

"A menina tem... a doença da mãe."

"A única doença de sua mãe era a bruxaria."

Isso foi recebido com aplausos. Os homens no fundo da multidão ergueram os punhos para o alto, gritando por sangue e cremação.

"O pecado pode ser uma aflição... tão real quanto... qualquer outra", disse Abram. Ele se virou para apelar diretamente ao rebanho. "O pecado nos afligiu na forma... dessas pragas e mesmo assim... nós não nos punimos. Não deitamos... o açoite... contra nossas próprias costas."

O Apóstolo Isaac interrompeu: "Porque não somos nós os culpados. Somos vítimas desse mal. Mas essa garota", ele apontou na direção de Immanuelle com um dedo trêmulo, "ela é a fonte dele. Ela é uma bruxa. Ela conjurou as maldições que assolam estas terras e ainda cogitaria que ela andasse entre nós? O senhor a libertaria?".

"Eu não a libertaria... aqui", disse Abram. "Eu a soltaria... nas matas. A baniria de Betel. Deixaria Immanuelle... viver além do muro."

O Apóstolo Isaac abriu a boca para refutá-lo, mas o Profeta ergueu a mão ordenando silêncio. Ele passou pelo apóstolo como se ele fosse uma cortina pendurada.

"Obrigado por seu depoimento, irmão Abram. Aceitamos sua verdade com gratidão." Enquanto Abram se arrastava de volta para seu lugar, o Profeta mirou o povo, passando os olhos pelos bancos. "Há mais alguém que gostaria de depor?"

Uma voz pequena e fina ressoou no fundo da catedral:

"Há, sim."

Immanuelle reconheceu a garota mancando na direção dela, acorrentada e ladeada por dois guardas do Profeta.

A contrição não havia sido gentil com Judith. Ela parecia um cadáver.

Suas madeixas castanho-avermelhadas, que um dia haviam sido tão longas que pendiam junto à sua cintura, tinham sido tosadas em um corte tão rente quanto o de um menino. Ela estava mortalmente magra e suja, vestida com um corpete rasgado e uma saia manchada de sangue. Apesar do frio, ela não usava sapatos ou um xale sobre os ombros. Seus lábios estavam gravemente machucados e, quando ela falou, eles começaram a sangrar: "Tenho uma confissão a fazer".

"Diga sua verdade, criança." O Profeta assentiu.

Judith parou à beira do altar, seu olhar cravado no chão, mesmo quando virou o rosto para o rebanho. Ela retorceu as mãos, os grilhões chocalhando, e ergueu os olhos para o Profeta, como se esperasse algum tipo de deixa. Quando enfim falou, foi em uma ladainha sem vida, como se estivesse recitando um catecismo das Escrituras Sagradas.

"Immanuelle Moore desafiou o Protocolo Sagrado. Ela lançou seus encantos e operou seus males contra os homens e as mulheres desta Igreja."

O Profeta avaliou-a, sua expressão impassível.

"E que evidências você tem para atribuir tais crimes à acusada?"

"Suas próprias palavras", disse Judith, a voz hesitante. Ela fez um esforço por um momento, como se tentasse lembrar o que a haviam mandado dizer. "Em um Sabá, semanas atrás, Immanuelle disse que gostava de andar pela mata com os demônios e de dançar nua com as bruxas sob o luar."

Ouviu-se um coro de arquejos. Pessoas agarraram suas adagas sagradas e murmuraram preces.

Judith olhou para o Profeta novamente, e Immanuelle o viu dar a ela o menor dos acenos de cabeça. Ela voltou sua atenção para a congregação, falando afobada:

"Quando Immanuelle disse essas palavras, Ezra Chambers riu como se não conseguisse parar. Seu corpo todo convulsionou, como fazem os doentes quando apanham a febre que ela lançou sobre nós. Immanuelle seduziu Ezra", afirmou Judith, erguendo os olhos para o Profeta. "Ela rogou uma praga sobre seu filho, usando a magia da Mãe das Trevas para fazê-lo. Não foi culpa dele. Ela o forçou a pecar."

"Não fiz nada disso", retrucou Immanuelle, falando pela primeira vez desde o início do julgamento. "Eu nunca faria mal a Ezra. Coloco minha mão sobre a Escritura e digo. Juro pelos ossos de minha mãe."

"Sua mãe não tem ossos pelos quais jurar", disse o Apóstolo Isaac, sua voz baixa e letal. "O corpo de sua mãe queimou na pira. Só restaram as cinzas daquela bruxa."

"*Louvado seja.*" O rebanho falou como um só.

Uma vez mais, o Profeta ergueu a mão ordenando silêncio.

"Obrigada por sua confissão."

Judith entreabriu os lábios, como se quisesse falar mais, porém um olhar de relance de seu marido foi o bastante para aquietá-la. Com a cabeça curvada, ela retornou aos guardas, que a agarraram pelos braços. Ela começou a chorar suavemente quando a arrastaram da igreja. O Profeta se deteve, o rosto solene sob a luz bruxuleante da tocha. Enfim, ele falou: "Gostaria de convocar meu filho, Ezra Chambers, para depor sobre as observações de nossa última testemunha". O coração de Immanuelle congelou no peito. "Tragam meu filho para o altar."

As portas da catedral se abriram com um rangido e dois membros da guarda emergiram da escuridão, Ezra entre eles. Tinha a aparência de quem fora surrado. Havia uma crosta de sangue ressequido sob seu nariz e bolsas sob seus olhos tão escuras quanto hematomas. Pelo fino tecido de sua camisa, Immanuelle conseguia ver, envolvendo seu peito, curativos sujos que precisavam ser trocados.

Ezra atravessou a nave mancando e escorou as duas mãos no altar, a respiração irregular. Os nós de seus dedos estavam a apenas uns poucos centímetros das pontas dos dedos de Immanuelle, e ela quis tomá-lo pela mão. Mas ela não ousou se mexer.

Essa havia sido uma reviravolta inesperada, com o potencial de subverter seu plano. Se Ezra fosse lançado contra ela — se a inocência dele fosse usada como evidência de sua própria culpa —, como Immanuelle poderia limpar seu nome sem condená-lo?

O Profeta foi até a frente do altar a passos largos e baixou os olhos para seu filho.

"É verdade que você estava em companhia da acusada no décimo quinto Sabá do Ano da Colheita?"

Ezra deslocou seu peso. Ao fazê-lo, sua manga expôs a tira negra de um hematoma ao redor do antebraço — gêmea daquelas ao redor dos pulsos e tornozelos de Immanuelle. As marcas de correntes e grilhões.

"Sim, eu estava lá."

"E é verdade que Immanuelle falou sobre seus atos com os demônios naquele dia?"

As mãos de Ezra tremeram levemente. Ele fechou-as em punhos.

"Muita gente falou muitas coisas naquele dia."

"Mas você se recorda das palavras dela?"

"Não me recordo."

O Profeta escorregou as mãos para as dobras de sua veste.

"Nossa acusada afirmou que você é amigo dela. Isso é verdade?"

Ezra hesitou. Immanuelle não o culparia se ele a rejeitasse. Qualquer homem inteligente com o desejo de viver o teria feito. Ele ainda podia se salvar.

"Isso é verdade. Immanuelle é minha amiga, e uma amiga leal."

Immanuelle reprimiu um soluço. Ezra devia ter ouvido, pois deslocou a mão na direção dela por meio centímetro, os nós de seus dedos quentes nas pontas dos dedos dela. Ele olhou para cima pela primeira vez. *Está tudo bem*, seus olhos pareciam dizer, as mesmas palavras que ele havia sussurrado no ouvido dela na noite da morte de Leah. *Você vai ficar bem*.

O Profeta os rodeava. Ele estava perto, tão perto que, se Immanuelle esticasse a mão, poderia ter apanhado a adaga sagrada pelo cabo. Ela ficou tentada a fazê-lo, roubar o punhal e entalhar o sigilo em seu braço ali, na frente de todos. Mas sabia que se tentasse, a Guarda do Profeta a mataria a tiros na mesma hora. Não, melhor esperar. O massacre ainda não começara. Ela ainda tinha tempo.

O Profeta abaixou-se de cócoras ao lado do filho.

"Qual é sua conexão com a acusada? Qual é a natureza dessa afinidade?"

Ezra engoliu em seco, levando o olhar de volta ao seu pai. Ele alinhou os ombros, como se estivesse reunindo as forças de que precisava para falar.

"Sou culpado de todas as acusações levantadas contra mim. Mas Immanuelle é inocente. Quaisquer pecados ou crimes que ela possa ter cometido foram sob minhas instruções e somente minhas."

Um enorme e pavoroso lamento se elevou da congregação. Muitas pessoas choravam abertamente; outras rasgaram as próprias vestimentas. Crianças se encolheram na saia das mães e alguns dos homens mais devotos se prostraram de joelhos em oração.

Seu herdeiro os havia traído.

O Profeta se arrastou até o altar, suas vestes rastejando atrás dele.

"Então está dizendo que foi você quem atraiu o mal de Immanuelle Moore? Quem o invocou?" Ele se virou para apontar um dedo acusador para seu filho. "Todas essas pragas caíram sobre nós por sua causa?"

Ezra assentiu. Seus ombros ficaram tensos sob a camisa quando ele se apoiou no altar.

"Sim. É verdade."

"E você manipulou o poder dela para tomar o título de profeta, tornando-o um herege. Um *falso* profeta."

Não era uma pergunta, mas Ezra respondeu: "Sim".

Sua confissão evocou um bramido de protestos. O desespero tornou-se choque e o choque se tornou fúria. A multidão escarnecia, disparando adiante, pisando duro e gritando. Os ecos de seus berros explodiam entre as paredes. Dessa vez, o Profeta deixou gritarem.

"Não", disse Immanuelle, mas sua voz se perdeu sob o tumulto da multidão. Naquele momento, ela não pensou em sua própria inocência ou culpa. Ela não pensou no sigilo reverso, em Betel ou em invocar o poder das pragas. Seus pensamentos estavam apenas em Ezra e no grave perigo em que sua falsa confissão o colocava. "Ele está mentindo. Não é verdade!" Antes que ela pudesse dizer mais uma só palavra de protesto, membros da Guarda do Profeta irromperam adiante para apanhar Ezra. Agarrando-o pelos braços, eles o arrastaram de volta às portas da catedral.

"Obrigado por sua confissão", disse o Profeta. "O julgamento está suspenso."

☽ -- O ANO *das* BRUXAS -- ☾

35

Às vezes, acho que ele me ama. Não abnegadamente,
como você, mas com certa avidez. Há poder nesse amor,
mas há malícia também. Com frequência me pergunto o
que será de mim quando essa malícia se manifestar.

— DAS CARTAS DE MIRIAM MOORE —

Immanuelle despertou com água fria sendo jogada em seu rosto e um chute nas costelas.

"Levante-se."

Estremecendo, ela abriu os olhos e perscrutou o guarda de pé sobre ela. Ele, como todos os outros servos que haviam ido até sua cela para atormentá-la, usava uma máscara sobre a boca, como se temesse ser contaminado por seu mal ao respirar. Ele segurava uma lamparina a óleo; ela brilhava com tamanha claridade que Immanuelle precisou apertar os olhos para impedir que a cegasse. Em silêncio, ela se ergueu do frio chão de pedra e se levantou.

O guarda a manteve algemada enquanto caminhavam pelos corredores do Retiro. Immanuelle tentou memorizar o caminho conforme avançavam — *duas vezes à esquerda, uma vez à direita, três vezes à esquerda, quatro vezes à direita, pausa na porta de ferro* —, mas era inútil. A escuridão tornava impossível distinguir um corredor do seguinte.

"Para onde estamos indo?", perguntou ela, odiando o tremor em sua voz.

O guarda não respondeu. Eles continuaram caminhando.

A cada passo, os pensamentos de Immanuelle vagavam e ela foi forçada a deixar de memorizar o caminho para manter-se de pé. A cabeça rodava e as pernas estavam bambas. Ela começou a tremer e não tinha certeza se era de medo, de fome ou dos dois.

Enquanto desciam os corredores, os pensamentos de Immanuelle se voltaram para Ezra — sua falsa confissão, seu sacrifício, tudo que ele tinha dito e feito para protegê-la. Era um gesto tolo; ele devia saber disso. Ela fora condenada no instante em que deixara a casa dos Moore. Porém, apesar de tudo, Ezra havia tentado salvá-la, mentindo sob juramento sagrado, trocando sua herança, sua liberdade, sua vida, pelas dela. Era um sacrifício sério, pelo qual ela era grata. Immanuelle só torcia para que, se ainda houvesse um pouquinho de sorte ao seu lado, ela tivesse a chance de dizer isso a ele antes do fim.

Após uma longa e silenciosa caminhada pelo Retiro, o guarda levou-a até um corredor vazio. No fim dele, havia uma porta de madeira tão grande que se estendia pela totalidade da parede. Abriu ante a aproximação deles, e Esther emergiu dali para a escuridão do corredor. Estava desgrenhada, a saia amarrotada, o corpete descuidadamente desamarrado. Seu cabelo caía solto pelos ombros e seus olhos estavam inchados e vermelhos. Ao passar rente a eles, dirigiu a Immanuelle um olhar de tanto desprezo que ela sentiu um calafrio.

Os homens da guarda deram um puxão nos grilhões de Immanuelle, puxando-a para a frente, e Esther desapareceu na escuridão do corredor. Com um golpe brusco entre suas omoplatas, o guarda a empurrou pelo portal e fechou a porta atrás dela.

Immanuelle hesitou junto ao limiar, com medo demais para se mover. Ela examinou o cômodo diante de si. No centro da parede oposta, havia uma cama, o colchão grande o bastante para cinco pessoas sobre um enorme estrado de ferro moldado, visivelmente similar em feitio e em estilo aos portões frontais do Retiro. Acima dela, pairava uma espada enferrujada de lâmina larga, que parecia tão velha que Immanuelle não ficaria surpresa em saber que seu proprietário original tinha sido um dos cruzados da Guerra Santa. Em cada lado da lâmina havia janelas que davam para o que Immanuelle presumia serem as planícies, embora estivesse escuro demais para ver além de uns poucos centímetros à frente do peitoril.

"Bondade a sua ter vindo."

Immanuelle deu um pulo e se virou para ver um homem sentado no canto oposto do cômodo, debruçado sobre uma pequena escrivaninha. Havia pouca luz nas sombras além do alcance do lampião a óleo, e Immanuelle só foi reconhecê-lo quando seus olhos se acostumaram com a escuridão.

O Profeta.

E aqueles, ela se deu conta, deviam ser seus aposentos particulares.

Após um longo silêncio, o Profeta tirou os olhos de seus papéis para estudá-la. Sob a luz da vela bruxuleando em sua mesa, ela pôde ver a cicatriz talhada ao longo da lateral de seu pescoço.

"Normalmente, cortam-se os cabelos das garotas que entram em contrição. Os guardas as tosquiam feito ovelhas para manter os piolhos longe, mas pedi a eles para que não a incomodassem com isso." Ele encarou-a com expectativa, como se esperasse que ela agradecesse. Immanuelle ficou em silêncio. "Você sabe por que a chamei aqui?"

Ela pensou no que Leah tinha dito, sobre como o Profeta a usara, explorando sua inocência quando ela era só uma criança, durante a penitência. Colocando o medo de lado, Immanuelle balançou a cabeça. O Profeta mergulhou a pena no tinteiro e rabiscou alguma coisa no rodapé de sua carta.

"Adivinhe."

"Eu... eu não sei."

"Fui informado de que você é uma garota de grande imaginação. Estou desapontado por não ter nada a dizer." Ele franziu o cenho.

"Estou cansada, senhor."

"Cansada?" Ele arqueou uma das sobrancelhas. "Você faz ideia de que horas são?"

Immanuelle olhou de relance pela janela, para o negrume das distantes planícies. Ela balançou a cabeça.

"É meio-dia", respondeu ele. "O sol não se levanta desde a noite em que meus guardas perseguiram você. Alguns acreditam que nunca mais se levantará." Ele avaliou-a com um olhar, dos pés à cabeça, e ela se perguntou quantas garotas haviam sido feridas naquele quarto. "É difícil de acreditar, mesmo com você aqui de pé, diante de mim. Uma garota com o poder para escurecer o sol, apagar as estrelas... por um mero capricho."

"Eu não invoquei as pragas."

Os olhos do Profeta cintilaram. Ele se inclinou para abrir uma das gavetas de sua mesa e retirou o diário de Miriam.

"Então me diga, o que uma garota inocente estava fazendo com o livro de feitiços de uma bruxa?" O livro borrou e duplicou diante dos olhos de Immanuelle, e o quarto começou a rodar. Seus joelhos cederam. Ela cambaleou alguns passos para trás antes de se apoiar no balaústre da cama. O Profeta pôs o olhar outra vez sobre a carta. Ela notou que ele usava a adaga sagrada, a própria arma de que ela precisava para lançar o sigilo reverso. Se pudesse ao menos estender a mão e apanhá-la... "Não alimentam você lá embaixo?"

Immanuelle voltou a ficar alerta, desviou o olhar do punhal.

"Só nos dias bons."

"Coma." Ele gesticulou para a pequena tigela de frutas no canto da mesa dele. Immanuelle estava com fome demais para se importar com suspeitas. Ela avançou aos tropeços até a mesa e apanhou uma maçã da tigela. Devorou-a em segundos, então limpou a boca com as costas da mão. "Vão sentenciar você à morte amanhã", disse o Profeta casualmente. "O Apóstolo Isaac contou?"

"Não." Suas entranhas se reviraram e ela sentiu o gosto da maçã no fundo de sua garganta.

"Então aqui está o seu aviso. Amanhã de manhã, você será sentenciada à pira por traição. Após o julgamento dele, Ezra receberá o mesmo veredito." Ele se deteve para terminar a carta. Tinha a mão fraca, e Immanuelle notou que ele segurava a pena do modo errado, pinçando-a entre o polegar e o anelar. Os nós dos dedos se dobravam em ângulos singulares, de modo que pareciam quase quebrados. "Porém, apesar de todos os alertas de meus apóstolos e da Igreja, tenho a vontade de ser misericordioso. Quero salvá-la." Ele então ergueu os olhos para ela e esclareceu: "Salvar vocês *dois*".

Immanuelle não ousou ter esperança. Ainda não. Havia um porém. *Sempre* havia um porém.

"Por que o senhor faria isso?"

O Profeta não lhe respondeu. Em vez disso, ergueu-se de sua mesa, os pés da cadeira raspando pelo assoalho com um guincho. Ele tossiu violentamente ao se levantar, e gotas de sangue salpicaram sua camisa e respingaram nas tábuas do assoalho a seus pés.

Immanuelle tinha entendimento o bastante para saber que aquele não era o tipo de tosse que poderia ser curada. Não era um episódio passageiro de gripe ou do resfriado que adentrava os pulmões na virada entre as estações. Não, aquele ladro chiado não era nada menos que o resfolegar de um moribundo.

Quando o acesso enfim passou, o Profeta limpou a boca nas costas da mão e se aproximou dela. Chegou tão perto que a garota sentiu o aroma do sangue em seu hálito.

"Eu faria isso porque me importo com você, Immanuelle. E acredito que, com tempo e expiação, poderíamos ser úteis um ao outro."

A lâmina consagrada estava a meros centímetros de seu alcance.

"De que modo?"

O Profeta estudou as próprias mãos. Quando baixou a cabeça, ela pôde ver a beira da cicatriz despontando por cima de seu colarinho.

"Pelos laços do sagrado matrimônio. Se for cortada com meu selo, estará isenta de seja lá a qual punição eles a sujeitarem no julgamento. Você será poupada."

Era uma oferta estranha, dado o estado do Profeta. Por que um homem moribundo se daria ao trabalho de casar-se com ela? Immanuelle imaginava que ele sobreviveria mais alguns meses, talvez um ano, dada a rápida ascensão de Ezra ao poder. Uma ideia horrível ocorreu a ela: e se o verdadeiro plano do Profeta fosse estender seu próprio reinado ao encurtar a vida de Ezra? E se pretendesse executar o próprio filho? O choque devia ter sido evidente no rosto de Immanuelle, porque o Profeta deu a ela um sorriso tranquilizador, que poderia ser reconfortante não fosse a intensidade em seu olhar.

"Ora, vamos. Há coisas piores do que ser a noiva de um profeta. Aqui, no Retiro, você estaria segura para levar uma longa vida. Nunca conheceria a dor ou as chamas da pira. Meu selo a absolveria completamente e você estaria livre para começar de novo."

Uma ideia emergiu no fundo de sua mente, tão astuta quanto revoltante. E se ela condescendesse à trama do Profeta, concordasse em segui-lo até o altar, deixando que cortasse o selo em sua testa e a possuísse? Naquela noite, no leito de núpcias, após cumprir com seu dever de noiva, quando o Profeta estivesse deitado, esgotado e suscetível, ela teria a rara oportunidade de tomar sua adaga sagrada, talhar o sigilo reverso no braço e invocar o poder das pragas. Se fizesse isso, não importaria quais seriam as intenções do Profeta ou o que ele planejasse fazer com Ezra. Tudo que ela precisaria fazer era agir antes dele.

"E quanto a Ezra? O senhor disse que lhe ofereceria misericórdia?"

À menção de seu filho, um dos olhos do Profeta se contraiu.

"Disse e sou um homem de palavra. Após seu corte, Ezra será absolvido dos crimes."

Isso significava que o Profeta só poria seu plano em prática após o corte dela. Significava que ela teria tempo.

"Então o senhor vai libertá-lo?"

"Libertá-lo?", zombou o Profeta, quase rindo. "Não posso fazer isso. Como meu herdeiro e ex-apóstolo, Ezra fez votos à Igreja. Votos que posteriormente contrariou quando deu as costas à sua fé para ajudá-la. Esse é um ato de traição sagrada."

E traição sagrada acarretava a pena de morte pela pira de purgação.

"Até onde se estende sua misericórdia se eu recusar sua oferta?"

"Não se estende." O olhar do Profeta tornou-se sombrio. A fúria ferveu no fundo do estômago de Immanuelle. Ela fechou os punhos. Ele estava praticamente a forçando ao altar agrilhoada.

Ou se casava com ele, ou ela e Ezra queimariam na pira. Não havia alternativa. "Você tem um olhar tão intenso", disse o Profeta, abrindo um sorriso malicioso. "Você fica igualzinha a ela quando me olha desse jeito."

"Igual a quem?"

"Sua avó. Vera Ward. Sabia que após sua prisão em Ishmel, ela seguiu você a cavalo por todo o caminho até o Portão Sacrossanto? Estava tão exausta quando chegou que prendê-la foi um ato de misericórdia."

"Vera está aqui?", sussurrou Immanuelle, horrorizada.

"Em carne e osso, desde a semana passada."

"O que o senhor quer com ela?"

"Ela é betelana", respondeu o Profeta. "O selo sagrado está entalhado entre suas sobrancelhas. Tenho a obrigação de guiar sua alma de volta à luz do Pai, o que não é tarefa fácil dado todo o tempo em que viveu na escuridão. Além disso, tenho pena dela, tenho mesmo. Imagine, primeiro a pobre mulher foi obrigada a ver seu único filho queimar na pira. Agora, dezessete anos depois, parece que sua neta... a última de sua família de sangue... terá a mesma sina. É uma tragédia terrível."

Immanuelle não conseguia respirar. Não conseguia falar. Todo aquele tempo tão ocupada caçando bestas e demônios, acreditando que o mal começava e terminava nelas. Havia sido tão tola. O verdadeiro mal não espreitava nas profundezas da Mata Sombria. Não estava em Lilith ou em seu conciliábulo, ou mesmo em qualquer uma das maldições que as bruxas haviam lançado.

O verdadeiro mal, agora Immanuelle se dava conta, usava a pele dos homens bons. Ele proferia preces, não maldições. Dissimulava compaixão onde só existia malícia. Ele estudava as Escrituras apenas para cuspir mentiras. Lilith sempre soubera, e Miriam também. Então elas lançaram suas maldições e invocaram suas pragas. Tentaram consertar as coisas, a seu próprio modo deturpado, pôr fim a todo o mal que havia começado com o Profeta e todos os profetas que reinaram antes.

"Eu vou resolver isso", disse Immanuelle, sem saber se isso era mesmo possível. "Se perdoar a mim e a Ezra, se permitir que deixemos Betel com minha avó, encontrarei um modo de acabar com as pragas. Deixarei todos vocês em paz."

"Achei que você tinha dito que não tem controle sobre as pragas."

"Não, eu disse que não as invoquei. É diferente."

O Profeta a estudou por um instante antes de se virar outra vez para sua mesa. Ele se sentou, rabiscou sua assinatura no rodapé da carta, soprou-a para secar a tinta e então colocou-a em um envelope. Ele inclinou a vela, derramando um pingo de cera na aba da carta, puxou a adaga das sombras de sua camisa e apertou o pomo do cabo na poça, formando a impressão do selo sagrado.

"Não estou interessado em um conserto precipitado, Immanuelle. Não vou ficar de joelhos e implorar para que faça as pragas recuarem. Não é assim que funciona e não é o que exige o Pai. Se vamos achar um modo de acabar com as pragas, não vamos fazê-lo mergulhando na escuridão."

"Então como planeja dar fim a isso? Acha que me cortar ou aprisionar seu filho fará diferença? Acha que Lilith e suas bruxas darão a mínima para isso?"

"Não, eu não acho", disse o Profeta calmamente. "É por isso que, se as pragas continuarem, estou preparado para arrasar a Mata Sombria até não sobrar nada além de gravetos e cinzas. As piras que vou acender farão as purgações sagradas de David Ford parecerem lareiras. De um jeito ou de outro, Betel vai triunfar e o Pai terá Sua expiação."

As mãos de Immanuelle se crisparam em punhos.

"Se é expiação o que deseja, se é o que o Pai verdadeiramente exige, então por que não começa por si mesmo?"

O estrondo de um trovão repicou do lado de fora e a escuridão pareceu se adensar, se comprimindo contra as vidraças das janelas.

"O que eu teria para expiar?"

"Acho que o senhor sabe."

"Nunca reivindiquei a perfeição, Immanuelle. Todos cometemos erros."

A fúria tomou conta dela. Do lado de fora, o vento ressoava pelo negrume.

"Não estou falando de erros. Estou falando de crimes. O senhor se deitou com Leah muito antes do corte dela, tomando sua virtude enquanto ela fazia penitência aqui, sob o que deveria ter sido sua proteção. O senhor mandou meu pai para a pira por ciúmes e por despeito. Aprisionou seu próprio filho sob acusações falsas. E os calabouços sob nossos pés estão repletos de meninas inocentes que o senhor tortura pelo crime de terem a marca da bruxa em seus arquivos do censo. Não há nada que o senhor não faria, ninguém que não machucaria, para garantir que o poder continuasse em suas mãos."

O Profeta empalideceu. A pouca cor que havia restado em seus lábios e em suas bochechas se exauriu, até ele estar diante dela tão branco e descorado quanto as bruxas da Mata Sombria.

"Você tem razão."

"*O quê?*" Ela se retesou.

"Disse que tem razão... sobre mim, meus pecados, meus vícios, minha vergonha, minha luxúria, minhas mentiras. Tudo isso." Ele olhou para ela e inclinou a cabeça. "Mas você sabe o que me deixa acordado à noite? Não são as mentiras da Igreja. Não são meus pecados, nem mesmo minha doença. O que me deixa acordado, virando, revirando e suando nos lençóis, é a consciência do quanto tudo isso é realmente frágil. Ossos quebram e pessoas morrem. As piras queimam com fraqueza, mal incandescendo o bastante para manter as sombras a distância. Forças além de nossos muros se aproximam pouco a pouco, a cada dia... e o rebanho vai ficando inquieto."

Ele baixou os olhos para as mãos, e Immanuelle ficou surpresa ao vê-las tremendo.

"E a quem eles recorrem em sua hora de necessidade? Quem é o responsável por tratar suas dores? Quem acende o fogo que os leva a atravessar a noite? O Pai não vai descer dos céus para cuidar de seus filhos. Os apóstolos retornam às suas esposas e suas camas. O rebanho falha em dar conta de si mesmo e assim o fardo se torna meu.

Eu sou a salvação dele e farei o que for necessário... sim, purgar, até matar... para garantir a sobrevivência dele. Porque é isso que significa ser um profeta. A questão não é a Visão. Não é bondade, justiça ou se banhar à luz do Pai. Não, ser profeta é ser o único homem disposto a condenar a própria alma pelo bem de seu rebanho. A salvação *sempre* demanda um sacrifício."

Immanuelle o encarou — esse homem que havia usado suas mentiras para fazer de si mesmo um mártir. Ele pensou que era ele quem fizera o verdadeiro sacrifício, mas estava errado. Não era o Profeta quem sustentava Betel, presa às suas costas feito um fardo. Eram todas as meninas e mulheres inocentes — como Miriam e Leah — que haviam sofrido e morrido pelas mãos de homens que as exploraram. Eram elas o sacrifício de Betel. Eram elas as vigas sobre as quais fora edificada a Igreja.

Sua dor era a grande vergonha da fé do Pai e toda Betel partilhava dela. Homens como o Profeta, que espreitavam e cobiçavam as inocentes, que se regozijavam com sua dor, que as brutalizavam e as subjugavam até elas não serem nada, explorando aquelas que deveriam proteger. A Igreja, que não só justificava e perdoava os pecados de seus líderes, como também os possibilitava: com o Protocolo e os troncos do mercado, com as mordaças, os açoitamentos e as Escrituras deturpadas. Era a totalidade daquilo, o coração da própria Betel, que garantia que cada mulher que vivesse atrás de seus portões só tivesse duas escolhas: a resignação ou a ruína.

Já chega, pensou Immanuelle. Chega de castigos ou Protocolos. Chega de mordaças ou contrição. Chega de piras ou punhais de evisceração. Chega de garotas surradas ou subjugadas ao silêncio. Chega de noivas em vestidos brancos deitadas no altar feito cordeiros para o abate.

Ela acabaria com tudo isso. Ela se casaria com o Profeta e, enquanto ele dormisse na cama que partilhariam, ela tomaria a adaga, talharia o sigilo em seu braço e acabaria com tudo isso de uma vez por todas.

"Pode me cortar, se assim desejar. Pode me acorrentar a uma pira, me encharcar de querosene e riscar um fósforo. Mas não será o bastante para salvar sua vida... ou sua alma miserável."

O Profeta se encolheu, e Immanuelle observou horrorizada enquanto ele erguia a mão para agarrar o cabo da adaga sagrada. Quando seu olhar encontrou o de Immanuelle, ela recuou cambaleando e caiu na beira da cama. Mas não havia para onde correr.

"Deixei claras as minhas intenções", disse ele, e, para o alívio de Immanuelle, o Profeta soltou a adaga e se recolheu ao seu lugar à mesa, mancando e arfando pelo caminho. "Já fui paciente além da conta com você. Mas me farei claro uma última vez: sua vida e a de Ezra dependem de sua decisão no julgamento de amanhã. Sugiro que retorne à sua cela e leve minha oferta em consideração. Pela manhã, se for clemência o que desejar, vai ficar calada e fazer a escolha certa."

O ANO das BRUXAS

36

Eu tomei parte em luxúria e lubricidade.
Deleitei-me nos despojos da carne. Por esses
crimes, hei de me deparar com o acerto de
minhas contas nas piras da purgação. Peço
pela misericórdia do Pai. Nada mais.

— A CONFISSÃO FINAL DE DANIEL WARD —

Na manhã de sua sentença, Immanuelle despertou com o nome de Ezra na ponta da língua. Ela havia sonhado com ele e, ao se levantar, era o rosto dele que a assombrava.

Logo após se colocar de pé e catar a palha de seus cachos, um dos membros da Guarda do Profeta apareceu na porta da cela.

"Está na hora", foi tudo que disse. Ele oferecia uma fatia dura de pão integral pelas barras da cela. Desjejum.

Immanuelle balançou a cabeça. Só de pensar em ingerir qualquer coisa além de uns poucos goles d'água a deixou nauseada. Ela alisou os amarrotados de sua saia com as mãos trêmulas.

"Estou pronta."

Eles tomaram a saída mais curta, seguindo pelo corredor e subindo à casa propriamente dita, emergindo junto ao saguão de entrada. Era a rota que Immanuelle conhecia melhor — e aquela que teria usado caso tivesse tido a oportunidade de armar uma fuga. De lá, tomaram uma carroça para atravessar o frio negrume das planícies, passando pelos montes fumacentos de antigas piras funerárias, viajando rápido sob o céu sem estrelas.

O cordão das luzes da catedral apareceu a distância. Immanuelle cruzou os braços sobre o peito, assolada por um imenso arrepio, os dedos dormentes pelo frio.

Aquele era o dia em que ela decidiria seu destino: o Profeta ou a pira.

A congregação de Betel se espalhou pela catedral, enchendo os bancos. A multidão era duas vezes maior do que na primeira sessão de seu julgamento, e muitos homens e mulheres estavam de pé ao longo das paredes ou sentados nas naves.

Quando todos os bancos e assentos estavam preenchidos, Immanuelle tomou seu lugar no altar outra vez, entrelaçou as mãos sobre o colo e baixou a cabeça.

Por Ezra, ela disse a si mesma, ruminando o nome dele em sua cabeça. *Por Honor. Por Glory. Por Miriam. Por Vera. Por Daniel. Por Leah. Por Betel e todos os seus inocentes.*

Os apóstolos se reuniram atrás dela, formando uma fileira ao longo do altar. Estavam usando suas vestes mais formais, grossas túnicas de veludo negro, as bainhas se amontoando aos seus pés. Quando o último da congregação encontrou lugar nos bancos ou de pé junto às paredes, o Profeta entrou. Ele também vestia o que tinha de melhor: uma túnica de um intenso avermelhado, tão escuro que parecia quase preto. Seus pés estavam descalços e, quando ele percorreu a nave a passos largos, seus dedões despontaram por baixo da bainha de sua túnica.

"É hora de a acusada testemunhar. Hoje, vamos escutar sua confissão final."

As mãos de Immanuelle tremeram em seu colo. Ela agarrou os joelhos, a boca seca e pastosa. Erguendo a cabeça, perscrutou a turba reunida. Havia rostos que conhecia — Esther, sentada na fileira da frente, e os Moore, que enchiam o banco logo atrás — e muitos outros que não conhecia. A catedral estava apinhada de homens e mulheres, todos com o olhar erguido para ela com o mesmo medo e repulsa com os quais ela um dia havia olhado para Lilith na Mata Sombria.

O Profeta se virou para encará-la.

"Fale agora e faça com que a verdade seja conhecida."

Immanuelle endireitou os ombros e se forçou a erguer o olhar para o rebanho. Ela sabia que não havia feito nada de errado, que não tinha pecados verdadeiros para confessar ou pelos quais ser perdoada. Mas também sabia que seu destino e o de Ezra dependiam de sua confissão. O que ela dissesse em seguida determinaria se viveriam para ver o dia seguinte. Se era preciso uma falsa confissão de culpa para salvar os dois, que assim fosse.

"Meu nome é Immanuelle Moore. Sou a filha de Miriam Moore e Daniel Ward." Suas palavras foram recebidas com silêncio. Um silêncio morto, denso e nauseante. "Eu me coloco diante de vocês como assassina, mentirosa e pecadora da cabeça aos pés. Eu desonrei o nome da minha família. Desonrei as Escrituras, o Profeta e o Bom Pai." Immanuelle se deteve, encontrando o olhar de Martha pelo mais breve dos instantes. "Eu trilhei o caminho do pecado", continuou Immanuelle. "Conversei com as bestas da Mata Sombria em sua língua sórdida. Desafiei o Protocolo do Pai e vivi em opróbrio ante seu reino. Eu li em segredo. Seduzi homens bons com meus embustes e revirei seus corações. Desobedeci à conduta sagrada de mansidão e modéstia e falei quando não era minha vez. Pratiquei bruxaria nas sombras. Fiz amizade com o mal e me esquivei do bem que veio até mim. Por esses pecados, eu peço seu perdão para que o Pai possa, em Sua misericórdia, purgar a escuridão de minha alma. Esta é minha confissão."

Novamente, fez-se silêncio, com exceção do eco ritmado dos passos do Profeta conforme ele caminhava ao longo da extensão do altar e erguia a mão para a cabeça de Immanuelle, seus dedos se enredando nos cachos dela.

"Obrigado por seu testemunho, criança. Ele foi bem ouvido."

O rebanho nada disse. A multidão aguardou, boquiaberta, faminta pela sentença. Pelas novas de uma apropriada execução pela pira, uma purgação viva como exigia a lei das Escrituras.

Mas se era sangue o que queriam, eles não o teriam naquele dia. Pois seu Profeta tinha outros planos. Planos que havia deixado claros para Immanuelle — planos que fariam com que Betel fosse levada à ruína se significassem a manutenção do poder na palma de sua mão.

"O Pai falou comigo através da Visão." A mão do Profeta caiu da cabeça de Immanuelle quando ele avançou para se postar diante do altar. "Vi os filhos dele caminharem livremente pelas planícies e pela mata além delas. Vi o sol se erguer sobre a terra e afugentar as sombras. Vi o olho sagrado do Pai sobre nós uma vez mais."

Houve gritos de louvor e glória.

"Mas há um preço pela recompensa e pelas bênçãos que eu vi." O Profeta elevou a voz acima de seus brados.

O Apóstolo Isaac avançou, seus olhos brilhando com o frenesi.

"Seja qual for o preço, pagaremos!" Ele se virou para encarar a congregação. "Pela glória do Pai!"

Pela glória do Pai!", repetiu o rebanho, em resposta.

O Profeta ergueu a mão ordenando silêncio. O suor umedecia seu cenho, e os músculos de seu pescoço se retesaram, como se precisasse arrancar as palavras da garganta.

"O Pai exige que nós arrasemos a Mata Sombria e a ponhamos sob nosso domínio." Outro brado se ergueu do rebanho, com aplausos arrebatados. Algumas das pessoas dos bancos da frente caíram de joelhos, as mãos erguidas para os céus. "Para fazer isso", prosseguiu o Profeta, "para pôr sob nosso domínio aquilo que temos o direito de reivindicar, devemos sobrepujar a escuridão que reside em cada um de nós em diferentes medidas. Não devemos ter medo de purgá-la, como fez David Ford no auge da Guerra Santa, quando conclamou dos céus o fogo do Pai." Ele se deteve um instante para causar impacto. "É por isso que na aurora do próximo Sabá, eu desposarei Immanuelle Moore e purgarei o mal dela. Talharei o selo sagrado em seu cenho. Então, e só então, a maldição será quebrada."

Immanuelle sentiu o ar pesar. Não se ouvia som algum. Nem o choro de um bebê ou o resmungo de uma criança. Nem um suspiro, nem a batida de um coração.

"O senhor vai lhe oferecer clemência?", inquiriu o Apóstolo Isaac, seu rosto retorcido de repulsa. "O senhor ofereceria a esta bruxa um lugar ao seu lado como recompensa por pecados e crimes?"

"Eu ofereceria minha própria vida em troca de um fim para essas pragas. Seja lá o que o Pai exigir de mim, eu darei, caso signifique um fim para nosso sofrimento." O Profeta passou a mão pela cabeça, como se para ganhar o tempo necessário para se recompor. Mas quando falou outra vez, sua voz ribombou por entre as vigas: "Nós purgamos e queimamos, mas ficamos ainda pior. Mandar a garota para a pira não acabará com nosso sofrimento. Ela está unida às Trevas da Mãe, de corpo e alma, então devemos achar um modo de quebrar esse laço profano. Eu agora orei, prostrado aos pés do Pai para que ele pudesse me dar uma resposta... me mostrasse um modo de dissipar esse mal que recaiu sobre Betel através dela e eu recebi uma resposta. Só há um único modo de nos purgarmos do mal que esta bruxa lançou: um selo sagrado entre noiva e marido, marido e Pai Sagrado. Para expiar seus pecados, ela deve estar unida a mim. É o único modo". O Profeta voltou o rosto para Immanuelle uma vez mais, seu peito a centímetros da beira do altar. "Você aceita os termos de sua sentença?"

Fez-se silêncio na catedral. A escuridão se comprimia contra as janelas.

O fim agora estava próximo.

Immanuelle curvou a cabeça, os braços envolvendo o estômago como se para manter seus ossos no lugar. Erguendo o olhar para encontrar o do Profeta, ela selou seu destino.

"Eu aceito."

☽ - O ANO *das* BRUXAS - ☾

37

*Da última vez que o vi, ele estava amarrado
ao tronco da pira, os braços presos às costas,
a cabeça pendendo. Ele não olhou para mim.
Mesmo quando chamei seu nome acima
do crepitar das chamas, ele não olhou.*

— MIRIAM MOORE —

Immanuelle não voltou à cela naquela noite. Em vez disso, após o julgamento ser concluído, ela foi entregue às esposas do Profeta, que a transportaram em meio à escuridão de volta ao Retiro e aos aposentos reclusos nos quais ela permaneceria até o dia de seu corte.

Era o quarto de Leah. Immanuelle quase riu com a ironia daquilo quando viu o nome da amiga pintado na porta. O aposento agora estava parcamente mobiliado, não sobrara rastro algum dela. Havia uma cama grande com um estrado de ferro. Ao lado, uma mesa que abrigava uma bacia, um jarro e uma cópia de bolso das Escrituras Sagradas. Acima da cama, uma janela gradeada com um cadeado de ferro. Uma vela bruxuleava em uma pequena mesa junto à porta, lançando longas sombras pelas paredes.

Immanuelle tirou o vestido esfarrapado e jogou-o no canto do quarto. Retirou uma camisola limpa de um baú ao pé da cama. Exausta, ela se enfiou embaixo dos lençóis e puxou os cobertores até o queixo.

Fechou os olhos, tentando bloquear os uivos que ecoavam pela escuridão rodopiante lá fora. A praga tinha vida e mente próprias e, tanto quanto a Mata Sombria, falava com ela, sussurrando contra as vidraças, atraindo-a para o negrume. Quase sentiu-se tentada a sucumbir, a abandonar todos os horrores que se encontravam diante dela — a contrição e a faca de corte, o leito nupcial do Profeta. Que a escuridão transformasse tudo aquilo em nada. Quando portasse o poder das pragas, talvez ela fizesse exatamente isso. Invocar a noite, deixá-la afogar tudo em seu rastro. Assustava-se com o quanto gostava da ideia, com como estava tentada em torná-la realidade.

O som da porta se abrindo com um rangido tirou Immanuelle do labirinto de seus pensamentos. Antes que ela tivesse a chance de sentar-se, Esther Chambers entrou sorrateiramente no quarto.

A mãe de Ezra vestia uma longa camisola cinza e um robe. O cabelo dela estava preso no topo da cabeça, fixo no lugar por dois pentes de ouro. Quando ela adentrou a luz da lamparina a óleo, Immanuelle viu que sua pele estava pálida, e seus lábios, descorados.

"Vão queimar meu filho!", exclamou. "Vão mandá-lo para a pira." Immanuelle abriu a boca para responder, mas Esther a interrompeu: "Eles o acusaram de conspiração contra a Igreja e traição sagrada".

"Eu sinto muito", sussurrou Immanuelle.

"Não quero suas condolências", disparou ela, o timbre de sua voz ávido e agudo como a corda arrancada de uma harpa. "Tudo que quero é que saiba que se deixar meu filho morrer em nome dos seus pecados, vou garantir que você tenha o mesmo destino."

O rosto de Immanuelle queimou de vergonha.

"Ezra não vai morrer. O Profeta me disse que ele seria poupado. Ele prometeu."

"A palavra dele não vale nada", disse Esther amargamente. "Vale menos que nada. Não quero saber de esperanças e promessas falsas. Quero saber como *você* pretende salvar meu filho. Como vai libertá-lo?"

Immanuelle tivera o cuidado, tanto cuidado, de manter em segredo cada detalhe de seu plano. Não mencionara o plano de talhar o sigilo reverso e cumprira diligentemente o papel da futura noiva mansa e subjugada. Mas com Esther ali de pé tão desolada e temerosa, sua consciência a provocou a oferecer alguma garantia, apenas o bastante para que ela soubesse que Ezra não estava sozinho.

"Após meu corte, tenho planos para libertá-lo. Mas vou precisar da sua ajuda."

Esther olhou de soslaio por cima do ombro na direção da porta. Quando falou outra vez, foi em um sussurro: "O que precisa que eu faça?".

"Diga onde ele está. Preciso vê-lo esta noite, antes da sentença, para que ele esteja pronto quando chegar a hora."

"Ezra está na biblioteca com a filha de Leah. As portas não estão trancadas, mas os corredores são patrulhados por dois guardas. Posso distraí-los, ganhar algum tempo para você."

"É tudo que preciso."

●●●

Immanuelle esperou até o eco dos passos de Esther desaparecer antes de se esgueirar pelo quarto, estender um xale ao redor dos ombros e sair sorrateiramente para o corredor. Achou estranho não haver ferrolho em sua porta — dado que apenas horas antes estivera acorrentada à parede de uma cela nas catacumbas —, mas então se lembrou de que não era mais uma prisioneira. Era um cordeiro premiado, um tesouro, a mais nova futura noiva do Profeta.

Além disso, ele sabia que ela não fugiria. Ela estava atrelada ao Retiro, atrelada à sua promessa — ao Profeta, ao rebanho, a Ezra. O tempo de fugir havia passado. O que restava a ser concluído seria concluído em Betel.

Immanuelle seguiu descalça, pé ante pé pelo corredor principal do Retiro, tendo o cuidado de se manter nas sombras. Quando passou pelas janelas, a escuridão se apressou ao seu encontro, ameaçando quebrar o vidro e inundar os corredores lá dentro. Ela tentou ignorar, mas o chamado ressoava por sua cabeça como o badalar de um sino, e Immanuelle podia sentir sua atração no fundo do estômago, aliciando-a noite adentro. Na metade do caminho pelo corredor, ela se deteve diante de uma janela alta de vitral, encarando a escuridão.

"O que você quer de mim?"

Ao som da voz dela, a escuridão se moveu feito água, ondeando e se duplicando, se dobrando sobre si mesma. Immanuelle ergueu os dedos para a janela, o vidro frio sob sua mão. As sombras se ergueram para encontrá-la e ela viu nelas um alarmante reflexo. A garota que a encarava de volta tinha as suas feições — os mesmos olhos escuros e os lábios cheios, o nariz firme e o queixo macilento —, mas cada detalhe era exagerado, cada atributo era refinado. Ela era bela e admirável e tinha uma força insolente em sua postura, os ombros alinhados, o queixo protuberante. E havia algo em seu olhar que a tornava algo... *mais*. Era como se a garota na escuridão fosse tudo que Immanuelle um dia havia esperado ser.

Ela pressionou a mão contra a de Immanuelle, de modo que não havia nada além de vidro entre elas. Immanuelle se moveu para mais perto da janela e a garota na escuridão acenou, quase com falsa modéstia, para o trinco da janela. Immanuelle estendeu a mão para ele, e a garota se comprimiu contra a vidraça, chegando tão perto que seus lábios roçavam o vidro. Immanuelle puxou a maçaneta de ferro e a janela se escancarou. Uma rajada de vento invernal correu pelo corredor, apagando lampiões e velas. A noite se derramou pela janela aberta e o corredor ficou às escuras. Ouviu-se o estrépito distante de passos. Uma voz: "Quem está aí?".

Dando as costas à escuridão, Immanuelle correu — fugindo dos guardas, do corredor e da garota que assombrava o negrume.

Não levou muito tempo até ela encontrar a velha catedral, que abrigava a biblioteca. Seguindo pé ante pé pelos pisos de pedra fria, ela avançou curvada pelo corredor para se certificar de que as portas estavam desprotegidas. O corredor estava vazio.

Aliviada, Immanuelle avançou. Estava na metade do caminho para a biblioteca quando ouviu passos. Virou-se e encontrou um guarda de pé diante dela, uma longa espada pendurada no cinto. E ele estava olhando diretamente para ela.

"Calma", disse ele. Ao adentrar a luz da tocha, Immanuelle se deu conta de que era um dos homens com quem tinha voltado a Betel. O único membro da guarda que havia lhe tratado com alguma gentileza. Seu olhar ia e voltava entre ela e as portas da biblioteca. Então, sussurrando baixo e com urgência, ele disse: "*Vá*".

"Obrigada", ela conseguiu gaguejar, mais grata por esse ato de misericórdia do que seria possível o rapaz imaginar. Ela se virou para as portas da biblioteca e passou sorrateiramente, adentrando a escuridão. "Ezra?", sussurrou ela nas sombras. "Você está aí?"

"Immanuelle?" Ouviu-se um ruído de ferro raspando na pedra, grilhões deslizando pelos ladrilhos.

"Sou eu." Ela partiu na direção daquela voz, ziguezagueando pelas estantes, tropeçando sobre pilhas de livros. E então lá estava Ezra, e ela estava em seus braços, e ele nos dela. Ficaram abraçados em silêncio, as mãos dele deslizando pelas costas de Immanuelle, o contorno do corpo de um se encaixando no do outro. "Está ferido?", perguntou ela, murmurando as palavras contra o ombro dele.

"Não", disse ele, e Immanuelle sabia que ele estava mentindo. Não havia luz para ver, mas ela cautelosamente levantou o canto da camisa. Sentiu os curativos embaixo, enfaixando seu estômago e seu peito. Estavam úmidos, e ele gemeu quando ela os tocou.

"Ezra..." Ela inspirou fundo.

"Certo", disse ele, arfando um pouco. "Tive um breve encontro com uma bala ou duas, mas estou bem. E você?"

"Está tudo bem." Na verdade, ela havia sofrido uma dura surra na primeira noite de contrição e vários açoitamentos depois, mas não o perturbaria com tais coisas. Não agora, não quando ele estava tão fraco, tão frágil em seus braços.

"Por que está aqui?" Ele não sabia, ela se deu conta. Não tinha como saber, é claro. Não estivera lá. Não havia escutado a confissão final dela.

"Fui sentenciada hoje", sussurrou ela. "Fui sentenciada, e o Profeta decidiu me libertar."

"Como? Nem eu fui sentenciado ainda."

"Escute." Immanuelle agarrou suas mãos. "Você tem que dizer a eles que está arrependido pelo seu pecado. Jure que vai fazê-lo."

"Não estou entendendo."

Ela ouviu o eco de passos a distância e se agachou instintivamente, deslocando-se por trás de uma estante próxima.

"Fiz um acordo com seu pai."

"Que tipo de acordo, Immanuelle?" A voz de Ezra era tensa. "O que você fez?"

"Concordei em tomar a mão dele em matrimônio, para salvar sua vida e a minha", disse ela, as palavras feito bile em sua língua. "Vou ser cortada no próximo Sabá."

"Não." As mãos de Ezra se apertaram dolorosamente ao redor das dela e em sua voz havia tanta repulsa — tanta *fúria* — que Immanuelle se encolheu para longe dele.

"As minhas opções eram o Profeta ou a pira", disse Immanuelle, depressa. "Ele disse que pouparia sua vida se eu me casasse com ele e por isso concordei em fazê-lo... para ganhar tempo para você, para salvá-lo."

"Ele mentiu", disse Ezra, em um tom tão baixo que suas palavras mal eram audíveis. "Esse foi o acordo que eu fiz com ele. Que se eu me declarasse culpado, ele garantiria que você sobrevivesse e a libertaria."

Ele havia mentido para os dois. O acordo nunca havia se resumido a sacrifício — dela ou de Ezra. O Profeta afirmava estar levando a cabo a vontade do Pai, mas era o poder que o impelia. O poder de purgar, de punir, de controlar. Era só com o que ele se importava.

"Immanuelle, você não pode levar isso adiante", disse Ezra com urgência. "Ele vai machucá-la. Ele vai subjugá-la, como faz com todo mundo."

Ela fechou os olhos e, ao fazê-lo, teve um vislumbre da fatídica noite quando o Profeta se voltou contra sua mãe e sua mãe se voltou contra ele.

"Ele não vai encostar um dedo em mim ou em qualquer outra pessoa. Vamos encontrar um meio de impedi-lo, de impedir tudo, mas preciso de você vivo, bem e ao meu lado."

"Isso é loucura", disse Ezra. "Não é o bastante nos salvarmos? Você passou pelo portão uma vez; podemos fazer isso de novo. Deveríamos fugir, esta noite. Conheço um modo de sair do Retiro, pelas passagens dos fundos. Se for capaz de me libertar dessas correntes, podemos conseguir sair antes que alguém perceba. Fazer as coisas à nossa maneira."

Immanuelle imaginou como seria dar as costas a Betel e a todos os seus problemas, fugir com Ezra, criar uma nova vida para além do portão. Era um sonho atraente, mas Immanuelle sabia que não passava disso. Seu destino não era o de uma fugitiva. Ela retornara a Betel para acabar com as pragas de uma vez por todas, e tinha a intenção de ir até o fim.

"Nos salvar não é suficiente", disse Immanuelle com firmeza. "Há outras pessoas em Betel que também sofrem e elas merecem mais. Temos que ajudá-las. Todas elas."

Ezra não disse nada por um longo tempo. Finalmente, ele perguntou: "Então vai apenas se oferecer em troca? Barganhar seus ossos com aquele tirano?".

"Sim. É exatamente o que vou fazer. E então, depois de ser cortada, vou acabar com essas pragas de uma vez por todas."

"Como?"

Immanuelle pensou no sigilo, no sacrifício que teria que fazer para que seu poder rendesse frutos.

"É melhor que não saiba. Assim, se algum dia lhe perguntarem, você pode alegar ignorância."

Ezra suspirou e inclinou a testa contra a dela. Immanuelle de repente se deu conta de que os dois nunca antes haviam estado tão próximos. E tudo em que conseguia pensar, enquanto ficavam abraçados na biblioteca às escuras, era no quanto o queria ainda mais perto.

"Odeio isso", disse Ezra, seu hálito cálido contra o rosto dela. "Odeio estar acorrentado aqui em cima. Não poder ajudá-la. Estar aqui preso por grilhões enquanto você é cortada por ele, possuída por ele."

"O que está feito, está feito", sussurrou Immanuelle. "Dessa vez, deixe que eu o ajude. Deixe que eu lute por você."

Ezra não respondeu ao soltar-se do abraço. Os dedos dele encontraram o rosto de Immanuelle, então resvalaram até sua mandíbula, até a suave depressão de seu queixo. Ele traçou com o dedo a linha de seu lábio inferior, então inclinou-se para mais perto. Depositou um beijo em seu lábio superior, então no inferior. E disse: "Tudo bem".

PARTE IV

MASSACRE

∀

☽ -- O ANO *das* BRUXAS -- ☾

38

*Eu vi as bestas da mata. Vi os espíritos que espreitam entre
as árvores e nadei com os demônios das águas profundas.
Assisti aos mortos caminharem em pés humanos, fiz companhia
aos malditos e aos crucificados, aos predadores e às suas
presas. Conheci a noite e a chamei de minha amiga.*

— MIRIAM MOORE —

Immanuelle se ajoelhou no meio do quarto, as mãos unidas, vestida com a seda clara de seu vestido de corte. Deveria estar orando, mas seus pensamentos não estavam com o Pai. Ali, ajoelhada no chão, os acontecimentos dos últimos poucos dias passaram em um lampejo por sua mente como os princípios resplandecentes de uma enxaqueca.

O embuste do julgamento de Ezra veio e passou, assim como a sentença. Como Immanuelle, era considerado culpado de todas as acusações, mas ela não teve notícias além dessa. Sabia apenas que ele ainda estava vivo e aprisionado em algum lugar nas catacumbas do Retiro. Só podia torcer para que o tratassem com mais gentileza do que haviam dispensado a ela. Não que isso fosse importar por muito mais tempo.

Nos dias antes do corte, ela traçou e retraçou o sigilo reverso — na pele macia da parte interna de seu antebraço, em paredes e mesas e nos travesseiros sobre os quais dormia à noite. E cada vez que fazia aquela marca — internalizando-a na memória —, ela se preparava para o sacrifício que faria na noite do corte, quando fosse convocada ao leito de seu marido. Sentia que havia certa justiça poética naquilo tudo. Que dezessete anos após Miriam ter tomado a adaga sagrada do Profeta, Immanuelle fosse tomar aquela mesma lâmina e talhar o sigilo que reverteria as pragas que sua mãe havia forjado todos aqueles anos antes.

Naquela noite, logo após a cerimônia do corte, ela agiria.

Quando as esposas do Profeta foram buscá-la, Immanuelle estava pronta. Ela caminhou descalça pelos corredores do lar do Profeta até a carroça que a aguardava lá fora, em frente ao Retiro. Sentou-se no banco da frente — as outras noivas se amontoando atrás —, e juntas elas fizeram a longa e silenciosa viagem até a catedral.

Todas as piras estavam queimando novamente. O fogo havia sido alimentado com madeira fresca, então as chamas vermelhas agora subiam altas, iluminando o caminho.

Quando chegaram à catedral, não havia multidões para saudá-las. Nenhuma lanterna brilhante. Nem música, nem regozijo. Nenhuma fanfarra. No silêncio sepulcral, Immanuelle desceu da charrete para a fria terra batida da entrada. Ela se demorou à soleira da catedral enquanto o resto das noivas dava a volta por trás. Talvez devesse ter orado naquele momento — para algo, alguém —, mas tudo que pensou em fazer foi conjurar uma maldição.

Que aqueles que ergueram a mão contra mim colham o mal que plantaram. Que as sombras apaguem suas luzes. Que seus pecados os confrontem.

A porta da catedral se abriu antes que tivesse a chance de terminar. Ela foi recebida pela luz das tochas bruxuleantes, pelos rostos borrados da congregação, que a miravam, ansiosos. Em meio à multidão estava a família Moore, Martha e Abram, Glory e Anna, que segurava Honor aconchegada em seu peito em um ninho de xales e cobertores. Dezenas de cercanenses também estavam presentes, ocupando os bancos nos fundos da catedral. Immanuelle presumiu que estavam lá por uma questão de diplomacia. Aquela era, afinal, a primeira vez na história ancestral de Betel que um Profeta se casava com uma dos seus. A cerimônia era histórica, e fazia bastante sentido que estivessem ali para testemunhá-la.

Immanuelle caminhou sozinha pela nave central. Dava dois passos por vez, a cauda de seu vestido se arrastando atrás. Então escalou o altar. A pedra estava fria e grudenta, como se algum servo tivesse deixado de enxugar a sujeira do abate no último Sabá.

Ela se esticou sobre o altar, os braços bem abertos. O Profeta pairou sobre ela, com a adaga na mão. Eles trocaram seus votos rigidamente, Immanuelle murmurando as palavras que a uniriam a ele — carne e ossos, alma e espírito — para sempre.

Um sacrifício tão real quanto qualquer outro.

Quando os procedimentos foram concluídos, o Profeta tomou a adaga pendurada ao redor de seu pescoço, envolvendo o cabo com ambas as mãos. Quando ele baixou a lâmina para a testa dela, Immanuelle não se encolheu.

...

Mais tarde, as outras esposas fizeram o curativo de Immanuelle em uma sala escura nos fundos da catedral, cuidando das feridas com um óleo de unção que ardia tanto que lágrimas brotaram em seus olhos. O sangue escorria por seu nariz quando Esther enfaixou seu cenho com tiras de gaze. A cabeça latejava como se o Profeta tivesse talhado a marca em seu crânio, não em sua carne.

Ela agora pertencia a ele. Ela era dele e ele era dela. Um credo de carne e sangue, um elo que nunca havia desejado.

Depois que estava limpa o suficiente, Esther e Judith se materializaram ao lado dela. Juntas, elas a guiaram pela catedral, para além da soleira e escada abaixo até o banquete onde o Profeta — envolto em todas as suas túnicas e adornos sagrados — estava sentado, esperando por ela.

Se o corte de Leah havia sido uma celebração, o de Immanuelle parecia pouco mais que um banquete fúnebre. Os convidados sentavam-se tesos às suas mesas, como se forçados na ponta da faca a estarem ali. Os cercanenses ocupavam suas próprias mesas, sentados impassíveis e silenciosos, seu desconforto quase palpável. Não havia conversa nem risadas, nem música. A distância, as piras queimavam altas, as chamas lambendo o céu sem estrelas, mantendo a escuridão longe.

De pé nas sombras, no limiar do banquete, ladeada por membros da guarda, estava Vera. Sua cabeça fora raspada, como ditava o Protocolo para aquelas em contrição, e usava vestes claras que pareciam mais uma combinação do que um vestido, o tecido fino demais para o frio da noite. Ela perdera peso e parecia fraca, mas quando Immanuelle firmou seu olhar no dela, ela endireitou os ombros e lhe dirigiu um aceno de cabeça austero, como quem diz: *Está na hora.*

O Profeta segurou o joelho de Immanuelle quando ela sentou-se ao lado dele, seus dedos frios pressionando as dobras de suas anáguas.

"Minha noiva."

Immanuelle agarrou o braço da cadeira para impedir a si mesma de sair correndo. Ela passou os olhos pela mesa. Diante dela, um prato de porcelana com uma pilha de vegetais grelhados, fatias cinzentas de carne e uma pequena caneca cheia de hidromel ao lado. Ela levou a caneca à boca. Um gole para dar sorte, outro para coragem. Precisaria de ambas em breve.

Aqueles sentados à mesa observavam o Profeta e Immanuelle com aquilo que ela só conseguia descrever como repulsa velada. Seu descontentamento era tão palpável que pairava pelo ar como uma mortalha.

Estava claro que haviam esperado um fim imediato para a praga logo após seu corte. Mas a escuridão estava tão densa quanto sempre, e a noite continuava intacta. O selo talhado entre suas sobrancelhas não havia sido o bastante para fazer a praga recuar, como o Profeta havia prometido que seria.

No meio do banquete abismal, o Profeta levantou-se para falar, como se soubesse que precisava retomar o controle de seu rebanho antes que perdesse a confiança dele para sempre.

"Através do perdão, através da expiação, através da purgação e da dor, nós nos tornamos puros. Hoje, minha noiva, minha esposa, Immanuelle Moore, sangrou por seus pecados. Ela sofreu e agora está purificada."

"*Pela glória do Pai.*" O rebanhou ergueu a voz ante o comando.

O Profeta se deteve para tossir em sua manga. Quando falou novamente, sua voz saiu rouca:

"Mas minha noiva não é a única necessitada de graça. Antes deste dia terminar, outra pessoa terá sua expiação e seu perdão. Outro pecador será purificado pela misericórdia do Pai." Ele se deteve — olhos fechados, boca aberta — como se estivesse tentando reunir a força necessária para continuar. "Tragam-me meu filho."

As portas da catedral se abriram e o coração de Immanuelle parou, o pânico transpassando-a por inteiro. Ela observou horrorizada quando dois apóstolos passaram com Ezra pelo limiar da catedral e o conduziram escada abaixo. Ele cambaleava, as botas se arrastando na terra enquanto o levavam até seu pai. O Apóstolo Isaac forçou-o a ficar de joelhos com um golpe bem dado entre seus ombros. Ele caiu no chão, a cabeça a centímetros dos pés do pai.

"Ezra Chambers." O Profeta baixou os olhos para seu filho, incandescentes pela luz da pira de purgação. "Você se arrepende?"

Ezra não se moveu. Agarrou a terra com ambas as mãos, como se estivesse tentando se ancorar. Enfim, ele disse: "Não tenho nada de que me arrepender".

"Muito bem", disse o Profeta, assentindo. "Que o Pai tenha misericórdia de sua alma."

O coração de Immanuelle se debateu atrás de suas costelas. Em um instante ela estava de pé, levantando tão rapidamente que a cadeira tombou atrás dela.

"O que significa isso?"

Ninguém mais se moveu. Ninguém falou. Ninguém fez som algum, exceto Esther, que soltou um berrou dissonante. Mas o Profeta nem se dignou a olhar para ela. Seus olhos estavam fixos em Immanuelle. Não em seu filho, nos guardas ou no rebanho.

Nela.

E foi para ela que o Profeta falou quando disse:

"Levem-no para a pira."

Os guardas não cometeram o erro de hesitar mais uma vez. Içaram Ezra pelos braços e o forçaram a ficar de pé. O Profeta se arrastou atrás como uma sombra quando avançaram na direção da pira.

"Não!" Immanuelle saltou, se estirando na direção dos guardas, na direção de Ezra, suas mãos esticadas como se ela pudesse pegá-lo. Ela sempre soube que acabaria assim, mas nunca havia esperado que acontecesse tão cedo. Achou que tinha um pouco de tempo, pelo menos, mas estava errada. "O senhor prometeu que Ezra seria poupado", disse ela, embora soubesse que protestava em vão. "Nós fizemos um acordo!"

"Immanuelle, por favor." A voz de Ezra estava cansada, resignada. "Acabou. Chega."

Immanuelle não lhe deu ouvidos. Ela correu até eles, tropeçando na bainha de seu vestido de corte enquanto avançava.

"O senhor é um tirano!" Ela parou tão perto do Profeta que acertou os calcanhares dele com suas sandálias. "É um mentiroso! Um lunático! O senhor prometeu que ele ficaria a salvo." Ela apanhou a manga dele e deu um puxão tão forte que rasgou o veludo. "*O senhor prometeu!*"

O Profeta então se virou para ela, puxou sua mão de volta e esbofeteou-a. Immanuelle caiu para trás, a cabeça girando, e desabou em um banco próximo. Ela ouviu Ezra gritar seu nome uma vez mais, a voz dele ressoando em seus ouvidos.

"Tínhamos um acordo", ela se lamuriou, erguendo-se da terra. Sombras dançavam diante de seus olhos. Ela sentiu gosto de sangue. "O senhor prometeu."

O Profeta encarou a mão com a qual a havia esbofeteado, como se não pudesse acreditar no que havia feito, no que ela o obrigara a fazer.

"Estou cumprindo minha promessa. Eu disse a você que não faria mal a ele. É por isso que vou libertar sua alma e salvá-lo do fogo do inferno."

"O senhor me deu sua palavra." Immanuelle tentou se pôr de pé, mas cambaleou.

"Minha palavra é a Escritura, e a Escritura exige expiação pelo sangue." Com isso, o Profeta assentiu para os guardas outra vez e, ao comando dele, arrastaram Ezra até o pé da pira de purgação mais próxima, suas botas entalhando rastros pela terra. Uma vez lá, agarraram seus braços e o forçaram de costas, se encolhendo quando as chamas se agitaram e crepitaram diante deles.

O fogo lambeu as costas de Ezra. Ele berrou de dor.

Immanuelle então percebeu que o Profeta nunca tivera a intenção de salvar o filho. Ele protegeria a si mesmo acima de qualquer outra pessoa, mesmo que isso significasse entregar o próprio filho às chamas da pira e vê-lo queimar.

O Profeta se virou para encarar seu rebanho.

"Pecados devem ser expiados pelo sangue e pela queima. Essa é nossa lei mais antiga e mais importante. Sangue se paga com sangue. Das cinzas às cinzas. Isso é o que o Pai exige, e é isso o que daremos a Ele esta noite."

"Então tomem a mim." Ninguém a ouviu acima do crepitar do fogo da purgação. Mas na segunda vez em que Immanuelle falou, ela estava gritando: *"Tomem a mim em vez dele!"*.

Ezra desabou de joelhos quando os guardas o soltaram, caindo na terra com um baque surdo. Sua camisa estava fumegando, já chamuscada pelo toque das chamas. Immanuelle soube então que precisava dar fim àquilo. Ou ela agia naquele momento ou não agiria nunca mais. Ela se adiantou, passando à frente do Profeta.

"Eu me ofereço em sacrifício. Minha vida pela de Ezra."

Não houve vaias, lamentos ou maldições. Cada alma naquela congregação — homem, mulher e criança — sentou-se em silêncio, tão quietas quanto lápides em um cemitério.

Todos exceto Glory Moore, que soltou um grito longo e agudo que fendeu a noite ao meio. Abram tentou envolver a menina em seus braços, mas ela se debateu e resistiu tão violentamente que nem mesmo Anna pôde acalmá-la.

"Não!", guinchou ela, e sua voz ecoou pelas planícies. *"Não!"*

Vera avançou em seguida, arremetendo para tentar se livrar de seus guardas, mas eles a arrastaram de volta antes de ela ter a chance de fazer algo mais que gritar ao vento o nome de Immanuelle.

Na escuridão distante, a floresta se agitou.

Immanuelle se forçou a olhar outra vez para o Profeta. Ele permaneceu no rastro dela, a boca aberta, seu rosto banhado de vermelho pela luz da fogueira. Ele olhou para seu filho, curvado diante das chamas, e então olhou para Immanuelle com tanta raiva que ela sentiu o sangue borbulhar em suas veias.

"Você é minha esposa antes de qualquer outra coisa."

"Eu pertenço a mim mesma", afirmou Immanuelle, lutando para manter a voz firme. "Meu sangue e meus ossos pertencem a mim e só a mim, e eu os trocaria para expiar os pecados de seu filho. Eu tomarei o lugar dele."

"Você não tem esse direito." O Profeta deu um passo na direção dela.

"Eu tenho todo o direito do mundo. Minha oferta é pura. O senhor não pode me impedir." Dessa vez, Immanuelle não se encolheu.

"Mas você tem meu selo. Você fez um voto a *mim*."

"E agora faço outro", disse Immanuelle. "Com os fiéis de Betel como minhas testemunhas, eu irei para o altar em vez de Ezra."

O Profeta tentou falar outra vez, mas sua voz falhou. Em seu silêncio, o Apóstolo Isaac avançou mancando, a bengala cortando o solo conforme ele caminhava.

"É verdade que a garota não foi tocada?"

Esther pôs-se de pé em um salto, mesmo com as esposas ao redor agarrando sua saia e tentando calá-la.

"A garota não mente. Ela é pura."

"Se ela é pura", disse o apóstolo, voltando-se para encarar o Profeta, "então ela é um sacrifício digno."

"Não...", esganiçou Ezra. Ele tentou se levantar, mas um dos guardas atingiu-o com tanta força que suas pernas se dobraram e ele caiu de quatro no chão. "Não a machuquem. Por favor. Tem que haver outro modo."

"E há." Uma voz ecoou pela escuridão, e, para o choque de Immanuelle, Martha se apresentou, seguindo por entre as mesas até a frente do banquete. "Eu irei em vez dela. Poupem-na."

O apóstolo avaliou a mulher, os olhos semicerrados, seu lábio superior se torcendo de repulsa.

"A senhora não é pura da carne."

"Não", disse Martha, retorcendo as mãos. "Mas sou pura de alma. Eu fiz minhas preces. Vivi com verdade e honra. Servi bem ao Pai, batizei gerações de acordo com a vontade d'Ele. Posso tomar o lugar dela. Por favor."

"Martha", disse Immanuelle, e sua avó encontrou seu olhar. Ela chorava, grandes soluços brutais, e parecia se enrugar um pouco mais a cada fôlego que tomava. "Está tudo bem. Estou pronta."

O rosto de Martha ficou branco, e umas poucas lágrimas escorreram por suas bochechas, pendendo da ponta de seu queixo. Ela oscilou e teria desabado na terra se Anna não a tivesse apanhado pelo braço para mantê-la de pé.

Immanuelle forçou-se a olhar outra vez para o Profeta. "Minha vida pela de Ezra."

Por um instante, ela achou que o Profeta negaria, a agarraria pela garganta, a arrastaria pelos cabelos de volta ao Retiro ou a penduraria nas entranhas daquele calabouço miserável, onde ela permaneceria para todo o sempre. Mas o Profeta simplesmente baixou a cabeça, as mãos unidas, os dedos entrelaçados, como se estivesse orando.

"Levem-na para o altar."

Pela segunda vez naquele dia, Immanuelle se viu conduzida à catedral e ao longo da comprida nave. No altar, a plenas vistas do rebanho, despiu seu vestido de noiva e soltou as tranças. Despida e desimpedida, subiu no altar.

A combinação de seu vestido de noiva parecia fina e vaporosa quando o vento soprou pelas portas. Não que a modéstia importasse muito mais, à luz do que ela estava prestes a fazer. O rebanho se espalhou catedral adentro. Eles não se deram ao trabalho de preencher as fileiras como haviam feito durante o julgamento. Em vez disso, se forçavam adiante, se espremendo nave adentro e se aglomerando ao pé do altar, todos ávidos para garantir um bom lugar para testemunhar o sacrifício. Em meio a eles, os Moore, chorando e rasgando as próprias roupas. Vera parou atrás deles, ladeada por dois guardas, a expressão mortiça. Na frente da multidão — amarrado, queimado e agrilhoado — estava Ezra.

Immanuelle já tinha visto homens alquebrados antes. Homens sentenciados à morte por seus pecados com laços de forca ao redor do pescoço na praça da cidade. Vira homens aninharem seus filhos mortos, homens com o açoite das chicotadas nas costas. Homens doentes ou feridos, homens enlouquecidos pela fúria. Mas nenhum deles parecera tão arruinado quanto Ezra naquele momento.

Emergindo pelo adensamento da multidão, o Profeta se posicionou atrás do altar. Postou uma das mãos no declive desnudo da barriga de Immanuelle e a outra em sua cabeça, o polegar pressionando com força o selo que ele havia talhado apenas horas antes. O sangue resvalava pelo nariz de Immanuelle, se empoçando na curva de seu lábio superior. A garota esperou pela oração com os olhos arregalados, mas ela não veio. Ela seria conduzida à vida após a morte sem ritos finais ou orações por misericórdia, sem receber as boas-vindas ou um anúncio apropriado... e talvez fosse melhor assim, dado o grave pecado que estava prestes a cometer. Não haveria lugar para ela nos salões sagrados do Pai. Misericórdia alguma para ela na vida após a morte depois do que ela estava prestes a fazer.

O Apóstolo Isaac avançou arrastando os pés, a faca de evisceração equilibrada entre suas mãos. Ao ver a lâmina, o medo se derramou sobre ela. Seu coração sovava o fundo das costelas, e ela agarrou a beirada do altar para impedir a si mesma de fugir. O Profeta fechou a mão trêmula ao redor do cabo da faca. Por um instante, ele a estudou, como se testasse seu peso. Então seu olhar se voltou para Immanuelle.

"Você morreria mesmo por ele? Condenaria a si mesma?"

Ela assentiu, sabendo que era chegado o momento. Não havia como voltar atrás.

"Os pecados dele são meus."

"Não!" Ezra se jogou para a frente, lutando contra seus grilhões, buscando impulso ao enfiar as unhas no chão. "Immanuelle. Por favor, não."

O Profeta pôs a mão no cenho dela, apertando com força suficiente para fazer o selo doer. Ergueu a faca de evisceração acima da cabeça dela.

"Sangue se paga com sangue."

☾ ‑‑ O ANO *das* BRUXAS ‑‑ ☾

39

*A dama carregará uma filha, eles a
chamarão de Immanuelle e ela redimirá
o rebanho com ira e praga.*

— DE OS ESCRITOS DE MIRIAM MOORE —

Immanuelle apanhou a faca — uma das mãos envolvendo seu cabo,
a outra fechada sobre a lâmina nua —, impedindo sua descida apenas por um segundo antes de ela transpassar seu peito. Com toda
a força que ainda havia restado em seu corpo, ela a arrancou das
mãos do Profeta.

A congregação bramiu horrorizada. Os guardas partiram para a
ação, inundando as naves, seus dedos sobre os gatilhos das espingardas, todas apontadas para Immanuelle. Houve gritos simultâneos para
que atirassem e aguardassem, mas Immanuelle não lhes deu atenção.
Ela ergueu a faca e cortou a manga do vestido, abrindo-a totalmente.
Então — em uma série de cinco cortes brutais — entalhou o sinal reverso na carne nua de seu antebraço.

O tempo se fraturou diante de seus olhos. A dor dos cortes começou a se assentar, tornando-se quase maior do que ela podia suportar. Uma série de violentos espasmos a assolou, forçando-a a se pôr
de joelhos e, enquanto ela se debatia e se contorcia nos estertores de
sua agonia, o altar começou a tremer junto com ela — pedras se deslocando, seus cantos desmoronando.

Immanuelle inclinou a cabeça para cima, olhando na direção das janelas da catedral, mas, para seu horror, a escuridão permaneceu intacta. Ela buscou os céus distantes por sinais do raiar do dia — um vislumbre dos raios do sol, um vestígio de luar, os princípios azulados do início da aurora —, mas a noite continuava inalterada. O sigilo não funcionara. Ela havia falhado.

A catedral estremeceu. Destroços ricochetearam pelos degraus abaixo e deslizaram pelas naves. As tábuas do assoalho se dobraram e as vidraças das janelas chocalhavam em seus batentes. Lá no alto, as vigas se deslocaram. Choveram poeira e destroços. O rebanho entrou em pânico. Gritos ressoavam pela catedral e crianças gritavam por suas mães. Uns poucos homens correram para as portas, mas o resto se encolheu em seus bancos, fazendo o pouco que podiam para proteger a si e às suas famílias dos escombros que caíam.

Immanuelle baixou os olhos para seu braço ensanguentado, mentalizando que o poder do sigilo funcionasse, tentando invocar as pragas de volta para ela. Mas de nada adiantou. Betel estava perdida.

O Profeta recuou cambaleando, pálido e de queixo caído, tropeçando em suas vestes enquanto corria para detrás do altar. As paredes começaram a tremer mais violentamente, ameaçando desmoronar, e uma única palavra ressoou pela mente de Immanuelle: *Massacre*.

Como se ante um sinal, as janelas da catedral se estilhaçaram, as vidraças disparando para seu interior em uma tempestade de cacos de vidro brilhantes. Um rio de escuridão adentrou de roldão o santuário.

E, com a noite, veio a legião.

As primeiras bestas voaram para dentro da catedral, enxameando o ar enquanto o rebanho gritava e se encolhia lá embaixo. Morcegos com presas se empoleiravam nas vigas; uma revoada de abutres circulava no alto, agressiva. Tempestades de gafanhotos zumbindo se derramaram pelas janelas quebradas, e corvos adentraram às pressas por uma rachadura no telhado, crocitando e guinchando enquanto se derramavam santuário adentro.

A congregação mergulhou em gritos e caos. Alguns dispararam na direção das portas; outros se abrigaram nas sombras entre os bancos, desesperados para escapar da horda que enxameava lá no alto. Alguns dos guardas do Profeta ergueram as armas, defendendo o rebanho com balas e flechas, mas foi em vão. A carnificina seguia devastadora.

As criaturas terrestres se seguiram à legião alada, adentrando aos borbotões pelas portas abertas e pelas janelas despedaçadas. Havia mulheres com cabeças de cães como capacetes, aranhas tão grandes quanto ovelhas seguindo em disparada por entre os bancos. As legiões dos mortos — os atingidos pelo flagelo, as almas perdidas, as vítimas mutiladas pelas chamas de purgações passadas — cambaleavam pela nave.

O verdadeiro tumulto teve início. Mães fugiam com suas crianças; homens corriam pelas portas e janelas quebradas, apenas para serem barrados pela legião pululante que cercava as paredes e forçava o rebanho de volta aos seus bancos com presas à mostra e garras recurvadas.

Então as bruxas entraram.

Primeiro, as Amantes, Mercy e Jael, caminhando de mãos dadas pela nave central, a turba infernal se abrindo para dar passagem. Então Delilah, que se arrastou de uma fenda no chão, emergindo ensebada de lodo e de olhos arregalados, as tábuas do assoalho apodrecendo sob seus pés quando ela se ergueu.

A catedral começou a tremer de novo, e com tanta força que Immanuelle temeu que o teto fosse desabar. Ela vasculhou as multidões em debandada, desesperada para localizar Vera ou os Moore, mas não conseguiu em meio à desordem. Os tremores continuavam. Homens foram tirados do chão quando os bancos tombaram. A Espada do Cruzado caiu da parede atrás do altar e se despedaçou a meros centímetros do lugar onde o Profeta estava encolhido. Immanuelle tentou se segurar ao altar, mas não conseguiu firmar as mãos na pedra escorregadia de sangue e tombou na nave logo abaixo.

Um garoto passou por cima dela aos tropeços. Uma mulher esmagou a mão dela sob seus pés. Ela quase foi pisoteada por um apóstolo que fugia de um lobo aos rosnados, quando sentiu uma mão em seu braço, arrastando-a de volta à segurança.

Ezra.

Immanuelle ouviu um rugido ensurdecedor; uma viga ruiu e desabando no chão onde ela estivera apenas alguns instantes antes. Ela esmagou o apóstolo desafortunado e o lobo que o perseguia, em vez disso. A força do impacto fez Immanuelle e Ezra caírem para trás em uma nuvem de detritos. Ezra se pôs de pé outra vez em um instante, erguendo-a pelo cotovelo e levando-a para a segurança da sombra do altar.

A catedral parou de tremer e a legião ficou imóvel. Ezra puxou Immanuelle para mais perto e os dois assistiram, horrorizados, às portas da frente da catedral se abrirem devagar.

Das sombras da noite infinda, surgiu Lilith.

Ela se postou sozinha sob a soleira. Névoa vazava das rachaduras em seu crânio e espiralava para fora do negrume das órbitas de seus olhos. Sua galhada se arqueava sobre a cabeça, um diadema de ossos descorados. Pessoas gritaram quando ela adentrou a catedral. Homens feitos se encolheram junto aos joelhos, implorando ao Pai enquanto a rainha bruxa passava. Descalça e de braços abertos, Lilith caminhou ao longo da nave central, abrindo caminho pela turba de bestas e assombrações até o altar, onde Immanuelle e Ezra estavam sentados, congelados. As outras bruxas se moveram para ladeá-la: as Amantes à esquerda, Delilah à direita.

Ezra se pôs à frente de Immanuelle para protegê-la, mas ela apanhou-o pelo ombro, detendo-o.

"Tenho que fazer isso sozinha", disse ela.

"Immanuelle..." Ele não recuou.

"Confie em mim. Você prometeu."

Ezra enrijeceu a mandíbula, a mão de Immanuelle ainda em seu ombro. Então assentiu e ela o soltou.

Immanuelle se ergueu do chão e se levantou com os joelhos fracos, encarando as bruxas. Por um momento, mediram umas às outras em silêncio. Então Lilith estendeu a mão. Immanuelle entendeu seu significado imediatamente: *Una-se a nós ou morra com eles.* Era uma oferta simples, generosa. Mais gentil do que a sina de sua mãe, certamente. Talvez Immanuelle fosse tola caso não a aceitasse. Afinal de contas, o rebanho do Profeta havia sido tão rápido em mandá-la para o túmulo... seria assim tão errado salvar a si mesma e abandoná-los à mesma sina a qual a teriam condenado?

O olhar de Immanuelle percorreu os bancos e ela observou os rostos das pessoas ali reunidas — Anna com Honor junto ao seu quadril e Glory chorando, Abram e Martha, Vera de pé, resoluta e destemida, pessoas tanto das Clareiras quanto das Terras Sagradas e das Cercanias. Algumas eram inocentes, outras cúmplices; mais a maioria delas se encontrava na zona cinzenta entre o certo e o errado. Poucas eram integralmente irrepreensíveis e nenhuma era livre de pecado. Mas não havia uma única alma naquele santuário que ela condenaria à ruína que agora se encontrava diante deles.

Resignada ao seu destino, Immanuelle voltou a encarar as bruxas.

"Se este é o fim, então morrerei com eles."

Houve um momento de silêncio. A catedral tremeu ligeiramente, e uma brisa fria resvalou pelas janelas quebradas, atiçando nuvens de poeira. A escuridão se adensou e as poucas tochas ainda acesas bruxulearam mansamente, pouco fazendo para dispersar as sombras da noite.

Lilith não baixou a mão.

Em vez disso, com um meneio amplo, a bruxa se virou para encarar o rebanho, medindo as massas com aqueles negros olhos mortos, assimilando o salão. Seu olhar passou pelo Profeta, encolhido atrás do altar, pelos escombros e destroços, pelos corpos que entulhavam a nave da catedral.

Então seu olhar recaiu sobre os Moore. Sua mão se retorceu em uma garra tenaz.

Anna deixou escapar um leve choro, agarrando Honor com uma das mãos e puxando Glory para sua saia. Martha estendeu um braço para protegê-las quando a bruxa se aproximou, lágrimas rolando pelo rosto embora sua expressão fosse estoica. Mas foi Abram quem se pôs à frente, mancando até o centro da nave para se colocar entre a rainha bruxa e sua família. Ele ficou ali, silencioso e indefeso, se apoiando pesadamente na bengala. Então, ao comando de Lilith, um cão enorme, com o focinho de osso, avançou furtivamente do meio das fileiras da legião.

Aconteceu tão rápido que Immanuelle nem teve a chance de gritar.

Em um momento, Abram estava de pé sozinho no centro da nave; no seguinte, estava caído no chão, a mandíbula da fera se fechando ao redor de seu pescoço com um horrível estalo de revirar as entranhas.

Um enorme bramido encheu os ouvidos de Immanuelle. A escuridão se infiltrou pelas beiradas de sua visão, até que ela não viu nada além do corpo sem vida de Abram estirado no chão. Subitamente, ela estava de volta à cabana, cercada pelas paredes entalhadas com pragas e promessas. Ela podia ver a sombra de sua mãe a trabalhar nas pragas, entalhando sua sina linha por linha.

Algo se atiçou bem em seu âmago. O sigilo talhado em seu braço começou a arder, sangrando tão profusamente que o sangue vertia por seus dedos e formava uma poça no chão aos seus pés. Um grande tremor sacudiu a catedral. Immanuelle ergueu as mãos ensanguentadas e, com um berro rouco, invocou o poder das pragas.

Delilah foi a primeira a cair.

Uma lágrima vermelha vazou do canto do olho direito da bruxa, então do esquerdo. O sangue se empoçou no oco de suas orelhas, gotículas dependuradas de seus lóbulos como pequenas joias. Delilah balbuciou cuspindo, tossiu, e começou a se engasgar, a cada convulsão golfando bocados de um espesso sangue negro coagulado. Ela caiu de joelhos, deu dois espasmos e desabou imóvel no chão.

Sangue.

Immanuelle em seguida se voltou para Mercy. A bruxa deu um solavanco e parou de repente na crescente poça do sangue de Delilah, balançou um pouco sobre seus pés, então caiu de quatro, como se empurrada por alguma força invisível. Ela inclinou a cabeça para trás até encarar as vigas, suas costas se arqueando a tal ponto que sua espinha parecia prestes a se quebrar. Com um grito sufocado, a bruxa se atirou para a frente e seu cenho rachou nos ladrilhos com um nauseante ruído de ossos triturados que ecoou pela catedral. Ela ergueu a cabeça ensanguentada, se inclinou para trás e atingiu o chão de novo, e de novo, e de novo.

Flagelo.

Jael avançou na sequência, e Immanuelle se voltou para encará-la. A bruxa parou ao lado de sua amante, aparentando estar pronta para atacar. Mas antes que tivesse a chance, o poder da maldição atravessou Immanuelle uma vez mais. Com um gesto, uma onda de sombras varreu o chão da catedral, se lançando ao redor dos tornozelos da bruxa e se esgueirando perna acima, por seu peito, por seu rosto.

Jael conseguiu emitir um único grito antes do negrume retorcido devorá-la.

Trevas.

Immanuelle avançou para apanhar a faca de evisceração a alguns centímetros das escadas do altar. Ela se voltou para Lilith por último e ergueu a lâmina ensebada de sangue, fendendo o ar entre elas.

"Chega."

Lilith não lhe deu ouvidos. A rainha bruxa foi até o centro da nave em passos resolutos, abrindo caminho entre os cadáveres de seu conciliábulo caído. Ela parou bem junto a Immanuelle, tão perto que a ponta da faca quase perfurava a parte macia de sua barriga.

Mas Lilith não se encolheu.

Em vez disso, segurou o rosto de Immanuelle com sua mão em concha, pálida e fria, e chegou ainda mais perto, a faca varando fundo seu estômago quando ela inclinou sua testa até a de Immanuelle.

A garota perscrutou o negrume das órbitas de Lilith e sentiu a atração da floresta arrastando-a à insensatez. Os sons do massacre morreram em meio ao sibilo do vento nas copas das árvores. Sombras se inseriram pelos cantos de sua vista, e Immanuelle ouviu a floresta chamá-la nas profundezas de seu ser, o som como sangue correndo em suas orelhas. A rainha bruxa deslizava o polegar para a frente e para trás pelo pulso de Immanuelle, como se medisse o ritmo de sua pulsação, um gesto terno... até maternal. Immanuelle podia quase imaginar a líder gentil que ela deveria ter sido em alguma época, há muito tempo, antes da aflição de sua vingança e de sua sede de sangue a transformarem no monstro que agora estava à sua frente.

Lilith passou o dedo pelos lábios de Immanuelle, então agarrou-a pelo pescoço.

Um grito se enroscou na garganta de Immanuelle quando Lilith tirou-a do chão. Sufocando, arranhou os dedos da bruxa, pendendo sobre o chão enquanto Lilith a erguia cada vez mais alto. Em pânico, Immanuelle ergueu a faca de evisceração, golpeando às cegas. A lâmina atingiu primeiro seu osso, então a carne, entrando fundo no ombro de Lilith. A rainha bruxa deixou escapar um berro que abalou a igreja. Fissuras correram ao longo das paredes e o teto desmoronou. Tanto o rebanho quanto a legião fugiram pelas portas enquanto a catedral desabava ao redor. Em meio à desordem, Immanuelle ouviu Ezra gritar seu nome e então sua voz se perdeu para o tumulto assim como todo o resto.

A visão de Immanuelle ficou borrada. Ela ergueu a lâmina outra vez, tentando permanecer consciente, buscando, desesperada, agarrar com as unhas um último resquício de força. Com um rosnado, arrancou a faca do ombro de Lilith e a ergueu bem acima de sua cabeça.

Dessa vez, seu golpe acertou em cheio.

A lâmina se alojou até o cabo no peito de Lilith. A bruxa cambaleou para a frente, desabou em um banco ali perto e caiu no chão. Mas para o horror de Immanuelle, em pouco tempo a bruxa já estava de pé novamente. Ela se apoiou em um banco próximo, pegou a faca pelo cabo, arrancou-a de seu peito e disparou pela nave central.

Por um momento, as duas permaneceram em um impasse, ali na nave central da catedral. Ambas sangrando e feridas, mal capazes de ficarem em pé. Immanuelle soube então que o fim havia chegado e só uma delas sairia daquela catedral.

Lilith ergueu ambas as mãos.

O assoalho de madeira começou a se dobrar e a ondular; raízes irromperam, libertadas da fundação da catedral, e deslizaram — serpentearam — pelos corredores centrais. Árvores jovens se pressionaram contra as tábuas do assoalho, atingindo a maturidade em questão de instantes, seus ramos se espalhando pelas vigas. As raízes rastejantes se envolveram nos tornozelos de Immanuelle, se enrolando com tanta força que ela berrou de dor. Ela cambaleou para a frente, lutando para se libertar, mas não conseguiu se mover.

O sigilo cortado em seu antebraço gritava de dor, como se ela estivesse sendo marcada. Fechou os olhos resistindo, buscou as profundezas de si mesma e libertou tudo que tinha para dar.

As raízes deslizaram ao se desenrolarem de seus tornozelos, se recolhendo de volta em direção às rachaduras nas tábuas do assoalho das quais tinham emergido. As árvores que se espalharam lá no alto se dobraram, assoladas por algum vento fantasma que varreu a catedral como os princípios de uma tempestade de verão.

Lilith cambaleou para trás, pregada ao altar, quando um poderoso vento soprou ao seu redor com tanta força que a pele de sua mão esticada começou a se despregar do músculo, e o músculo, do osso. A bruxa atacou com um grito.

A força do poder de Lilith arrancou Immanuelle do chão. Ela girou pelo ar e desabou de forma brutal em uma pilha de raízes e tábuas de assoalho reviradas. Suas costelas fizeram um nauseante ruído de tritura com o impacto, e a garota arfou e se contorceu, se agarrando ao limiar de sua consciência.

O vento morreu em um arquejo fraco quando Lilith empurrou o altar e partiu na direção dela, abrindo caminho pelas árvores como havia feito na noite em que se conheceram. Havia luz em suas órbitas agora — dois ciscos brilhantes que se moviam como pupilas e apontaram diretamente para Immanuelle. Sua fúria era palpável — ela deixou o ar gelado e fez as árvores estremecerem. Cada passo da bruxa parecia sacudir a catedral até as pedras despedaçadas de sua fundação.

Immanuelle tentou e falhou em recuar; Lilith era rápida demais. A bruxa derrubou-a com um único tapa, e Immanuelle foi ao chão outra vez. As luzes nos olhos de Lilith começaram a dançar e a se multiplicar, se espalhando pelo negrume de suas órbitas como as brasas de uma fogueira agitada pelo vento. Ela desferiu um chute cruel nas costelas de Immanuelle, que gritou de dor, enfiando as unhas nas tábuas do assoalho procurando impulso.

Ouviu-se um clique suave, o som de uma bala deslizando em sua câmara. Então, a voz de Ezra.

"Deixe-a em paz."

A bruxa deu as costas para Immanuelle e encarou Ezra. Ele estava no vão entre dois pinheiros, fazendo mira com a arma, um dedo apoiado sobre o gatilho.

Lilith partiu na direção dele, uma das mãos erguidas.

O chão sob os pés de Ezra começou a ondular, árvores e raízes brotando pelos vãos entre as tábuas quebradas do assoalho, se enroscando ao redor de suas pernas do modo como haviam feito naquele dia, na lagoa. Ele disparou em Lilith, mas com as raízes arrastando seus braços, nenhuma das balas atingiu seu alvo.

Resoluta, a bruxa caminhou na direção dele. Enquanto se aproximava, uma das raízes se enroscou ao redor do pescoço de Ezra e repuxou-o para trás, de modo que o topo de sua cabeça quase tocava sua espinha. Ele tentou disparar de novo, mas uma vinha se enrolou ao redor do cano da arma e forçou-a para o chão.

Immanuelle lutou para se levantar. A faca de estripação estava a apenas alguns centímetros. Se ela pudesse alcançá-la, poderia abater a bruxa e acabar com aquilo de uma vez por todas.

Ezra lutou para falar: "Immanuelle... corra...".

Um lobo com rosto de ossos surgiu rondando-o por detrás, o mesmo que havia abatido Abram, a boca ainda ensebada com seu sangue. Ele espreitava na direção de Ezra, a mandíbula frouxa, pronto para saltar, quando Immanuelle estendeu a mão.

O chão debaixo do lobo se abriu, as tábuas do assoalho se empenando soltas, um desmoronamento de destroços ruindo em um sumidouro escancarado. O lobo se lamuriou, escorregou, suas garras arranhando as tábuas do assoalho, e mergulhou no vazio. Immanuelle se pôs de pé. Cada fôlego lançava uma onda de dor por suas costelas, mas ela conseguiu falar mesmo assim:

"Solte-o."

Ao seu comando, as vinhas deslizaram para longe de Ezra e ele meio rastejou, meio se atirou para longe da beira do sumidouro, apanhando sua espingarda. Ele a ergueu até o ombro e disparou em Lilith outra vez, no momento em que ela se voltava novamente para Immanuelle. A bala perfurou em cheio a curva de sua clavícula. Lilith parou... então cambaleou até uma árvore próxima. Seus joelhos cederam.

"Immanuelle!" Vera estava no centro da nave, a faca de estripação em suas mãos. Ela avançou cambaleando, mancando com o que parecia ser uma perna quebrada, e a jogou. A faca rodopiou pelo ar, girando várias vezes, formando um arco lá no alto. Immanuelle se lançou adiante e apanhou-a pelo cabo uma fração de segundo antes de ela atingir o chão. Então, com um grito sufocado, virou-se para Lilith e atacou.

A lâmina se alojou até o cabo no centro do crânio da bruxa. Uma grande rachadura fendeu o osso, e então, com a mais suave das lamúrias, a rainha bruxa desabou.

Exaurida, Immanuelle caiu no chão ao lado dela, ofegando e sangrando, tão fraca que sentia que nunca mais se levantaria outra vez. Com a última de suas forças, ela pressionou uma das mãos na cabeça da bruxa, manchando o osso com seu sangue.

Lilith estudou-a, o peito subindo e descendo. Espirais de sombras saíam em de seu crânio, pairando feito fumaça. Uma de suas galhadas estalou e caiu no chão. Enfim, com um estremecimento que assolou a catedral até as pedras de sua fundação, a bruxa morreu.

Massacre.

⊃ -- O ANO *das* BRUXAS -- ⊂

40

*E nesse dia, quando as trevas chegarem
ao fim e o sol se levantar novamente, os
pecados dos embusteiros serão levados à
luz e a verdade emergirá das sombras.*

— A ÚLTIMA PROFECIA DE DAVID FORD —

A luz do sol iluminava o rosto de Immanuelle quando ela despertou.
Ela abriu as pálpebras e sentou-se zonza e apertando os olhos, lutando para assimilar a cena diante de si.

A catedral estava em ruínas. Metade do teto havia desmoronado, e vigas caídas e destroços entulhavam o chão. Árvores cresceram de grandes talhos na fundação, seus galhos balançando quando o vento soprou. Sobreviventes vagavam em meio aos escombros de bancos tombados e janelas quebradas, buscando os feridos e os presos. Estirados pelos entulhos estavam os cadáveres das bestas, membros da guarda e dos fiéis. Entre eles, o corpo de Lilith, caído sem vida à sombra do altar.

"Cuidado." Ezra estava ao lado de Immanuelle, escorando com o braço as costas dela quando ela tentou se levantar. "Você está bem. Está segura."

Ela fechou os olhos ante a visão da carnificina, sentindo-se fraca e nauseada. As lembranças da batalha voltaram a ela em uma torrente: as legiões se derramando pelas janelas destruídas, bestas e demônios rondando as naves da igreja, crianças gritando, mulheres fugindo, Abram caído no chão...

Abram. *Abram.*

"Onde ele está?", indagou Immanuelle, virando-se para Ezra. "Quero ver Abram."

"Immanuelle..."

"Eu preciso vê-lo. Agora."

A multidão se abriu diante deles para desimpedir sua visão. Ali, caído imóvel em meio aos destroços, estava Abram. Glory estava sentada aconchegada na cintura dele, como fazia quando era bebê, Honor logo ao lado, chorando. Junto de Honor, sentava-se Anna, soluçando nas dobras de sua saia. De pé, impassível e imóvel, estava Martha. Quando olhou para Immanuelle, ela não ofereceu nada além de um lento aceno com a cabeça.

Immanuelle tentou se levantar. Teria tombado se Ezra não estivesse lá para apanhá-la pelo braço. A garota o afastou, caiu de quatro e engatinhou pelos destroços até o lugar onde jazia o corpo de Abram. Ela não quis tocá-lo, por medo de libertar o poder das maldições outra vez. Então sentou-se ali junto a ele, a mão espalmada sobre a boca para abafar os soluços.

"Só agora você vê o preço do pecado. Só agora entende." Immanuelle levantou a cabeça para ver o Profeta sair cambaleando de detrás do altar em ruínas, onde tinha se escondido durante o auge do massacre. Ele ergueu a voz, bradando à multidão: "Estão vendo o mal que essa garota atiçou? Ela invocou esta escuridão, atraiu o conciliábulo até aqui. Mesmo agora, eu vejo a sombra da Mãe em seus olhos".

Os sobreviventes do massacre começaram a murmurar entre si. Alguns recuaram cambaleando na direção das paredes; outros se encolheram atrás de bancos quebrados e pilhas de escombros. Todos pareciam temer as maldições Immanuelle poderia conjurar em seguida.

"Vejam o que essa garota forjou", continuou o Profeta, gesticulando para a carnificina em torno deles. "Vejam a ruína que provocou."

"Cale-se!", esbravejou Ezra, avançando. "Não está vendo que ela está de luto?"

"Aquela garota não se enluta por nada além de seu próprio fim. Ela é uma bruxa."

"Talvez", disse Ezra, e ele parecia pronto para arrancar a faca do crânio de Lilith e voltá-la contra seu pai. "Mas enquanto o senhor estava encolhido detrás do altar, implorando por sua vida miserável, Immanuelle lutou por Betel. Ela dominou as pragas e a escuridão da Mãe, que é mais do que qualquer profeta ou santo foi capaz de fazer. Ela salvou todos nós."

"Ela não nos salvou", cuspiu o Profeta. "Ela atraiu este mal até aqui, para começo de conversa. Ela confessou isso a mim dias atrás: aquelas pragas nasceram de sua carne e de seu sangue. Tudo isso é por causa dela."

Ele tinha razão. Immanuelle não tinha como negar. Tudo — o sangue e o flagelo, as trevas e o massacre, a morte de Leah e a de Abram —, tudo aquilo tinha acontecido por causa dela. Miriam havia morrido para dar a ela o poder de contra-atacar, mas tudo que Immanuelle conseguiu fazer foi ferir o povo que ela tanto queria salvar.

Immanuelle baixou os olhos outra vez para seu avô, contendo um soluço. Começou a estender a mão para ele, então se deteve, fechando as mãos com tanta força que suas unhas cortaram as palmas.

"Sinto muito", sussurrou ela, não para o Profeta ou para o rebanho, mas para Abram. "Sinto muito mesmo."

"Não é culpa sua." Ezra caiu ao lado dela. "Você nos salvou, Immanuelle. Todos nós estamos aqui por sua causa."

"Nem todos", disse ela, encarando as ruínas da catedral. Os Moore não eram os únicos enlutados. Havia mais mortos entre os destroços e escombros. Havia um membro da guarda jogado sobre um banco quebrado, cercado pelos cadáveres de bestas tombadas. O corpo de um velho que ela reconheceu como o vendedor de velas se encontrava debaixo de uma viga caída. A alguns passos do vendedor, uma das esposas do Profeta estava sentada em meio às ruínas, entoando mansamente uma canção de ninar para a criança sem vida aninhada em seus braços.

Eram as baixas de uma guerra que nunca poderia ser vencida. Immanuelle sabia agora. A violência continuaria. Um novo homem reivindicaria o título de Profeta. A catedral seria reconstruída e os conciliábulos dos mortos um dia se ergueriam novamente. A guerra entre as bruxas e o Profeta, a Igreja e o conciliábulo, a escuridão e a luz, seria travada até o dia em que não houvesse nada mais para prantear.

Era esse o destino que o Pai queria? Era isso o que a Mãe tinha ordenado? Eles enviaram Seus filhos por vontade própria para o massacre? Poderia essa ser a vontade d'Eles?

Não.

Olhando ao redor da catedral — para os cadáveres apinhando os corredores, para Glory soluçando no peito de Abram, para todo o sofrimento e a insensatez —, Immanuelle teve certeza de uma coisa: não havia nada de divino naquela violência. Nada de justo. Nada de santo. Toda aquela ruína e dor haviam sido forjadas não pela escuridão da Mãe ou pela luz do Pai, mas pelos pecados dos homens.

Eles haviam lançado aquele destino sobre si mesmos. Eram cúmplices de sua própria danação.

Eles fizeram isso.

Não a Mãe. Não o Pai.

Eles.

"Você será queimada por isso", disse o Profeta, agora sussurrando, embora a igreja estivesse tão silenciosa que todos podiam ouvi-lo. "Levem-na para a pira."

Ao seu comando, o que havia restado da Guarda do Profeta irrompeu adiante, as espingardas erguidas. Mas Immanuelle e Ezra estavam prontos. Quando os homens do Profeta os fizeram recuar na direção do altar, Immanuelle saltou até o corpo de Lilith e arrancou a faca de evisceração do peito dela. Ezra apanhou a espingarda de um dos membros da guarda tombados e a ergueu — fazendo mira com um dos olhos fechados, seu dedo apoiado sobre o gatilho.

"Não nos obrigue a fazer isso", disse Immanuelle, erguendo a faca. "Muito sangue já foi derramado hoje."

Ouviu-se um coro de vaias e gritos. Uma multidão de sobreviventes se espremeu pela nave central. Immanuelle deu um passo para mais perto de Ezra, a faca de estripação erguida e pronta. Ela abriria caminho aos talhos até as portas da catedral, se precisasse. Não havia chegado tão longe para morrer nas mãos de uma turba. Mas conforme o tropel se aproximava, Immanuelle se deu conta de que não estavam gritando com ela e com Ezra.

Não. Os olhos deles estavam sobre o Profeta.

Vera foi a primeira a passar à frente da Guarda do Profeta, pondo-se mancando entre eles e Immanuelle. Ela havia sido ferida no ataque; sua perna estava quebrada, havia um sulco profundo junto à risca de seu cabelo e o lado esquerdo de seu rosto estava ensanguentado. Mas apesar da gravidade de seus ferimentos, sua postura era a de um soldado.

"Para chegar até ela, terão que me atacar primeiro."

Mais mulheres a seguiram, quase todas das Cercanias, se colocando como escudos entre Immanuelle e a Guarda do Profeta. Glory se uniu a elas, parando ao lado de Immanuelle com um brado feroz, e Anna se aproximou com Honor em seu quadril. Martha avançou logo depois, para o grande choque de Immanuelle.

"Estou ao lado delas."

Esther cambaleou na direção de seu filho e, encorajadas por sua matriarca, algumas das esposas do Profeta seguiram seu exemplo. Mais se uniram às fileiras. Homens das Cercanias. A mãe e as irmãs mais velhas de Leah, então outras mulheres da Igreja depois delas — jovens meninas não muito mais velhas que Glory e matriarcas que mal podiam andar sem a ajuda de suas bengalas. Todas avançaram ao mesmo tempo, inundando a nave, se forçando entre Immanuelle e o Profeta.

A Guarda hesitou e alguns baixaram as espingardas, incapazes de apontar as armas para suas esposas e mães... irmãs e tias. Lentamente, mais e mais mulheres, e alguns homens também, se puseram à frente para se unir ao tropel.

Um coro teve início. Primeiro, foi um murmúrio, como o som de um trovão distante. Mas então o coro se espalhou pela multidão, erguendo-se até as vigas e disparando pela catedral:

"*Sangue se paga com sangue. Sangue se paga com sangue. Sangue se paga com sangue.*"

O Profeta se encolheu nas sombras do altar, assistindo horrorizado ao seu rebanho erguer a voz contra ele. Os bancos foram deixados para trás e eles se espalharam pela nave, afluindo para a frente da igreja.

"Sangue se paga com sangue. Das cinzas às cinzas. Do pó ao pó."

Ezra ergueu a mão, e eles pararam no ato, como cães de caça treinados para seguir seu mestre junto aos seus calcanhares. Ele se virou para Immanuelle.

"Me dê a faca."

Ninguém se moveu.

Ninguém pronunciou uma única palavra. Nem uma maldição. Nem uma oração. Nem um protesto. O rebanho inteiro observava em silêncio.

O olhar de Immanuelle passou dele para o Profeta. Do pai para o filho. Ela não se moveu.

Ezra estendeu a mão outra vez.

"Por seu pai", sussurrou. "Por sua mãe. Por Leah. Por Abram. Por nós. Isso deve acabar. Vamos acabar com isso agora."

Immanuelle encarou o Profeta, encolhido no chão a seus pés, agarrado ao seu vestido de corte, implorando por sua vida. Então ela ergueu o olhar para Ezra.

"É realmente isso o que quer? É isso que deseja ser?"

Ezra se aproximou um pouco mais, pisando com cuidado como se tivesse medo de assustá-la.

"O que eu quero é garantir que isso nunca mais aconteça. Quero um mundo no qual os pecados sejam expiados. Um mundo no qual homens maus sofram por suas transgressões."

"Assim como Lilith", sussurrou Immanuelle. "Assim como minha mãe."

Ezra se retraiu um pouco, como se as palavras o tivessem cortado.

"Ele merece morrer pelo que fez. Ele teria enfiado uma faca em seu coração. Ele matou seu pai. Ele abusou de sua mãe e de incontáveis outras meninas. Não podemos deixá-lo sair livre. O sangue gera sangue."

"O jovem tem razão, Immanuelle." Vera atravessou a multidão, mancando gravemente. "Pense em seu pai queimando na pira. Pense no povo das Cercanias, vivendo na miséria e em sofrimento por causa da ganância desse homem e de todos os outros que vieram antes dele. Você tem a chance de buscar a retribuição pelo sofrimento deles. Então erga a faca e a receba."

A mão de Immanuelle apertou o cabo. Subitamente, ela soube o que deveria fazer.

"O mundo que vocês querem não pode ser obtido com sangue. Vocês o constroem com as escolhas que fazem, com as atitudes que tomam. Podemos continuar purgando, manter as piras queimando, alimentar a esperança de que nossas orações serão o suficiente para nos salvar... ou podemos construir algo melhor. Um mundo sem massacre." Immanuelle estendeu a faca para Ezra. "A escolha é sua. Eu não tenho o direito de tirá-la de você."

Ezra estudou a lâmina, estendeu a mão para ela, então parou.

"Não. Só você tem o direito. A escolha é sua. Só sua."

Immanuelle se deteve, refletindo à sombra do altar. O Profeta se remexia, agarrado à sua saia, implorando por misericórdia.

"*Por favor.*" Ele ofegou e tossiu como se tivesse que lutar por cada fôlego. "*Por favor. Por favor.*"

Immanuelle se voltou para estudar os rostos na multidão — Anna e Honor, Martha e Glory, Vera e Ezra, gente tanto das Clareiras e das Terras Sagradas quanto das Cercanias. O que ela fez, havia feito por eles, por Betel, pelo sonho de tornar seu lar em algo melhor do que era, para que aqueles que seguissem os passos deles nunca conhecessem o calor da pira ou a dor de suas chamas.

Um mundo sem mortes nem crueldade: aquele era o destino que ela desejava.

E seria o destino que ela teria.

Virando-se para encarar as pessoas, Immanuelle largou a faca, que atingiu o chão com um retinir que ecoou pela catedral.

"Hoje, nós escolhemos a misericórdia."

O rebanho respondeu como um só: "*Agora e para todo o sempre*".

O ANO das BRUXAS

Epílogo

Immanuelle sentou-se nas escadas do Retiro e assistiu ao sol nascer por entre as árvores. Nos dias após o ataque à catedral, ela passara muitas manhãs naqueles degraus, segurando uma xícara de chá ou um livro de poesia, esperando o sol subir acima da copa das árvores, só para se certificar de que ele o faria. Às vezes, quando estava sozinha, recolhia as mangas de seu vestido e traçava a cicatriz do sigilo que havia talhado em seu braço tantas semanas atrás.

Em seus momentos mais sombrios, ela torcia — até orava — para que sua retribuição se desse logo, para que não tivesse que esperar em um estado de pavor perpétuo, sob a ameaça de alguma aflição sem rosto que ainda não conhecia. Era melhor resolver a questão rapidamente, encarar seu acerto de contas para que pudesse deixar todo o conflito para trás de uma vez por todas. Porque, se não fizesse isso, quem ela seria? Que honra haveria em uma garota que podia lutar para salvar a todos, menos a si mesma?

"Está no mundo da lua outra vez", disse Ezra, os olhos no horizonte. Ele sentou-se ao lado dela, como sempre fazia quando tinha tempo. "Anda pensando em quê?"

Immanuelle trouxe os joelhos para junto do peito e contemplou as planícies banhadas pelo sol, vendo a luz inundá-las por entre as árvores. Ela agarrou seu antebraço, as pontas dos dedos pressionando dolorosamente a cicatriz do sigilo. Tanto havia mudado em tão poucas semanas. O estado do Profeta havia piorado e os preparativos para sua morte estavam sendo feitos. Parte do rebanho permanecia leal ao Profeta, mas outros olhavam para Ezra como o novo líder da Igreja e da fé. Immanuelle esperava que as tensões entre os grupos opostos não implodisse em um cisma — ou em uma nova Guerra Santa —, mas os boatos que emergiam dos bastiões da velha Igreja sugeriam que a questão da sucessão do Profeta só seria resolvida através do derramamento de sangue.

Immanuelle tentou não pensar nisso. Ezra havia repetido que essas atribulações não lhe pertenciam mais. Immanuelle tinha feito a parte dela. Salvara Betel das pragas e de todos os males provocados em seu nome. Agora era a hora de se desapegar.

"Só estou pensando em como tantas coisas podem mudar e ainda assim permanecerem as mesmas."

"Refere-se ao cisma?" Ezra franziu o cenho.

"O cisma, as sentenças, a ameaça de uma Guerra Santa. Às vezes sinto que estamos só reprisando todo o passado. Odeio a sensação de que chegamos tão longe só para nos tornarmos o que outros já foram antes de nós."

"Não vamos repetir o passado", disse Ezra, "e já estamos garantindo que ninguém fará isso também. Não se esqueça disso."

O olhar de Immanuelle se voltou para o oeste, para as distantes ruínas da catedral. Às vezes, quando fechava os olhos, conseguia ver o massacre — os corpos estirados pelos destroços, o sangue manchando os ladrilhos, Vera com a faca de evisceração na mão, Abram caído, morto.

"É um pouco tarde para isso. Parece que não consigo mais dar atenção a nada que tenha importância. Então cá estou eu, tentando catar os pedaços e cacos de quem eu costumava ser e de quem eu sou agora, na esteira de tudo."

Ezra tocou o rosto dela, o polegar traçando seu lábio inferior.

"Eu aceito esses pedaços e cacos. Em qualquer dia, acima de qualquer coisa. E quando estivermos mais fortes, vamos fazer algo mais com esses pedaços e cacos."

Immanuelle olhou para ele e sorriu. Era um gesto singelo — um pequeno riso tão rápido quanto o bruxulear de uma chama —, mas era alguma coisa. Era um começo.

Inclinando-se para Ezra, ela o beijou. Primeiro, a base de seu polegar, então seus lábios, se movendo na direção dele enquanto ele se aproximava, envolvendo sua cintura. Immanuelle poderia ter ficado assim com ele até o sol se alçar bem acima da linha do horizonte e depois afundar nas sombras outra vez. Mas, depois de um minuto, ela se afastou.

Soltando-se dos braços de Ezra, ela se pôs de pé, desceu os degraus descalça e rumou para as planícies lavadas pela fumaça. O vento atiçou seus cachos e se enfiou por sua saia. No horizonte distante, as últimas piras de purgação morreram.

"Pensei em um nome para o ano que vem", disse ela, semicerrando os olhos para a luz vermelha do sol nascente. Por um momento, pensou ter visto Lilith de pé no limiar da Mata Sombria, as pontas de suas galhadas entremeadas aos galhos de uma bétula. Mas foi só um truque das sombras. Os mortos estavam adormecidos, a mata estava quieta. Immanuelle apertou os olhos e assistiu ao sol nascente encimar as copas das árvores. "Acho que deveríamos chamá-lo de o Ano da Aurora."

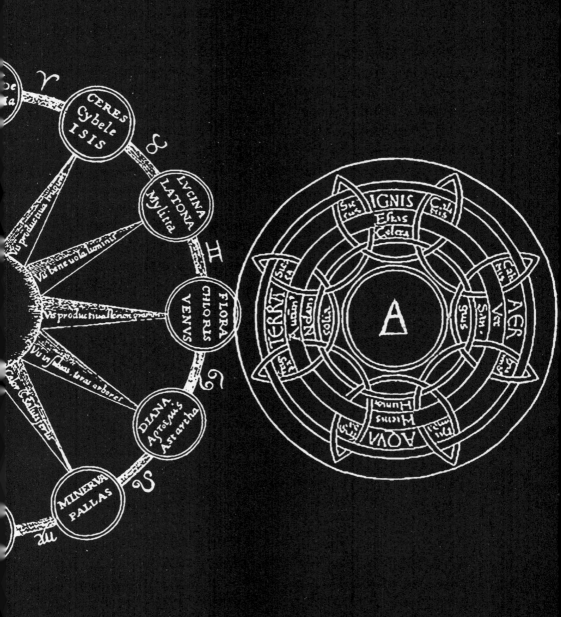

Agradecimentos

Quando folheio as páginas deste livro, vejo os vestígios das pessoas que me incentivaram e apoiaram. Sou muito grata a todas elas.

Antes de mais nada, gostaria de agradecer ao meu agente, Brooks Sherman. Desde o início, sua visão para este livro foi maior e mais ambiciosa do que a minha, e serei eternamente grata a você por isso. Sou muito sortuda por ter um colaborador tão genial, um amigo com quem trocar ideias e um defensor leal.

À minha editora, Jessica Wade, que viu a alma deste livro e me mostrou como aprimorá-la. Você é a melhor parceira criativa que existe. Serei para sempre grata por suas edições incríveis, sua paixão e todo o trabalho árduo que empregou neste livro. Mal posso esperar para criar o próximo com você.

Gostaria de agradecer a Ashley Hearn, a madrinha do meu filho fictício e uma das pessoas mais geniais que conheço. Você foi a primeira pessoa no mercado editorial que apostou em mim, e nada disso teria sido possível se você não tivesse resgatado meu livro da pilha de manuscritos do Pitch Wars.

Sou muito grata à equipe da Penguin Random House por escolher este livro. Agradecimentos especiais a Alexis Nixon, Britannie Black, Fareeda Bullert e Miranda Hill. A Simon Taylor e o resto da minha equipe do outro lado do oceano na Penguin Random House UK, obrigada. Tenho muita sorte de ter tantas pessoas apaixonadas e que trabalham duro ao meu lado.

Obrigada a Eileen G. Chetti pelas edições incríveis, a Wendi Gu pelo *feedback* afiado e a Katie Anderson e Larry Rostant por me presentearem com a capa dos meus sonhos. Obrigada também a Stephanie Koven e à equipe da Janklow & Nesbit.

À minha família, que apoiou e incentivou minha escrita, obrigada. Ao meu pai, por acreditar em mim mais do que eu mesma. À minha destemida irmã mais nova, Alana, que faz questão de manter minha humildade. Para minha mãe — minha melhor amiga e minha primeira (e favorita) professora que, sozinha, incitou meu amor eterno pela escrita. Dedicar este livro a você foi o mínimo que pude fazer para expressar minha gratidão pelos sacrifícios que você fez para me apoiar, mas lhe devo muito mais.

Já que estou agradecendo à minha família, seria uma negligência da minha parte se eu deixasse de mencionar minha gatinha catadora de lixo, Luna, que está sentada agora mesmo no meu colo. Eu a perdoo pela vez em que você tirou os livros da minha estante e fez xixi neles. Você é o melhor familiar felino que eu poderia querer e você tem todo o meu amor. E para meus gatos de Halloween, Midnight e Jet: eu adoro vocês dois.

À Rena Barron, minha amiga, parceira no crime e uma das pessoas mais leais e esforçadas que conheço. Sua criatividade, sua ética de trabalho inigualável e seu apoio constante me inspiram todos os dias. Não sei o que faria sem você.

Jacob Woelke, obrigada pelas risadas, pelos memes, pelos filmes e pelos lanches em postos de gasolina. Você é um dos melhores amigos que já tive, e mal posso esperar para comer panquecas na próxima vez em que nos virmos.

Também gostaria de agradecer ao meu amigo e primeiro crítico, Jean Thomas. Sou muito grata por suas edições, honestidade e incentivo. Você esteve ao meu lado em todas as etapas da minha jornada de escritora, e eu não teria feito de outra maneira.

Para uma das minhas amigas mais próximas e mais antigas, Nicole Schaut. Sempre me lembrarei com carinho das histórias que contávamos quando éramos crianças.

Devo um enorme agradecimento à comunidade de escritores. Se eu fosse listar todos pelo nome, esses agradecimentos teriam vinte páginas. Mas gostaria de agradecer a Ronni Davis (a personificação de um raio de sol), a equipe do Pitch Wars, Hannah Whitten, Patrice Caldwell, Sierra Elmore, June C.L. Tan, Deborah F. Savoy, Ciannon Smart, Victoria Lee, Kristin Lambert, Tracy Deonn, Sasha Peyton Smith, Christine Lynn Herman, Mel Howard, SA Chakraborty, Roseanne A. Brown, Dhonielle Clayton, Peyton Thomas, Emily A. Duncan e minha turma de magia de garotas negras.

Sou muito grata ao incomparável corpo docente da Universidade da South Carolina Beaufort, com um agradecimento especial à dra. Ellen Malphrus por sua orientação, assim como ao dr. Robert Kilgore, à dra. Lauren Hoffer, à dra. Mollie Barnes e à dra. Erin McCoy. À brilhante Sociedade de Escritores Criativos, aos ex-alunos de Literatura Inglesa e ao grupo da Oficina de Ficção: obrigada. Vocês foram os primeiros leitores desta história e, se não fosse pela empolgação de vocês naquela etapa inicial, não tenho certeza se teria continuado a escrevê-la. Sou especialmente grata aos colegas Katie Hart e Bill Lisbon por sua amizade e apoio.

E, finalmente, aos sobreviventes, aos oprimidos, às pessoas que falam a verdade quando o mundo tenta silenciá-las: obrigada.

ALEXIS HENDERSON é autora de ficção especulativa e apaixonada por fantasias macabras, bruxaria e horror cósmico. Cresceu em Savannah, no estado da Geórgia, uma das cidades mais assombradas dos Estados Unidos, o que instigou sua paixão por histórias de fantasmas. Está sempre devorando algum livro, pintando ou assistindo a filmes de horror com sua familiar felina. Atualmente, mora em Charleston, na Carolina do Sul. *O Ano das Bruxas* é seu livro de estreia. Saiba mais em alexishenderson.com

MAGICAE é uma coleção inteiramente dedicada aos mistérios das bruxas. Livros que conectam todos os selos da **DarkSide® Books** e honram a magia e suas manifestações naturais. É hora de celebrar a bruxa que existe em nossa essência.

DARKSIDEBOOKS.COM